TODO ARDE

L A **T** R A M A

TODO ARDE

Juan Gómez-Jurado

Papel certificado por el Forest Stewardship Council®

Penguin
Random House
Grupo Editorial

Primera edición: octubre de 2022

© 2022, Juan Gómez-Jurado
Autor representado por Antonia Kerrigan Agencia Literaria (Donegal Magnalia, S. L.)
© 2022, Fran Ferriz, por las ilustraciones
© 2022, Penguin Random House Grupo Editorial, S. A. U.
Travessera de Gràcia, 47-49. 08021 Barcelona

Printed in Spain – Impreso en España

ISBN: 978-84-666-7247-4
Depósito legal: B-13.759-2022

Compuesto en Llibresimes, S. L.

Impreso en Rodesa
Villatuerta (Navarra)

BS 7 2 4 7 4

Para Babs

PRIMERA PARTE

AURA

Hay décadas donde no pasa nada,
y semanas donde pasan décadas.

LENIN

Hasta aquí hemos llegado.

LOS CHICHOS

[annotation: dar un vuelco (verbo transito + preposición) = turn around / transitivo]

1

Un arranque

[annotation: (comienzo)]

[annotation: the flood of headlines]

Todo lo que va a suceder —los muertos, la riada de titulares en los periódicos, el cambio que dará un vuelco al país— comienza de la forma más prosaica.

[annotation: a change that will turn the country around]

No es nada extraño. Las mejores historias tienen inicios humildes. Una manzana prohibida, otra que cae en la cabeza de un físico, otra sobreimpresa en la carcasa de un ordenador. Cuando quieres darte cuenta, te han echado del paraíso, has descubierto la gravitación universal o fundado una empresa billonaria.

Esta historia no arranca con una manzana.

Esta historia arranca con un bote de champú del Mercadona. Y nada volverá a ser lo mismo.

Quien sostiene el bote de champú —dos botes, de hecho— es Aura Reyes.

Cuarenta y cinco años, viuda, madre de dos niñas (*ma-ra-vi-llo-sas*, dicho así, separando mucho las sílabas y abriendo mucho la boca). A punto de tener una revelación trascendental.

Violenta, incluso.

De esas que sólo un individuo entre un millón experimenta una vez en la vida.

A Aura le llega en la ducha, con el agua resbalándole por el pelo empapado. Tan caliente que la espalda ya ha comenzado a enrojecerse. Aura mira los dos botes y comprende que ya no podrá ver la vida de la misma forma, nunca más.

Lo que, tan sólo tres horas después, provoca un desastre de proporciones épicas.

2

Un capó

Cuando el rostro de Aura golpea contra el capó del coche patrulla, la rabia se transforma en miedo.

No es la fuerza del impacto. Es el conjunto.

El peso del policía sobre la espalda, apretándola contra la carrocería.

Su olor, mezcla de colonia deportiva, café de máquina y algo más (dentro de unos días Aura descubrirá que es lubricante para armas, pero no nos adelantemos).

El frío de las esposas en torno a las muñecas. El ruido que hace el mecanismo al cerrarse, un crujido doble. La presión del acero contra el hueso, dolorosa e ineludible.

El calor del motor del coche, aún en marcha, que le inunda las mejillas. La resistencia del capó, que ha cedido unos centímetros, pero que aguarda impaciente regresar a su posición.

Las luces del coche, reflejándose en el cristal del escaparate. Los flases de los teléfonos móviles de los transeúntes ociosos de Serrano, que relumbran en el crepúsculo, iluminando los ojos abiertos y asustados de Aura.

La voz rasposa del segundo policía, al que Aura logra escuchar, con esfuerzo, a través del caos.

—Identificación, señora —repite.

Con poco aire en los pulmones, el pavor en la garganta y la boca seca como el corcho, Aura lucha por formar palabras. Finalmente se oye decir, muy bajito y con voz de otra persona:

—En mi bolso.

Que aún sigue unido a su hombro, y el agente tiene que soltar brevemente las esposas para poder cogerlo. Aura aprieta los puños por puro instinto de huida. El agente que la sujeta aumenta la presión sobre ella. Un breve recordatorio de su indefensión.

El cuero del bolso —un Prada tote original, colección otoño invierno de 2019— hace un ruido esponjoso al aterrizar sobre el capó cubierto de lluvia. El policía no quiere saltarse el procedimiento, y se ha cuidado mucho de que la detenida vea cómo hurga en sus pertenencias.

Democracia uno, dignidad cero, piensa Aura.

Un brillo de labios rueda fuera del bolso, pasa frente a su nariz —con el logo de Dior girando a toda velocidad— y cae al suelo.

Aura va a protestar —es el último que le queda—, pero la voz del segundo policía se lo impide.

—Señora, hemos comprobado su DNI y nos consta que tiene usted pendiente un ingreso en prisión.

El policía que la sujeta relaja la presión sobre ella, ayudándola a incorporarse. Como si el descubrimiento de que es una criminal convicta y condenada hubiese reducido su peligrosidad física inmediata. Igual que entrar a la tienda de Nespresso y ver que la expresión de la encargada cambia cuando le alargas la tarjeta de fidelización. *No quiere un café gratis, es clienta habitual.*

Con el policía, lo mismo. Incluso le coloca un poco la chaqueta, que había hecho un burruño a media espalda con tanto forcejeo. Y tiene el detalle de recogerle el pintalabios.

Aura se vuelve hacia ellos, tratando de serenarse. De dialogar. Lo suyo es convencer a la gente, al fin y al cabo.

—El ingreso es dentro de tres semanas —dice apoyándose en el coche.

Endereza la espalda y trata —inútilmente— de componer una imagen de ciudadana ejemplar.

El primer policía, el que la sujetaba, es un joven alto, de rostro aniñado. Se da la vuelta y se mete en la tienda intentando no pisar los cristales rotos. El otro, más bajo y corpulento, observa a Aura mientras se da golpecitos en la mano con el borde de su DNI.

—¿Puede explicarme qué es lo que ha pasado ahí dentro, señora?

Aura mira hacia el escaparate destrozado, como si fuera la primera vez que lo viera.

Uno de los neones del escaparate parpadea, moribundo, y elige ese momento para descolgarse del último cable que lo sostenía y hacerse añicos sobre la acera.

—Un malentendido, agente.

El policía asiente con la cabeza y se sacude restos de cristales de la bota. *Podría pasarle a cualquiera*, dice su rostro. Si no amable, al menos comprensivo. Un encogerse de hombros, un *en Madrid está lloviendo y todo sigue como siempre*.

—Ya veo. Pues va a tener que explicárselo al juez, para que él lo entienda.

El sol se ha puesto ya, las farolas se han encendido, no son horas para que un juez vea a nadie. Eso Aura lo sabe, el policía también. Y eso es lo que provocaba el miedo de Aura. Certificado por la realidad de las esposas, del arma en la cintura del policía. De las luces estroboscópicas que le rebotan en los ojos y con cada vuelta anclan su pensamiento en una única idea.

Pase lo que pase, esa noche no puede dormir en el calabozo.

—No he hecho nada.

El agente vuelve a asentir con la cabeza. Otro encogerse de hombros, un *amiga mía, no sé qué decir ni qué hacer para verte feliz.*

—Es la primera vez que lo oigo, señora.

Adelanta una mano y la coge del brazo. El mero contacto disipa su elocuencia y hace estallar su miedo.

No habla.

No razona. No dialoga.

Aura se revuelve, forcejea, grita.

—¡Mis hijas! ¡Mis hijas!

Hay más flases de curiosos, más risas. Por fin tienen su espectáculo, su foto para el grupo de WhatsApp de la oficina, su *story* en Instagram. Hashtag#Serrano; hashtag#pijatarada.

El momento más celebrado es cuando la agarran del cuello para meterla en el coche intentando que no se golpee con la cabeza al entrar.

Sin éxito.

Aura se desploma en el asiento de atrás, con la visión borrosa, sin fuerzas. El portazo que sella su destino es lo último que escucha antes de desmayarse.

3

Un traslado

Vuelve en sí apenas un par de minutos más tarde. A través de la ventanilla trasera, la mole de la Puerta de Alcalá se cierne sobre ella durante un par de segundos, antes de que el coche se ponga de nuevo en marcha y tan sólo quede el tapiz negruzco del cielo de Madrid. Interrumpido por alguna farola, a medida que bajan por Alcalá hacia Recoletos.

—¿Está usted bien?

El policía se ha vuelto hacia ella con genuino interés en los ojos. Quizás se siente mal por haberle estampado la cabeza contra el coche. Por mucho que haya sido culpa de Aura, que se estaba revolviendo como si estuviera poseída.

—¿Dónde me llevan?

—Ya lo sabe.

—No, no lo sé.

Y es la verdad. Por mucho que los agentes hayan asumido

que es una miembro de pleno derecho de la hermandad del delito, éste es el primer arresto de Aura. No tiene experiencia alguna sobre qué hacer, cómo comportarse o, lo que es más necesario, mantener la calma.

No cometas un error como el de antes, piensa. *No pueden descubrir lo de las niñas.*

Respirar hondo. Encontrar el equilibrio interior. Las palabras vuelven a ella, derechitas de un vídeo de *mindfulness* que vio en YouTube, en perfecto venezolano.

El problema se produce cuando el *mindfulness* se solapa con la voz del policía alto que contesta a la radio.

—Recibido, central. Vamos camino de Plaza Castilla. No importa una parada más.

—Gracias, zeta cincuenta. Cambio y cierro —se despide una voz femenina.

En el asiento de atrás, Aura termina de asimilar la información en su cerebro como quien recibe a un visitante no deseado. Una prima que llega en plena noche lluviosa, empapada hasta las orejas y a la que no queda más remedio que acoger en el sofá nuevo.

—No puedo ir al juzgado —susurra.

Los agentes no parecen escucharla. Así que Aura lo repite, más fuerte. Cuando quiere darse cuenta, tiene el rostro sudoroso pegado a la barrera de protección que la separa del asiento delantero.

El agente alto se da la vuelta y da con los nudillos en el metacrilato llamando la atención de Aura sobre una pegatina en letras rojas y negras.

Este coche tiene unos asientos
especiales a prueba de vómitos,
sangre, orina y otros fluidos. Gracias.

—No nos la juegue, ¿eh, señora? Que luego somos nosotros los que tenemos que limpiar.

Aura no puede evitar pensar en el manual del microondas. Cuando lo compró, sus ojos toparon por casualidad con una línea en la que se aconsejaba fervientemente no meter gatos vivos en el interior del electrodoméstico.

Al leer aquello tuvo que hacer el mismo ejercicio que se fuerza a hacer ahora. Vuelve a leer las dieciséis palabras y se toma unos instantes para evaluar en qué clase de universo es necesario un cartel como éste. Qué clase de personas suelen viajar en el asiento de atrás. Con quién están acostumbrados a tratar los del asiento de delante.

La conclusión es descorazonadora.

Nada de lo que diga a los agentes va a hacerles cambiar de opinión. Nada va a hacerles frenar el coche patrulla y dejarla bajar. Nada va a impedirles llevarla a la comisaría a tomarle declaración (el equivalente del estado de Derecho de no hacer nada en absoluto).

No, nada va a impedir que la lleven a los juzgados, donde sabe Dios cuántas horas la tendrán encerrada.

—¿Señora? ¿Está usted bien?

De nuevo la genuina mirada de preocupación en su captor. Aura se siente estafada. Sería más sencillo que el policía fuera un hombre desagradable y malicioso, que la tratase con desprecio y crueldad. Ayudaría a dividir el mundo en cómodas parcelas y la dejaría a ella en el lado correcto de una línea bien pintada en el suelo.

—Pregúntale si tiene que avisar a alguien —dice el compañero. El más bajo y más veterano, que la observa en el retrovisor.

—Ha dicho algo de sus hijas, antes. ¿Están bien sus hijas, señora Reyes?

En el retrovisor, los ojos del policía veterano se estrechan un poco. Aura es dolorosamente consciente del silencio que se ha formado en el interior del coche, subrayado por el ruido del motor al ralentí. Están atascados en mitad del tráfico de sábado noche en la Castellana y los conductores curiosos miran al interior del coche patrulla. Aura siente un centenar de ojos convergiendo sobre ella, pendientes de su respuesta.

—Sí, por supuesto. Están con mi madre.

La mentira fluye de su boca, natural, espontánea. Un leve reflejo de quién era, antes de *lo que pasó*. Una voz templada, llena de convencimiento, capaz de hacerte firmar en la línea de puntos por todo lo que tenías y la sangre de tu primogénito.

Ni por asomo tan buena como la Antigua Aura. Pero, por lo visto, suficiente.

—¿No quiere llamarla? —dice el agente más joven—. Puedo prestarle mi teléfono.

—Rodríguez —le advierte el veterano.

—Venga, hombre. Sólo es una llamada.

—Que la haga al llegar, que para eso hay un protocolo.

—Tengo tarifa plana.

El veterano deja claro con un resoplido lo que opina de la

tarifa plana —en general— y del ofrecimiento de Rodríguez —en particular.

Aura aprovecha la distracción para echarse atrás en el asiento y exhalar el aire que había estado conteniendo. Muy, muy despacio. A medida que sus pulmones se vacían, Aura grita por dentro lo que debe mantener oculto a toda costa. A saber:

Que las niñas están *solas* en casa. Que su madre, incluso aunque las acompañase, representaría más un *peligro* que una ayuda. Que tienen tan sólo *nueve* años, que la esperan hace rato para que las bañe y les haga la cena. Que les dijo que salía un momento para despejarse. Que a esta hora ya deben estar muertas de *miedo*. Que ha sido una irresponsable, dejando que su ansiedad y su orgullo la metieran en esta situación. Que necesita *huir* del coche patrulla, regresar a ellas, lo que sea con tal de mantenerlas a salvo. Que no tiene *nadie* a quien avisar, nadie en quien pueda confiar realmente. Que *todo* su cuerpo tira de ella en dirección a sus hijas, le pide que deje de gritar por dentro y comience a gritar por fuera, cualquier cosa, con tal de *convencerlos*, con tal de *escapar*.

Partirse en dos, en silencio, es su única opción.

Porque en el momento en el que diga la verdad, en el momento en que alguno de estos —desafortunadamente— amables agentes de la ley sospechen que dos niñas de nueve años están solas y aterrorizadas en casa, no dudarán un instante en echar la puerta abajo.

Y en cuanto los Servicios de Tutela del Menor sepan de su situación, de lo que va a suceder en menos de tres semanas...

Adios, mami.

Aura no tiene tiempo de dejarse llevar por la oscuridad y el miedo, porque el coche gira en Alberto Alcocer y se detiene a tan sólo una manzana de la Castellana. El policía joven se vuelve hacia ella con una tensa sonrisa de disculpa.

—Espero que no le importe tener compañía, señora.

Cuando Aura mira a través de la ventanilla, apenas puede creer lo que se le viene encima.

4

Un bajo pulsante

a pulsing base [handwritten]

Frente a los Jardines de San Fernando se ha formado una diminuta conmoción. Dos zetas atravesados en mitad de la calle han cortado el tráfico en sentido oeste. El que lleva a Aura hace un giro prohibido en Doctor Fleming y se para entre los otros dos. Es entonces cuando Aura vuelve la cabeza y ve a través de la ventanilla un cuerpo que se estampa contra la carrocería.

—¡Taxi!

Incluso a través de los cristales se puede intuir la melopea en la voz de la mujer. La confirmación llega cuando otro agente abre el coche y embute, no sin esfuerzo, a la recién detenida en el asiento de atrás. Una vaharada de vino barato y sudor llena el escaso aire disponible que deja el físico descomunal de la borracha, que se deja caer en el centro del asiento, desplazando a Aura contra el lado del conductor.

Aura casi se cae cuando otra agente abre la puerta y se inclina dentro del vehículo, saca unas esposas y une las muñecas de Aura a las de la mujer que se ha desplomado sobre ella.

—Eso no es necesario —dice el policía veterano observando la operación.

—A ver, Bustos. ¿No sabes ya la guerra que da ésta?

—No digo que no. Digo que no es necesario.

—¿Y si le da por correr?

—No llegará muy lejos.

—Bueno, por si acaso. Tiramos para comisaría, ¿vale? Que ya no son horas.

El tal Bustos asiente y pone de nuevo el coche en marcha antes de que su compañera acabe de cerrar la puerta.

Aura, aplastada contra la puerta, intenta girarse para ver qué demonios le han atado a la muñeca.

Resulta que es un paquete de unos ochenta kilos de peso —aunque, por la manera en la que se apoya sobre ella, a Aura le parecen ochocientos.

Va vestida con una cazadora de sarga ancha y marrón, camiseta que en algún momento fue blanca, pantalones negros y botas gastadas. Las botas tienen los cordones desparejados —rojos y redondos a la izquierda, verdes y planos a la derecha—, y Aura puede distinguirlos muy bien porque la mujer ha alzado los pies y los ha apoyado en el ángulo entre la ventanilla y el cristal.

Del rostro de la desconocida puede ver poco porque su cabeza está apoyada contra el pecho de Aura, como si ésta no fuera un ser humano, sino una almohada dispuesta para hacer el trayecto lo más confortable posible.

—Conductor —llama la mujer. Aunque, con su acento gallego cerrado, suena más bien *condutor*.

—Dígame —responde el policía, siguiéndole el juego.

—Suba por Padre Damián, que se tarda menos —pide ella, ahogando un hipido entrecortado.

Aura arruga la nariz con disgusto. La coronilla de la mujer está a la altura de su mentón, y el pelo le huele a grasa y a suciedad. Intenta revolverse para quitársela de encima, pero tanto daría que intentase quitarse de encima un contenedor lleno de cascotes.

—Perdona. ¡Perdona!

—Mari Paz, haz el favor de comportarte —dice el policía más joven, sin volverse.

La aludida no se da por tal, sino que se acomoda aún más sobre Aura. Unos instantes más tarde, está roncando como un dragón en invierno.

Aura trata de hacerse oír por encima del estruendo, pero los agentes no la oyen o no la escuchan. Por suerte el resto del trayecto es corto. Al cabo de unos pocos minutos el coche entra en el parking de un gigantesco edificio gris y ajado.

Lo que sigue, Aura lo vive como un mal sueño o una pesadilla lúcida, iluminada por fluorescentes baratos y con extras de todo a cien.

Puede verse a sí misma extraída del coche, separada de la borracha, llevada con mano cuidadosa pero firme hasta una habitación minúscula que parece un estudio de fotografía. No muy distinto del que visitó con su marido, que en paz descanse, para las fotos de la boda. Hace casi dos décadas. Modesto, húmedo, decorado con muebles que ya eran viejos en los noventa. Con un fotógrafo con bigote que no sonríe nada, nada.

Las diferencias son tan sólo dos. El fotógrafo lleva una bata blanca, y de fondo no hay un par de ficus de plástico y unos cortinajes rojos, sino una pared en la que hay pintadas unas rayas horizontales con medidas. Un funcionario, también con bata, le levanta a Aura la barbilla, para asegurarse de que mire a la cámara de frente. También le hurga por debajo del pelo, le pregunta si tiene tatuajes de cuello para arriba, le lleva hasta una mesa cercana donde le pasa las huellas por un escáner. Que decide no funcionar, así que le embadurna los dedos con tinta de color azul marino.

—La negra se nos ha acabado, lo siento —se disculpa, con un encogimiento de hombros.

Aura va a contestar que se hace cargo, que no se preocupe, que otra vez será. Pero ya se la llevan de la sala, al tiempo que entran los dos policías (Bustos y Rodríguez, ya no se le olvida) cargando a la borracha, que se ha despertado lo justo para renquear, arrastrando los pies, colgada de los hombros de los agentes. Al más bajo le saca más de una cabeza, lo que no facilita la operación.

—¡Coño, cómo pesa!

Aura se pregunta cómo van a fotografiarla —quizás tumbada—, como el cuadro *La joven decadente* de Ramón Casas. Antes de que pueda resolver la incógnita, la pierde vista. De pronto está en una de esas películas en las que la protagonista no mueve los pies —pues la arrastran en una plataforma con ruedas que no acaba de verse en plano— y la cámara se centra en su cara.

Todo pasa a su alrededor muy deprisa, con el bajo pulsante de *Jump into the Fire* de fondo, pues alguien le ha quitado fotogramas para que la experiencia sea aún más alucinada, más demencial.

La sala donde la hacinan durante un par de horas junto a otras veinte personas; la funcionaria que les manda alinearse por sexos en el pasillo; la visita, por turnos, a un pequeño habitáculo donde una funcionaria de manos enguantadas en látex la obliga a desnudarse por completo, le hurga entre los muslos, se detiene a mirarla un momento antes de desestimar lo que, a Aura no le cabe duda, sería un examen mucho más exhaustivo en otra persona; el regreso, sin sujetador, sin cinturón, sin bolso, sin abrigo, con la humillación pintada en el rostro encendido, a un pasillo ahora casi vacío; el recorrido descendente por un laberinto de escaleras y barrotes hasta un semisótano recubierto de linóleo, con las paredes pintadas en verde vómito y gris cieno; y la última parada delante de una mesa de plástico con el logo de Coca-Cola, donde una funcionaria novata consulta sus papeles antes de asignarla a la celda 11B.

Y finalmente, la música que se detiene, la puerta metálica que se cierra a su espalda.

Con eco y todo.

5

Una celda

Días más tarde, delante del cañón de una pistola y con la cara salpicada de sangre, Aura Reyes recordará este momento, en esta celda 11B de los juzgados de Plaza Castilla de Madrid, como el día en el que cometió el peor error de su vida.

Ahora no sabe, claro, que está a punto de cometerlo. Ni puede pensar, en realidad, en nada.

Todo pensamiento racional se ha subyugado al frío, al hambre y al miedo.

Está helada porque la blusa que lleva no es gran cosa. Y su abrigo ahora lo tiene la funcionaria, junto con todo lo que pueda servir para suicidarse.

—La semana pasada se ahorcó uno con su camiseta. La mojó primero, para que no se rompiera.

Está muerta de hambre, porque no ha comido nada desde hace más de doce horas. La funcionaria le ha deslizado un paquete de galletas María en el bolsillo, con cara de *es nuestro secreto*.

—Hasta las ocho no llegan los bocadillos. Los domingos siempre hay chistorra.

Está muerta de miedo. Es su primera noche entre rejas.

La primera de muchas, se dice, meneando la cabeza.

La celda no medirá ni doce metros cuadrados. Está pintada a dos colores, igual que el pasillo. Pero aquí se nota que ha entrado en juego la creatividad y el tiempo libre de los presos, y la decoración se completa con pintadas de lo más enriquecedor. Penes, esvásticas de varios tamaños y colores, calaveras. Lo mejor de cada casa. Las hay grabadas con las uñas en el yeso, las hay quemadas con un mechero, las hay trazadas a boli Bic con injustificada paciencia.

El aire es denso, con el olor a sudor y algo más que Aura no puede nombrar. El mobiliario va acorde con la clientela. Un banco corrido de hormigón pegado a las paredes de la celda. En una esquina, un inodoro de acero inoxidable. Sin lujos innecesarios como puertas o papel higiénico.

Al verlo, Aura se da cuenta de que necesita usarlo. Con cierta urgencia. Pero la situación es poco favorable. Tres mujeres forman corro frente a una cuarta que hace despreocupado uso de las instalaciones con las bragas por los tobillos. Las cuatro se ríen e intercambian chascarrillos.

Aura desiste, por ahora. Busca un sitio en el que sentarse para comerse las galletas con tranquilidad.

No es fácil.

Las cuatro latinas ocupan la pared de la izquierda. El fondo de la celda tampoco es una opción. Subidas al banco, otras dos mujeres gritan a un rectángulo de metal perforado que hay junto al techo. Aura no reconoce el idioma. Del otro lado del rectángulo de metal se oyen voces y el ruido amortiguado del tráfico, así que Aura deduce que es un ventanuco que da a la calle.

—Eh, tú. Vente aquí con nosotras, linda —la llama la mujer sentada en el váter.

—La Yoni está constipada. Necesita mucha compañía —dice otra, con una carcajada.

Aura no ha visto un drogadicto en su vida, pero tiene claro que estas tres apuntan maneras. Los ojos enrojecidos, la cara desencajada, sudor. Movimientos bruscos. La lengua suelta, la risa más.

Hace un gesto que quiere ser respetuoso en su dirección y se dirige al otro lado de la celda.

—Eh, pija. ¿Dónde vas, eh?

—No quiere ayudarte, Yoni.

La pared de la derecha está más despejada. Tan sólo hay un bulto de buen tamaño recostado sobre el banco de hormigón. El fluorescente que debía iluminar ese lado está fundido, y el del lado contrario, en las últimas. Pero Aura no necesita luz para reconocer a su compañera de traslado.

Incluso con la cabeza tapada con la cazadora de sarga —a ella no se la han quitado, Aura se pregunta por qué—, los ronquidos son inconfundibles.

Aura se sienta junto a ella, en el escaso hueco que queda entre los pies de la mujer y la pared de la celda. Lo más cerca posible de la salida, para tardar lo menos posible cuando la llamen.

Abre el paquete de galletas, pegado al pecho, y comienza a comérselas despacio, con la cabeza gacha, mientras piensa en las niñas. Aura siempre ha tenido una imaginación portentosa, fruto de su afición desmedida a la lectura. Algo que hasta ahora le había parecido una ventaja.

Hasta ahora.

Porque de pronto sólo es capaz de pensar en todas las cosas que podrían estar pasándoles a las niñas. Que son curiosas, inquietas y despistadas. Intenta acordarse de qué comida quedaba en casa. Cosas fáciles de preparar, que no requieran ningún esfuerzo. Sobre todo, que no requieran encender el fuego de la cocina. O, peor aún, el horno. Repasa mentalmente el contenido de la nevera (casi vacía) y de la alacena (con telarañas). Lo único que es capaz de recordar es lo que había para cenar. La pizza ésa de espinacas que tanto les gusta. La del doctor nosequé.

Y, por supuesto, las visualiza.

Encendiendo el horno, como tantas veces le han visto hacer a mamá.

Y éste no es como el de nuestra casa

(la casa que ya no es nuestra)

éste no tiene un precioso panel led a color, con instrucciones claras, recetas y apagado automático, no. El de casa de su madre

(la casa que es nuestra casa ahora)

es un Balay blanco del siglo pasado, con los botones borrados por el uso. Es muy fácil encender el grill en lugar del calor superior e inferior. Y, del temporizador, olvídate. Dejó de funcionar antes de que cayeran las Torres Gemelas. Tú giras la rueda, confiando en que te avise a los veinte minutos, escuchas el molesto *tic tac*, y ya puedes esperar sentado.

Imagina la pizza humeando, el horno ardiendo, las niñas intentando apagar el incendio con las manos desnudas. Imagina quemaduras de tercer grado y ningún medio para llamar a los bomberos. Porque son demasiado pequeñas para tener móvil, y a la línea fija hubo que renunciar hace muchos meses. Junto con las chuches, HBO y otro millón de cosas que hacían la vida soportable y que daba por sentadas.

—Eh, pija. Eh.

Aura sale de la pesadilla y levanta la cabeza. Frente a ella está la mujer del inodoro.

—¿Qué comes, pija?

Aura baja la mano en la que sostiene el paquete de galletas —ahora mediado— y sopesa sus opciones. En una película, la respuesta estaría cantada. Cruzarle la cara a la mujer, dejar claro que con ella no se juega y todo eso. Imponerse.

Pero esto no es una película.

Esto es la vida real.

Le echa una ojeada a la Yoni. Pantalones ajustados de cuero, una camiseta reventona, pechos descomunales. Aunque Aura le saque una cabeza, ella le saca quince kilos. Y tiene detrás a otras tres mujeres, que no le quitan ojo a la escena.

Así que hace lo único que puede hacer.

Le alarga el paquete de galletas.

Sin decir nada.

La Yoni le devuelve una sonrisa lobuna y se abalanza sobre las galletas. Se las mete de tres en tres en la boca, dejando caer más de las que traga.

Aura siente que vuelve a tener siete años y está en medio de un episodio de *Barrio Sésamo*. Sólo que Triki tiene el pelo negro y cardado en lugar de azul.

Aura sabe que no tiene hambre. Que se las ha comido sólo porque podía hacerlo.

La mujer deja caer el plástico al suelo, eructa con satisfacción y se vuelve junto a sus compañeras, que la reciben entre risas.

Aura cierra los ojos para ahuyentar la humillación e intenta dormirse, pero es imposible. Su mente va demasiado deprisa. Incluso cuando se apaga la única luz, media hora más tarde, tan sólo consigue entrar en un estado agitado de duermevela.

Del que la saca el silencio.

Las mujeres que voceaban en el ventanuco se han callado, por fin. Las otras también.

En la penumbra, la tristeza de su situación se acrecienta, se pone de relieve. La única luz que entra en la celda se cuela a través de una rendija por debajo de la puerta. Sin nada que ver, Aura puede centrarse en el resto de sus sentidos. El frío de la celda. El olor, mezcla de orines, humedad y pies descalzos. La respiración de las presas, el sonido de cuerpos incómodos revolviéndose en la oscuridad.

Si la desesperación fuera física, seguramente estaría hecha del pesado sentimiento que envuelve el corazón de Aura ahora mismo.

No, Aura no duerme. Por eso, cuando hay movimiento en las sombras, al otro lado de la celda, se da cuenta antes que nadie. Lo percibe en las tripas.

Ya tuvo una vez un sentimiento parecido, hace años. Uno que terminó con su marido asesinado y ella desangrándose frente al cuarto de sus hijas. En aquella ocasión reaccionó tarde y mal. Como una señora de barrio rico, que creía que los monstruos vivían al otro lado de una gruesa manta infranqueable, tejida con dinero y democracia.

La manta resultó estar llena de agujeros.

Esta vez, Aura reacciona distinto. Se endereza, aguza el oído, mira al suelo. En el levísimo rectángulo de luz frente a la puerta, las sombras se desplazan hacia ella.

6

Un error

Aura se pone en pie, procurando no hacer ruido. Entonces escucha el primer susurro.

—¿Dónde está?

—Delante de ti, *jaña*.

—Dale, dale pues.

Hay un ruido y un forcejeo. Escucha un sonido como de un saco arrastrándose. El aire se mueve cerca de ella.

—¿Qué es lo que hacéis? —dice.

Su voz le suena extraña. Temblorosa y aniñada. Son las primeras palabras que ha dicho desde que ha entrado en la celda y, en lo que a intimidación se refiere, no son gran cosa.

Pero las sombras se detienen.

El silencio que sigue es denso y caliente como una sopa que lleva demasiado tiempo en el fuego.

—No te importa, pija —dice una voz en la oscuridad.

Aura nota la presencia de las mujeres a su alrededor. Escucha de nuevo el forcejeo, muy cerca, y comprende lo que está pasando. Las sombras eran una amenaza, sí, pero no para ella.

Han ido a por la borracha, piensa.

—Voy a llamar a la funcionaria.

Las sombras vuelven a quedarse inmóviles.

—Dame el chispero —ladra otra voz.

Un chasquido resuena en la celda. Una llama aparece a menos de un metro de la cabeza de Aura, que se echa hacia atrás. En el óvalo de luz que ha creado el mechero, aparece la cara de la Yoni, mirándola directamente. El resplandor indeciso del fuego convierte los ojos —perfectamente maquillados, observa Aura— en dos ranuras brillantes.

—Esto no va contigo, pija. Tenemos cuentas que saldar con esta guarra, ¿entiendes?

Aura hace lo único que puede hacer. Asiente.

—No te oigo. ¿Entiendes que no va contigo?

—Entiendo.

—A no ser que quieras que vaya contigo. ¿Quieres que vaya contigo, pija?

—No —responde Aura con la voz quebrada.

La llama del mechero se desvanece en la negrura, dejando un fantasma rojizo en los ojos de Aura, que parpadea y se encoge sobre sí misma. Vuelve a sentarse, asustada y avergonzada.

¿Qué otra cosa puede hacer?

Ellas son cuatro, y yo sólo una. Ellas son mujeres duras —«criminales», es la palabra que brota, pero la corrección política le pone un tapón— *y yo soy sólo una ejecutiva.*

Y ahora ni eso.

Ahora soy sólo un ama de casa en quiebra, una madre que ha dejado solas a sus hijas y que sólo quiere volver junto a ellas lo antes posible.

Aura tiene el rostro ardiendo por el bochorno y una bola de hielo en el estómago por el miedo. De pronto, el recuerdo de sus hijas trae consigo una nueva sensación. La misma que sintió hace horas —ahora parecen días— cuando, en la ducha, sostenía los dos botes de champú. La que volvió a ella en la tienda de Serrano, y acabó con ella metida en este lío infernal.

La sensación no tiene explicación posible. Quizás sí, e hicieran falta un millón de palabras. O tan sólo dos letras. Un monosílabo. Curiosamente, el último que acaba de pronunciar.

—No —repite.

Salvo que ahora suena muy distinto. Suena tajante. A raya en el suelo.

El forcejeo se interrumpe.

—Dejadla en paz —añade Aura, sin acabar de creerse lo que está haciendo.

Se incorpora, con las manos delante del cuerpo.

—Te voy a quebrar, puta —dice la Yoni.

Aura intuye una sombra que se acerca a ella y se aparta, dando un salto hacia la puerta. Casualidad, suerte o una mezcla de ambas, su atacante se tropieza con la pierna derecha de Aura, que ha quedado a medio camino, y se derrumba hacia delante. El puñetazo que iba a dar en la cara de Aura acaba pegando en el banco de hormigón.

El aullido de dolor divide la oscuridad en dos y cambia las tornas. Otra de las latinas grita a su vez, llamando a su líder.

—En la puerta. Quiebra a esa puta —acierta a decir la Yoni entre sollozos.

Aura se da cuenta de que estar junto a la única fuente de luz de la celda —por tenue que sea la que entra por debajo de la puerta— no es una posición estratégica aconsejable.

Se aleja en dirección contraria a la pelea, con la espalda raspando la pared para no tropezarse. Lleva los puños apretados, el corazón encogido y la sangre zumbándole en los oídos. La oscuridad se ha vuelto confusión. Sonidos entrecortados, quejidos, golpes.

Alguien suelta un grito, ahogado. Otra voz suelta un taco que Aura no puede comprender.

Otro golpe, y un sonido como de arrastrarse por el suelo. Hay unos interminables segundos de rígida pausa.

Un golpe más.

De pronto, todo se aquieta.

Aura escucha unos pasos que trastabillan en su dirección. Se pega a la pared cuanto puede, y alza los brazos para protegerse del golpe inevitable.

Nota un roce en la ropa, unos dedos que buscan a tientas.

Una mano la agarra de la muñeca. Sin brusquedad. Sin dar opciones, tampoco.

La mano tira de ella, la lleva hacia el otro lado de la celda, la conduce de vuelta a su sitio.

Aura se sienta, aterrorizada.

La mano le da un par de palmadas en la espalda. Y una voz con acento gallego cerrado —y decididamente borracha— dice:

—Duérmete, rubia.

7

Un juicio

Son casi las once de la mañana del domingo cuando Aura pone un pie fuera del juzgado.

El cielo de Madrid está encapotado. Color gris agua de fregar. Se ha levantado un viento desapacible, que arrastra hojas, polvo y folletos arrugados con las ofertas del Lidl. El tráfico bulle, inquieto, en la rotonda de Plaza Castilla. El entorno, a la sombra de las Torres Kio, no puede ser más feo e inhumano.

Aura respira hondo el aire contaminado, y piensa que no ha visto nada más hermoso en toda su vida.

La locura de las dos horas anteriores tiene mucha culpa de ello.

Cuando se despierta en la celda, Aura no sabe dónde está. Atontada y confusa, alza la cabeza de entre las rodillas. Parpadea, intenta acostumbrar sus ojos a la luz, regresar a la áspera realidad. Los fluorescentes están de nuevo encendidos y la celda medio vacía. Tan sólo las mujeres que no hablaban español siguen al fondo, bajo el ventanuco, hechas un ovillo, completamente dormidas.

De la gallega borracha no hay ni rastro. Tampoco de las latinas, con la excepción de un restregón ensangrentado en la pared que —Aura está segura— ha sido la contribución de la Yoni al arte mural carcelario.

Esa sangre podía ser mía, piensa Aura, con un escalofrío. *Esto es. Esto es lo que me espera ahora.*

Un ruido en la puerta interrumpe su autocompasión. La celda se abre y una funcionaria grita sus apellidos.

—¡Reyes Martínez!

Obediente, Aura se dirige hacia la voz, arrastrando los pies. La funcionaria la guía por el laberinto de pasillos, hasta la enfermería.

—¿Quieres análisis? —le pregunta la funcionaria.

—¿Perdón?

—De orina.

Al ver la expresión de desconcierto de Aura, la funcionaria le explica.

—Si eres consumidora, es un atenuante. Casi todo el mundo se hace el análisis.

Aura repasa mentalmente las sustancias más fuertes que ha consumido en el último mes —incluyendo ibuprofeno, Fanta light y unas gotas de tabasco caducado que le echó una mañana a los huevos fritos, a lo loco— y niega con la cabeza.

—¿Seguro? Que no te dé vergüenza. Si es un momento...

La mujer lo ofrece con tanta amabilidad que Aura está tentada de aceptar, sólo para no hacerle el feo. Hasta que echa una mirada a través de la puerta de la enfermería y sus ojos se cruzan con los de la Yoni, que está sentada en una camilla, con un brazo vendado y la cara llena de moratones.

—Gracias, pero no es necesario.

—Como quieras —dice la mujer, echando a andar.

Dentro, la Yoni hace ademán de incorporarse, pero una enfermera la sujeta. Un grito amenazante sigue a Aura, que aprieta el paso en pos de la funcionaria.

—¡Te voy a quebrar!

Qué perra que ha cogido esta mujer, piensa Aura, alegrándose de dejar atrás la enfermería.

Al poco llegan hasta otra sala, frente a la que espera un hombre de mediana edad bajito y calvo, con traje arrugado y aspecto de haber dormido con él puesto.

—Soy tu abogado de oficio, vas a comparecer ante el juez. ¿Nombre? —pregunta cuando Aura llega a su altura.

Aura se lo dice. El hombre saca un archivador de la mochila que descansa entre las piernas y localiza el atestado policial de su defendida. Lo lee en diagonal, suelta un par de *ujums*, la agarra por el hombro y la conduce al interior de la sala.

—Venga, que empieza.

—Oiga, ¿no va a decirme nada de...?

—Estate calladita, no metas la pata y niega todo.

—Pero a mí me gustaría expli...

—Que niegues todo, coño.

Aura retiene al abogado, sujetándole del hombro.

—¿Pueden mantenerme detenida?

El hombre chasquea la lengua y toma aire por la boca, de forma ruidosa.

—Es domingo, el juez va con prisa y tu expediente está complicado. Si se le cruza, te quedas hasta el lunes.

—Necesito salir de aquí —dice Aura, acercándose a él—. Dígame lo que tengo que hacer.

—Ya te lo he dicho —responde el abogado, empujándola dentro sin miramientos.

La habitación es más pequeña aún que la celda y está más llena. Un par de mesas, un puñado de sillas, un juez, un fiscal, varios guardias, el abogado de oficio y la acusada. Las paredes, pintadas de amarillo huevo, no tienen ventanas ni otra decoración que un cuadro de su majestad el rey Felipe VI, cuya escueta sonrisa recuerda que la justicia es igual para todos.

El fiscal se incorpora y lee la acusación contra Aura, que aguarda en pie en mitad de la sala. El juez no levanta la mirada de la mesa hasta el final, enfrascado en una carpeta cerrada que hay frente a él. Aura contesta a todas las preguntas del fiscal —la mayoría de las cuales comienzan con un «Es cierto que...»— con un *no* rotundo. Hasta siete veces, las siete mentira.

Cuando termina el interrogatorio, el juez carraspea varias veces con aburrimiento. Es un hombre entrado en años —los sesenta ya no los cumple— con una barba puntiaguda y blanquecina y más pinta de optometrista jubilado que de juez de primera instancia.

—Éste es un cargo menor. ¿Me puede explicar el ministerio fiscal por qué se ha traído aquí a la acusada?

—La señora Reyes tiene pendiente un ingreso en prisión a la espera de juicio dentro de tres semanas, señoría. Por eso los agentes la detuvieron, como medida preventiva.

—¿Con qué cargos?

Aquí vamos, piensa Aura, cerrando los ojos.

—Fraude a gran escala, apropiación indebida, falsedad documental, blanqueo de capitales. Todos con agravantes, señoría.

El juez aparta la vista de la carpeta y mira por primera vez a Aura, curioso. La blusa cara, los zapatos bonitos a juego. Descontando las ojeras, el pelo color arena revuelto y los hombros caídos cortesía de una noche en el calabozo.

—¿De qué cuantía estamos hablando?

El fiscal canta las nueve cifras, hasta el último euro. Sin decimales. Ni falta que hace.

El juez enarca una ceja con gesto apreciativo.

—¿Y la fianza?

—Medio millón de euros, señoría.

Medio millón contra más de cien millones no parece gran cosa. Una cifra simbólica, para asegurarse de que la detenida no escape, etcétera. Para Aura, tanto hubiera dado que pidiesen la luna envuelta en un lazo fucsia.

—Ya comprendo —dice el juez, con cara de lo contrario—. Señora Reyes, me pone usted en un compromiso. Una acusación con un componente de violencia, como la que le trae a usted frente a este tribunal, es un problema. Incluso siendo menores las circunstancias del delito.

—Presunto delito, su señoría —interviene el abogado—. Mi defendida ha negado de plano los hechos que se le imputan.

—Y es toda una sorpresa para este tribunal que uno de sus defendidos niegue hasta el aire que respira, letrado —responde el juez, con sorna.

Vuelve a mirar la carpeta frente a él, y tamborilea con parsimonia encima de la mesa, meditando sus palabras.

—Esta situación suya es habitual —dice, al cabo de un rato—. Una persona con un ingreso en prisión pendiente, a medida que se acerca la fecha, puede llegar a tener la sensación de que no le queda nada que perder. Su sentido de la moralidad se atenúa, y tiende a cometer errores que no cometería en otro contexto. ¿Entiende lo que le estoy diciendo, señora Reyes?

—Entiendo.

—Ante esta situación, lo mejor es adelantar el ingreso en prisión lo antes posible, por el bien de la sociedad y del propio acusado. Creo que ése es su caso, señora.

El miedo que se le metió en el cuerpo a Aura cuando su cara impactó —hace menos de quince horas— contra el capó del coche patrulla ha seguido dentro de ella. Con picos ocasionales de intensidad fuerte a moderada, y una ansiedad difícil de controlar.

En ese momento, sin embargo, el miedo se atenúa hasta casi desaparecer. Porque Aura ha escuchado en la última frase del juez la pregunta escondida, en lugar de la amenaza obvia.

Y de nuevo, un reflejo de su antiguo yo.

—Así sería si fuese responsable de lo que pone en el atestado, pero ya le he dicho que es todo falso, señoría —miente Aura, con aplomo—. Y debo decirle, para ser sincera, que no tengo ninguna intención de entrar en prisión preventiva, sino que pienso reunir el dinero de la fianza y afrontar el juicio en libertad, tal y como es mi derecho.

El juez estudia a Aura con detenimiento.

—Ya veo. Y supongo que la experiencia de esta noche ha tenido algo que ver en su decisión.

Aura se encoge de hombros, diplomáticamente.

—Señora Reyes, si la dejase hoy en libertad, estaría corriendo un riesgo. ¿Puedo confiar en usted?

—Sí, señoría. Totalmente, señoría. He escarmentado. Puedo sinceramente decir que soy una mujer nueva, no un peligro para la sociedad. Es la pura verdad —dice Aura, en su mejor imitación de Morgan Freeman.

Por un momento cree que ha ido demasiado lejos, pero el juez parece complacido, incluso divertido con la explicación de la acusada.

—No haga que me arrepienta, señora Reyes —añade, haciendo un gesto hacia la puerta.

Aura sube al primer piso, recoge sus pertenencias en una bolsa de plástico (incluyendo el bolso, el monedero, el abrigo y el sujetador) y está en la calle menos de quince minutos después. Observando el cielo nublado, y las Torres Kio, y los folletos del Lidl arrastrados por el viento, decíamos. Tomando una bocanada de libertad y dióxido de carbono, y pensando que no había contemplado nada más hermoso en su vida...

Hasta que ve algo que le hace cambiar de opinión por completo.

8

Una barra

Una figura le hace señas desde un banco a pocos metros. Aura traga saliva, porque ha reconocido a la persona y tiene muy pocas ganas de responder a las señas. Respira hondo, agacha la cabeza y camina en dirección contraria.

Logra recorrer unos veinte metros antes de escuchar la voz.

—Eh, rubia.

Y otros cinco antes de que ella la alcance.

La mujer se le planta delante, cerrándole el paso.

—Te has ido sin tu desayuno. Para una cosa buena que tienen en ese sitio...

Alza una bolsa de plástico translúcida, a través de la cual se ve un bocadillo de buen tamaño envuelto en papel Albal. Y un par de mandarinas.

—También venía un yogur, pero me lo he comido. Tenía *fame de carallo*, nena. No te me vayas a enfadar, ¿eh?

El estómago de Aura ruge ante la perspectiva del bocadillo, pero la ansiedad y la premura han vuelto. Por no mencionar que no quiere ningún trato con la persona que tiene enfrente.

—Perdona, pero no tengo tiempo para comer. He de llegar a casa cuanto antes.

Hace una pausa valorativa, decide que no hay peligro y, por fin, añade:

—Mis hijas están solas.

—Mujer, ¿y cómo no lo has dicho antes? Anda, vente conmigo, que te llevo. Suelo dejar el coche cerca del juzgado cuando me mamo, porque al final pasa lo que pasa.

Aura arruga la nariz, sin poder evitarlo. El aspecto de la mujer no ha mejorado en las últimas horas. La cazadora de sarga cuelga ahora de su hombro derecho. La camiseta es un concurso de lamparones. El pelo lo lleva muy corto y rapado alrededor de las orejas, así que no hay peligro de que se despeine. Pero sigue oliendo a sudor y a vino, incluso al aire libre y metro y medio de distancia.

—No te lo tomes a mal...

Se interrumpe, al darse cuenta de que no sabe cómo se llama la mujer. Cree recordar que uno de los policías lo dijo cuando la subieron al coche patrulla, pero estaba como para acordarse...

—Mari Paz Celeiro Buján —dice ella, adelantando la mano—. Y tú eres Aura.

—¿Cómo lo sabes?

—Ah, la funcionaria te llamó la primera. Pero le dije que te dejara dormir. Parecías tan cansada...

Aura respira hondo y pone los ojos en blanco. Así que

podía haber estado fuera de ahí mucho antes. Intenta calmarse y repite:

—No te lo tomes a mal, Mari Paz, pero prefiero ir en metro.

En ese momento escucha un ruido a su espalda. Se vuelve a tiempo de ver a dos de las compañeras de la Yoni, saliendo del juzgado y mirándola atentamente. Una de las dos cuchichea en el oído de la otra, señalando hacia Aura. Ninguna parece demasiado amigable.

—Rubia... —dice Mari Paz, siguiendo la dirección de su mirada— se me figura a mí que no es buena idea lo del metro, mira que te digo.

—Lo que tengas tú con ésas...

—... ahora también lo tienes tú. Date la vuelta *amodiño* y vente conmigo.

Mari Paz pone el brazo cariñosamente en el hombro de Aura y la conduce hacia la calle Bravo Murillo.

—Nos están siguiendo, ¿verdad?

—Eso me temo, nena. Tú sigue andando, no te pares.

—En qué maldita hora te ayudaría.

—Pues de madrugada.

—Digo que me arrepiento.

—Ya sé lo que *dis*. Camina, que está el coche ahí delante.

Aura aprieta el paso, sin pensárselo dos veces. Mari Paz la sigue de cerca, un poco más atrás. Cojea un poco, se da cuenta Aura, en cuanto se aviva el ritmo.

—Anoche les diste una paliza —dice, volviendo la vista. Las dos latinas están mucho más cerca. Una de ellas lleva la mano metida en el bolso.

—Anoche era anoche.

—¿Y no podrías...?

—¿Te has fijado en la de la derecha? Ésa va cargada.

Aura mira a Mari Paz, sin comprender.

—Cargada. Un pincho, una navaja, lo que sea. Si nos cogen, le tendría que romper el alma a hostias.

—Por mí no te cortes.

—Pues sí que te has cansado pronto de la libertad. Si nos enganchamos, nos devuelven adentro más rápido que inmediatamente.

La perspectiva no es buena, no, piensa Aura.

—Es ése de ahí —dice Mari Paz, señalando un Skoda blanco con más años que las vallas del Retiro. Le pone una llave a Aura en la mano—. Métete dentro y cierra.

Aura rodea el coche, notando como sus latidos y su respiración van cada vez más acelerados. Acerca la llave a la cerradura, y trastea con ella hasta conseguir introducirla.

A su espalda, Mari Paz se ha girado y deja resbalar la cazadora que llevaba colgada del hombro, que cae al suelo. La bolsa del desayuno sigue el mismo camino.

—A ver, a ver. ¿Es que venís a por más, o qué?

Las dos mujeres se paran al ver cómo se da vuelta. Una de ellas, la más alta, saca la mano del bolso. Lleva un destornillador grande con el mango envuelto en esparadrapo que tiene pinta de cualquier cosa menos de herramienta de bricolaje. La otra se fija en Aura, y comienza a rodear el coche.

Mari Paz extiende los brazos, y se mueve hacia su derecha, bloqueándole el paso.

—Quita de en medio, gallega. Quita —dice la del destornillador.

—No me da la gana. Lo vuestro es conmigo. ¿Qué os ha hecho la rubia?

—La Yoni quiere darle recuerdos.

—Pues que le mande una postal. Tú, que te estoy viendo —avisa, apuntando con el dedo a la que intenta rodear el coche—. *Vas* llevar una hostia como un mundo, ¿eh?

Aura, entretanto, ha conseguido abrir la puerta del conductor. Lo primero que nota es el olor, a ropa sucia y a comida pasada. El asiento trasero del coche está abarrotado de bultos. Bolsas de deporte, un saco de dormir de color verde, una caja de cartón que en su día contuvo vino —y con manchas rojizas que lo atestiguan.

Nada de todo esto le sirve de gran cosa.

Porque no tiene pensado seguir las instrucciones de Mari Paz.

Ya está bien de correr, piensa.

Palpa bajo el asiento del conductor y sus dedos se cierran en torno a un objeto metálico y duro. Tira de él, para sacarlo, pero está trabado con algo. Apoya un pie en el estribo del coche, y consigue hacer más fuerza.

Con un último tirón, la barra antirrobo —marca Ranz, pintada en rojo, descascarillada por los bordes, igualita a la que llevaba su padre en el Renault Fuego cuando ella era niña— se libera con un chasquido. Aura sale disparada hacia atrás, y tiene que apoyarse en la puerta para no caer de culo. En el movimiento, la cabeza de metal de la barra golpea contra el suelo con un ruido amenazador.

—Vaya —dice Aura, dándose la vuelta.

La mujer que iba tras ella había conseguido esquivar a

Mari Paz y ya está a tan sólo un par de pasos de ella. Se ha quitado el cinturón —hecho de eslabones de cromo— y lo lleva colgando de la mano derecha. Pero cuando ve girarse a Aura sosteniendo en alto cincuenta y ocho centímetros de acero aleado, se para en seco.

—Vaya —repite Aura, mirando la barra, con una sonrisa—. Perdona, ¿te puedo ayudar en algo?

La mujer mira también la barra, luego a Aura, y decide sabiamente.

—Ya os pillaremos, gallega —grita, mientras se aleja corriendo.

Su amiga no tarda en imitar su ejemplo.

Aura sigue sosteniendo la barra durante un rato. Todo el tiempo que Mari Paz tarda en recoger la cazadora y la bolsa del desayuno —una de las mandarinas se ha chafado un poco— y quitarle el antirrobo de las manos temblorosas.

—Dime la verdad. ¿Sabes lo que hacer con esto?

—No tengo ni la menor idea.

—Ya me imaginaba. Anda, sube.

9

Un trayecto

Mari Paz conduce de manera exquisita.

Aura no admite esto de cualquiera. Pejiguera. Era una palabra que su marido usaba mucho para referirse a su manera de conducir. Maniática, obsesiva y fastidiosa eran adjetivos que salían a menudo en la conversación.

Aura tiene su manera de circular, eso es todo. Señaliza con mucha antelación, consulta dos veces los retrovisores antes de cambiar de carril, ceder el paso al autobús es para ella una habitual actitud.

Por eso le sorprende agradablemente que Mari Paz, y más en plena M30, sea una conductora parecida a ella. Pausada, meticulosa y educada.

Y todo eso con una mano, claro.

La otra está ocupada con el bocadillo de Aura, que tiene el estómago revuelto y ha renunciado a él.

—Este pan está más *reseso* que su puta madre —dice Mari

Paz—. Por eso los hacen de tortilla francesa, para reblandecerlos un poco. Pero es un atrancabuches igualmente. Además, se supone que los domingos hay chistorra. ¡Boh! Ya no hay seriedad en este mundo.

Aura baja un poco la ventanilla para que entre aire. El olor del bocadillo —del coche, en general—, sumado a su estado de nervios, le está dando náuseas.

—¿Quiénes eran esas taradas?

Mari Paz termina el bocadillo, arruga el papel Albal y lo arroja a la parte trasera.

—La Mara 22.

Aura asiente, con la convicción de la ignorancia.

—No sabes de qué te hablo, ¿verdad, rubia?

—Veo el telediario.

—Pues eso mismo, no tienes ni idea. La Mara 22 es una banda. Muy mala gente.

Hace una pausa y luego añade:

—Gracias.

—¿Por qué me das las gracias?

—Anoche me salvaste la vida.

Aura mira a Mari Paz con extrañeza.

—Estás de broma. Sólo iban a darte una paliza.

—Iban a estrangularme con la manga de la cazadora. *Ris, ras, boas noites.*

El tono de su voz es riguroso, inflexible, a pesar de la retranca de la última frase. Aura comprende que está hablando muy en serio, pero no puede creerlo.

Hasta que se fija en la marca, rojiza y uniforme, que rodea la garganta de Mari Paz.

Aura traga saliva, e intenta procesarlo. Ella, que había vivido en un mundo en el que el mayor peligro procedía del impago de la hipoteca, y el mayor miedo la mamografía anual.

Por supuesto, está *lo que sucedió* hace dos años. La noche en la que Jaume murió y ella lo perdió todo, o había comenzado a perderlo. Pero incluso *lo que sucedió* era, en su cabeza, un cisne negro. Un raro encuentro con la fatalidad, tan improbable como inesperado.

Lo que ha estado viviendo en las últimas horas no es un cisne negro. Es la prueba de que la violencia y el miedo no son la excepción, sino una norma que esquivamos cada vez que tenemos la fortuna de que el amanecer nos encuentre a salvo en nuestras camas.

La prueba de que la manta está llena de agujeros.

También la prueba de que no queda otra que actuar en consecuencia.

El mundo se pausa un momento. Los vehículos se congelan en mitad de la carretera, los pájaros detienen su vuelo. Un mosquito que se estaba aplastando contra el parabrisas queda congelado en mitad de la acción, ni muerto ni vivo.

Aura acaba de tener la segunda parte de su revelación.

Ni por asomo tan trascendental como la que tuvo ayer con el champú de Mercadona. Esa manzana ya le cayó en la cabeza una vez, y no va a caer de nuevo.

Esta segunda parte es ver la manzana en el suelo y decidir qué hacer con ella.

Algo importante. Algo que le dé la vuelta al marcador. Una salida.

Es una locura, se contesta.

Lo es, se responde. *Pero...*

El germen de una idea se ha aposentado en su cabeza. Una idea tan improbable como imposible.

Una idea que sola no hubiera podido realizar. Ahora, en cambio...

El mundo vuelve a ponerse en marcha.

—¿Te duele? —pregunta, señalando al cuello de Mari Paz.

—Sólo con los bocadillos de tortilla. Eh, alegra esa cara, rubia. Que parece que hayas visto un fantasma.

Aura no ha visto un fantasma, pero algo ha visto. Algo que ha provocado la necesidad de saber más de su compañera de celda.

—¿Por qué te querían...?

Lo deja en el aire.

—La calle es así, rubia. Te cruzas con gente. Buena, normal y regular. Y luego están esas hijas de puta.

Aura mira hacia el asiento trasero —*más bien asiento trastero, jajá*, se ríe ella sola, por dentro— abarrotado de enseres, y luego a la ropa arrugada y tiesa de Mari Paz.

—Vives en el coche, ¿no?

Lo ha dicho sin pensar, y se da cuenta enseguida de que se podía haber ahorrado la pregunta. Mari Paz se encoge un poco, humillada, y tuerce el morro. Aura intenta disculparse.

—Oye...

Pero Mari Paz la para con un gesto orgulloso. Sigue un silencio incómodo, sólo interrumpido por el ruido del tráfico y el clamor sordo de la vergüenza ajena.

—Estoy pasando un bache —responde la conductora finalmente.

—¿Desde hace cuánto?

Mari Paz ladea la cabeza, como si no lo tuviera claro. Cuenta con los dedos de la mano derecha, sin soltar el volante, cuántos años lleva malviviendo. Desde aquella aciaga tarde frente al Tribunal Militar, donde la expulsaron con el veinte por ciento del salario. *Y aún salí bien librada, después de lo que hice.*

—Cinco años —dice, casi con sorpresa.

—Es un bache grande.

—Sí que lo es. *Mimadriña*, cómo pasa el tiempo —suspira Mari Paz.

El coche gira a la altura del Puente de Vallecas y entra en la avenida Ciudad de Barcelona. *Ya no queda mucho para llegar a casa*, piensa Aura.

Sabe que están bien, está convencida de que están bien, y sin embargo pasa los últimos metros con media cabeza fuera de la ventanilla, esperando escuchar las sirenas de los bomberos y de la ambulancia.

Al torcer en la calle Abtao, su destino final, Aura casi se baja del coche en marcha y echa a correr hacia su portal. Su revelación ha pasado a segundo plano hasta que pueda ver a las niñas.

—Bueno, rubia, adiós, ¿eh? —suelta la conductora, con gesto de fastidio.

Aura trota de vuelta hasta el coche y hace un gesto indeterminado calle adelante.

—Aparca y sube. ¡Segundo derecha!

Mari Paz parpadea, sorprendida. No está acostumbrada a recibir invitaciones para subir a las casas.

—A ver, tendrás cosas que hacer...

—Quiero proponerte algo. ¡Te espero arriba!

Esperaba una despedida. A lo mejor una caña. No una invitación.

Pero tampoco se le ocurre cómo negarse. Todo lo que acierta a decir es:

—¿Tú sabes lo difícil que es aparcar aquí?

10

Un salto

A veces la valentía se demuestra frente a un telefonillo.
Mari Paz no es cobarde, no lo ha sido nunca.
Pero el timbre no lo pulsa, no.
El miedo la paraliza.

Miedo

O que ten cu, ten medo, decía su abuela, que el castellano lo tenía de adorno. En Vilariño, provincia de Ourense, no habían visto un madrileño en los últimos treinta años. Y en Luar do Carballo, la minúscula aldea a las afueras de Vilariño, no habían visto un madrileño en treinta siglos. El hogar ancestral de los Celeiro era una casa de piedra junto a un carballal. En lo alto del monte cercano había un castro de la Edad de Bronce, y ésa era la última vez que alguien de fuera había puesto un pie por esos montes.

Ata onde sei, precisaba la abuela, que no era de pillarse los dedos.

Lo del culo y el miedo era una constante universal, eso su abuela se lo había cosido a pantuflazos en el sitio preciso. También fue ella quien le dijo, el día que cumplió dieciocho años, que cogiera el petate y marchase para Pontevedra. Con lágrimas en los ojos, sí, pero sin dejar de empujar en la dirección adecuada.

La abuela cogió un Bic rojo, empezó a escribir en la parte de atrás de un tíquet de compra del Gadis y le hizo una lista de cosas que no había en el hogar ancestral de los Celeiro:

- trabajo (ésta la rodeó dos veces con un círculo).
- dinero para estudiar (que los padres de Mari Paz habían muerto siendo ella muy niña; se los llevó un camión en la Nacional VI, yendo a una boda).
- mozos casaderos (tanto le daba a Mari Paz, cuyos gustos no iban por esa vía).
- futuro.

Con esos mimbres, las dos únicas salidas eran:

- la pesca (qué aburrimiento)
- el ejército (qué miedo).

Y ahí fue donde entró en juego el refrán.

El día de la despedida, Mari Paz cogió las manos de la abuela entre las suyas. Manos duras, manos de plantar grelos y nabizas y recoger tempestades. Manos de remover la pota y de sacar las filloas —*cos dediños, sin queimarse*—. Manos generosas en la colleja y más generosas en la caricia. Manos de quien había tenido que ser madre y padre, además de abuela.

—*Quéroche moito, avoa.*

La abuela no respondió. Tenía atascadas en la garganta siete décadas de despedidas. De ver vaciarse el rural, de ver alejarse espaldas —cargadas con más sueños que posibilidades— pista arriba, camino de la parada del autobús en la plaza del pueblo.

La abuela no respondió, porque tenía sus propios miedos. ¿El peor? A morir sola, de pronto, sin nadie que le agarrase la mano.

Por eso no soltó la de la única persona que le quedaba en el mundo, durante un largo minuto. En silencio, el mismo que quedó cuando Mari Paz se fue.

En Pontevedra, Mari Paz se alistó en la BRILAT en 1996. No fue la primera mujer en engancharse. Hacía ocho años de eso. Sí que fue la primera a la que mandaron en misión internacional. Albania, el año siguiente.

—¡No hay miedo, no hay dolor! —gritó el sargento Carmona, intentando hacerse oír por encima del ruido de los rotores.

Los ocho miembros del pelotón gritaron a la vez.

Todo esto era una década antes de que se estrenara la peli ésa de los espartanos. Antes de que se pusiera de moda entonar *aú, aú, aú,* en perfecta sincronía. Antes de las barbitas recortadas, los chichis impolutos y el *selfie* de rigor. Así que los soldados berreaban cada uno lo que le daba la gana, en gesto de hombría y asentimiento, y se dirigían hacia la compuerta del helicóptero con su atención puesta, no en los *likes* de Instagram, sino en no cagarse encima.

¿Quieres saber lo que es el miedo?

Prueba a hacer un salto a baja altura desde un Cougar antes de amanecer, con un viento cruzado de cuarenta nudos. Con el río Drin a la izquierda y un acantilado cortado a pico a la derecha. La nave se mueve como el yoyó de un lunático, el suelo está cada vez más lejos de los pies y el desayuno —porque Mari Paz había desayunado antes de salir, la muy gilipollas— está cada vez más cerca de la boca.

¿Qué pasa por la cabeza en un momento así?

Miedo.

Ves el agua del río, no muy profunda, unos cuatro metros, ni muy rápida. Igual da, porque como te caigas con la mochila de campaña, que pesa treinta kilos, ya no subes. Y por un instante *estás* en el agua helada de finales de febrero, sintiendo cómo la muerte te succiona hacia la oscuridad y el limo del fondo.

Ves el precipicio, cuajado de rocas afiladas, del que suben corrientes de convección que rachean aún más el viento. Y por un instante *estás* en el vacío, manoteando como una desesperada, intentando agarrarte a lo que sea, o como mínimo retrasar el instante en que el suelo te reclame para siempre.

Ves el minúsculo trozo de tierra llana —por decir algo, que hay más hoyas y brezo que en toda la provincia de Ourense— sobre el que se supone que tienes que aterrizar. Y aterrizar rapidito, que hay sospechas de que hay contingentes armados en el bosque al otro lado del río. Ves ese pequeñísimo rectángulo, y tienes miedo.

Pero Mari Paz no tuvo miedo por ella.

Morir la asustaba, por supuesto. ¿Cómo no iba a hacerlo? A treinta metros de altura, con la adrenalina bombeando en el cerebro como un conejo en San Valentín, la muerte la llevas bajo la piel.

El miedo lo sentía por la abuela. Por no estar el día de su cumpleaños, ni en Navidad. Por el hueco que iba a dejar, por la ausencia.

Cuando el Cougar descendió lo suficiente, Mari Paz saltó la primera, sin pensar en nada. Dejó que su cuerpo y el entrenamiento actuasen por ella.

Durante un instante, a caballo entre la vida y la muerte, con el viento abofeteándole la cara y los dientes apretados, Mari Paz fue feliz por primera vez en su vida.

Después sus botas tocaron el suelo pedregoso. Trastabilló un poco, pero no llegó a caer. Clavó la rodilla en tierra y alzó el Cetme en posición de tiro, protegiendo el descenso de sus compañeros.

Ninguno de ellos se dio cuenta de que le caían lágrimas por las mejillas.

Aquel día aseguraron una ruta para que un convoy de ayuda humanitaria cruzase el río. La jornada incluyó reducir a unos partisanos de la banda de Çole, que se defendieron a tiros hasta que los legionarios acabaron rodeando su posición en el bosque. Mari Paz tuvo que disparar tres veces. Fuego de cobertura, sin herir a nadie. No hubo bajas, el enemigo se rindió.

De todo ello, apenas recuerda nada.

Lo que ha quedado en su memoria, indeleble, fue el miedo antes del salto.

No fue el mayor, ni el más pavoroso. Tiempo tendrá de recordar otros, con lo que va a sucederle en las próximas semanas.

Y sin embargo, aquí está. El vértigo, la sensación de vacío en la boca del estómago, la melancolía. La incertidumbre, la anticipación. Cuando tu cuerpo te avisa de que algo va a suceder en el instante siguiente que puede cambiar el rumbo de los acontecimientos.

Cuidadiño con lo que haces, previene su cuerpo.

Días más tarde, delante del cañón de una pistola y con la cara salpicada de sangre, Mari Paz Celeiro recordará este momento del telefonillo como el día en el que cometió el peor error de su vida.

Malo será, le responde al cuerpo. Y aprieta el timbre.

11

Un piso

Otro —en otra historia, quizás— hubiera pensado que el timbrazo sonó como un signo de interrogación. Mari Paz, que es más de Serrat, piensa en golpes en las costillas.

Sube por las escaleras —son sólo dos pisos, y así estira un poco las piernas— y se encuentra la puerta abierta.

—¡Por aquí! —Es la voz de Aura, llamándola.

El piso es pequeño y oscuro. Un par de habitaciones, el baño, un salón al fondo y una cocina enfrente. Las ventanas que dan a la calle no dejan pasar mucha luz, pues el edificio está orientado al norte y la altura no ayuda.

El salón es un campo de batalla.

Hay juguetes por todas partes, ropa extendida por encima del sofá, una toalla en el suelo y seis pares de zapatos sobre la mesita auxiliar, colocados uno sobre otro en forma de torre en precario equilibrio. La mesa de comedor será seguramente de algún color oscuro, pero es imposible saberlo, porque está completamente cubierta por folios blancos sobre los que alguien ha dibujado un unicornio gigantesco de seis patas. El esfuerzo no debió parecerle suficiente a la artista, que decidió que había que rellenar el dibujo con macarrones. ¿Una clase de macarrones? Mari Paz sospecha que *todas* las clases de macarrones que había en la casa. Hay tiburones, caracolas, hélices, margaritas e incluso espaguetis en la zona de la crin. Todas las áreas han sido empezadas, ninguna concluida. Quizás porque el bote de cola blanca está volcado al borde de la mesa, goteando sobre la alfombra, donde ha formado un charco impreciso con forma de tostada. Hay minibriks de zumo de piña en cada rincón, todos con su correspondiente pajita incrustada y presumiblemente vacíos. Hay migas por todas partes, y lo que parece una galleta Príncipe pisoteada sobre una silla.

—Estuve en el mercado Baryalai en Kandahar después de un atentado y estaba más ordenado que esto, rubia.

En el centro de ese caos, Aura Reyes se aferra a sus dos hijas, una en cada brazo. Apenas se ve algo de niña debajo de cada extremidad de Aura, pero se pueden intuir dos formas, una amarilla y otra negra.

—Tendrías que verlas cuando toman azúcar —dice Aura, sin volverse.

—¿Quién es, mami? —pregunta una voz, amortiguada por el pecho materno.

—Dentro de un rato la saludaréis. Ahora necesito achucharos sesenta segundos más.

Las niñas protestan y se revuelven, intentan emerger, pero el abrazo de Aura es innegociable.

—¿Por qué no vas a darte una ducha? El baño está ahí —dice señalando la puerta. Y enseguida reacciona a la cara de Mari Paz—. Las dos lo necesitamos, pero yo estoy demasiado ocupada. Te cedo el primer turno.

—No puedo quedarme —dice la aludida, a la que le ha hecho poquísima gracia el ofrecimiento.

Por más que me haga falta, la virgen. Tengo más roña encima que as bestas cuando bajan del monte. Pero es que no son formas. Vai lavar a cara, galopín.

—Venga, no vas a dejarme recoger esto a mí sola, ¿no? Te invito a comer.

Mari Paz sopesa el ofrecimiento. El orgullo lo tiene herido, pues no hay nada que le moleste más que ver cómo sacan a relucir sus carencias. Pero el primer bocadillo lo tiene ya en los pies, el segundo lleva el mismo camino, y el cuerpo le volverá a pedir combustible en breve.

—¿Qué hay para cenar?

—Diría que pasta —responde Aura señalando las manualidades sobre la mesa del comedor.

Los males y el orgullo se le pasan en cuanto el agua caliente le cae sobre la nuca.

Hay una cosa cierta sobre la ducha. Si te la saltas dos días, te sientes repugnante, asqueroso. Si te la saltas cinco, el cuerpo se va haciendo a la idea y ya son los demás los que tienen el problema. A partir del décimo, te va pareciendo normal apañarte en el lavabo de un bar con el baño reactor —las alitas y el motor—.

Mari Paz lleva años viviendo con un par de duchas al mes, en casa de unos compañeros. Para más no le dan el orgullo y el corazón. El primero es muy grande y el segundo tirando a blandito, y en cuanto se encuentra bajo el chorro, la armadura se agrieta. Vuelve a sentirse como un ser humano y regresa la dolorosa realidad de su vida cotidiana. Quién es, quién podría ser.

Mari Paz se sienta en la bañera, apoya la cabeza en la cortina de la ducha e intenta no llorar.

Cuando sale, al cabo de unos minutos, la imagen que le devuelve el espejo es distinta. Su rostro, anguloso y recio, se ha suavizado. La piel áspera se ha henchido un poco, devolviendo algo de luz a sus rasgos. El pelo, aplastujado y seboso, luce ahora negro y brillante. El corte sigue siendo una mierda, pero al menos es mierda limpia.

Guapa no has sido nunca, no. Pero atractiva, un rato, carallo, piensa.

Se palpa el brazo, con tristeza. Sigue siendo fuerte, pero el contorno definido de los bíceps está ahora desdibujado por un lustro de alcohol barato y comida peor.

Se jura por enésima vez que va a dejar de beber, reconducir su vida y hacer algo con ella. Mientras se lo repite, el cuerpo le recuerda que es hora de una cervecita. Es importante tener una rutina.

Luego se da la vuelta y se da cuenta de que su ropa ha desaparecido. En su lugar hay unas bragas limpias —que le quedan un poco justas—, un albornoz y una nota.

«Tenía que poner una lavadora», dice la nota.

Su puta madre, piensa Mari Paz.

12

Unas gemelas

Cuando sale, con el pelo aún mojado y envuelta en el albornoz, se encuentra en el pasillo con dos presencias amenazadoras de unos ciento veinticinco centímetros de alto, armadas con escobas.

—Batman y Bob Esponja. ¿Tengo que asustarme?

—Sólo si eres una malvada —dice Batman.

—O si eres el Señor Cangrejo —dice Bob Esponja.

—Qué suerte, entonces. Soy Mari Paz.

—Yo soy Cris —dice Batman.

—Yo soy Alex —dice Bob Esponja.

—Ésos *no* son sus nombres —dice su madre, exasperada, desde la cocina.

—Hemos decidido que vamos a usar nombres neutros hasta que sepamos quiénes somos *de verdad* —explica Cris, como si tal cosa—. ¿Quién eres tú?

—Una amiga de tu madre.

—Mamá ya no tiene amigas. Lo dice a veces.

—Y nunca trae a nadie a casa —interviene Alex—. ¿Por qué te ha traído a ti?

Eso me pregunto yo también.

—No todo en la vida tiene explicación, rapazas.

Esa explicación parece ser suficiente para las niñas, que sustituyen el gesto suspicaz por una sonrisa pícara.

—¿Quieres un sugus? —ofrece Alex, tendiendo una bolsa en la que quedan sólo tres. Rojo, azul y amarillo.

Mari Paz por supuesto que quiere un sugus. Va a coger el de piña, pero al ver la cara de las gemelas, muere un poco por dentro, suelta el azul y coge el de limón.

Las niñas son dos gotas de agua. Rubias, como la madre, con el pelo liso y los ojos verdes. Ambas llevan pijamas de cuerpo entero, de esos de franela que son más disfraz que pijama, con sus personajes favoritos.

—Sois bien *feitas* —dice Mari Paz, metiéndose el sugus en la boca.

—No es verdad, somos muy guapas —protestan a la vez.

—Feítas, no. *Feitas*. Riquiñas.

—Quiere decir que sois muy monas —traduce la madre—. En gallego. ¿Qué os he dicho de los dulces antes de comer? Id a barrer el pasillo, anda.

Aura ha regresado al salón y está ocupada en poner orden en el caos.

—Es increíble lo que han conseguido manchar en sólo una noche.

—¡No hemos dormido nada, mamá! —aclara Cris, desde el pasillo.

—Eso lo explica todo.

—Parece que han sobrevivido —dice Mari Paz, guiñándole un ojo.

Coge una bolsa de basura y se pone a su vez a recoger el unicornio de encima de la mesa. La pasta que no ha sido encolada aún la devuelve con cuidado al paquete.

Aura observa la operación, y no protesta. No están ninguna de las dos como para tirar la comida.

—Estaban muertas de miedo cuando llegué. Me han echado una buena bronca. La primera de mi vida. En parte por el susto, y en parte para que no les riñera a ellas por convertir el salón en un escenario de *Gremlins*.

—¿Qué es lo que querías proponerme? —pregunta Mari Paz, intrigada.

—Ahora no. —Aura se lleva un dedo a los labios—. Cuando se desenchufen. Con lo poco que han dormido hoy, caerán después de comer.

—A ver, que ahora no nos oyen.

—Fíate tú de los peces de colores. Y de lo que quiero hablarte no deben saber nada.

—¿Qué es, ilegal?

Mari Paz lo dice en broma, porque no se imagina a esa mamá de barrio bien y modales exquisitos cometiendo una infracción más grave que saltarse un stop.

Aura, que estaba raspando la galleta aplastada de la alfombra, se incorpora y le sostiene la mirada.

—Ilegal y muy peligroso —dice, muy seria.

—¿Qué quieres? ¿Robar un banco?

—Después hablamos —zanja Aura.

Ahora Mari Paz está más intrigada que antes, pero no quiere insistir. Así que hace un gesto hacia la puerta del pasillo.

—Son más listas que un *allo*, ¿verdad?

—Ésa me la vas a tener que explicar.

—Los ajos son todo cabeza. Como ellas.

Aura sonríe, echa el enésimo brik vacío dentro de la bolsa de basura y se encoge de hombros.

—No sé si son listas. Estoy hasta el toto de los padres que creen que sus hijos son superdotados. Según el grupo de WhatsApp de los padres de su antiguo cole, en su clase había quince genios.

Mari Paz hace un gesto de incredulidad.

—Ya será alguno menos.

—Ya sería ninguno. En fin, yo antes también era como esos padres. En otra vida. Ahora me vale con que no prendan fuego a la casa y que sean felices. Por ese orden.

—Hoy estuvo cerca —dice Mari Paz, señalando en derredor—. Yo puedo con esto. Tú ve a ducharte, anda.

La cara de Aura es de un alivio inmenso.

—¿De verdad?

—Arrea, antes de que cambie de opinión.

En ausencia de Aura, Mari Paz cotillea un poco a su antojo mientras recoge. En el salón de una casa está la vida de una familia. En el de la abuela, allá en Vilariño, el centro del salón era la chimenea. Y encima de ella, en el lugar más principal, las fotos de la familia. Del abuelo, del que más. Y también de papá y mamá. Todos los que se habían ido, dejando atrás una imagen imperfecta y un recuerdo de dolor, niebla y añoranza.

A un lado de la chimenea, la leña, que cortaba ella misma.

Al otro, una queimada polvorienta. La abuela le pasaba el plumero una vez al año, por San Xoan. *Se o limpas perderase o sabor*, decía.

Y si estos dos detalles no te dicen todo lo que necesitas saber sobre la abuela, es que no tienes *sentidiño*.

En ausencia de chimenea, en los pisos de los madrileños hay una tele. Los marcos de fotos en plata de ley nunca andan muy lejos. En esta casa hay una cantidad exagerada, casi todos de las niñas en distintos estados de *riquiñez*. Se ve a las niñas jugando en el jardín de una casa grande, con piscina. Un par de señores mayores, que deben de ser los abuelos.

Y por fin, la foto inevitable. La de Aura el día de su boda. Radiante, lo cual no extraña nada a Mari Paz, porque la rapaza es muy guapa. Lleva una diadema sencilla, un recogido imposible y un ramo de jazmines en la mano. Mira por encima del hombro del fotógrafo, al futuro feliz que da por sentado.

La otra mitad de la foto es lo que extraña a Mari Paz. El contraste con el novio. Un hombre grande, de ojos hundidos.

Ella, luminosa y ligera como el aire. Él, oscuro y pesado como una borrasca.

Cheira raro. Ese hombre no es trigo limpio.

El marido ya no está en la ecuación, y no le extraña. Los años que han pasado han dejado a su esposa arrugas en la frente, el rostro más lleno, el pelo más oscuro y una carga invisible sobre los hombros. Aun así, Aura sigue siendo pura luz. Y el hombre de la foto...

Oye abrirse el pestillo del baño. Mari Paz, sin tiempo para volver a colocar el marco de fotos en su sitio, lo deja caer dentro de la bolsa de basura.

Aura ha salido del baño, vestida sólo con unos pantalones cortos y una camiseta blanca. Recoge el paquete de pasta que ha logrado salvar Mari Paz (ahora de cuatro tipos distintos), y se dirige a la cocina, suspirando un *metenéishechaunaesclava* como sólo una madre puede hacerlo.

Por poco, piensa Mari Paz con alivio. Rescata el marco de entre los restos del naufragio, y le echa un último vistazo antes de colocarlo de nuevo en su sitio, cada vez más intrigada por aquella mujer que lo tenía absolutamente todo.

¿Qué demonios te pasó, rubia?

¿Y en qué lío quieres meterme?

13

Unos tatuajes

—Quiero natillas.

—Pues no hay.

—Pues un Actimel.

—Pues te aguantas. Cómete una pera.

—Sólo queda ésa —dice, señalando a la que acaba de coger Mari Paz del frutero semivacío.

La pera en cuestión se detiene a mitad de camino de la boca y recorre el camino inverso, rebasa el frutero y llega hasta el otro extremo de la mesa del comedor.

—Toma, cógela. Yo ya no tengo hambre —miente Mari Paz.

—¿Qué son estos dibujos? —dice Cris, que ha perdido repentinamente el interés por la pera.

Al inclinarse sobre la mesa para darle la pera a la niña, el albornoz se ha subido, y el brazo izquierdo de Mari Paz ha quedado al descubierto.

—Se llaman tatuajes, boba —corrige Alex.

El insulto provoca una briosa cadena de empujones e *ytumases*.

—Son de las unidades en las que he estado —responde Mari Paz cuando las gemelas resuelven sus diferencias—. Cada uno tiene una historia.

Y muchas cicatrices, y sudor, y escupir sangre en el barro.

—¿Unidades?

—Del ejército. Era mi profesión.

—No creo que a las niñas les interese esto —apunta Aura, entre dos bocados. Que es de comer lento y aún le quedan la mitad de los macarrones.

Cris y Alex tienen una opinión distinta, y se arrojan sobre el albornoz, levantándolo hasta el hombro.

—A ver, ¿éste de qué es? —pregunta Cris, señalando un águila sobre una cruz de Borgoña.

—Mi primera unidad. La BRILAT. Brigada Ligera Aerotransportada. Íbamos mucho en helicóptero.

—¿Y éste?

El dedo de la niña se detiene sobre un cuchillo sobre hojas de roble.

—Ése es del que más orgullosa estoy. Es el de la BOEL. La Bandera de Operaciones Especiales de la Legión. Muy poca gente lo tiene.

Los ojos de las gemelas se abren con admiración.

—¡Qué guay! ¿Y qué es eso?

—La mejor unidad de élite de Europa. Hay quien dice que del mundo.

—¿Quién lo dice?

—Pues nosotros, rapaza —se ríe Mari Paz revolviendo el pelo a Cris.

—¿Te costó mucho entrar?

Por la mente de Mari Paz pasan, como sombras fugaces, el millar de madrugadas despertándose a las cuatro de la mañana para correr doce kilómetros antes del desayuno.

El millar de noches durmiendo al raso, sin comida, ni ropa, ni brújula para orientarse, cruzando bosques y quebradas, pantanos y ríos en pleno invierno.

El millar que comenzaron la instrucción, de los que acabaron tan sólo siete.

El millar de golpes en las costillas del sargento instructor *para que te vayas acostumbrando.*

El millar de pedazos en el que la rompieron, antes de volver a componerla de nuevo.

Va a contestar, pero ahora nota la mirada de Aura, que ha dejado el tenedor sobre el plato, y está pendiente de su respuesta. Su ojo derecho tiembla un poco, con un tic nervioso que no llega a ser amenazante, pero está muy cerca.

—A ver, fácil no fue —responde al fin, escogiendo sus palabras con mucho cuidado—. Pero yo crecí con los guisos de la abuela Celeiro. Un buen cocido gallego te prepara para todo.

—¿Llevabas una pistola?

—Pues claro.

—Niñas —riñe Aura, elevando el tono—. Ya basta.

—¿Y mataste a alguien?

La legionaria no contesta. Sólo baja la cabeza.

El ambiente se ha espesado sobre la mesa.

—He dicho que basta. Acabad de comer.

Alex obedece y se sienta enseguida, pero Cris se resiste a soltar ese brazo tan grande y bonito.

—Estás mamadísima.

A Mari Paz se le pone cara de no entender.

—Pero si sólo he tomado una cerveza.

—Significa que estás muy cachas —traduce Aura—. En idioma TikTok.

—¿*Titoc? E que carallo e iso?* —pregunta, confusa.

Las niñas estallan en una carcajada transparente y musical. Enseguida se une Mari Paz, de puro contagio. Y finalmente Aura se rinde a su vez, y el aire pierde algo de su pesadez.

—Id a dormir la siesta, niñas. Mari Paz y yo tenemos que hablar.

Ponzano

El motel tiene muchos nombres. Casi todos obscenos. Ninguno elegante.

No es un lugar famoso, ni llamativo. Si vas por la A2 en dirección Barcelona, no repararás en él. Tan sólo es un edificio blanco, de ventanas pequeñas y cristales polarizados, a veinte kilómetros de Madrid. Sin carteles visibles.

Tienes que llegar hasta la puerta para descubrir su nombre. En letras diminutas, de un dedo de alto, grabadas con láser en una placa de metacrilato, se lee:

HERA

El nombre de la diosa griega del matrimonio y la fidelidad, protectora de las mujeres casadas.

Porque alguien tiene un perverso sentido del humor. Debajo de la placa, lector de tarjetas para los empleados.

Nada más. Sin recepción, sin posibilidad de entrar si no tienes reserva. Ni siquiera una puerta a pie de calle.

Al Hera no se llega por casualidad, y así quieren sus dueños que sea.

La discreción es su principal valor. Porque la mayoría de sus adinerados clientes tienen mucho que ocultar. Y se preocupan mucho de hacerlo.

Un periodista de *El País*, que oyó hablar de este lugar a un empleado descontento, tuvo la brillante idea de hacer un reportaje que tituló «Cuernos millonarios». Detallaba, hasta donde le llevó el atrevimiento y le dictó la sensatez, los servicios particulares del Hera. Habitaciones a partir de quinientos euros por cuatro horas. Suites a partir de tres mil euros por cuatro horas. Juguetes sexuales en las habitaciones. Una piscina independiente en cada una de las suites.

Hasta aquí, nada demasiado comprometido.

Se empezó a llenar los pies de barro cuando comentó que, en el cajón de la mesilla de noche, había un sobre negro —con la leyenda «Por si vienes solo o por si tu pareja y tú queréis animar las cosas»— que contenía una tarjeta dorada.

En la tarjeta había un código QR. Al escanearlo con el móvil, se accedía a un catálogo de acompañantes de ambos sexos, con precios a partir de cinco mil euros.

Para los clientes realmente especiales, hay una zona de la web a la que sólo se accede con contraseña. En ella aparece un catálogo con los acompañantes premium. Rostros que salen a diario en la televisión. Sin especificar el precio, bajo la premisa de que, si tienes que preguntarlo, no puedes pagarlo.

La gota que colmó el vaso fue cuando entró a describir el núcleo de negocio del motel. Que no radica en los puteros, ni en las parejas aburridas.

Sino en los cuernos.

Para poder ser cliente del motel tienes que ser socio, y para ser socio tiene que presentarte otro. Cuando te admiten, recibes —en un email anónimo— una carta que explica la filosofía del lugar, cuyo segundo párrafo dice:

> ... en un mundo en el que cualquiera puede sacarte una foto en tu momento más vulnerable y arruinar tu vida...

Hera se creó para aquellos con mucho que perder y pocas ganas de perderlo. Para aquellos que son la parte más débil de un matrimonio en separación de bienes. Para aquellos que no tienen agallas para dejar de vivir en un matrimonio sin amor.

Y, sobre todo, para los hijos de puta.

El reportero de *El País*, lleno de indignación *woke*, puritanismo *cool* y Tanqueray con pepino, añadió a continuación los hábitos de los mismos. Explicó cómo era imposible encontrar una habitación libre entre semana desde la una hasta las cuatro de la tarde. La franja horaria a la que más sencillo era para los corneadores ausentarse con un «tengo una comida de trabajo».

Nombres no daba, porque no había conseguido ninguno. Y quizás si no hubiese añadido la última línea, se habría salvado.

> Si usted quiere saber si ella o él forman parte de este selecto club, busque en sus extractos de la tarjeta de crédito Hera Holdings Intl. Si lo encuentra, tengo malas noticias.

El reportaje se publicó en la web del periódico un jueves a las nueve y media de la noche. A las diez menos cuarto ya se había retirado. Estuvo visible algo menos de trece minutos.

A las once y media de ese mismo jueves, el redactor fue despedido. Ante sus protestas y súplicas, se le ofreció la readmisión si revelaba su fuente.

Tras resistirse con bravura durante cincuenta minutos completos, el redactor acabó revelando el nombre de su fuente, una limpiadora descontenta de nacionalidad rumana.

La mujer ya no volvió a aparecer por el motel. Dicen que regresó a su país, aunque el marido llamó insistentemente al único número que tenía de ella durante meses y meses, sin éxito.

El redactor fue despedido igualmente. Aguantó tres años a base de alcohol y pastillas de color. En su nota de suicidio ponía sólo: «No os metáis con los hijos de puta».

Los hijos de puta. Así, en general.

Y el peor de todos ellos, en particular, está dirigiéndose ahora mismo al motel Hera.

Sebastián Ponzano, presidente de Value Bank, va conduciendo —más rápido de lo aconsejable— su propio coche. Lo cual es muy poco habitual. Cerca ya de los setenta, es consciente de que sus reflejos no son los que eran. Así que, desde hace una década, delega el volante en un chófer de absoluta confianza.

El hecho de que hoy esté él en el asiento delantero es un indicativo de lo secreto del asunto.

Nadie en absoluto puede saber de su visita al motel.

Por eso ha elegido la hora punta, la de comer, donde su presencia pasará más desapercibida a un personal desbordado.

Ha pagado la habitación con una tarjeta opaca, a nombre de una sociedad en las islas Vírgenes.

Y, lo más importante, le ha dicho a su secretaria que iba a pasar la hora de la comida leyendo en el parque, como hace cada cierto tiempo. Al salir, llevaba bajo el brazo bien visibles el *Gran Saber* de Confucio y el tomo cuatro del *Digesto* de Justiniano.

Pues... ¿quién sospecharía de un pobre anciano dedicado al estudio del derecho romano y la filosofía oriental?

—Aviso a Aurelio, don Sebastián, espere —dijo la secretaria, al verle salir.

—Tranquila, mujer, si voy dando un paseo —respondió él, ya en el ascensor, sin darle tiempo a protestar.

Quién diría que el presidente de un banco tuviera menos libertad que cualquiera de sus empleados, se lamentó Ponzano, mientras se metía en el coche.

El parking de la sede central de Value Bank estaba lleno a esa hora. Hasta arriba. La sobrecarga de trabajo de las últimas semanas, con lo que está por venir, y el miedo a quedarse fuera, atan a los empleados a sus mesas. Pero Ponzano no pensó en esa ausencia de libertad, sino en la suya.

Añoró, no por primera vez, los tiempos en los que él sólo era un trabajador más, a la sombra de su padre. El irrepetible Mauricio Ponzano, el gran banquero de la Transición. En su funeral hubo jefes de Estado, en plural.

En aquellos años mozos, hace cuarenta y tantos, Sebastián Ponzano trabajaba dieciséis horas diarias. Pero cuando se quitaba la corbata y salía del banco, nadie le pedía cuentas. *Hoy, hasta para mear me fiscalizan. Qué vida, Señor.*

Colocó los libros con sumo cuidado en el asiento de su Jaguar XF y se puso en marcha en dirección al motel. No tecleó la dirección en el GPS; la había memorizado para dejar el mínimo rastro posible. Sabía que Aurelio notaría que había cogido el coche, y pergeñó una excusa plausible.

Mi propio coche, y tengo que explicarme. Qué vida.

Aprieta el acelerador. A ella no le gusta que la hagan esperar.

Veinte minutos después, llega al acceso exterior del Hera e introduce el código que le han dado al hacer la reserva.

Una barrera se levanta, y el Jaguar desciende una rampa que se abre en un espacio abierto, protegido por altos muros de hormigón.

El motel no tiene puertas para los clientes. Pero sí para sus coches.

El lateral del edificio está plagado de accesos para vehículos. Cada uno de ellos conduce a un pequeño parking doble, con un ascensor que se abre directamente en la habitación que el cliente ha reservado, y en ninguna otra. La ingeniosa arquitectura del edificio, controlada por un software de inteligencia artificial, crea un camino único para los clientes normales, que jamás pueden cruzarse con otro cliente. Incluso si los amantes entran y salen por separado —como es habitual—, ya que cada uno tiene su propio código de acceso.

Ponzano rodea el edificio y pasa —sin él saberlo—, bajo las ventanas de las habitaciones en las que hacen el amor una ministra y un famoso periodista; un futbolista y un arquitecto; una jueza y otra jueza; un actor de segunda y una prostituta. Siete de ellos casados, tres dentro del armario, y una con ganas de volver a casa y ponerse a ver Netflix.

Llega a la puerta que le corresponde, la veinticinco, y aquí es donde los miles de euros que ha pagado empiezan a marcar la diferencia.

Los clientes VIP que ocupan una de las cinco suites obtienen la máxima privacidad que el dinero puede comprar. El acceso de vehículos se abre a un gigantesco ascensor, único para esa suite.

El coche entra en el enorme espacio, y el ascensor se pone en marcha con un zumbido metálico. Al llegar arriba, aparca en un espacio exclusivo. El contiguo está ocupado por un Mercedes Clase S Gran Berlina, con las lunas tintadas.

Ya está aquí. Mierda.

Comprueba el reloj. Sólo dos minutos tarde, pero ella se lo hará pagar. Ponzano baja del Jaguar sintiendo un hueco en la boca del estómago. Se para un instante para comprobar su imagen en el espejo que hay junto a la puerta de entrada de la suite. No encuentra nada fuera de sitio. La chaqueta azul marino abotonada, el nudo de la corbata prieto como el puño de un avaro. El pelo blanco peinado hacia atrás, formando caracolillos en la nuca. Pelo de rico.

Todo bien por fuera. Por dentro...

Cuando va a abrir la puerta de entrada a la suite, ve su mano temblorosa, débil.

La mano de un viejo agarrándose a un clavo ardiendo.

Se toma unos instantes para serenarse.

Ha costado un enorme esfuerzo conseguir este encuentro. Todo lo que ha construido a lo largo de su vida le ha llevado a estar delante de esta puerta.

No puede permitirse fracasar.

Lo último que me faltaba es un gatillazo, tan cerca de la meta, piensa.

El sarcasmo ayuda. No mucho, lo justo para que la mano contenga su temblor.

Inspira hondo y gira el pomo.

La suite Cleopatra es enorme. Más de cien metros cuadrados en un espacio diáfano.

El lugar es la fantasía sexual de un pervertido con demasiado dinero y demasiados visionados de *En busca del arca perdida*. Las columnas de cartón piedra remedan pobremente la arquitectura del Antiguo Egipto. Plagadas de jeroglíficos y con antorchas falsas a media altura. La cama es descomunal, y las sábanas azules tienen esfinges estampadas. La piscina burbujeante que hay a la izquierda de la estancia muestra un mosaico con el ojo de Horus en el fondo. Sobre una barra, a la derecha, una botella de Moët & Chandon se enfría en una cubitera, jalonada por dos copas de tallo alto con ribetes de oro.

Nada en este monumento al mal gusto capta la atención de Ponzano, porque él sólo tiene ojos para la mujer junto a la barra.

Incluso sentada no puede esconder su envergadura. Es

alta, mucho más de lo que parece en las fotos. Seca de carnes, de piel tostada, pelo negro, ojos de acero. Vestida con falda y chaqueta rojas, como en las fotos que salen casi a diario en los periódicos.

Con su pañuelo al cuello, una sola vuelta. Una concesión elegante a la coquetería. Tapa así las arrugas del cuello que traicionan su edad. El único signo de debilidad en una apariencia estudiada al milímetro y ensayada hasta la extenuación.

Laura Trueba, la presidenta del banco más grande de Europa. La persona más poderosa de España.

La mujer levanta la mirada del móvil cuando escucha abrirse la puerta. Gira un poco la cabeza hacia su izquierda, sin volverla del todo, para llamar la atención del hombre que aguarda tras ella. Calvo, con la constitución de un armario.

—Eso será todo, Alejandro. Gracias.

El guardaespaldas hace un gesto de asentimiento y se dirige hacia la salida. Pasa tan cerca de Ponzano que el viejo puede oler su perfume.

Ponzano le dirige una mirada de rencor y no dice nada hasta que el otro se marcha.

—Dijimos que nada de servicio —protesta.

—Sí, supongo que eso dijimos. Sí.

Laura Trueba no se mueve de su asiento. El taburete es alto y resalta la forma de sus fibrosas piernas. A pesar de haber cumplido los sesenta, la banquera tiene el físico de una mujer quince años más joven.

No le ofrece sentarse a su lado, ni continuar la conversación en los sillones cercanos, donde estarían más cómodos.

Ponzano ya tiene una edad para no caer en esos juegos de poder.

—¿Has pensado en mi propuesta?

—He pensado.

—¿Y?

—Es una buena propuesta.

El viejo sonríe, abiertamente, sin poder evitarlo. Durante los tres segundos que ella tarda en añadir:

—Pero no voy a aceptarla.

La sonrisa de Ponzano ondea, trémula, pero no llega a desvanecerse del todo. Se inclina un poco hacia adelante arrugando la nariz y subiéndose las gafas hasta la frente. Sin ellas, sus ojos parecían mucho más pequeños.

—Laura, éste es el momento. Si fusionamos nuestros bancos, seremos imbatibles. Tus clientes de banca privada...

—Eso ya lo sé —dice ella, apartando la vista.

—Vuestro tamaño aumentará en quince mil millones.

—Ése no es el problema.

El plan era sencillo, en realidad. Trueba lanzaría una oferta pública de adquisición de acciones, poco antes de la presentación de las cuentas anuales del Value Bank, por debajo de su precio. La OPA hará creer a los accionistas que Trueba sabe que las cuentas van a dar malos resultados, que venderán corriendo.

Cuando se presenten las cuentas, con los mejores resultados de la historia, las acciones subirán como un cohete. Para los accionistas, que habrán vendido a pérdida, será un drama. Para Trueba, que se convertirá en la principal accionista del banco, será un triunfo. El Gobierno tendrá que autorizar la fusión de ambas entidades.

El plan es sencillo, infalible, y bastante ilegal.

Lo que están haciendo hoy es pactar una manipulación del mercado a gran escala. Como no se había visto en décadas.

Si nos pillan, será un escándalo. La ruina y la cárcel.

Pero eso no es lo que preocupa a Laura Trueba. La Comisión Nacional del Mercado de Valores investigará, por supuesto. Un movimiento tan atrevido se verá sometido al mayor escrutinio posible.

Pero si no pueden probar la manipulación, ni el más mínimo contacto entre ambos...

Y no podrán. Nos hemos cuidado mucho de ello.

—Entonces, ¿cuál es el problema?

Ella se alisa una inexistente arruga en la falda, con displicencia.

—No me fío de ti, Sebastián. No me fío.

—Los números son sólidos. Nuestras acciones no han parado de crecer en el último año y medio.

—Después de caer casi un cuarenta por ciento.

Directa a la yugular, ¿eh?

Sabía que era el mayor obstáculo que ella le presentaría, aunque creía que tardaría más en sacarlo a colación. El hecho de que haya ido al grano, sin marear la perdiz, es una grieta en la armadura de la gran Laura Trueba.

Ella permanece quieta tras soltar la bomba. Ponzano la estudia con detenimiento.

Te mueres de ganas de aceptar. Comprar el Value Bank.

Lo que tu padre no consiguió, por más veces que lo intentó.

Pero hay una mosca en la sopa.

Una mosca que protagonizó un escándalo del que aún se habla. El escándalo que hizo desplomarse las acciones del Value Bank, y del que aún se están recuperando.

Una mosca que fue señalada como la única culpable.

Una mosca llamada Aura Reyes.

—Todo está bajo control.

—¿Estás seguro de que no va a conseguir la fianza?

Ponzano sonríe con afectación.

—Nos hemos ocupado de ello.

Ahora es el turno de Trueba de observarle, tamborileando los dedos sobre la falda, durante casi un minuto.

—Sigo sin fiarme de ti, Sebastián —dice ella, poniéndose en pie y encaminándose hacia la puerta—. Pero si consigues tu cabeza de turco, si esa mujer entra en la cárcel, a la vista de todos..., tendrás lo que quieres.

Así de sencillo.

Ponzano aprieta los labios en un gesto de triunfo.

—Es irónico, ¿verdad?

Trueba vuelve la cabeza, intrigada.

—Quizás sea la única vez en la historia de este lujoso antro —continúa Ponzano, haciendo un gesto alrededor— en que dos personas no quedan para follar.

—Si metes la pata, Sebastián —dice ella antes de marcharse—, a quien nos van a follar es a nosotros.

14

Una pregunta

Dormir a las gemelas es una tarea titánica.

Por suerte, también muy breve.

Tiene que llevarlas a su habitación —ahora han de compartir el antiguo dormitorio de Aura— y meterlas en la cama. El colchón es viejo, la habitación es estrecha y las niñas son inquietas. Pero toda la noche sin dormir es demasiado incluso para estos dos terremotos con patas.

—No tengo sueño —proclaman a la vez.

—Cerrad los ojos, y a ver qué pasa.

A los dos minutos, roncan como motosierras.

Cuando Aura regresa al salón, encuentra a Mari Paz apurando los restos de la cerveza. Sólo le falta exprimir la lata, por si le saca alguna gota.

—¿Tienes un problema con el alcohol? —dice, sentándose junto a ella.

Mari Paz se encoge un poco, como si la hubiesen pillado metiéndose los dedos en la nariz. Deja la lata con tristeza sobre la mesa. Es una Mahou, pero menos da una piedra.

Aura necesita una respuesta a dos preguntas antes de contarle el plan. Un plan que puede acabar de joderles la vida, o acabar con ellas muertas en una zanja.

A la primera pregunta, Mari Paz responde con otra.

—¿No tendrás otra, rubia? —dice, agitando el envase vacío. Así que sí, Mari Paz tiene un problema.

Pero Aura no tiene opciones.

—Era la última. Te has bebido hoy mi presupuesto de alcohol para todo el mes.

—Pero si sólo había una...

—Eso te da una idea de cómo están las cosas.

La gallega no responde, sólo se cruza de brazos y la mira, expectante.

Aguarda a que ella dé el primer paso.

Pero Aura no quiere contarle nada aún. No sin hacerle la segunda pregunta, algo que la ha estado torturando desde que salieron de los juzgados.

—Cuando la funcionaria entró y me llamó la primera... Tú le dijiste que me dejase dormir.

Mari Paz asiente, con cierta sorpresa. Como si esperara otra pregunta mucho más dura, pero quizás más fácil de responder.

—¿Por qué lo hiciste?

—Ya te lo he dicho. Estabas muy *dormidiña*.

Aura tuerce el morro y echa una larga mirada a Mari Paz, que sigue jugueteando con la lata.

Esta mujer es hermética. Hermética y compleja. Pero, como todos los mecanismos difíciles, suele tener una solución sencilla.

Y, de pronto, da con ella.

—No es cierto. Querías salir antes que yo. Porque sabías que las latinas me estarían esperando. Podrías haberte marchado, pero te quedaste a ayudar a una tía a la que no conoces de nada.

—Me había llevado tu desayuno.

—Que me esperaras... Eso es inusual. En general, toda tú eres inusual —dice Aura mientras la señala dibujando círculos con el índice.

—Rubia, creo que te estás flipando, ¿eh? —se defiende Mari Paz, echándose atrás en la silla.

Aura sabe que no, y también que la legionaria no va a dar su brazo a torcer. Ese brazo que se ha vuelto a quedar al descubierto cuando ha cambiado de postura. No puede evitar mirarlo fijamente y detenerse en la violencia de cada uno de los símbolos.

El águila.

La calavera con el chapiri.

El arcabuz, la ballesta, la alabarda.

La leyenda *Novia de la muerte* en historiada cursiva.

Mari Paz se incomoda ante el escrutinio, y saca el brazo de la mesa.

—A su padre lo mataron —explica Aura, retirándose el pelo de la cara—. Un soldado de élite, como tú. Hace dos años.

Silencio.

—A él lo mató y a mí me dejó malherida.

Más silencio. Del tipo que haría que un cómico se pegara un tiro sobre el escenario.

—¿Le cogieron? —pregunta Mari Paz, cuando se le hace imposible aguantar más.

—Desapareció —dice Aura, sacudiendo la cabeza.

—¿Por qué...?

No le deja acabar la pregunta.

—Mi marido andaba en negocios sucios. Fueron a por él, y yo estaba en medio. Un par de policías me encontraron desangrándome en la puerta de sus habitaciones. Justo a tiempo.

—¿Y las niñas? —pregunta Mari Paz, con voz grave.

Aura se fija en cómo aprieta los puños. Los músculos de su antebrazo se tensan como cables de acero.

—No se enteraron de nada. Mis padres las recogieron, les echaron una manta por la cabeza y las trajeron aquí.

Mari Paz pasea la mirada por el salón, donde aún flota la ausencia, y vuelve a fijarla en Aura.

—Tus padres ya no están, ¿no?

—Mi padre murió de un ataque al corazón poco después. Mi madre ya tenía principio de alzhéimer entonces. Al morir mi padre, la tuve que meter en una residencia.

Una residencia carísima. Tres mil doscientos cincuenta y tres euros con cincuenta céntimos todos los meses. Y subiendo.

Mari Paz parpadea, aturdida.

—*Carallo*, nena —resopla—. *Carallo.*

Aura apoya los codos sobre la mesa, deja caer la cara entre las manos y aspira fuerte por la nariz, intentando contenerse.

—Ahora sí que me tomaba esa cerveza, ¿sabes?

Como de eso ha quedado claro que no había, la legionaria se levanta, va a la cocina, rellena la jarra de agua y le sirve un vaso.

—Era Cruzcampo. Esto es casi lo mismo.

Aura, que estaba a punto de echarse a llorar, se descubre soltando una carcajada. Quebrada y áspera, pero risa al fin. Y a la risa le sigue el llanto, enganchado como una cereza a otra.

Mari Paz se agacha junto a ella, con sus propias lágrimas pidiendo entrar al terreno de juego.

—*Unha aperta?*

Aura duda un momento. No es un momento muy largo.

—A quién no le va a gustar —dice entre hipidos. Y se deja rodear por los enormes brazos de la legionaria.

Cuando logra serenarse y rompen el abrazo, Mari Paz se sienta junto a ella, en el lugar que antes había ocupado Cris.

—*Mimadriña.* La vida te pasó por encima en seis meses. Yo creía que lo había tenido jodido, rubia. Pero lo tuyo es de récord, ¿eh?

—¿Crees que eso es todo?

Aura se restriega los ojos y se suena los mocos con la servilleta usada antes de añadir:

—Pues ponte cómoda, que ahora empieza el drama.

15

Un relato

A veces la valentía se demuestra abriéndose a una completa desconocida.

Aura no es propensa a desnudarse así, no lo ha sido nunca.

Pero hoy no se calla, no.

La rabia la espolea.

Rabia

«La esperanza es lo último que se pierde».

A su madre le gustaba repetir eso muy a menudo. Con su castellano perfecto, de maestra de escuela nacida en Salamanca.

No importaba lo mal que se pusieran las cosas, su madre soltaba la frase, y acababa teniendo razón. El tiempo pasaba, el viento se llevaba las nubes, el novio que había cortado contigo en el instituto dejaba hueco a otro más guapo y más alto.

«Si ya lo decía yo», remataba ella, cuando tocaba. Como si se lo hubiese estado guardando.

Lo de perder la esperanza en último lugar no debía ser cierto porque a Aura apenas le quedaba de eso.

Seis meses después del brutal ataque que sufrió en su casa, aún no había conseguido recuperarse. Su vida consistía en comer, hacer rehabilitación para fortalecer la musculatura ab-

dominal —allí donde el asesino la había rajado con un cuchillo— y poner buena cara para las niñas. Todo ello acciones
vacías que intentaban revertir la matemática inexorable que
había despojado a la vida de significado.

Muchas mañanas iba a la residencia a acompañar a su madre.
Ella apenas la reconocía.

Cada visita era idéntica. La recogía en el pasillo de su habitación, esquivando a viejos que deambulaban con aire de
haberse ausentado un instante de su propio entierro. La salu-
daba con un abrazo unidireccional, que era como abrazar
cristal cortado. Tecleaba en el ascensor el código para que se
activase, procurando que no lo viera su madre, ya que se había escapado de la residencia en un par de ocasiones.

Después paseaban cogidas del brazo. Renqueantes ambas.
Una por los años, otra por las heridas. En aburrido silencio.

Lo único peor que el silencio era la pregunta.

—¿Quién eres?

—Soy tu hija, mamá —repetía ella, una y otra vez—. Soy
Aura.

Su madre asentía, y continuaba caminando.

Aura se hacía una idea de lo sola que debía sentirse su madre, rodeada todo el tiempo de caras irreconocibles cuya presencia resultaba difusa, fantasmal y harinosa.

El mejor momento del paseo era cuando se sentaban bajo
un árbol. Aura llevaba un libro siempre, y leía en voz alta.
Nunca le había gustado. El esfuerzo de hablar la sacaba de la
historia y sus ojos iban más rápido que su lengua, intentando
anticiparse a los renglones. Pero la lectura ejercía un efecto bal-
sámico en su madre, que se relajaba y escuchaba atentamente.

Y, sobre todo, sin preguntar.

Aura no soportaba la pregunta.

—¿Quién eres?

Respondía siempre amablemente, con una sonrisa y una caricia en el dorso de la mano, o en el hombro, que su madre aceptaba. Pero en el fondo de su alma, cada pregunta caía como una piedra rugosa y afilada. Y se quedaba ahí esperando a la siguiente, que tardaba muy poco en llegar.

Mejor leer en voz alta.

Al principio compraba libros para la ocasión. Paraba en una pequeña librería de barrio, junto a la residencia, y cogía algo de la mesa de novedades. Casi sin mirar. Antes amaba leer, pero ahora todas las historias le parecían iguales.

Todo la aburría. No veía el momento de regresar al trabajo. Pero su jefe no quería ni oír hablar de ello.

«Recupérate a tu ritmo», decía. «Tú eres la mejor estratega que he conocido en mi vida. Te necesito al cien por cien».

Aura era la mejor gestora de fondos de inversión del banco. El que ella había creado era el fondo estrella del Value Bank. Con rentabilidades constantes, año tras año. Sabía que su empleo no estaba en riesgo. Cualquier entidad del país le ofrecería un puesto sin dudarlo en cuestión de horas.

Así que obedeció.

Los libros nuevos no sólo la aburrían a ella. También su madre se cansaba. Movía el culo, movía los pies, tosía o se levantaba.

Un día de fiesta que fue a visitarla, Aura encontró la librería cerrada. Regresó frustrada al coche, preguntándose cómo podría llenar el tiempo. Y entonces lo vio. En el asiento trasero del BMW X5, las niñas se habían dejado olvidado uno de los libros del colegio.

Tendrá que servir, pensó.

Cuando llegó el momento, sentadas en el banco bajo el árbol, Aura lo abrió y comenzó a leer.

Alicia estaba empezando a aburrirse allí sentada en la orilla junto a su hermana, sin tener nada que hacer; había echado un par de ojeadas al libro que ésta leía, pero no tenía dibujos ni diálogos. «¿Y para qué puede servir un libro sin dibujos ni diálogos?», se preguntaba Alicia.

Algo sucedió, casi de inmediato. A medida que Aura hablaba, su madre se iba enderezando, como si reconociera lo que estaba escuchando. En el pasaje en el que el conejo

(blanco, un color peligroso)

pasa corriendo junto a Alicia, su madre la miró a los ojos, asintió y sonrió.

—Bien. Nada más.

Para Aura fue suficiente.

Al volver a casa fue derecha al garaje. Al fondo, al lado de los esquíes, había una pila de cajas polvorientas. Cosas que no se decidía a tirar. La que buscaba estaba —cómo no— la última. La abrió, y la nube de ácaros que le saltó a la cara la hizo estornudar.

Ahí estaban.

Los libros que ella tenía cuando era niña.

Libros gastados, cutres, que no quedaban bien en la carísima estantería a medida del salón.

Libros forrados de plástico porque había que llevarlos al cole. No con los forros modernos de Aironfix, sino con plástico grueso del que amarillea con los años. Todos ellos con una etiqueta de papel, pegada con un celo quebradizo que el tiempo había vuelto marrón. En el primero se leía: «Aura Reyes, 7.º EGB».

Al coger el libro en la mano, Aura sintió un escalofrío.

La ilustración de la portada mostraba al joven Jim Hawkins —con el pelo largo y rubio recogido en una coleta—, arrodillado en la boca de una cueva. Su mano izquierda abría un saco de tela. La derecha sostenía un puñado de monedas de oro. El suelo de la cueva estaba repleto de ellas, tantas que desbordaban la portada y tenían que seguir en la parte de atrás de la cubierta. Al fondo, en un mar azul en calma, aguardaba La Hispaniola, con su promesa de libertad.

Quince hombres sobre el cofre del muerto, cantó mentalmente Aura.

Yo, ho, ho, la botella de ron, respondió la Aura de doce años, la que se había escondido en el barril de manzanas, frustrando la rebelión de los piratas y encontrando un padre en Long John Silver.

Cargó la caja con todos los libros en el maletero del coche.

Pero el primero que llevó para leerle en voz alta a su madre fue aquel ejemplar ajado de una novela a la que no había regresado en treinta años. Abrirlo le recordó que la lectura para ella no era un mero entretenimiento, sino un viaje. Los libros, los libros buenos, un pasaporte sin caducidad.

Leyó durante horas, más que nunca antes.

Tantas que llegaron tarde al almuerzo.

—El comedor ya está cerrado —dijo una de las cuidadoras poniendo cara de vinagre—. Tendrá que comer en su habitación.

A Aura no le importó. Recogió las gachas frías y la pechuga hervida y reseca —por cara que sea una residencia, la comida siempre será pésima— y acompañó a su madre hasta la habitación.

Tuvo que alimentarla personalmente, cortando cada porción en un tamaño pequeño, ya que ella por sí sola se olvidaba de comer. No le importó. Aquel día estaba feliz. Su madre había mostrado pequeños avances. Miradas, palabras, gestos. Era bracear contra corriente, por supuesto. Pero.

La esperanza es lo último que se pierde, pensó Aura, y encendió la tele, para que les hiciese compañía.

A los pocos minutos, y ya terminando el postre —unas natillas con la consistencia del engrudo—, Aura comprendería que el refrán tenía razón.

—Mi hija. Mi hija —dijo su madre, señalando a la imagen en el telediario.

Aura levantó la mirada, sonriente, y se encontró a sí misma devolviéndole la sonrisa desde la tele.

La foto, extraída de la web del banco, mostraba a una

Aura más joven, más feliz. Llena de confianza, de seguridad en sí misma.

«... Se cree que Aura Reyes es la única responsable del escándalo del fondo de inversión Premium del Value Bank que ha estallado esta mañana. Miles de pequeños inversores podrían perder sus ahorros. Así se manifestaba el presidente del banco, Sebastián Ponzano, hace unos minutos:

—Si es verdad que una de nuestras empleadas ha traicionado nuestra confianza, actuando por su cuenta...».

Por supuesto, lo primero que hizo Aura —en un claro reflejo del siglo XXI— fue coger el móvil y llamar a Ponzano.

Daba señal.

Nadie descolgaba.

Fue entre la sexta y la séptima intentona fallida de establecer la comunicación cuando comprendió que el refrán era cierto.

La esperanza es lo último que se pierde, sí.

Porque ella había perdido todo lo demás.

16

Una mirada

—No, no lo había perdido —se corrige Aura, alzando el puño delante de la cara—. Me lo quitaron. Me lo quitaron todo.

Levanta el pulgar.

—Un asesino me quitó a mi marido, sin que aún tenga muy claro el porqué. Hay una investigación en marcha, me dicen.

Levanta el índice.

—Ponzano me quitó mi reputación, mi carrera, y me echó encima a la fiscalía.

Levanta el corazón.

—Me hicieron escraches. Salvajes. Acampaban delante de mi casa. Me tiraban piedras al coche. Escupían a las niñas.

Levanta el anular.

—Perdí mi casa, todo lo que tenía.

Queda el meñique, encogido tras el dorso de la mano.

—Casi todo —dice Mari Paz señalando en dirección al dormitorio donde las niñas duermen.

—A ellas también me las van a quitar. No puedo pagar la fianza, y el juez me ha mandado a prisión preventiva. Por riesgo de fuga, dice. Como no me fugue andando...

Alza el meñique también, y extiende la mano vacía.

—¿Y tu abogado está de *carallada,* o a qué anda? —suelta Mari Paz.

Aura se encoge de hombros.

—Tenía uno muy bueno, pero ya no puedo pagarle. Y ahora tengo a una abogada de oficio que no se encuentra el culo con las dos manos.

—¿De verdad no puedes pagar la fianza? Esta casa...

—Esta casa es de mi madre. La he hipotecado para poder pagar su residencia. Pero ni aun así llegaría a la fianza.

Mari Paz siempre ha sido de decir las cosas claras. Tendencia personal que tiende a alzarse en armas contra su acervo genético gallego. En los momentos delicados, es de librar batallas internas entre necesidad y enunciación.

Al final siempre encuentra una manera de decir lo que le ronda por la cabeza con dulzura y sutileza.

—Y digo yo, ¿no aparecería por ahí algún dinero que nadie supiera dónde estaba, no? Y no es que yo quiera acusar a nadie, ¿eh?

Aura recibe la insinuación con la elegancia de un directo al hígado.

—¿Crees que soy culpable?

—A ver, yo abro puertas.

Aura se ríe con amargura.

—Si yo hubiese robado ciento y pico de millones de euros, ¿iba a estar aquí?

—No, supongo que no.

—Supones bien. Si yo hubiese robado ese dinero, lo habría hecho bien. Y estaría en Belice o en Bahamas tostándome al sol con las niñas en la cubierta de un yate y bebiendo mimosas en bikini.

Mari Paz reprime —con cierta dificultad— la imagen de Aura en traje de baño.

—Así que eres inocente.

—Soy muchas cosas. Torpe, confiada y, desde luego, bastante ilusa. Pero no, no robé ese dinero.

—¿Y por qué todo el mundo cree que sí?

—Me tendieron una trampa. Alguien manipuló el fondo de inversión para comprar activos distintos a los que yo seleccionaba personalmente.

—¿Y cómo lo hicieron?

Aura menea la cabeza.

—No lo entenderías.

—Prueba, no vaya a ser —dice Mari Paz, tozuda.

En los siguientes minutos, Aura empieza a lanzar conceptos como *swaps*, *late trading*, *market timing*, activos tóxicos, Esquema Ponzi y otras lindezas. Las palabras se van acumulando unas junto a las otras hasta que dejan de tener sentido.

—*Vaiche boa!* Me hablas en lenguas extranjeras —la detiene Mari Paz, rindiéndose.

—Aún no había empezado —dice Aura, que no parece alegrarse de tener razón, lo cual complace a Mari Paz—. No te preocupes si no lo entiendes. Yo he dedicado mi vida a esto, y tampoco lo entiendo sin un diagrama delante. El mundo financiero se ha vuelto tan complejo que casi todo está en manos de los ordenadores.

—Conclusión, que tampoco puedo saber si eres inocente.

Aura se encoge de hombros.

—Lo soy. Y en tres semanas...

Parece a punto de echarse a llorar de nuevo.

—¿No tienes nadie con quien dejar a las niñas? —pregunta Mari Paz con cautela—. Si pasase lo peor, claro.

—No tengo más familia que mi madre. Mis amigas... resultaron no serlo tanto.

—Habían invertido en tu fondo, ¿verdad?

—Yo misma había invertido en el fondo. Todo se ha evaporado.

—A lo mejor podrías...

—No.

Aura mueve la cabeza despacio, muy despacio.

—Todo lo que se te pueda ocurrir ya lo he pensado. Hay algo que tienes que saber sobre mí, Mari Paz. Soy una planificadora increíble. Improvisar se me da bien. Con tiempo, soy imbatible. Y ya llevo año y medio pensando.

—¿Y a qué conclusión *chegaches*?

—Por las vías normales, no hay salida. Estoy desesperada.

No lo dice con lástima, ni con pena. Su tono no es pesado y lúgubre, sino neutro, aséptico. Quizás un poco cansado, pero lleno de acero.

Mari Paz ha escuchado ese tono antes, ha visto antes esa mirada.

En Albania, en una gasolinera arrasada por los rebeldes, a un padre tirado en la carretera con sus cuatro hijos, a los que intentaba llevar a lugar seguro.

En Kosovo, en una trinchera al oeste de Pristina, a un miembro del Ejército de Liberación que se había quedado toda la noche sosteniendo la cabeza de su hermano muerto, esperando una ayuda que nunca llegó.

En Irak, en una tintorería abandonada en Faluya, a la esposa de un coronel insurgente a la que un puñado de soldados había violado en grupo como represalia por un atentado fallido.

Todas sus miradas eran la misma mirada.

Conoce cómo terminaron las historias del padre, del hermano y de la mujer.

El albanés desoyó a los cascos azules y siguió andando huyendo de los serbios, cruzando con sus hijos un campo de trigo reseco. Una mina los mató a los cinco.

El kosovar salió a campo abierto al rayar el alba sin que pudieran detenerle, sin nada más que su pistola descargada. Cayó abatido antes de dar veinte pasos.

La iraquí, consciente de que estaba deshonrada a los ojos de su marido y de su familia, fue en busca de un artificiero insurgente, que le ató al pecho seis kilos de explosivos. Se voló delante de una comisaría, matando a diecisiete personas.

Ese brillo gélido en los ojos que todos compartían, que ahora vuelve a ver en la mujer que tiene enfrente, le dice a Mari Paz que había juzgado mal a Aura. Había creído que era una pijilla de pasta que había tenido una noche loca y había acabado por error en la Plaza Castilla. Que, de tanto ir a dormir la mona para no pasar frío y llevarse un bocata gratis, la legionaria ha acabado perdiéndole el respeto a la institución y a sus inquilinos.

Aura no es lo que ella creía.

Aura es una persona muy peligrosa.

Y eso le da miedo, mucho miedo.

Y también le pone cachondísima.

—¿Qué es lo que quieres, rubia? —dice con la voz ronca (que es como se la dejan las dos emociones anteriores).

—Quiero demostrar que no soy una ladrona.

—Para eso necesitas mucho dinero.

—Lo sé.

—¿Y cómo pretendes conseguirlo?

—Vamos a robarlo.

La legionaria menea la cabeza, con incredulidad.

—Estás loca.

—No, no estoy loca. Estoy hasta el coño. Es importante que lo entiendas.

—Comprendo —dice Mari Paz. Y es verdad.

Porque ella también lo está.

Aura coge el vaso de agua y da un trago, despacio.

—Antes de que nos cruzásemos por pura casualidad, lo que pretendo sólo era una fantasía. Una manera de ocupar la mente en las noches de insomnio. Ahora es distinto.

—Porque *atopaches* con una desconocida que sabe hacer un par de cosas.

El tono de Mari Paz es seco, desconfiado.

—Como te dije, estoy desesperada. Y los mendigos no pueden ser exquisitos.

Mari Paz, que ha llegado a considerar el cartón de Don Simón una exquisitez, no puede contradecir eso. Pero sigue sin estar convencida. Una cosa es emborracharse en público para cambiar de aires, pasar una noche con calefacción y bocadillo.

De chistorra, a poder ser.

Y otra cosa bien distinta es embarcarse en el plan que tenga en la cabeza esa *tola*, que vete tú a saber. Que los madrileños no *tolean* a la media vuelta, pero sí los dueños de una mirada como ésa. Los dueños de una mirada como ésa son de los que queman sus naves, prenden fuego a los puentes y saltan desde sitios muy altos, sin importar cómo van a regresar o si hay agua debajo.

Luego Aura añade —con una sonrisa tenue, casi avergonzada— otra razón, la verdadera razón.

—Y porque me esperaste al salir en los juzgados. Lo cual cambia todo.

Y Mari Paz no contesta:

Porque tú me salvaste antes, rubia. Sin tener por qué.

Ni tampoco dice:

Es que va de esto, al final, la vida.

Porque hay cosas que son como son, y se entienden sin decirlas, o se entienden si no las dices, o se dicen sin entenderlas, pero siguen siendo.

Mari Paz se entiende, aunque no se haga entender. En el nudo que tiene en la garganta se le queda todo, bien apretado y lleno de ideas y sentimientos que acaban regresando por donde han venido.

El caso es que no contesta.

Y pasan los segundos, y Aura no puede aguantar más la incertidumbre.

—¿Cuento contigo?

Es esa clase de pregunta que te obliga a sacar lentamente el paquete de tabaco, palpar todos los bolsillos buscando las cerillas y, cuando al fin enciendes el cigarro y exhalas el humo, contestar: «Pues no sé qué decirte». Por desgracia, Mari Paz lleva tres semanas sin pasta para tabaco, así que no le queda otra que responder.

—No te digo que no...

Aura endereza la espalda, con un brillo entusiasmado en la mirada, pero Mari Paz levanta la mano, parándole los caballos.

—... pero tampoco que sí. Cuéntame tu plan muy despacio y vamos viendo. Pero si yo digo que se acabó, se acabó. Estemos donde estemos, yo diré se acabó, *e morra o conto*. ¿Estamos?

Aura asiente con mucha energía, sin que el entusiasmo haya mermado ni una pizca, así que Mari Paz no tiene nada claro que de verdad «estén». Pero por algún lado habrá que empezar.

—¿Y cuánto dinero dices que vamos a robar, rubia?

—Tres millones de euros.

—Eso son *moitos cartos* de Dios —dice Mari Paz con un silbido.

Y el pasaporte a una vida mejor.

Y dejar de dormir en el coche.

Y recobrar la dignidad, quizás. Aunque no tiene claro si hay dinero capaz de conseguir eso. Esa cuenta está demasiado en rojo.

—A millón por cabeza.

Para este cálculo Mari Paz no necesita echar mano de los dedos.

—Nosotras dos solas no podemos —puntualiza Aura, anticipándose a la pregunta—. Necesitamos a alguien más.

—¿Quién?

—Aún no lo sé. Eso es lo primero que tenemos que robar. Un nombre.

Aura se aclara la garganta antes de añadir:

—El nombre de quien me jodió la vida.

SEGUNDA PARTE

MARI PAZ

¿Por qué un zorro? ¿Por qué no un caballo,
un escarabajo o un águila? ¿Quién soy yo, y
cómo puede ser feliz un zorro sin un pollo
entre los dientes?

EL FANTÁSTICO SEÑOR ZORRO

1

Un reconocimiento

—Ni de coña, rubia.

—No es tan difícil.

—Ni de coña, te digo.

—¿Quieres tranquilizarte? Lo tengo todo pensado.

Mari Paz quiere, desde luego que quiere. Pero el preocupante número de veces que Aura repite esa frase no está ayudando.

Las dos están sentadas en el coche, aparcadas frente a un gigantesco complejo en un polígono industrial en Alcobendas. El complejo está rodeado por calles estrechas y vacías, de dos direcciones. Y por vallas, vallas por todas partes.

Al otro lado, un jardín de césped natural sirve de transición hasta llegar a un edificio de siete plantas con forma de E mayúscula. Una elegante monstruosidad en cristal y acero corten, con ventanas de suelo a techo y absolutamente ningún sitio donde esconderse.

—Demasiado despejado. Y demasiada luz.

No hay ningún lugar en el que cubrirse, encontrar cobertura, planificar un asalto.

—¿Qué dices?

—Que no hay por dónde —dice Mari Paz, meneando la cabeza en dirección al césped inmaculado—. A lo mejor escondiéndose detrás de ese *toxo* de ahí.

Señala un parterre de medio metro repleto de flores amarillas. Que, con suerte, alcanzaría a cubrirle una nalga.

—No vamos a escondernos detrás de unas flores.

—Mejor. Tengo una alergia como un mundo. Es acercarme a las gramíneas y me salen unos habones en el antebrazo que flipas, rubia.

Aura desvía un momento la mirada del edificio y la centra en Mari Paz, que se rasca la zona mencionada de manera preventiva.

—Pero... ¿tú no tenías que ir de maniobras al campo?

—Toma, claro. Pero para eso están las pirulas. Cuando estaba en la Legión nos daban de todo. Tú ibas a la farmacia militar y te soltaban lo que fuera. Mientras no colocase, no preguntaban.

Aura asiente, distraída, a mitad de explicación, y vuelve su atención al frente.

—No vamos a hacer un ataque frontal. Tienes que dejar de pensar como un soldado. Empieza a pensar como un ladrón.

—Querrás decir «ladrona».

—Odio el lenguaje inclusivo —masculla Aura, ocupada en tomar notas en una libretita color rosa chicle de Mister Wonderful.

—¿Y eso por qué?

—Porque sí. Vamos a dar una vuelta, anda —zanja, bajando del coche.

Mari Paz la sigue, *rosmando*, entre mosqueada y admirada.

Algo ha mutado en Aura en las últimas horas. Desde el día anterior, en que había aceptado su propuesta, la mujer se había encerrado en su dormitorio junto a un portátil desvencijado y una libreta, dejando a Mari Paz a merced de dos niñas salvajes y hambrientas. Después de una tarde de ver dibujos animados y una noche en el sofá, emergió a la mañana siguiente con ojeras violáceas y una expresión distinta, que la legionaria no ha conseguido aún descifrar. En cuanto dejaron a las niñas en el colegio, la había arrastrado hasta ese lugar.

Mari Paz le está dando cuerda, a ver qué pasa. Por eso no le discute lo del lenguaje inclusivo. De hecho, intenta hacerle caso en lo que le ha pedido.

Pensar como un ladrón. Bueno, carallo, *bueno...*

Aunque lleve años sin coger un arma, no logra sacudirse la sensación de que pensar como un soldado y pensar como un ladrón se parecen mucho.

A medida que van caminando, lo único que ve Mari Paz son obstáculos y enemigos. La valla metálica, cuyo perímetro van recorriendo sin cruzarse con nadie, es el primero. Casi tres metros de altura. Nada que no pudiera superar sin problema, claro. Pero no sin ser vista. Hay cámaras clavadas en postes cada diez metros, apuntando en sentidos opuestos. Más cámaras en el edificio, cubriendo el espacio intermedio. Y no una sino dos garitas de vigilancia. En la entrada principal y en el garaje.

—*Mimadriña...* ¿Qué clase de edificio de oficinas es éste, que tiene tanta seguridad?

—Hacen software —dice Aura, ajustándose la chaqueta.

Ha salido poco abrigada, y se ha levantado un viento frío e incómodo. Las hojas secas vuelan por todas partes y se acumulan en una gigantesca placa de acero en mitad del césped. DENGRA, proclaman las letras de la placa, de medio metro de alto. Debajo hay grabada una lista de países donde está presente la compañía. Hay más de cincuenta nombres.

—¿Para quién? ¿Para la NASA?

—Pues sí. Y para Fuerzas Armadas de todo el mundo. Cosas que les interesarían mucho a espías chinos y rusos, por ejemplo.

—¿Es eso lo que quieres robar?

Aura menea la cabeza.

—No sabría por dónde empezar. Y no tenemos contacto a quien vendérselo.

—¿Entonces?

—Nuestro objetivo es mucho más modesto. Casi estamos, espera.

Unos metros más adelante, Aura señala con la cabeza un punto en el edificio, en la sexta planta, y luego se da la vuelta hasta quedar de espaldas a la fachada.

—No hagas gestos sospechosos, ni señales. Bastante expuestas estamos ya. Mira detrás de mí. En la penúltima planta. ¿Lo ves?

—Veo.

—Ahí es. Si no recuerdo mal, y si no lo han cambiado desde mi última visita. Las oficinas de Desarrollo Financiero. Todas las ventanas de la esquina.

Mari Paz observa la fachada. Las oficinas están en el punto más alejado de la entrada principal.

—A ver si lo entiendo bien. Tenemos que entrar en un edificio donde hacen movidas de alto secreto para ejércitos y tal.

—Correcto.

—Que tienen cámaras por todas partes, guardas de seguridad armados, y tan sólo dos puntos de acceso.

—Correcto.

—Luego tenemos que subir hasta la penúltima planta...

—A la que sólo se puede llegar a través de un ascensor que se pone en marcha usando una tarjeta cifrada. Que no tenemos.

—... y llegar hasta el extremo contrario, por lo que deben ser cien metros de pasillos.

—Correctísimo.

Mari Paz menea la cabeza.

—Claro que sí, rubia. Claro que sí.

Aura sonríe —una sonrisa tenue, destinada a imbuirse confianza a sí misma—, y vuelve a ponerse en marcha.

—Y después de eso empieza la parte difícil.

2

Un plan infalible

—A ver, explícamelo otra vez.

—Ya van tres veces.

Están de vuelta en casa de Aura, ya entrada la tarde. Ella mira el reloj, apurada. Queda poco para que llegue la hora de recoger a las gemelas del colegio.

—Como si son diez. Y *amodiño*, que te embalas y me pierdo.

—Está bien.

Mari Paz le da el alto con la mano.

—Y a poder ser, sin los versos.

Aura niega enérgicamente.

—Eso sí que no. Los versos son importantes.

—Por Dios. No es profesional. ¿Qué tenemos, siete años?

—Son importantes —dice Aura, cruzándose de brazos.

Mari Paz suspira, exasperada. Ella, que estaba acostumbrada a las reuniones tácticas delante de una pizarra, con mapas, fotografías satelitales y un informe de veinte páginas.

—¿Por qué son importantes?

—Por la tradición. Por creérnoslo.

—No lo entiendo.

—Ya lo sé.

Aura sabe que es importante, lo de creérselo, pero no sabe cómo transmitírselo. Hace una pausa, intentando encontrar el enfoque.

Tiene ejemplos.

Pero son muy burdos.

Como el caso de los francotiradores del ejército holandés a los que en 1989 les cambiaron las dianas por rostros de demonios perversos. Adiós, círculos concéntricos; hola, cara de pesadilla llena de dientes. Su puntería mejoró en un cuarenta y tres por ciento.

Como el caso del equipo sueco de lucha grecorromana que decidió participar en un torneo maquillado con pinturas de guerra. Ganaron todos los encuentros.

Como el caso de la compañía aérea cuyos simulacros de desembarco tras aterrizaje forzoso siempre fracasaban. Los voluntarios salían del aparato ordenadamente, con educación y sosiego. Que no es lo esperado en un avión en llamas que se hunde en el mar. Decidieron anunciar pocos segundos antes de que comenzase el simulacro que los cincuenta primeros en salir recibirían un premio de diez mil euros. El resultado fue de noventa heridos, ochenta huesos rotos, tres conmociones graves y el récord del mundo absoluto en evacuaciones de emergencia simuladas.

Todos esos ejemplos se relatan desde el resultado, y Aura no quiere transmitir eso porque somos animales simbólicos.

Lo que quiere transmitir se relata desde otro sitio.

Desde lo que se siente al ver a Lee Marvin señalando objetivos en una maqueta, mientras sus doce hombres salvados del patíbulo recitan el plan.

Desde mirar con fervor a Jim Hawkins arrodillado en una cueva pirata y *ser* Jim Hawkins.

El primer paso para ser un pirata es creérselo, piensa. Casi llega a decirlo en voz alta. Casi.

—Es importante —insiste.

La legionaria la observa con detenimiento, y calcula que tendría más suerte intentando exprimir zumo de una piedra. Decide darle un poco más de cuerda.

—Está bien —admite—. Con los versos, pero *amodiño*, ¿sí?

Aura sonríe, levanta un dedo y empieza a recitar:

—Uno. Llegamos a la garita sin ruido ninguno...

3

Una chispa

Día del robo, veintiuna treinta horas.

—Si te pillan ahí dentro..., el juicio ya no hará falta ni que lo hagan. Eso lo sabes, ¿no?

A pesar de que es ya noche cerrada, la luz de las farolas se cuela a través del parabrisas en cantidad suficiente para que Aura vea el rostro serio de Mari Paz.

Aura asiente, despacio. Es muy consciente de lo mucho que se juega. Y es menos de lo que tiene que perder.

Por un momento se siente tentada de pararlo todo. Pedirle a Mari Paz que arranque el coche —operación que ya ha quedado demostrado que lleva su tiempo, con una antigualla como el Skoda— y poner rumbo a casa. Donde las niñas vuelven a estar solas, esta vez con el pegamento fuera de su alcance y el aviso de que van a regresar tarde.

Si es que volvemos.

Es el día siguiente a la vuelta de reconocimiento. Aura ha dedicado la mañana a ir de compras, en busca de material imprescindible. Ésta es la lista que llevaba:

- jersey oscuro para Mari Paz. Talla XL.
- móvil para Mari Paz. El más barato.
- auriculares para el teléfono. Necesaria comunicación constante.
- paquete de tabaco de liar marca Pueblo. Para Mari Paz.
- librillo de papel de fumar. También Mari Paz.
- Kinder Bueno. Para las niñas.
- caja de Lorazepam. Para mí.

Se ha gastado más de cien euros que no se puede permitir, extraídos de la menguante cuenta corriente de su madre. Sintiéndose increíblemente culpable. Las bolsas de plástico parecen contener un capricho infantil, un sueño ridículo.

Al ritmo al que se está evaporando el dinero de la hipoteca, podrá tener a su madre en la residencia tan sólo cuatro o cinco años más.

Su abogado le había dicho que la sentencia sería de veinte años. Con suerte, cumpliría siete.

Aura se ve a sí misma desde fuera por un instante.

Una cuarentona cuyos años buenos ya pasaron. Con la piel, antes perfecta, ajada y cenicienta tras meses y meses de abandono. El pelo, que hace nada se le derramaba por los hombros como oro tostado y líquido, cae ahora arenoso y sin brillo.

Viuda. Sin amigas.

En paro.

Fracasada. Repudiada.

No va a salir bien. No hay forma de que salga bien.

Sólo somos dos pringadas que no tienen ni idea de lo que están haciendo. Sentadas en un coche a dos calles de un edificio impenetrable, y sin atreverse a poner un pie fuera.

La tentación de volver a casa es intensa. Dejarse llevar por la marea, que acabará con ella entre rejas y las niñas en Servicios Sociales. Con suerte les dejarán visitarla en la cárcel. De mes en mes, de dos en dos y de seis a siete.

¿Por qué lo hago?

—Mari Paz.

—Presente.

—Dime que has hecho alguna vez algo como esto.

La legionaria se toma su tiempo para pensar. Que, como va descubriendo Aura, consiste sobre todo en sacar tabaco del paquete y liar un pitillo con lentitud extrema.

—A ver. Igual, igual, no. Una vez, en unas maniobras, hicimos una prueba de infiltración en un edificio.

—Me dejas más tranquila.

Mari Paz pasa la lengua por el borde suelto del cigarro y hace un gesto hacia el pasado

—Teníamos dos BMR, éramos quince soldados con años de experiencia e íbamos armados con fusiles de asalto.

y otro hacia el presente.

—Nosotras contamos con dos móviles, una libreta y más miedo que siete viejas.

El cigarro aparece formado. Un cilindro apretado, casi

perfecto. Increíble ejecución para esos dedos curtidos y gruesos.

—¿Quieres que abandonemos? —pregunta Aura, con la voz fracturada.

Mari Paz golpea el cigarro contra el volante, corrige una ligerísima imperfección, visible sólo a sus ojos. Vuelve a pasarlo entre el índice y el pulgar, frotándolo con las yemas un par de veces. Se lo lleva a los labios y se lo coloca en la comisura izquierda de la boca.

—Tengo la sensación de que me estás pidiendo permiso, rubia.

Aura no responde.

Las manos de la legionaria se lanzan a una búsqueda por todo el cuerpo. Palpan el bolsillo superior de la cazadora, hurgan en los laterales, golpean en el interior, palmotean los pantalones, para al final volver al primer bolsillo, donde habían estado desde el principio.

—¿Va a salir bien? —pregunta Aura, al fin.

La cajita de cerillas emerge, y se ve sometida a un zarandeo considerable. Izquierda, derecha, chas, chas. Giro de trescientos sesenta grados sobre sí misma, en sucesivos golpes contra el volante, tratratratá. Un golpe seco en el lateral y una única cerilla asoma por el hueco, como por arte de magia.

—Pues no sé qué decirte.

Aura no responde.

La cajita de cerillas viaja hasta la boca, donde los labios de Mari Paz la extraen con cuidado, con la esquina de la boca contraria a la que sostiene el cigarro. La mano izquierda la rescata, la lleva hasta el lateral de la caja, donde frota la cabeza contra el raspador. El fósforo prende al instante, y una llama brota, alegre y confiada.

Todo arde si le aplicas la chispa adecuada, piensa Aura.

Y sigue en silencio.

Mari Paz exhala el humo, asoma la mano izquierda con el cigarro por la ventanilla abierta, sube el volumen de la radio. La voz del locutor brota como un chorro de emociones, más afónicas con cada jugada. Anuncia tiempo de descuento en el Bernabéu. Cero a cero gana el Madrid. De fondo, las alegres trompas del himno de la Champions League van subiendo en intensidad.

—Se acaba la primera parte. Decídete. ¿Vamos o no vamos?

A la mierda, piensa Aura.

—Vamos —dice.

Y van.

4

Una garita

A cincuenta pasos de la garita, Aura está a punto de darse la vuelta.

A treinta pasos, el corazón va a salírsele por la boca.

A diez pasos, respira hondo y sonríe.

Has vendido motos más grandes, piensa.

A través del cristal, les ve.

Son dos hombres, uno joven, con barba. Otro de mediana edad, rapado y ancho.

Frente a ellos hay trece pantallas en glorioso blanco y negro. Las doce primeras reproducen lo que están captando las cámaras de seguridad. El césped inmaculado, las verjas bien iluminadas y, sobre todo, la entrada de acceso para vehículos, que se encuentra junto a la garita. Es una rampa recta, de dos vías, una de entrada y otra de salida. Sin ningún lugar donde esconderse. La cámara que la protege cubre hasta el último centímetro.

La garita de acceso principal está vacía, a estas horas de la noche. Tan sólo estos dos guardas custodian las escasas entradas y salidas desde la secundaria. Aún quedan luces encendidas en el edificio, y se intuye alguna sombra ocasional tras las ventanas de espejo. Los últimos rezagados, los que tengan proyectos importantes que entregar al día siguiente, los que se comportan como si fueran a heredar la empresa.

Aura había pertenecido a esa especie, hace un millón de años. Negando salidas, cenas, cumpleaños, baños de las niñas. Fines de semana, puentes, vacaciones. Negando la vida, en general. Quemándose las pestañas —larguísimas— delante del monitor, escrutando tendencias, posibilidades de compra, fallos en Matrix. Cualquier cosa que le permitiera arañar una décima más de retorno en la inversión. Por lealtad a los clientes y al banco.

Que luego esa lealtad fuera unidireccional ya es otro cuento.

El que nos ha traído aquí.

Las doce pantallas son un gran problema, pero, por suerte, la atención de los dos hombres está centrada en la decimotercera.

Ésta es en color y más pequeña.

Las diez pulgadas de una tablet donde se está reproduciendo el partido de fútbol que se juega ahora mismo.

No tanta suerte, al fin y al cabo. Los dos hombres alzan la mirada de vez en cuando y revisan los monitores de seguridad. Cada pocos segundos, con una profesionalidad indiscutible y muy poco conveniente.

—¡Pero tira! ¡Tiraaaa! —grita el joven, con desesperación.

—Hoy palmáis, Josete —le pincha el más veterano.

Uno, llegamos a la garita sin ruido ninguno, piensa Aura.

Después golpea en el cristal con los nudillos.

Los dos hombres se vuelven a la vez, y luego se miran entre ellos.

Por favor. El mayor. El mayor, pide.

Ruego desatendido. El mayor toca en el hombro al joven para que atienda.

Mierda.

Refunfuñando, el joven va hasta la puerta de la garita, la desbloquea y se asoma con cara de disgusto.

—Dígame.

El tono desabrido contrasta con el logotipo de la empresa de seguridad que lleva cosido en el uniforme, cuyo lema, en amarillo sobre negro, proclama *Servimus cum gaudio.*

No sirve con mucha alegría, no, piensa Aura.

Y es exactamente lo que necesita.

—¿Cómo, exactamente, vas a distraerlos, rubia? —le había preguntado Mari Paz.

Justo lo que estaba preguntándose ella.

Dedicándose a lo que se dedicaba en otra vida, supuso Aura, que había estudiado todas las técnicas de venta conocidas. Había leído manuales, libros de gurús norteamericanos, asistido a conferencias. Casi todo el material que había adquirido tenía como objetivo ayudar sobre todo al que había creado el material, no al que lo compraba. Aun así, incluso entre todo el humo y la filfa, emergían patrones útiles. Maneras de acercarse a alguien con un objetivo.

—Vendiéndoles algo —había respondido ella.

Aura había garabateado tres páginas completas en su libretita rosa, con su letra redonda e infantil. Tres páginas apretadas llenas de excusas, posibles acercamientos, frases que podían servir para engañar a aquellos hombres y que apartaran la vista de la pantalla durante el tiempo suficiente. Pero cuando el guarda joven abre la puerta, las tres páginas parecen desvanecerse en el aire.

Aura se queda en blanco.

—¿Señora? —dice el guarda, con un tono aún más seco.

Improvisa. ¡Improvisa!

—Ay, no sabe la vergüenza que me da esto —dice Aura.

Se lleva la mano al bolso. El Prada. El único bueno que le queda de lo que hace poco más de un año era un fondo de armario impresionante. Los otros habían acabado malvendidos en Wallapop —entre grandes lamentos— para pagar facturas. El último, para los libros del cole de las gemelas.

Saca el móvil y se lo enseña al guarda.

—Verá, es que me he quedado sin batería. Estoy esperando al Uber y no nos encontramos. ¿Usted no podría...?

—A ver, deme el teléfono y el enchufe y espéreme aquí.

Alarga la mano a través del hueco de la puerta, sin llegar a abrirla del todo. Está claro que va a dejar a Aura ahí fuera mientras el móvil se carga. Siguiendo el protocolo para casos como ése. Sin alegría, eso sí.

Es el momento de la venta, piensa Aura. Le da el teléfono y el cable con el enchufe.

—No sabe cómo se lo agradezco, con el día que llevo...

Y no dice nada más.

Tan sólo se queda ahí, mirándole a los ojos. Con las manos metidas en las axilas, dando botecitos para mantener el calor ante el frío viento nocturno.

El guarda la mira de arriba abajo. Aura hubiera preferido mil veces interaccionar con el otro. Un hombre de más de cincuenta, seguro de sí mismo y con experiencia miraría de otra forma a la mujer que estuviese frente a él.

Con el joven, es mucho más difícil saber qué decisión va a tomar.

El escaneo del guarda va de la ligerísima chaqueta de vestir gris marengo a la minifalda a juego. Las medias, que no ofrecen demasiado abrigo. La carpeta portadocumentos de piel, los zapatos y el bolso de marca. Todo ello mandando vibraciones positivas. Sexy, pero no demasiado. Profesional, pero vulnerable. Una más de los cientos de ejecutivas que ese hombre tiene que ver a diario.

No soy una amenaza. No soy una amenaza. Invítame a entrar, grita Aura por dentro. Aunque sólo deja aflorar una sonrisa triste. Ésa no tiene que fingirla.

El escaneo termina. La tensión en la cara del joven se ha suavizado un tanto. Sonríe. Por compromiso, pero sonríe.

Lo he conseguido.

—No se preocupe, señora, que enseguida se carga y se lo saco —dice, cerrándole la puerta en las narices.

Noooooo.

5

Un bolso

Todo su plan depende de entrar en esa garita. Y tiene que ser esa noche. No habrá ninguna otra con tan poca gente en el edificio ni con los guardas tan dispersos hasta el siguiente partido del siglo, en unas tres semanas. Para ese entonces, Aura ya estará chupando barrotes en Soto del Real.

Va a decir algo, a levantar la mano, a llamar su atención, pero se detiene.

La técnica de venta que ha elegido se lo impide.

Hay que dejar que el cliente crea que la idea es suya.

Así que sigue dando botecitos, abrazándose y poniendo ojitos.

No parece que funcione. El guarda joven se pelea con el cargador y el enchufe —nunca entran a la primera—, deja el móvil cargando y va a sentarse junto a su compañero.

Aura continúa con la pantomima, cada vez más sencilla de interpretar, porque empieza a hacer frío de verdad.

El guarda mayor mira en su dirección. Le dice algo al joven.

El otro se encoge de hombros.

El guarda mayor se levanta y va hacia la puerta. La abre un par de palmos.

—Señora, ¿quiere pasar?

Aura finge dudar. Mira a un lado y a otro de la calle desierta, y luego al suelo.

—No quisiera molestar.

—Ande, entre —insiste el hombre—. Va a coger una pulmonía.

Ella se frota los brazos, vuelve a mirar a ambos lados.

—Si no le importa...

—Será nuestro secreto —dice el guarda, guiñándole un ojo.

La puerta se abre del todo, y Aura entra. Dentro se está caliente, merced a un calefactor de esos que dejan el aire reseco y la garganta áspera como corteza de árbol. La garita huele a cuero y metal, a colonia barata y plástico caliente.

Aura se coloca en el extremo contrario a los guardas, apoyada contra el cristal.

Dos, los centinelas, distraídos, recita para sus adentros.

—¿Tenía una reunión aquí, señora?

—En la empresa de pinturas —dice ella, señalando a su espalda—. He salido con mi cliente y he pedido el Uber, pero por lo visto me he quedado sin batería.

—Aquí suelen tardar bastante. Y más en una noche como

hoy... —dice el joven, apuntando a la tablet donde se reproduce el partido.

—Sólo espero que no haya cancelado el servicio al no encontrarme.

Aura mira hacia su derecha y ve una figura oscura que aparece en el extremo de la rampa. Camina con parsimonia, como si no tuviera una sola preocupación en el mundo. Que es el andar natural de Mari Paz, aunque, en estas circunstancias, Aura preferiría que le añadiese cierta premura.

—Seis segundos —le había dicho Mari Paz—. Eso es lo que necesito para llegar abajo.

—Eso puedo hacerlo.

—Y luego abres la puerta.

Y eso va a ser un problema.

Los guardas están sentados junto a un cuadro de mandos con distintas indicaciones. Teclas retroiluminadas, con una etiqueta que describe lo que hace cada una.

Y eso va a ser otro problema.

Desde donde está Aura, no puede ver lo que pone en cada una de ellas. En parte porque el texto es pequeño, y en parte porque Aura deja bien guardadas sus gafas en el cajón de la mesilla por pura coquetería. *Si sólo son dos dioptrías, mujer.*

Uno de esos botones es el que tiene que apretar. Y hasta que no lo sepa, no puede distraer a los guardas. Ni hacerle la señal a Mari Paz, que está expuesta en la entrada del garaje, haciendo como que fuma. Desde donde está, Aura puede verle el codo en uno de los monitores.

—¿Y a qué se dedica? —pregunta el veterano, con amabilidad.

—Vendo productos químicos —contesta Aura, fingiendo aburrimiento. Y, en realidad, porque no tiene ni idea del tema, y teme que le pregunten. Porque siempre hay alguien que conoce a alguien.

—Ah, pues mi primo... —empieza a decir el joven, sin quitar la vista del partido.

Siempre hay alguien.

—¿Cómo va el partido? —le interrumpe, acercándose a la pantalla.

—Empate a cero. Ya casi son nuestros.

—Pero si tenéis que meter dos, Josete.

—Rafa, no me jodas.

Aura asoma la nariz por encima del hombro de los guardas, buscando en el panel el botón que necesita. Empieza por las esquinas, donde cree que es más probable que esté. Hay uno que parece que pone...

—¿Le gusta a usted el fútbol, señora?

El tal Rafa se da la vuelta y mira directamente a Aura, que aparta la vista del panel de instrumentos. Quizás demasiado tarde. Está segura de que Rafa se ha dado cuenta de que estaba fisgoneando.

—No se me enfade, pero en casa siempre hemos sido del Barça.

—O sea, que no les gusta el fútbol —dice el tal Josete.

Suelta una risa estridente y desagradable, de esas de abrir

mucho la boca y mover la cabeza a los lados, buscando la aprobación de los demás. No encuentra ninguna en su compañero, que tiene la vista fija en Aura.

—Quizás su móvil ya se haya cargado suficiente, señora.

Aura sabe cuándo la están echando de un sitio. Se da la vuelta y recoge el teléfono de la mesa junto a la entrada.

—Sí, ya se enciende —dice.

Finge trastear con las aplicaciones, intentando pensar en cómo salirse con la suya. El guarda mayor no le quita ojo de encima. Y está entre ella y el cuadro de mandos.

—Solucionado, mi Uber está esperando en la calle de ahí atrás. Menos mal...

Coge el cargador del móvil y se lo echa al bolso. Estira bien los lazos de cuero que sirven para cerrarlo, abriéndolo al máximo.

Ahora o nunca.

—No saben cómo se lo agradezco.

Descuelga el bolso del hombro, y da un paso hacia los dos hombres, que ahora se han vuelto hacia ella.

—Creo que tengo aquí unos llaveros que damos en la empresa...

Apoya el bolso en el borde de la mesa, al lado de la tablet donde se reproduce el partido. Y entonces da un ligero tirón a la correa del bolso.

Caos.

El bolso, desnivelado, cae al suelo, arrastrando la tablet tras de sí. El guarda joven se lanza tras ella, intentando cogerla, y el mayor también. Los dos manotean en el aire, inútilmente.

Aura alza el brazo y hace señas en la dirección en la que cree que está Mari Paz, junto a la rampa del garaje. Pero no puede pararse a comprobarlo.

El bolso, abierto, golpeado y en el aire, se convierte en una piñata. Y es bolso de madre, así que:

Tres caramelos, uno de ellos ya chupado y al que se le ha vuelto a poner el papel. Dos Tampax Compak en su envoltorio amarillo. Las llaves de casa. La cartera. Un tíquet de compra del Dia. Una figurita Lego de la princesa Leia. Crema de manos Nivea con aceite de oliva. Diecisiete céntimos. El pintalabios de Dior del primer capítulo. Un boli Bic. Cacao. Ningún llavero de la empresa inexistente.

Se esparcen por el suelo de la garita.

Aura se agacha y se pone a recoger a su vez. La vergüenza que lleva pintada en el rostro es muy real, casi tanto como el agobio.

—Lo siento, lo siento, lo siento.

De rodillas, como los guardas, coge los objetos a puñados y los va colocando sobre la mesa. En una de las veces que se incorpora, aprieta el botón de la esquina, el que había identificado como el de la puerta del garaje. Maldiciendo su miopía y encomendándose a cualquier poder superior que quiera seguir desatendiendo sus ruegos. Cree ver a Mari Paz en la pantalla, corriendo rampa abajo.

—La que ha liado, señora —suelta el joven.

—De verdad que no sabe cómo lo siento —dice Aura, intentando a la vez contar mentalmente hasta seis, y dándose cuenta de que es imposible.

El guarda mayor va a decir algo, pero en ese momento del

altavoz de la tablet brota la palabra de tres letras que cambia el humor de millones de españoles según si es suyo o del rival. Son tres letras, aunque la de en medio se repite unas dieciocho veces.

—¡Goooooooooooooooooool!

El joven se incorpora, frotándose la cabeza y apretando el puño. Su compañero desvía la atención hacia la tablet, sin poder evitarlo, y Aura aprovecha para volver a pulsar el botón de la puerta, confiando en que Mari Paz haya tenido tiempo suficiente para entrar.

—Enhorabuena —dice Aura, mientras arroja el resto de sus posesiones dentro del bolso.

—Será mejor que se vaya, señora —contesta el guarda mayor, incorporándose, muy serio.

—Tiene razón. Muchas gracias, de corazón. Lo siento mucho. Espero que ganen.

Con las manos aún llenas de tampones, cacao y ningún llavero, sale de la garita y echa a andar calle abajo, procurando no mirar en dirección a la rampa del garaje. No necesita darse la vuelta para saber que tiene los ojos del guarda clavados en el cogote.

Aun así, se permite recitar en voz baja:

—Tres, Aura abre la puerta creando estrés.

6

Una rampa

Seis segundos, mis cojones, piensa Mari Paz, a todo correr. Y eso que es cuesta abajo.

Hubo un idiota que dijo una vez que la guerra es noventa por ciento aburrimiento y diez por ciento sufrimiento. *El que dijo eso no se ha aburrido en su vida,* pensaba Mari Paz mientras esperaba la señal de Aura.

El día anterior, mientras caminaban desenvueltas —las dos típicas amigas de paseo por el polígono— alrededor del edificio, Aura había tomado una foto de la garita desde fuera. Ampliando, se veían los monitores. Ampliando mucho, se veía el monitor que cubría la rampa del garaje. Ampliando hasta que los dedos se te salían del teléfono, se podía intuir dónde acababa el ángulo de visión de la cámara. Que era el sitio donde Mari Paz había estado esperando angustiada, fumando un cigarro tras otro. A su ritmo, la cuenta ascendía exactamente a dos.

En la guerra, los periodos de espera no son de aburrimiento. Son de ansiedad, angustia e inquietud. Insomnio, incomodidad y moscas, muchas veces. Calor o frío, según toque. Hambre, casi siempre.

En el caso de Mari Paz, siempre.

Ve a Aura entrar en la garita, y espera. Y espera más. Desde fuera apenas se ven las cabezas de los hombres. De ella, que está de pie, tiene mejor ángulo. Pero aun así, entre la poca luz y los nervios, es incapaz de deducir lo que estaba pasando.

—*Dime cando*, rubia. *Dime cando...* —susurra.

En ese momento —a buenas horas— se da cuenta de que Aura le había dicho que le haría una señal, pero no le había dicho cuál.

¿Y si ya me la ha hecho?

¿Y si no me he dado cuenta?

Ay, Paziña, si ya te lo decía la avoa. De onde non hai...

Está tentada de echar a correr. Sólo por si acaso, *non vaia a ser o demo.* Se contiene a duras penas, con el cuerpo en tensión y los puños apretados. Ha cambiado la fachada de fumadora casual por la de corredora en una línea de salida que sólo ella puede ver. Cualquiera que pasase a su lado, se cambiaría de acera.

Noventa por ciento aburrimiento, claro que sí.

Entonces, la señal.

Para ser honestos, era difícil no verla. Aura agita la mano más o menos en su dirección, como si estuviera espantando una mosca o dándole paso a un coche más rápido en la autopista.

Mari Paz no piensa. Sólo echa a correr.

Y es entonces cuando la cruda realidad hace su entrada en escena, entre abucheos.

Porque la rampa, a pesar de lo que le había parecido ayer al pasar junto a ella, es bastante larga.

Porque Mari Paz ya no tiene veinte años, cuando se hacía los mil metros en tres minutos.

Y porque la puerta de acceso no había llegado a abrirse del todo, cuando ya se está cerrando.

Seis segundos, mis cojones, piensa Mari Paz, a todo correr.

Y eso que es cuesta abajo.

La legionaria va echando el bofe, así que no tiene tiempo de fijarse en que la puerta que se abre es la de salida, así que no tiene célula fotoeléctrica por fuera, sólo por dentro. Si se hubiera fijado, a lo mejor no hubiera hecho lo que hace.

Cuando apenas queda un hueco de cuarenta centímetros, Mari Paz se mete entre la puerta y el marco. El brazo derecho y parte del torso entran.

El resto, no.

La puerta sigue cerrándose, y Mari Paz descubre lo que es tener ochocientos kilos de acero al carbono apretándote el pecho, despacio pero sin pausa. Presa del pánico, mueve la mano, intentando que la célula fotoeléctrica se dé cuenta de que está ahí, pero la célula está situada debajo, a un mundo de distancia.

Al final, ya verás, me mato, piensa.

Intenta empujar la puerta con la otra mano, pero es inútil. Sólo consigue frenarla un poco. Así que, expulsa todo el aire, se encoge como puede, tira con la mano derecha, agarrándose a no sabe bien qué. Consigue pasar el pecho. La pierna izquierda, casi toda. El pie se queda trabado. Trata de liberarlo, pero en vano. La puerta se sigue cerrando, y el pie empieza a acusar el dolor ante la presión invencible.

—Vamos, vamos, vamos...

Medio tirada en el suelo, logra darse la vuelta y empieza a desatar los cordones de la bota. Le lleva un tiempo, porque si algo aprendió en la Legión es a ejecutar una perfecta lazada en escalera. De la que reparte la presión por el empeine y la caña de manera uniforme. Ventajas: las botas no hacen daño en caminatas de treinta kilómetros. Desventajas: quitárselas es mucho más lioso.

Un último manoteo, un tirón de la pantorrilla. Un apretar de dientes y, con los huesos chillando por la presión, consigue sacar el pie de la bota.

Que queda aplastada y retorcida, con el cuero desgarrado asomando entre las juntas de metal.

—Puedes quedártela, hija de puta —dice Mari Paz, tosiendo por el esfuerzo.

Se levanta, cojeando, enjuga una lágrima y mira alrededor. Las palabras de Aura le vienen a la cabeza, inevitables.

Cuatro, Mari Paz entra con mucho teatro.

—Cuando te pille, rubia...

7

Un garaje

Mari Paz se toma unos instantes para evaluar su situación. En el garaje hay cámaras, como era previsible. Pocas, pero haberlas, haylas. Lo cual indica que podría haber otro equipo de seguridad en el interior del edificio.

—Lo más probable es que no estén prestando demasiada atención. Por si acaso, tú, cuando entres, actúa normal. Una persona normal con todo el derecho de estar ahí —le había sugerido Aura.

—¿Y cómo hago eso?

—No lo sé. Con un andar... indiferente.

Cojeando y descalza de un pie, la legionaria cruza por delante del campo de visión de la primera cámara. Contiene el aliento, esperando que de un momento a otro suene una alarma y un montón de guardas armados caigan sobre ella.

No pasa nada.

Ella sigue, caminando sin inmutarse, o al menos todo lo indiferente que le permite la cojera. No parece haber nada roto, pero el dolor en el pie no remite.

Mañana voy a tener el tobillo como un bote sifónico, piensa Mari Paz, intentando disimular.

El ascensor se encuentra a sólo unos pocos metros. Aquí comienza el siguiente problema.

Porque Aura no recordaba si el ascensor del garaje también requería llave de acceso o no.

—Hace más de tres años que estuve en ese sitio por última vez —se había defendido Aura—. ¿Cómo quieres que me acuerde?

—*Eu que carallo sei*. Acordándote. Que la que va a estar ahí dentro en una ratonera voy a ser yo.

No se acordó.

Mari Paz se queda clavada delante de la puerta del ascensor, mirando al lector de tarjetas con cara de acelga hervida. A escasos metros está la escalera de emergencia. Que sólo se abre de dentro afuera, y que de ese lado no tiene ni pomo, ni manija, ni *carallos* en vinagre.

Hasta aquí hemos llegado. Todo este esfuerzo, para nada. Y todo este dolor, la Virgen.

Mari Paz es de natural optimista hasta que deja de serlo. Y cuando deja, su ánimo se desploma con la delicadeza de un yunque sobre un acuario. Ahora mismo se visualiza durmiendo allí, a pie de ascensor, hasta que la encuentren los vigilantes por la mañana, llamen a la policía y acabe de vuelta en los juzgados. Y entre semana no hay chistorra. Salchichón las más noches.

Ya casi nota el sabor del bocadillo de tortilla francesa en el gaznate, cuando un sonido interrumpe sus duelos y quebrantos.

Las puertas del ascensor se abren y convierten el murmullo opaco en una conversación animada, pero igualmente incomprensible.

Cuatro hombres de unos treinta años y cuerpos que parecen no haber visto nunca la luz solar discuten sobre la fotodesintegración de nosequé, pero Mari Paz no presta atención, porque está ocupada enderezándose y alisándose la cazadora.

Cuando la puerta se abre y ven a Mari Paz, los hombres reaccionan alisándose las camisetas de superhéroes.

—Buenas noches —dice el que parece el líder, ajustándose las gafas de pasta.

—Buenas noches, compañeros —dice Mari Paz, enfatizando la tercera palabra—. ¿Subís?

—No, tenemos aquí el coche. Pasa, pasa.

—Antes de entrar dejen salir —recita ella apartándose. Se echa a un lado en el rellano menos iluminado, rogando que no se fijen en su pie descalzo.

Los cuatro, obedientes, se apresuran a abandonar el habitáculo. Mari Paz se cuela dentro antes de que se cierre la puerta. Presiona el botón de la segunda planta —por algún sitio tiene que empezar—, que resulta que no se enciende.

Con horror creciente, la legionaria descubre que en el interior del ascensor *también* hay un lector de tarjetas.

Si la mera idea de quedarse encerrada en el garaje toda la noche le provocaba sudores fríos, la posibilidad de quedarse atrapada en el ascensor se le agarra a la boca del estómago como un perro rabioso. A Mari Paz —digámoslo claramente— no le gustan los espacios estrechos.

Y la puerta ya se está cerrando.

—Eh —dice, alcanzándola antes de que termine el recorrido, e intentando que no se le quiebre la voz.

Cuatro cabezas se giran al mismo tiempo hacia ella, con la sincronización de una familia de lémures. La angustia que le muerde el diafragma se transforma en una carcajada que logra contener a duras penas.

—Es que me he dejado arriba la mochila. Mira que soy *parva*, ¿eh?

Las cabezas miran sin entender.

—Que si me podéis pasar la tarjeta.

El líder del grupo se abre paso entre el resto y se acerca a la puerta del ascensor.

—Tienes que llamar a seguridad, ya lo sabes —le dice.

—Si es que me van a echar la bronca. Es la segunda vez esta semana.

Mari Paz no ha pisado en su vida una oficina. Pero ha estado en muchos edificios, campamentos y bases militares en once países. Cada una con su propia idiosincrasia.

La alegre familiaridad de los pontevedreses, con su acento cantarín de las Rias Baixas.

La dureza cruda de los albaneses, que vivían con una hamaca violácea colgando de cada ojo.

Los tiernos kosovares, capaces de darte su comida si tenías hambre y apuñalarte el hígado si mirabas a su hermana.

Todas tenían, sin embargo, algo en común.

En todas ellas se odiaba a la Policía Militar.

Esa panda de langranes *que nunca hacen nada útil, más que estorbar.*

Así que añade:

—Ya sabéis cómo son.

El líder asiente, despacio. Por detrás se oyen murmullos de asentimiento.

—¿En qué departamento estás? No habíamos coincidido nunca.

—Adivina.

—Yo diría que Ingeniería —dice él, entrecerrando un poco los ojos. Mari Paz no sabe si está intentando ligar con ella o tendiéndole una astuta e indetectable trampa.

Los murmullos de los compañeros aumentan en intensidad.

Pobriño, van a ser las dos cosas.

—Uy, Ingeniería, jajaja. Estoy en el servicio de limpieza. Llevo poco.

Pobriño sonríe y se lleva la mano al bolsillo. Se apoya en la puerta con la mano sosteniendo la cartera, bien visible. Pero no la acerca al lector de tarjetas.

—¿Sales siempre a esta hora?

Mimá. Le faltó añadir «muñeca».

—No, más tarde. Me surgió una urgencia en casa. Búscame mañana y te invito a un café. Por el favor, claro.

Los murmullos de los compañeros se cortan en seco. Un silencio perplejo que clama «no me puedo creer que haya funcionado».

—Claro, claro —dice él, sacando la tarjeta a toda prisa y pasándola por el lector, antes de que ella cambie de idea. De paso aprieta el botón de la planta cero, ahorrándole a Mari Paz la molestia de localizar su objetivo.

—Mañana, ¿eh? —añade cerrando el trato.

—Sin falta —contesta Mari Paz, mientras la puerta se cierra a su vez.

Cuando el ascensor comienza a subir, los murmullos se vuelven gritos de triunfo, aullidos y felicitaciones.

Para ser ingenieros, no saben muy bien cómo funciona el sonido, piensa Mari Paz, sonriendo.

Al día siguiente, cuando no la encuentre, el rapaz se dará cuenta de que era imposible que Mari Paz estuviese ahí abajo sin la tarjeta. O de que a los que trabajan fregando suelos no suelen asignarles plaza de aparcamiento. Las palmadas en la espalda de ahora se volverán pullas.

La legionaria siente un poco de lástima, pero no se concede tiempo para pensar. Saca el móvil y marca el único número que hay guardado en favoritos. Contestan al primer timbrazo.

—¿Estás dentro?

—Me debes unas botas viejas.

8

Un repertorio

El alivio de Aura es casi físico, y el suspiro que suelta, también.

—¿Estás bien? No sabía nada de... y los guardas...

Sigue hablando, dejando caer frases atropelladas e inconclusas, igualito a como dejaba caer la fruta el manzano de la abuela Celeiro.

—Ya hablaremos sobre cómo cuentas tú seis segundos, rubia.

La puerta del ascensor se abre en la planta baja del edificio, y Mari Paz sale del ascensor, retomando su andar indiferente.

—Ponte los auriculares, guarda el teléfono en un bolsillo y no cuelgues —le pide Aura.

Mari Paz obedece, sin dejar de caminar. Va mirando a los lados, discretamente y sin mover mucho la cabeza. Las puertas que va encontrando tienen todas letreros indicativos, pero ninguno es el que busca. El pasillo es largo, muy largo, y está desierto. Sus pasos resuenan desiguales (clop, plas; clop, plas) sobre el mármol rosado y despiertan ecos en las paredes blancas. Las cámaras son ahora más frecuentes, hay una cada diez metros, apuntando en direcciones opuestas. Mari Paz observa esos ojos, alargados y amenazantes, y empieza a sentirse mal.

—No me llega la camisa al cuerpo.

El andar indiferente se parece cada vez más a un renqueo cojitranco y dolorido. Los hombros encogidos por el miedo y el cuello tieso no ayudan. Ni un poquito.

—Intenta animarte un poco.

—Anímame tú. Cántame algo.

Aura, incrédula, hace una pausa.

—Lo digo en serio, rubia.

—Yo no sé cantar.

—¿No les cantabas a tus hijas para que se durmieran?

—Las canciones de los dibujos de la tele.

—Me van valiendo.

Aura se ríe, pero la legionaria no. Así que, unos segundos más tarde, al otro lado de la línea hay un carraspeo, y se escucha:

Ojalá mis sueños
se hicieran realidad,
se hicieran realidad
porque tengo un montón.

La voz de Aura titubea un poco al principio. Pero a medida que se va calentando, se vuelve timbrada y cristalina. No de concurso, tampoco nos volvamos locos. Pero en el pasillo desierto suena a María Callas.

Para no saber, qué bien cantas, muller.

—¿Quién es ese Doraemon? —pregunta, al final de la canción.

—Un gato que lleva muchísimas cosas en los bolsillos.

—Pero cómo va a llevar un gato...

—¿Te canto o te cuento?

—Canta, canta.

Y así, mientras Mari Paz recorre la planta baja, Aura repasa el repertorio que cantaba a las gemelas cuando eran más pequeñas. *Inazuma Eleven, Hora de aventuras, Harry y su cubo de dinosaurios* y *Los Lunnis.* No es que la legionaria sepa de qué serie es cada canción, pero al menos nota como sus nervios van dándole tregua.

No así el dolor del pie, que es cada vez más fuerte.

Cada apoyo le hace sentir que el calcetín —amarillo y con agujeros— está lleno de clavos. El dolor sube por la pierna y llega casi hasta la rodilla, que hace ya una década que funciona regular.

Aguanta. Aguanta.

Aura se arranca con la intro de *Scooby Doo*, y Mari Paz va a decir que ésa sí, ésa sí que la reconoce, cuando algo sucede. Al volver una esquina y entrar en la zona central de la E que forma la planta, al fin ve el letrero que busca.

MANTENIMIENTO

Un cubo y una fregona mantienen abierta la puerta. De dentro salen unas risas cansadas, y la murga del final del partido a través de una radio barata.

Mari Paz asoma la cabeza, dando dos golpecitos en el marco con los nudillos.

Un par de rostros se vuelven hacia ella.

Cinco, Mari Paz busca un bedel con mucho ahínco.

Solo que hay dos, más bien grandotes, y se están tomando un descanso. Entre ellos hay abiertos dos táperes (filete empanado cortado en trozos, tortilla de patata), cuatro latas de Mahou (dos vacías, dos mediadas) y una bolsa mix de frutos secos (se han dejado los garbanzos).

—Antes de que empecemos... —pregunta Mari Paz, educada—. ¿Por casualidad no tendrían ustedes ibuprofeno?

9

Un claxon

Aura espera impaciente junto al coche a que Mari Paz le dé la señal. Da golpecitos con el pie en el suelo para aliviar la tensión, aunque consigue poco a cambio.

El partido está a punto de concluir, y con él se cierra su ventana de oportunidad. Cuando acabe, los guardas tendrán ganas de estirar las piernas y de ganarse el sueldo. Necesita estar dentro antes de que eso pase.

Vamos, vamos, vamos.

En los auriculares hay unos ruidos que Aura no consigue descifrar. Le ha dicho a Mari Paz que la mantenga informada, pero la legionaria le ha pedido silencio.

Quedan menos de seis minutos.

—*Está feito* —dice Mari Paz, al cabo de un rato.

—¿Dónde?

—En la esquina norte. He fingido que salía a fumar y la he tirado por encima de la valla, pero ha volado más lejos de lo que creía. Vas a tener que buscarla.

Genial, piensa Aura.

—No me cuelgues.

—A esto apenas le queda batería —dice Mari Paz—. Y ya me he cruzado con dos personas por el pasillo; no quiero que me oigan hablar. Llámame cuando la encuentres.

Aura maldice el móvil barato mientras se apresura en dirección al lugar que le ha indicado la legionaria. Un cruce de calles, al otro extremo del edificio, donde les parecía que las farolas iluminaban algo menos y sería menos sospechoso si alguien se fijaba en ella.

Alcanzarlo le lleva un minuto largo a paso vivo.

Y, cuando llega, no la ve.

Aura se agacha entre los coches. A gatas —con las rodillas doloridas y las piedrecitas del asfalto pegándosele en las palmas de las manos—, busca el rectángulo de plástico que le separa de la más mínima posibilidad de enderezar su futuro.

Nada.

Se arriesga a emplear la linterna del móvil —a pesar de que llamará mucho más la atención de esa forma— y la pasa por las sombras de los vehículos, junto a las ruedas. Valiosos segundos se esfuman.

Nada.

De pronto cae en la cuenta.

Seré imbécil.

La tarjeta no ha tenido por qué caer al suelo.

Se incorpora, maldiciendo en voz baja con palabras que

harían a las gemelas —que ya han empezado con los tacos— ponerse blancas del susto. Pasa el haz de luz por encima de los coches, abandonada ya toda precaución.

Allí está.

La tarjeta está sobre un Seat Arona blanco. Encajada entre el parabrisas y los limpias. A su alcance, todo ese tiempo.

—Seis. *La tarjeta me lanzaréis.*

—Pero si estoy yo sola —había protestado Mari Paz.

—Es mayestático. Yo me entiendo.

Aura la recoge y echa a andar hacia la puerta. Otros cincuenta o sesenta metros, y el tiempo del partido ya está más que agotado. Cuenta al menos con la prórroga.

Echa un vistazo —error— a la tarjeta y descubre que no se parece en nada a José Miguel Barrera, calvo y con bigote.

De todas formas, si nos paran, la foto no va a ser lo que nos descubra, piensa, intentando animarse.

Llega hasta el acceso exterior y desliza la tarjeta por la ranura del lector. La bombilla sigue en rojo. La tarjeta no funciona.

(*un breve fogonazo le asalta la memoria. Jaume y ella, en su última escapada juntos, tres meses antes de que lo asesinaran. Un hotel en San Sebastián. Primer fin de semana a solas tras mucho tiempo. Ella, loca por llegar cuanto antes a la habitación y follarse a su marido, y la tarjeta que no abre. Él propo-*

ne ir a tomar algo al bar, ya que de todas formas hay que ba-jar a pedir otra a recepción, y Aura grita NO y hace lo mismo que hace ahora)

Frota dos veces la tarjeta contra la manga —superstición heredada de sus tiempos en el banco, tan inútil como restregar la moneda contra el lateral de la tragaperras— y vuelve a intentarlo.

La bombilla cambia a verde con un zumbido y un chasquido metálico.

Aura empuja la puerta y entra en el jardín. De día era un recinto impecable, de césped inmaculado y ventanas relucientes. De noche parece un mausoleo, luminoso y vigilante.

Quedan otros diez metros hasta la entrada acristalada del edificio.

A lo lejos se escucha, inconfundible, el claxon de un coche que no para de pitar. Le responde otro, enseguida. Mucho más lejos, un petardo. Incluso allí, en ese polígono dejado de la mano de Dios, hay idiotas que celebran el triunfo de un grupo de millonarios, haciendo ruido a horas intempestivas.

Aura sigue andando.

No despegar ambos pies del suelo, mantener la compostura cuando el tiempo se agota; es lo más difícil que ha hecho en su vida.

Sólo cuatro metros más.

Despacio.

Dos metros más.

Rafa y Josete, dos minutos antes

—Pues no ha sido para tanto.

—Tres goles como tres soles, Rafa.

La discusión seguirá toda la noche, eso bien lo sabe el veterano. Le gusta picar al muchacho; es una forma como cualquier otra de llenar el pegajoso aburrimiento de su trabajo. Él, como buen atlético, achacará la victoria del Madrid a la desidia del rival, a los fallos del árbitro, a la UEFA y al lucero del alba. El otro se ofenderá mucho, sin decir nada que no hayan escuchado comentar ya en la radio, que para ser madridista no hace falta ser muy original. Y así pasarán la noche, va y viene, y las cinco darán un poco antes en el reloj. Y mañana, tan amigos. Como siempre.

Rafa se levanta y se estira. Su brazo se apoya en la pantalla en la que una ansiosa Aura busca la tarjeta agachada entre los coches, aunque el guarda no le presta atención. Le duele demasiado la espalda.

Cuando se endereza, las vértebras crujen y chascan como

nueces en un calcetín. Pasados los cincuenta, con sobrepeso y jaquecas crónicas —de esas que te okupan la azotea y asoman cartelitos fachada abajo—, no es bueno estar tantas horas sentado. Quedan ocho minutos para la ronda perimetral, pero tampoco es que vaya a pasar nada por adelantarla un poco, como dice él siempre.

—¿Vamos con la rondita?

—No es la hora —protesta Josete, que sigue con la vista clavada en la tablet, atento a las declaraciones de sus ídolos.

—Tampoco es que vaya a pasar nada por adelantarla un poco.

Josete se queja una vez más, pero se acaba levantando, porque es buen chaval. Trabajador y competente, sí señor. Apresta las llaves de la garita en el cinturón. Ajusta el arma en la pistolera, la defensa en su presilla. Recoge su identificación de encima de la mesa, y al hacerlo su mano pasa junto a la pantalla en la que una desesperada Aura saca el móvil para buscar la tarjeta. La cámara, que está activada en modo infrarrojo, convierte el haz de luz del teléfono de Aura en un fantasma juguetón y peligroso.

Josete tampoco le presta atención.

—Habrá que pasar a por un café, Rafita.

—La máquina de la cero está rota.

—Pues vamos arriba, donde los jefes.

Rafa tuerce un poco el hocico. Se supone que ellos no pueden pasar de la planta baja, ni cuando hacen la ronda. El segundo equipo se encarga del interior. Y los que están hoy son dos gilipollas insufribles.

Por otro lado, en la sala de descanso de la planta ejecutiva tienen una Nespresso de las buenas. Con cápsulas de todos los sabores. Y bastante gratis.

—Subimos rápido, nos servimos los cafeles y nos piramos. ¿Estamos?

Es el turno de Josete de torcer el hocico, porque lo único mejor que el café de la planta ejecutiva son los sillones de la planta ejecutiva, mullidos y algodonosos. Te aspiran el cuerpo hacia dentro del sillón y, cuando te quieres dar cuenta, te han despedido por quedarte dormido en el turno.

—Por cinco minutos...

—Que no.

Josete agacha la cabeza y tira hacia la puerta. Y todo hubiera ido bien para Aura de no haber dejado el muchacho de fumar hace un par de días. Va todo el rato con varias revoluciones de más, pero al menos no le apesta el uniforme a tabaco. Pero, ay, se vuelve a por el paquete de chicles con nicotina —sabor Menta Repugnante—, y entonces se fija en el monitor seis. El que muestra el camino desde el acceso exterior hasta la puerta principal.

—Rafa —llama—. Mira esto.

Rafa se acerca, y mira. Los ojos se le entrecierran. En el monitor siete, el que graba desde la puerta hasta el acceso exterior, su sospecha se confirma.

—¿No es ésa la mujer que ha estado...?

Rafa no le deja acabar. Echa mano al walkie para avisar al equipo del interior del edificio. Aprieta el botón de transmitir, pero luego recuerda quién está hoy de turno dentro y se lo piensa dos veces, por si le acaba salpicando.

—Vamos a ver de qué va todo esto.

10

Un carrito

—¿Dónde estás?

—En el baño, a la derecha de la entrada.

Aura sigue las indicaciones de Mari Paz y la encuentra en el baño, salvo que un poco cambiada. La cazadora de sarga y los vaqueros han dado paso a un uniforme azul de bedel, con sus bolsillos dados de sí y manchas blanquecinas de lejía en las perneras. No le falta detalle.

Casi ninguno, piensa Aura, mirando hacia abajo.

—¿Dónde está tu bota?

—Se la jaló una puerta. Ponte esto, rubia, no te me distraigas.

Aura se quita la ropa a toda prisa. Se queda en medias y sujetador. Cuando va a meter el traje y la camisa en la bolsa de basura que le tiende Mari Paz, nota una mirada extraña en los ojos de la legionaria.

—¿Qué pasa?

Mari Paz desvía la vista enseguida, colorada.

—Nada, nada. Cosas mías.

Aura no se para a pensar demasiado, porque afuera se escuchan voces y pasos apresurados.

—¿Has oído...?

Mari Paz se lleva un dedo a los labios y le indica que se meta en uno de los retretes. Aura obedece y se sube a la taza, con el uniforme azul hecho un burruño entre las manos.

Ni un segundo demasiado pronto.

Oye abrirse la puerta.

—Buenas noches, ¿has visto pasar a alguien?

Hay un silencio. Después un escurrir de agua, y el palmetazo de una fregona empapada golpeando contra el suelo.

—Hola —insiste el guarda.

El corazón de Aura va a doscientos por hora y acelerando. Estruja la ropa contra el pecho, intenta encogerse hasta desaparecer.

—¿Qué? —dice Mari Paz, demasiado fuerte. El tono de alguien que estaba escuchando música a todo volumen y le han interrumpido.

Aura cree percibir, en sordina, los primeros acordes de *Hoy puede ser un gran día*.

—Que si has visto pasar a alguien.

—Aquí estoy yo sola. Pasa tú, si quieres. Pero sácate los zapatos, que estoy fregando, rapaz.

Los pasos del guarda no suenan a descalzos. Lo que suenan es cada vez más cerca.

Suela contra mármol, uno, dos, tres.

Un pararse, girarse un poco.

Tres, cuatro, cinco pasos.

La sombra de los pies bajo la puerta del retrete.

Aura aprieta los dientes. No ha echado el pestillo, y la puerta se cimbrea. La defensa del guarda se introduce por la rendija, separando poco a poco la puerta del marco.

—Oye, compi. ¿Cómo quedó?

La defensa se detiene.

—¿Qué? Ah, el fútbol. Tres cero, ganamos.

—Di que sí. Verás mi mozo esta noche cuando vuelva. Aún tiene ganas de jaleo. Dime que ha sido paliza.

—Y de las buenas. ¿Eres del Madrid?

—Primero del Celtiña, que *é da miña terra*. Y luego del segundo mejor equipo del mundo.

La voz del guarda —ahora Aura la reconoce, es el joven de la garita— se convierte en una carcajada estruendosa.

—Di que sí. Mis suegros son de Vigo. Menudas cuestas.

—Para hacer piernas, *meu*.

—Si ves a alguien, marca tres veces el nueve y nos avisas a la garita.

—¿Qué alguien? Que aún hay *xentiña* por los pasillos.

—Ah. Una mujer rubia, muy guapa, con traje de chaqueta. Creemos que se ha colado.

Los pasos se despiden, la puerta del baño se cierra.

Aura se baja del inodoro y sale del retrete. El agua sucia de fregar traspasa la finísima tela de las medias. Está fría y huele a lejía con limón.

—Tenemos que irnos —dice Mari Paz—. Te están buscando.

Aura ya ha pasado antes por las dudas y el miedo. Ganó la rabia. Ahora el miedo no es una posibilidad indeterminada, una niebla en el futuro. Ahora el miedo tiene cara y ojos, y zapatos que repiquetean sobre el mármol. Y, sin embargo, está más decidida que antes.

—No cuando estamos tan cerca. Además, buscan a una mujer rubia con traje, no a una señora de la limpieza.

Empieza a vestirse con el uniforme que le ha dado Mari Paz.

—¿Que has hecho con los dueños de esta ropa?

—Les he dejado atados en el cuarto de mantenimiento y he cerrado por fuera.

Aura se abrocha la parte de arriba, que le cuelga hasta los muslos. Intenta meter el sobrante dentro de los pantalones. Ni por ésas. La ropa le está enorme. Tampoco se les ocurrió llevar calzado de repuesto, así que Aura tiene que confiar en que no se fijen mucho en sus zapatos de vestir.

—No voy a ser de esas que se quejan, pero...

—*Éche o que hai*, rubia. Y por cierto...

Le señala el pelo. Que llama la atención desde lejos, incluso con el recogido apresurado que lleva.

Aura busca en el carrito y encuentra el rollo de bolsas de basura. Coge una, la estira, la desgarra con los dientes y corta un buen trozo de plástico negro, que se enrolla alrededor de la cabeza como si fuera un pañuelo. No aguantaría un examen detallado, pero quizás cuela si los guardas no se acercan mucho.

—Estás como una chota.

—¿Vamos al número siete?

—Mientras no sueltes la rima del *carallo*... —dice Mari Paz, poniendo los ojos en blanco.

Aura sonríe —no va a rendirse tan fácil—, empuja el carrito y recita:

—Siete. A Desarrollo Financiero a todo carrete.

11

Un invento

Mari Paz encabeza la procesión por el pasillo hasta el ascensor. No ven a nadie. Lo cual no es buena señal.

—Buena señal —dice Aura.

—Horrible señal —la contradice Mari Paz—. En cuanto no te encuentren, se pondrán a mirar las cámaras. Y alguien caerá en la cuenta de que las dos pavas de mantenimiento no son tal.

—Esta gente es de una contrata. Seguro que ni se conocen... —dice Aura, señalándose el logo del pecho.

—No te engañes. Cinco minutos nos doy. Ni uno más.

—Necesitamos una distracción.

—Pues ya me dirás cómo.

—Esto era un trabajo para tres personas —comenta, más para sí que para Mari Paz—. Sabía que era un trabajo para tres...

—Nos has traído hasta aquí, rubia. Más lejos de lo que me imaginaba. Dale al cerebelo, que la cosa está fea.

Aura encoge la cabeza entre los hombros, se apoya contra el carrito y se inclina un poco.

Tiene la cara encima del cubo de basura, y se le está poniendo de color verde. El cubo no es causa, sino consecuencia. El motivo no es el tenue olor a porquerías entremezcladas, sino la tensión acumulada, que debe estar partiéndola en dos, y amenaza con hacerla vomitar.

Mari Paz ya ha visto ese verde antes. En compañeros con años de experiencia en maniobras. Mastodontes que levantaban ciento cincuenta kilos en el press de banca, que corrían quince kilómetros diarios, que disparando entraban en el percentil noventa. Máquinas que pedían a gritos que a su unidad la desplegasen en las misiones más duras. Hombres valientes, todos. Pero en el primer desembarco de verdad, con balas de verdad y un enemigo de verdad, la cara se les ponía del mismo color que a Aura.

Saltar, saltaban. Pero el suelo del Leopard lo dejaban hecho un cristo.

Lo que no hacían era lanzarse hacia delante y ponerse a hurgar en el cubo de la basura.

—¿Qué *arroutada* te dio, rubia?

Aura se dobla sobre sí misma y mete medio cuerpo en el cubo, que desequilibra el carrito.

—Necesito... Da igual, tiene que haber. —Hace un gesto a Mari Paz para que espere—. Tiene que haber.

Mete el cuerpo hasta el fondo, y sigue revolviendo.

Al cabo de unos segundos emerge con dos trofeos.

Una botella vacía que en su día contuvo dos litros de Fanta y una pelota de papel Albal. La observa atentamente, dándole vueltas entre los dedos.

—Espero que no esté demasiado apretada —murmura.

Ya está. Toleou *del todo*, piensa la legionaria.

Aura le arroja los dos objetos a Mari Paz.

—Vete dividiendo la pelota en trocitos. Lo más pequeños que puedas. Y échalos dentro de la botella.

Mari Paz obedece, mientras Aura hurga en el lado contrario del carrito, donde los empleados guardan los productos de limpieza. Extrae una garrafa de color blanco y tapón rojo, con muchos símbolos de esos que se ponen a las cosas peligrosas.

—¿Qué tienes ahí?

—Salfumán. Menos del que me gustaría —contesta Aura sacudiendo la garrafa. El culillo del fondo se remueve, con un chapaleo ahogado.

Coge la botella de manos de Mari Paz. La sostiene frente a los ojos —que reflejan una concentración absoluta— y echa todo el contenido de la garrafa dentro. Apenas habrá medio vaso.

—¿Qué estás haciendo?

—Luego te lo explico —dice Aura apurando la garrafa—. No es suficiente. Tendrá que estar muy bien cerrada. Si hubiera una goma o...

—¿Te sirve esto? —Mari Paz señala al asa del carrito. De ella cuelga un rollo de cinta americana.

—Eso es perfecto.

Aura pone el tapón y comienza a envolver la botella con la cinta americana, bien fuerte. Cuando ha cubierto todo menos la parte inferior, le da el invento a Mari Paz.

—Ahora vamos a hacer lo siguiente. Tú vas hacia la mesita de cristal ésa que hay en la esquina, con este trapo —se lo pone en la mano— y agitando la botella suavemente. Te agachas, haces como que limpias la mesa y colocas esto debajo, discretamente.

—¿Y luego?

—Y luego te vuelves, lo más deprisa que puedas, y nos metemos en el ascensor.

Añade cuatro palabras...

Mari Paz se pone en marcha al oírlas.

No es lo que querría. Su primera intención era explicarle que, para una gallega, la expresión «¿Y luego?» no es literal, sino que demanda una explicación. Un porqué.

Por qué me mandas a colocar la botella debajo de la mesa.

Por qué tengo que ir yo, y no tú.

Por qué coño te hago caso.

Mari Paz deposita la botella debajo de la mesa de cristal, le da una pasada con el trapo y se da la vuelta enseguida. Una cumbre actoral de nuestros tiempos. La distancia que imprime a los pasos que la separan del ascensor, puesta en una gráfica, tendría forma de escalera. Los dos primeros son normales. Los últimos, saltos de longitud.

—Esperemos que no haya nadie mirando —la riñe Aura, desde dentro del ascensor, sujetando la puerta con la mano.

Pero claro, cómo puedes pedirle a alguien a quien le acabas de poner un objeto en la mano que actúe con naturalidad y vuelva andando junto a ti, cuando las últimas cuatro palabras que añades son:

—Antes de que explote.

Mientras tanto, debajo de la mesa

La abuela Celeiro lo llamaba aguafuerte.

Nosotros, salfumán.

El franciscano italiano que lo descubrió, espíritu de sal.

No sabemos gran cosa de este último. Era un alquimista de Taranto, que firmaba con el seudónimo de un antiguo químico árabe para camuflar su identidad. Obsesionado con la lectura de un antiguo manuscrito, el *Liber de aluminibus et salibus*, profundizó en el conocimiento de las reacciones. Un día tuvo la brillante idea de echarle ácido sulfúrico a la sal común. Sobrevivió al experimento, aunque el matraz de latón que utilizó no tuvo tanta suerte.

Ocho siglos después, una fascinada Aura de once años contemplaba a cuatro soldados de fortuna liberarse del almacén en el que se hallaban recluidos por los malos usando un invento similar, mientras merendaba unos sobaos y un vaso de zumo.

Ocho siglos, veintidós años, once meses y seis días después, Aura fabrica el compuesto que ahora se encuentra debajo de una mesa de cristal junto a una fuente de agua.

El aluminio del papel Albal —que horas antes había envuelto dos sándwiches de atún— comenzó a reaccionar con el ácido clorhídrico del salfumán en el momento en el que Aura lo vertió en la botella de Fanta —que horas antes había amenizado un cumpleaños en el departamento de Informática—. Despacio, al principio, pero más deprisa a medida que los dos elementos intercambiaban electrones.

El metal del papel empezó a disolverse en el ácido, produciendo cloruro de aluminio, que se quedaba en el fondo de la botella. Y también hidrógeno, que ahora mismo se expande en el interior.

La reacción es irreversible, y el espacio limitado. A medida que el gas se queda sin sitio, va empujando las paredes de la botella hacia fuera. Sujetas por la cinta americana, éstas ofrecen una fuerte resistencia, por lo que aumenta la concentración de gas, que reclama salir.

Gana el hidrógeno. Por goleada.

Unos cincuenta segundos después de que Aura vierta el salfumán, y tres segundos antes de que Mari Paz la alcance en el ascensor, la botella estalla.

No es una explosión muy grande. No produce fuego, ni apenas humo. Pero la mesa bajo la que estaba sale despedida hacia el techo, y se hace añicos. Una lluvia de cristales cubre el pasillo, y eso es todo.

Eso, y un ruido ensordecedor. De película. Que se propaga por el pasillo, y se escucha en todo el edificio.

12

Una oficina

—Vamos, que la he *liao* parda.

—A ver, distraídos van a estar —dice Mari Paz, apretando el hueco de la mano contra el oído izquierdo. Con la otra pulsa insistentemente el botón de la sexta planta, pero el ascensor no aumenta su velocidad.

Aura también tiene un zumbido en los tímpanos, fruto de su experimento científico.

—A lo mejor me he pasado —reconoce. La voz le suena distante y metálica.

—A lo mejor llaman a la policía. Has cambiado cinco minutos hasta que nos encontraran por quince sin escapatoria.

—En quince minutos pueden pasar muchas cosas —añade Aura en voz baja.

Mira a Mari Paz y la ve tranquila. Por fuera, al menos, aunque leer a la legionaria no es sencillo. El dedo machacón sobre el cuadro de mandos del ascensor es todo lo que deja traslucir su ansiedad.

¿Y ella?

Aura mira hacia dentro, y lo que ve la asusta.

Es un fogonazo, no hay tiempo para introspecciones detalladas. Y aun así...

Antes de conocer a Jaume, Aura pasó unos meses con un entrenador de capoeira. Hubo una tarde tórrida en la que intervinieron un sofá cama, un vaso de agua con hielo y la elasticidad del muchacho. Aura tuvo el mejor orgasmo de su vida.

Lo que siente ahora es más placentero.

Antes de tener a las niñas, cuando empezaba en el banco, Aura fue de juerga con sus compañeros una Nochevieja y alguien sacó una bolsa con un polvo blanco. Lo probó, por presión social y por curiosidad. «Nunca te sentirás tan despierta en tu vida».

No era cierto, acaba de descubrir.

Una noche fría, la última de su vida anterior, la noche en la que se desató la pesadilla, Aura sirvió de escudo a sus hijas, ofreciendo su cuerpo a un asesino, sin hacer ruido para mantenerlas con vida. El impulso de protegerlas batía su cuerpo como un tamborilero rompe la hora en Calanda. Un latido constante, cegador, que llena el espacio y el tiempo, que es a la vez principio y propósito.

Esto es aún más poderoso.

Aura no se ha sentido nunca más viva ni más fuerte. Más capaz de cualquier cosa. El aire a su alrededor parece impulsarla, transportarla a un mundo ideal. Como una alfombra mágica.

Tiene miedo, sí.

Pero no va a hacerle mucho caso.

Es mejor dejarse llevar.

—Vamos —dice, cuando se abre el ascensor.

Siguen los letreros, por el pasillo interminable, con la ansiedad que les provoca el tiempo que se agota y la certeza de que se alejan cada vez más de una puerta que se cierra. Con la lentitud que les impone, a pesar de todo, la necesidad de no llamar la atención.

—Aquí es —dice Aura, señalando un letrero en el que se lee:

608 Desarrollo Financiero

Abre la puerta, y separa los labios para recitar el verso.

—Ocho...

Pero no llega a terminarlo. De pronto, ya no lo recuerda.

Porque todo el plan —y sus expectativas de salir de ésa sin que las pillasen— se acaba de ir a tomar por saco.

La intención era entrar en una oficina desierta, rebuscar entre los papeles y ordenadores y encontrar el nombre.

Pues ya no va a poder ser.

Al otro extremo de la oficina, de pie junto a una enorme impresora, hay un hombre panzudo y de abundantes mofletes, con una desvaída sonrisa alegre de las que implican lasitud de cuerpo y espíritu.

El hombre tiene su atención puesta en unos documentos que acaba de imprimir. Levanta la vista antes de que Aura pueda darse la vuelta, agarrar a Mari Paz y salir de allí sin mirar atrás.

El hombre la ve.

A pesar de la distancia y del impecable disfraz, la reconoce enseguida.

—¿Qué pasa? —dice Mari Paz, que aún no ha llegado a entrar en la oficina.

Empuja a Aura para hacerse hueco, nota que algo va mal, sigue la dirección de su mirada y ve al hombre. En solidaridad con Aura, que no ha apartado los ojos del individuo en cuestión, suelta un gruñido de disconformidad.

Aura no le hace caso.

—Ginés —suelta, sin poder evitar que el odio se le derrame por la ese del final, como el vino sobre el mantel.

—¿Qué... qué haces aquí?

Aura se acerca a él, despacio, sin dejar de empujar el carrito.

—Ya ves. He tenido que buscarme un trabajo nuevo, ya que perdí el que tenía hace tiempo.

A medida que avanza por la oficina, va agachándose y vaciando las papeleras de cualquier manera en el cubo de basura, y dejándolas caer al suelo sin mirar dónde.

El tal Ginés observa el impecable disfraz de Aura y hace gala del intelecto que le ha hecho ganarse un sueldo anual de seis cifras más primas por objetivos.

—No me lo creo —dice Ginés, echando mano del teléfono.

—Mari Paz, ¿podrías...?

El hombre ha empezado a marcar el número de Seguridad, pero Mari Paz tiene otra idea al respecto. De dos zancadas le alcanza, le arrebata el auricular de las manos y lo agarra por la corbata —amarilla con topos verdes, anudada pero suelta—. Ginés es un hombre grande, un poco más alto que Mari Paz. Intenta zafarse, creyendo que le sería sencillo, pero lo único que sucede con extrema facilidad es que su cuerpo gira como una peonza cuando Mari Paz tira de él y le obliga a caer de culo sobre la silla más cercana.

—¡Oiga, señora! ¿Pero qué hace...? —La panza rebota y la voz le tiembla, a causa de la afrenta.

Trata de levantarse, pero una mano en el hombro —en colaboración a la otra, que ahora tira de la corbata hacia atrás— lo disuade y le da la vuelta a la silla, de forma que se quede mirando a Aura.

—Te presento a Patricio Ginés, jefe de Desarrollo Financiero —dice ella—. Cuéntale a mi compañera de qué nos conocemos, Ginés.

—No podéis hacer esto... ¿Pero estáis locas?

—Sea tan amable de responder, caballero.

Ginés ha escuchado antes esa última palabra en el único sitio de España donde todavía se emplea: en la planta cuarta de El Corte Inglés. Pero en ningún sitio la escuchó jamás como sinónimo de «contesta ahora o sigo tirando de la corbata».

—Hemos hecho proyectos juntos —dice, echando el cuello hacia atrás para intentar mantener el flujo de aire en los pulmones.

—Sobre todo uno, ¿verdad, Gines? Tú dirigiste el desarrollo del software de gestión del banco.

—La fiscalía dijo que fue cosa tuya —responde Ginés enseguida.

—Sí, todo apunta a que fui yo. Todas las órdenes de compra del fondo salieron de mi ordenador. Alguna incluso mientras yo dormía. ¿No te parece curioso, Ginés?

El silencio que devuelve es tan intenso que permite escuchar el zumbido de los fluorescentes en el techo, de los ventiladores de los ordenadores y unos gritos lejanos. Aura no se engaña acerca de la causa de los gritos. No necesita la mirada apremiante de Mari Paz para saber que tienen que largarse de allí.

Pero no puede irse sin aquello a por lo que ha venido. Y menos ahora, que hay un testigo que la reconocerá con nombre, apellidos y número de teléfono.

—No te vas a salir con la tuya, Reyes —dice Ginés.

Aura lo tiene bastante claro. Se muerde el labio inferior, intentando pensar. La única solución sensata es largarse.

Pero el sentimiento que la ha estado guiando desde que funcionó su distracción y se subió al ascensor no entiende de sensateces.

—No esperaba encontrarte aquí, Ginés. Pero ya que estás...

Se quita el gorro de plástico de la cabeza y se agacha frente a él.

—Tú me jodiste la vida, Ginés. Yo lo sé, y tú lo sabes. También sé que eres un cobarde y un mierda.

Aura mete la mano entre el cuerpo de Ginés y la silla. Palpa por detrás de la espalda, va bajando, hasta que encuentra el bulto en el bolsillo trasero. Hurga hasta que consigue liberarlo. Una cartera de piel Montblanc, de color negro. Con sus iniciales grabadas. La abre y extrae el rectángulo de plástico que estaba buscando. Le da la vuelta y lee la primera línea en voz alta.

—Y ahora, además, sé dónde vives —añade, arrojándole el DNI a la cara.

El trocito de plástico le golpea en la ceja, sin fuerza, antes de caerle en el regazo. Pero lo que deja en los ojos de Ginés es miedo.

—¿Qué es lo que quieres? —dice, echándose hacia atrás todo lo que le permite el respaldo de la silla.

Aura se acerca más a él y sonríe.

—Tú me das igual, Ginés. Sólo fuiste un medio para un fin. Pero hay otra cosa que sabemos muy bien los dos, y es que eres un inútil. Tú no pudiste diseñar un software tan perfecto. Así que me vas a decir quién fue.

Hay otro silencio, pero éste es distinto. El zumbido de los aparatos eléctricos es sustituido por el de los engranajes del cerebro de Ginés, que dan vueltas mientras hace cálculos.

—Una consultora externa —dice, intentando ganar tiempo.

Es posible que él haya escuchado los gritos de antes. Que cuente con que aparezca alguien para librarle en el último momento.

Aura sigue dominada por la adrenalina que le ha servido de combustible en los últimos minutos, pero otro sentimiento se está abriendo paso a picotazos.

La vergüenza.

La cruel ironía de estar amenazando a otro con una tragedia del mismo corte que la que ella pasó. Alguien entrando en su casa y haciéndole daño. Se da cuenta de lo poco que le importa. El mundo, que se había convertido en una alfombra mágica que la llevaba en volandas hacia su destino, ha mutado de nuevo.

Ahora es una montaña escarpada y pedregosa.

Aura traga saliva. Piensa en sus hijas.

Repite la dirección de Ginés.

—Dime su nombre.

Ginés solloza.

Lo dice.

13

Una huida

—Tenías razón —dice Mari Paz—. El tipo era un mierda.

Aura vuelve a empujar el carrito pasillo adelante, en un vano intento de camuflaje que no tiene otro efecto que el placebo.

Es un camuflaje homeopático, piensa, riendo por dentro. Con esa habilidad suya de sacar humor del peor momento imaginable.

Como por ejemplo ése, en el que tienen que huir de un edificio cuya única entrada está bloqueada por la policía.

—No ha tardado mucho en hablar, no.

Había tardado poco en decirles lo que necesitaban, sí. Pero incluso ese periodo minúsculo había sido demasiado. Casi al mismo tiempo que Ginés pronunciaba el nombre y los dos apellidos, la ventana se había llenado de un resplandor azulado. Las luces estroboscópicas del coche de la policía que está aparcando frente a la garita de seguridad. Mari Paz se asoma y ve cómo uno de los guardas cruza el jardín para ir a recibir a los agentes.

—Pinta mal, rubia.

Aura hace una mueca de disgusto, que es recibida por Ginés con insana alegría. Como todos los inconstantes, pasa con mucha facilidad de un estado de ánimo a otro.

—Te dije que no te saldrías con la tuya, Reyes. Te lo dije —suelta una carcajada ahogada—. ¿Y ahora, por qué no me soltáis? Lo que te espera es inevitable. Tú lo sabes y yo lo sé.

La última frase viaja con tonito remedón. Como todos los cobardes, sólo se viene arriba cuando cree que tiene todas las de ganar.

—No me extraña que hayas llegado tan lejos con tan poco, Ginés. Eres mucho peor persona de lo que me imaginaba —responde Aura.

Se vuelve y coge la cinta americana del carrito. Se pone a dar vueltas con ella al torso panzudo, fijándolo a la silla. No está reparando en gastos.

—¿Has escuchado el ruido que ha habido antes?

Ginés la miraba divertido, incluso triunfante. Pero ahora le asoma una duda a los ojos. No responde.

—Era una bomba —dice Aura, dándole la vuelta a la silla.

Coloca algo en el respaldo. Algo que suena a metálico y pesado. Se asegura de que Ginés lo note a través del plástico y del foam de la silla.

—Y esto es otra.

Vuelve a girarle, de forma que quede mirando hacia la entrada. Y lo que le ha atado a la espalda, oculto.

—Si te mueves, explotará. Si gritas, a lo mejor no, pero yo no probaría mucho. Tiene un sensor de mercurio, ¿sabes?

—El mercurio es muy sensible —corrobora Mari Paz.

—Muy sensible. Adiós, Ginés.

Aura se marcha, sin mirar atrás. Lo cual es una verdadera lástima, porque, de haberlo hecho, hubiera contemplado una mancha oscura que nacía de la entrepierna de Ginés y se iba extendiendo, sospechosamente, por las perneras de sus pantalones, antes de gotear al suelo por el borde de la silla. Lo que ganó en dignidad lo perdió en disfrute, pero así es la vida.

No se puede tener todo.

—Teníamos que haber salido antes, *carallo*.

—¿E irnos con las manos vacías?

—Ahora nos las vamos a llevar con unos grilletes, rubia.

Han llegado hasta el ascensor. Mari Paz aprieta el botón.

No funciona.

La luz no se ilumina, ni el panel luminoso que anuncia en qué piso está la cabina se mueve del cero.

—Han debido de inutilizarlos —dice Aura.

Mari Paz vuelve a apretar el botón, con más fuerza. Aura observa el movimiento con una mezcla de irritación y ternura. *Cuando se acaban las pilas del mando a distancia, hacemos lo mismo con el volumen y el cambio de canal. Y sirve para lo mismo.*

—Es inútil —dice, poniéndole la mano en el antebrazo.

Mari Paz no lo aparta, pero tampoco parece que le esté haciendo efecto. Tiene los músculos tensos cual hilo de cometa en huracán. La legionaria baja la vista, ve cómo Aura deja ahí la mano, y su mirada de preocupación.

—No me gusta estar encerrada —explica.

—Te recuerdo que nos conocimos cuando te metiste aposta en un calabozo.

—Ese encierro lo elegía yo —replica Mari Paz, que parece entenderse.

Más vale, piensa Aura, *porque yo no entiendo nada.*

Ya se parará a pensar eso, porque ahora tienen problemas más graves.

—Bajemos por la escalera de emergencia —dice, señalando a la puerta cerca de los ascensores.

—Por ahí es por donde van a subir ellos, rubia.

—No tengo una idea mejor.

Así que dejan atrás el carrito —y casi toda la ropa, sólo les da para coger el bolso y la cazadora— y emprenden el camino de bajada. La escalera es amplia y luminosa, con una barandilla de hierro que cubre el hueco de la escalera. Por el que suben órdenes perentorias y quejas confusas.

—Deben estar sacando a los empleados que aún quedan dentro —dice Aura.

—Nos van a ver.

Aura se asoma y cuenta los pisos. Están en el cuarto. Lo cual les da una oportunidad, por pequeña que sea.

—Al otro lado hay más ascensores, ¿no? Ha de haber otra puerta de emergencia.

Ésa es la única ventaja que tienen. Que el edificio es muy

grande y los guardas son muy pocos. Y sólo han visto un coche de policía fuera.

Así que vuelven a entrar por el cuarto, usando la tarjeta de acceso, y corren pasillo adelante, hasta el extremo contrario del edificio.

En ese lado la escalera está silenciosa. Bajan con cuidado, sin poder creerse la suerte que tienen.

Porque es eso, piensa Aura. Suerte, y nada más.

—¿Por dónde saliste a hacer como que fumabas? —le pregunta a su compañera, cuando llegan a la planta baja.

—Ahí —señala la legionaria.

La escalera de emergencia sigue bajando hacia el garaje, pero a la derecha, tras un escueto rellano por el que avanza Mari Paz, hay otra puerta. Del lado exterior parece tan sólo otra pieza más de acero corten de la fachada. Cuando la abren, se encuentran en el extremo solitario del jardín por el que Mari Paz salió antes a arrojarle la tarjeta.

—Por aquí —dice.

Cruza una pequeña zona de descanso, con ceniceros metálicos repletos de colillas —*qué vergüenza el mantenimiento en este edificio*— y se dirige a la valla.

Aura mira los casi tres metros de altura de la valla, fabricada en listones de grueso aluminio.

—Yo no voy a poder saltar esto.

—No te queda otra, *muller* —le dice Mari Paz. Se agacha, le quita los zapatos, los arroja al otro lado de la valla y hace con las manos un estribo, en el que Aura pone el pie.

—*Apreta, meu!*

Aura pisa con fuerza y se impulsa hacia arriba. No lo consigue a la primera, pero a la segunda sus manos se agarran a la parte superior. En ese momento ya poco importa que las vean, mientras no las pillen.

Apoya los pies sobre los hombros de Mari Paz. Impulsándose en ella, consigue pasar la pierna por encima de la valla. Ni un segundo demasiado tarde. Se escuchan voces al otro lado del jardín. Un borde metálico le rasga el antebrazo mientras cae, aunque no lo nota. La adrenalina ha vuelto a tomar el control, anulando el miedo.

Es el turno de Mari Paz, que pega un salto, con el pie bueno. El otro no sirve para gran cosa ahora mismo. En un par de segundos consigue superar la valla, y las dos se pierden calle abajo, antes de que los policías doblen la esquina del edificio.

El coche está a casi doscientos metros. Aura no se ha parado a recoger sus zapatos tampoco, así que corren con una pieza de calzado para cuatro pies. Agotadas, casi descalzas, y con Mari Paz cojeando, tardan varios minutos en alcanzar el vehículo.

—Lo has conseguido, rubia —dice la legionaria.

Se apoya en el coche, tosiendo y jadeando.

Aura no las tiene todas consigo. Primero, ha sido cuestión de suerte que consiguieran salir. Y aún más que lograran su objetivo. De no haber estado Ginés allí, de haber tenido que buscar el nombre por su cuenta, en los ordenadores o en los papeles del departamento, todo hubiera sido mucho más complejo. No hubieran tenido tiempo antes de que llegase la policía. Por no hablar de la larga lista de fallos que han cometido: no pensar en los zapatos, en la ropa que no ajustaba, en la salida...

—Tengo mucho, mucho que aprender.

—Pues como todos, o qué *carallo* piensas. Pero resolviste todo con *xeito*.

Improvisando.

Y hay algo mucho peor.

Ginés sabe el nombre de Aura.

Lo cual quiere decir que la policía no tardará en ir a buscarla. Quizás esa misma noche.

—No sé. Tengo la sensación de que hemos empeorado las cosas.

Mari Paz espera a terminar de toser y jadear para encenderse un cigarro. Aura, mientras, se sienta en el asiento del copiloto. Por suerte, las llaves del coche las habían dejado puestas, y el coche abierto. Si no, habrían corrido el mismo destino que el resto de su ropa.

—Ese chorbo no te va a denunciar, hazme caso —dice la legionaria, sentándose al volante—. Parecía que tenía mucho que ocultar.

—¿Y si...?

Mari Paz la interrumpe con un gesto.

—¿Por qué no te preocupas por el hoy, y mañana Dios dirá?

—Pues arranca. Que tengo que asegurarme de que las niñas se duchen antes de dormir.

Romero

Al entrar en la escena del crimen —por llamarla de alguna forma—, Romero se repite las cuatro palabras que se han convertido en su mantra desde hace un par de años.

Para lo que hemos quedado.

Alguien ha acordonado la susodicha escena con una cinta blanca. Tres metros de pasillo con los restos de una mesa de cristal. En el lugar donde impactó la mesa en el techo se ve una marca, si te fijas. Si te fijas mucho.

Con lo que yo he sido.

Observa la dotación enviada para investigar tamaña barbarie.

Un par de agentes, y un inspector. Lógico, en un delito de esas características. Ha habido una incursión en un edificio de los que el Estado considera «sensibles», pero nadie ha robado nada. Dos mujeres se han colado en el edificio, han atado a los bedeles, han hecho estallar un explosivo de fabricación casera que ha roto una mesa de cristal, hecho mucho ruido y desconchado un poco el techo. Han atado a un señor a una silla, que por cierto conocía a una de ellas.

Un asunto que debería resolverse con un tirón de orejas.

Y, sin embargo, allí está ella.

Para el control de daños.

Romero sabe lo que ven los demás.

Una mujer de mediana edad, vestida de calle. Más fuerte que alta, pelo negro recogido en un moño tan apretado que hace daño al mirarlo. Tiene los ojos oscuros, las pupilas desiguales, como tinta derramada. El rostro severo. Hay una cierta precisión en ella. Cuando adelanta la mano para mostrarle su placa al agente que vigila la escena, lo hace con un gesto breve y rápido, sin malgastar esfuerzo alguno. Como si se reservara para algo que la está esperando.

—Comisaria Romero. Estoy al mando.

Últimamente considera necesario añadir esa última frase.

Sobre todo por si reconocen su apellido. Un apellido que se transmite en cuchicheos, de boca de policía a oído de policía. Que pone los pelos de punta.

Romero.

La comisaria sin comisaría.

La que era jefa de la Udyco de la Costa del Sol.

A la que pillaron con las manos en la masa por una movida muy fea.

Nadie sabe qué era esa movida, claro. Los jefes de Madrid tuvieron buen cuidado de ocultarlo. Le echaron toda la culpa a un subordinado, movieron hilos, pidieron favores. Un fiscal anticorrupción aquí, un juez del Supremo allá, y todo el asunto desapareció. Y, junto con él, cualquier posibilidad de que Romero tuviera responsabilidad alguna dentro de la Policía Nacional.

No podían echarla. Pero tampoco estaban obligados a darle trabajo. Así que Romero se había vuelto a la capital, con todo el sueldo y una renquera de por vida, fruto de ciento y pico kilos de policía vasco que le habían caído encima y fracturado un brazo —que curó bien— y una pierna —que soldó mal.

Se pregunta, muchas veces, qué pensarán los jefes que hace con su tiempo. Si se chuparán el dedo. Si mirarán para otro lado. Si, en el fondo, algo se huelen. Una mujer brillante y ambiciosa. Sin destino pero con placa y rango. Que va a echar el rato en cafeterías y bibliotecas.

Claro que sí.

—Comisaria, no me han avisado de que venía —dice el inspector, confuso.

Lógico, porque nadie sabe que está allí.

Estudia a su interlocutor con detenimiento. No parece que sea de los que reconocen su apellido. Es un alivio. Eso le ahorra esfuerzos. Resistencias y suspicacias que la obligan a comportarse de una forma más tajante y mucho menos discreta. Es mejor así, cuando el que tiene enfrente da por sentado que debe obedecerla sin rechistar.

—Cuénteme, inspector.

El inspector le hace un resumen de lo que ella ya sabe.

Romero se pregunta a veces si su mera existencia, a lo que se dedica ahora, es un favor que alguien hace a otro alguien. Porque, desde que la dejaron sin propósito, ella encontró el suyo particular cuando alguien le dejó un sobre encima de la cama. En su propio domicilio. Sin forzar cerraduras, ni nada.

Una muestra de poder.

El sobre contenía un teléfono móvil. Igual que el suyo, pero de otro color.

Sin agenda, ni aplicaciones. Vacío.

El móvil empezó a sonar al día siguiente. Al otro lado había una persona poderosa. Quería un favor. Uno sin importancia. Hablar con una mujer y disuadirla de una denuncia que había puesto.

Al final de ese favor, hubo un sobre. Éste no contenía un teléfono, sino billetes de cincuenta euros. Fáciles de gastar.

Después de ese favor, hubo otros. A otras personas. Gente con apellidos ilustres y tarjetas de visita repujadas. Favores de los que son más fáciles de hacer con una placa y mucho tiempo libre. Algunos llevan días, otros minutos. Favores, algunos, más difíciles. Favores que se piden de madrugada y requieren de escaso escrúpulo.

Favores como este.

—... y tenemos las cámaras de seguridad, y el nombre de una de las sospechosas.

—¿Dónde está el testigo, inspector?

El policía la conduce hasta la sexta planta, donde un hombre de unos cuarenta años y vientre abultado deambula, nervioso, por el pasillo. Éste es el tal Ginés, el mismo que avisó al hombre que la ha llamado. Uno de sus nuevos empleadores. Un hombre que compra escasos favores, pero paga mejor que casi todos.

—Eso será todo, inspector. Espéreme junto al ascensor.

El inspector mira incrédulo a la comisaria, que no le devuelve la mirada. Romero ha aprendido a economizar, desde que era una simple inspectora. Normalmente las órdenes, incluso las que van contra el protocolo, son mas fáciles de cumplir cuando se presentan como un hecho consumado. A veces hay conatos de protesta, como el siguiente:

—Me gustaría estar presente, si no le import...

—¿Quién es su superior? —le ataja ella—. ¿Pacheco? ¿Somoza?

No se vuelve hacia él, no levanta la voz. Todo estudiado, milimétrico, para recalcar la insignificancia del subordinado.

El inspector se tira del cuello de la camisa y cambia el peso del cuerpo de un pie a otro antes de contestar.

—Somoza.

—¿Quiere que le llame?

El inspector decide que no le pagan suficiente para correr riesgos, y se marcha.

Romero espera a que sus pasos suenen lo bastante alejados antes de dirigirse a Ginés.

—Siéntese —le ordena, señalando un sofá en el pasillo.

—¿Quién es usted? —pregunta Ginés, obedeciendo.

Romero mira hacia los lados, a pesar de que no hay nadie ahí.

—Le diría mi nombre, si no tuviera miedo de que se lo soltara al primero que se cruce.

Ginés agacha la cabeza. Más molesto que arrepentido.

Va a necesitar un empujón.

—La policía me preguntó...

—Sabe muy bien que tenía que tener la boca cerrada.

—¿Le...? ¿Le envía él?

Romero le mira impasible. Sin hablar. Todo el tiempo que sea necesario.

—No es que yo conozca a nadie, por supuesto —dice Ginés, alzando la cabeza.

—Me alegro. Ojalá sea así. Déjeme que le haga unas preguntas de rutina.

—Pero si ya le he dicho todo lo que...

Una nueva mirada de esos ojos negros, ojos de animal que se arrastra y caza en la oscuridad, es todo lo que hace falta.

—Pregunte.

Romero saca su cuaderno de notas. En el que no hay nada apuntado, por supuesto. Hace como que repasa las páginas.

—Estaba usted en la oficina, trabajando, a eso de las once de la noche. Entraron dos personas vestidas como el personal de limpieza de la empresa.

Ginés asiente.

—Dos personas a las que usted no pudo identificar.

Un nuevo asentimiento, esta vez mucho más rápido.

—¿Esas dos personas le dijeron algo?

—Querían que les diese un nombre.

—¿Qué nombre?

Ginés duda, con tanto cambio de criterio.

—Esto sí puede decírmelo —aclara Romero.

Ginés repite el nombre.

—¿Y quién es esa persona?

—Una antigua colaboradora. La contratamos para un proyecto especial.

—Comprendo. ¿Recuerda de qué proyecto se trataba?

—No, no me acuerdo.

Romero se permite una sonrisa mínima. Parece que el testigo ya va cogiendo el ritmo.

—Y usted les dio el nombre sin más.

—No, no es así. Verá, ellas... ¡me amenazaron! ¡Me estaban estrangulando con mi propia corbata! Por eso le dije a la policía...

Romero suelta aire por la nariz, con disgusto. Parece que el hombre no acaba de comprender lo ridículo que suena y lo equivocado de su comportamiento. Para ayudarle, la comisaria adelanta el brazo, le desabrocha los dos primeros botones de la camisa, y aparta la tela. Hay una ligera marca circular roja en su piel. Al igual que el desconchón en el yeso de la planta baja, hay que fijarse mucho para verla.

—¿Ha visto usted alguna víctima de asfixia, señor Ginés?

Ginés niega con la cabeza.

—Yo sí. —Romero hace memoria—. Quince. Ocho ahogados. Tres por ahorcamiento, cuatro estrangulaciones. ¿Sabe las características de estos últimos?

Ginés vuelve a negar.

Romero se inclina un poco y le señala la nuez.

—Todos tenían un surco uniforme alrededor del cuello. Continuado. Debajo del cartílago tiroides. Hemorragia petequial. Cianosis en los labios. ¿Sabe lo que es la cianosis?

Niega otra vez.

—Es una tonalidad azulada que adquiere la piel cuando no está presente el oxígeno. A medida que uno se va quedando sin aire, el cerebro intenta reclutarlo de donde sea. Es una muerte horrible, llena de sufrimiento.

Ginés se pasa la mano por la zona nombrada.

—Usted tiene una marca que se correspondería con la irritación que produce el almidón de una camisa nueva por ponérsela sin lavar.

—Pero... me ataron —insiste, sin querer dar del todo su brazo a torcer.

Es un hombre humillado por dos mujeres, que le apretaron un poco, sin pasarse. Necesita exagerar su papel de víctima, piensa Romero.

La única solución es humillarlo más.

—Con tres vueltas de cinta americana alrededor de una silla.

—¡Me pusieron una bomba en el respaldo!

—¡Inspector! —dice Romero, alzando la voz.

El aludido regresa, molesto.

—¿Sería tan amable de traer la bomba que ha descrito el testigo?

El inspector desaparece en el interior de la oficina y regresa al cabo de un minuto. Con una bolsa de plástico y odio en los ojos. Un odio que no disminuye cuando Romero vuelve a ordenarle que se marche.

—¿Es ésta la bomba que le acoplaron al cuerpo, señor Ginés?

Ginés agacha la cabeza de nuevo.

—Eso me han dicho.

—¿Puede distinguir el objeto del interior de la bolsa, señor Ginés?

—Puedo.

—¿Podría describirlo?

Ginés balbucea algo incomprensible.

—No creo haberle escuchado —insiste la comisaria.

—¡Una grapadora! —grita el otro, sollozante.

Romero asiente. Ahora le tiene donde quería. No ha sido demasiado difícil.

El tipo es un mierda, piensa.

—Basándonos en su declaración, ¿tiene usted previsto presentar alguna denuncia?

Ginés le da la única respuesta que le puede dar.

Romero se va a marchar, pero se da la vuelta, porque ha recordado algo.

Cae de cajón, pero aun así. Nunca está de más asegurarse, cuando se trata con un idiota.

—Una cosa más, señor Ginés. ¿Ha hecho usted alguna llamada hoy, después del incidente?

—No, que yo recuerde.

—¿Está seguro? No ha hecho ninguna llamada, ni hay prueba alguna de que lo haya hecho, ¿verdad?

Ginés saca su móvil, despacio. Lo desbloquea. Revisa la

lista de últimas llamadas. Encuentra la llamada que no ha hecho —una llamada de quince minutos—, y la borra.

—No he hecho ninguna llamada.

—Eso será todo, señor Ginés.

Romero se marcha, no sin antes dejarle muy claro al inspector que se olvide de todo lo que ha visto allí ese día, y de hacer informe alguno. Que eso ya corre de su cuenta.

Cuando sale a la calle y se aleja lo suficiente del edificio, ella también hace una llamada. Usando el teléfono de color rojo. Su empleador es muy estricto con eso.

El número que marca es, casualmente, el mismo que borró Ginés de su lista de llamadas recientes.

Al otro lado de la línea descuelgan al primer timbrazo.

—Está controlado.

—Gracias, comisaria. ¿Y nuestra amiga, la señora Reyes?

Romero hace una pausa. Basándose en lo que ha visto hoy, se encuentra ante un par de aficionadas. El plan era una chapuza, y sólo una suerte inaudita ha impedido que Reyes y su amiga sin nombre no estén ahora mismo esposadas en la parte de atrás de un coche patrulla.

Y, sin embargo, hay algo más.

Se han salido con la suya por casualidad. Sí, pero...

Para que una bala dé en el blanco, por el camino tiene que haberlo errado todo.

Romero es una superviviente. Y lo que la ha mantenido a flote tantos años, con lo putas que las ha pasado, no ha sido su perspicacia —nada desdeñable— ni su voluntad férrea.

Han sido sus tripas.

Y sus tripas le están gritando algo.

—Aura Reyes podría ser un problema —concluye.

—Entiendo. Venga a verme mañana, tengo otro encargo para usted —dice Ponzano.

14

Un recado

El amanecer encuentra a Aura repleta de malos sueños. Sueña que enormes rocas se desploman sobre ella, sin poder hacer nada para evitarlo. Cuando abre un ojo, algo cae encima de ella y el miedo regresa.

Cuando abre los dos ojos, ve que su cuerpo —y buena parte del sofá— está cubierto de formas blancas irregulares.

—Llevo lanzándote palomitas diez minutos. Estabas teniendo una pesadilla.

En el sillón de enfrente, Mari Paz mastica despacio, con un recipiente en la mano.

—Menos mal que te has despertado, ya sólo me quedaba tirarte el bol —añade, metiéndose la última palomita en la boca.

—La próxima vez dame un grito, mejor, ¿quieres? —dice Aura, levantándose en mitad de una avalancha de palomitas. Se sacude los restos de cascarillas y de sal que han quedado acumulados sobre su cuerpo, y ahora han ido a vivir a la alfombra.

—Y esto lo limpias tú.

—A mandar, rubia.

La ducha y el café no mejoran el humor de Aura.

Cuando regresa al salón, encuentra a Mari Paz agachada, terminando de recoger los restos de su gracieta. Aún va vestida con el uniforme azul de bedel.

—¿A quién se le ocurre hacer un bol de palomitas a las seis de la mañana?

—*Tiña fame* —se excusa la legionaria.

—Podías haberme preguntado si podías comértelas. Esas palomitas eran para la peli del sábado.

Hace una pausa, y luego añade:

—Si es que seguimos libres.

Mari Paz deja a un lado la escoba y el recogedor, y se sienta a su lado en el sofá.

—¿Por eso andas como andas? —dice, cogiéndola de la mano.

Aura asiente con la cabeza. Es consciente de que no está especialmente encantadora esa mañana.

Al regresar de su aventura nocturna, les esperaba una grata sorpresa. Las niñas habían dado inusitadas muestras de buen comportamiento y se habían duchado y acostado. Roncaban como un torno fresador cuando volvieron. Minucias como que hubieran puesto perdido de agua el suelo del baño, que no hubieran recogido las toallas o que hubieran decidido dormirse en la cama de Aura —que era de matrimonio— no restaron relumbrón al milagro.

Agradecidas por los pequeños favores, Aura y Mari Paz se habían hecho un ovillo en el sofá y el sillón del salón respectivamente, agotadas, y en silencio. La mala noche no había contribuido tampoco a que Aura viese las cosas con mejor perspectiva por la mañana.

—Mira, te voy a decir lo que he pensado. Yo tampoco podía dormir. Estuve *dalle* que te pego, *dalle* que te pego. Y con cada minuto que iba cayendo, ¿sabes qué pasaba?

—Que tenías más hambre —rezonga Aura.

—Eso siempre. Pero no, no. Me daba a mí que iba a ser más difícil que viniesen.

Aura se detiene unos instantes a pensar en las implicaciones de lo que está insinuando Mari Paz, y una idea se va abriendo paso poco a poco en su cabeza: el único que podía identificarlas era Ginés.

—Si Ginés no le ha dicho nada a la policía...

—El tipo parecía culpable —admite Mari Paz.

—Y un mierda —añaden, las dos a la vez.

Aura ha comprendido otra cosa del razonamiento de la legionaria.

—Ahora me crees, ¿verdad?

—Primero probamos, luego confiamos —responde Mari Paz, encogiéndose de hombros.

—¿Eso lo aprendiste en el ejército?

—Eso lo aprendí *sachando* con la abuela Celeiro —dice Mari Paz, remedando el gesto de hincar la azada con ambos brazos—. Como te fíes de que no haya piedras antes de darle fuerte, te cargas el *sacho*. O te rebota y te da en un pie, y te jode *pa'* vino.

Lo más cerca que ha estado Aura de un sembrado fue cuando las gemelas tuvieron que hacer un trabajo para Ciencias consistente en germinar unas lentejas en un vaso de plástico con un algodón dentro. Pero capta la idea general.

—Si no me creías... ¿por qué me acompañaste anoche? No tenías por qué haber corrido ese riesgo.

Mari Paz se recuesta en el sofá, se pasa la mano por la cara, y se tira un poco de la manga del uniforme.

—La abuela Celeiro me enseñó a darle primero suavecito con el *sacho* —es todo lo que acierta a decir.

Aura hubiera preferido una respuesta más clara. En una mañana nublada como ésa, donde duda de sí misma y de lo que ha puesto en marcha, hubiera sido más reconfortante.

—He de prepararme. Hay que llevar a las niñas al colegio.

—Yo me encargo —dice Mari Paz.

—¿Así vestida?

—Igual me da. Además, tú tienes algo mucho más importante que hacer.

Es cierto.

Anoche, a pesar de todos los fallos y los problemas, consiguieron un nombre. Aura no ha querido compartir con Mari Paz la importancia de ese nombre, a pesar de la insistencia de la gallega.

—Es demasiado pronto —le ha dicho, cada vez.

Y eso no es todo. Necesitan encontrar a la dueña de ese nombre, y no va a ser tan fácil como podría parecer. Aura añora los viejos tiempos, en los que en cada casa de Madrid había unas Páginas Blancas. Para saber dónde vivía una persona, sólo tenías que buscar sus apellidos y allí estaba. Dirección y número de teléfono.

Tendrá que dedicar unas horas hasta poder localizarla. Pero la perspectiva de quedarse sola en casa haciendo trabajo de investigación no le desagrada. Con un té caliente. Aunque tenga que usar la desportillada vajilla de su madre. Su adorada colección de tazas de Mister Wonderful hace tiempo que desapareció, junto con todos los enseres que tenían un mínimo valor de segunda mano. Lo que fuera por seguir tirando un día más.

Primero fueron sus bolsos. Luego sus vestidos. Los electrodomésticos, el coche. Los libros.

Las tazas fueron lo último que vendió.

Se dice que no las echa de menos.

Que el té sabe igual sin ellas.

A ratos, se lo cree.

—¿Estás segura de que podrás con esas dos terroristas?

—Es aquí al lado —dice Mari Paz—. Iremos dando un paseo, les vendrá bien estirar las piernas.

—Está bien —accede—. Pero si te dan el más mínimo problema, me llamas y las pongo firmes, ¿vale?

Aura sonríe, agradecida.

No pasará ni una hora antes de que lamente la decisión que acaba de tomar.

15

Una llovizna

Comienza por los sitios más obvios.

Twitter. Facebook. Instagram.

No hay rastro de nadie con su nombre en ninguna de esas redes.

Nada en Google, por supuesto. Qué fácil habría sido.

Aura se queda mirando la pantalla, pensativa. Sólo tiene un nombre y dos apellidos, pero ninguna plataforma oficial donde buscarlos. Ni contactos, que ella recuerde. O que conserve. Tenía una amiga que trabajaba en un ministerio, pero es de las que le volvió la espalda hace mucho tiempo.

Antes me cuelgo de un pino que llamarla.

El pino más cercano está en un parque pasado Conde Casal, y además es pequeño y mugroso, con todo el humo que viene de la M30, así que no es un plan viable. Además, fuera ha comenzado a llover; una llovizna pesada y grisácea. Se está mejor dentro, con un té caliente y una búsqueda infructuosa.

Decide probar con un poco de ingeniería social.

Se abre una cuenta en LinkedIn. Nombre falso, Guillermina Pacheco, en honor a Galdós. Foto falsa, cogida de Google Imágenes tras teclear en el buscador «mujer ejecutiva guapa». De la página ocho, para no correr riesgos.

Escribe un currículo de nuestra supuesta ejecutiva. Ha trabajado fuera de España siempre. Hija de un empresario mexicano y una doctora española. Londres, Seattle, Berlín.

Se inventa un cargo en Ingra, la empresa de Ginés. Uno importante, pero difuso. Directora de Coordinación Tecnológica. Ejerciendo en uno de los muchos países donde opera la empresa.

Por último, se dedica a agregar a todos los empleados de la empresa que encuentra en Madrid. Es una labor tediosa, pero para cada uno escribe un mensaje ligeramente personalizado, esperando que la acepten.

Está en ello cuando suena el telefonillo.

No ha tardado mucho, piensa Aura.

Molesta por tener que abandonar la tarea, va hasta la entrada y presiona el botón para desbloquear el portal. Luego, como siempre desde que era una niña, deja la puerta abierta.

Vuelve a su portátil y se sumerge de nuevo en el trabajo, peinando la web y apuntando los nombres de los empleados más prometedores para su propósito.

—¿Qué tal? ¿Se han portado bien? —dice, en voz alta, cuando escucha cerrarse la puerta de entrada.

Los pasos se acercan por el corredor que conecta la entrada con el salón.

Aura aparta la cara de la pantalla y vuelve la cabeza, con una media sonrisa.

La sonrisa se le congela al momento.

En lugar del cuerpo alto y macizo de Mari Paz, en la puerta del salón hay un hombre. Grueso, bajo, con cara de rata y vestido con un chaqueta de cuero gastada y pantalones cargo. Él también está sonriendo, pero su sonrisa no es agradable.

En el silencio gélido y aceitoso que sigue, Aura tiene tiempo para maldecirse. Va a volver a ocurrir, y sólo hay una culpable.

Ella.

Todo lo que eres, todo lo que deseas, todos tus esfuerzos pueden desaparecer en un instante. Toda tu vida puede convertirse en nada, a la espera de la cita con tu gigantesca estupidez.

Aura tiene tiempo de percibir el olor a sudor rancio, cuero mojado y pelo húmedo; de ver los pequeños ojos oscuros y la cabezota, los poros que rodean la nariz, antes de que el hombre se abalance sobre ella.

Pero esta vez, Aura no reacciona buscando el teléfono móvil.

(no como entonces)

No grita, no pide auxilio.

(sería inútil)

Esta vez, Aura se defiende.

Lo único que tiene a mano es el cargador del portátil. Un ladrillo de plástico negro, lleno de componentes electrónicos. Pega un tirón al cable, y lo hace girar como si fuera una honda.

El ladrillo recorre un arco irregular, directo a la mandíbula de Cara de Rata. La velocidad con la que éste corre hacia Aura se suma a la que ella le imprime al cargador. Cuando impacta, justo por debajo del labio inferior, lo hace con una fuerza enorme. Los casi ochocientos gramos del cargador golpean con la fuerza de un boxeador profesional.

La carcasa se parte, con un crujido desagradable.

La boca de Cara de Rata, también.

Una nube de componentes electrónicos se esparce por el aire. Transformador, disipador de calor, diodos, una placa base de color amarillo. En su camino hacia la alfombra se juntan con medio incisivo y una nube de gotículas de sangre y saliva.

El cuerpo de Cara de Rata se desploma a su vez, un segundo más tarde. Hace un ruido doble al caer —un *bum* fuerte, otro *bum* amortiguado— cuando aterrizan, primero su espalda y luego su cabeza. Se queda inmóvil.

Aura contempla el estropicio, con el cable, ahora inservible, en la mano. Una alegría salvaje, primaria le brota en el estómago. Una fuerza que le lleva, que le empuja y que le llena. Va subiendo hacia la garganta, catapultada por el diafragma, transformándose en una carcajada de triunfo. En un *ahora qué, gilipollas.*

Una pena que fuese prematura e injustificada.

Porque Cara de Rata no venía solo.

Un segundo hombre le acompaña. Más alto, delgado, con

la cara picada de viruelas. El pelo castaño le cae en rizos gra-
sientos hasta los hombros, empapados por la lluvia. Lleva
una cazadora vaquera.

Y una navaja en la mano.

16

Una huella

Aura se queda paralizada al ver el filo metálico. En bragas y camiseta, es dolorosamente consciente de su indefensión. La realidad se difumina, vuelve el aire petróleo. Oscureciendo todo lo que no sean esos once centímetros de acero, que refulgen nítidos, plateados.

La cicatriz de su vientre, allá donde un cuchillo rajó su piel, abriéndose paso por el músculo hasta la cavidad estomacal, relumbra también en la negrura. Su resplandor es rojo carmesí, rojo sangre. Rojo de dolor y de miedo. Rojo de sufrimiento y de muerte.

Sólo quien ha conocido el tormento

(insoportable)

del metal hundiéndose en su propia carne puede comprender el terror que embarga a Aura ahora mismo. El frío pánico, que hace brotar un sordo lamento en su garganta.

Aura quiere luchar, pero no tiene con qué. Armada sólo con un trozo de cable, no es rival para Cazadora Vaquera.

El hombre pasa la pierna por encima del cuerpo de su compinche, sin dedicarle más atención que la necesaria para no tropezar con él. Su interés se centra en Aura, en cortarle el paso hacia la cocina —donde están todos los objetos que serían de utilidad.

Huye, grita la cicatriz del estómago.

Aura da un paso hacia la izquierda.

Cazadora Vaquera también.

La mesa del salón —de pino barnizado para que parezca caoba, con más años que ella— es la única barrera que puede interponer entre su cuerpo y el cuchillo.

Aura salta hacia la mesa, tirando de la silla en la que estaba sentada, y mandándola —torpe y sin fuerza— en dirección al hombre, que la aparta sin dificultad. Cuando intenta rodearla, el tipo la agarra por la camiseta, que se desgarra. Aura logra zafarse, dando un tirón. Trata de colarse por debajo de la mesa, pero el hombre vuelve a agarrarla, esta vez por el pelo, recogido en una coleta.

Aura cae hacia atrás. Cazadora Vaquera tira de ella y le pone un zapato húmedo y barroso sobre el muslo desnudo, inmovilizándola.

—Has cabreado a quien no debías, zorra —dice, inclinándose hacia ella.

La navaja la sujeta con la izquierda

(*Debe ser zurdo*, piensa Aura, sorprendida de encontrar curioso un detalle como ése, en mitad del pánico)

y a ella con la derecha.

Aura trata de arañarle el brazo, retorcerse, dificultarle la tarea, pero nada de lo que intenta da fruto alguno.

—Estate quieta. Estate quieta, ¡coño!

Cazadora Vaquera le pone el filo de la navaja en la mejilla, de plano. Aura se queda quieta al instante, como si el metal tuviera propiedades mágicas. El frío contra la piel le produce una sensación irreal. La punta en la comisura izquierda de la boca, aterradora.

—¿Quieres que te raje la cara? Sería una pena hacerte una sonrisita de Joker, joder. Con lo buena que estás.

En el suelo, a un par de palmos de Aura, Cara de Rata parece volver en sí. Suelta un quejido lastimero. Cazadora Vaquera quita el pie de encima de Aura y golpea al otro con la puntera.

—Eh. Eh. Espabila. Te ha cazado bien el chochito, ¿eh? Hay que ser *pringao*...

Aura no puede girar la cabeza —el filo de la navaja es ahora el letal límite de su universo—, y su vista está clavada en su pierna derecha: allá donde el otro tenía apoyado el pie, ha quedado una huella perfecta. Cada una de las rayas, cruces y grietas de la suela, marcadas con una mezcla de agua, polvo y hollín.

Hay algo obsceno en esa huella negruzca sobre la piel blanca y suave. Algo

(insoportable)

que provoca a Aura un sentimiento de rebeldía muy poco sensato, dadas las circunstancias.

No debería decir lo que dice. Y, sin embargo:

—Suéltame, hijo de puta.

Cazadora Vaquera se vuelve hacia ella, sorprendido. Divertido, quizás.

—Eh. El chochito habla. ¿Qué has dicho, chochito?

—He dicho que me sueltes.

Hace una pausa, y traga saliva, antes de añadir:

—Hijo de puta.

Cazadora Vaquera ya no está tan divertido. Lo que ve en los ojos de Aura es miedo, claro.

Qué, si no.

Pero no sólo.

También ve una resolución bronca, agreste. Una raya. Un no dejarse pisar.

—Tengo una navaja en tu cara. ¿Es que estás loca?

—No, no estoy loca. Estoy hasta el coño. Es importante que lo entiendas.

El hombre parpadea con sorpresa.

—Eres dura, ¿eh? Bueno, pues tendrá que ser por las malas.

—Tendrá que ser —dice una voz dulce a su espalda. Con acento gallego.

17

Un llavero

Cazadora Vaquera se vuelve, y ve a otra mujer en la puerta del salón, contemplando la escena.

—No te acerques o la rajo —dice, apretando la navaja contra la mejilla de Aura.

La recién llegada reacciona con una calma sonriente. Hace sonar las llaves en la mano —con un llavero amarillo de Pikachu, el Pokemon favorito de las gemelas—, girándolas alrededor del dedo pulgar.

—Eres muy valiente con la rubia. *Pobriña*, si no tiene ni media hostia. ¿Crees que podrías conmigo?

Cazadora Vaquera evalúa a la mujer. Más angulosa que guapa, menos guapa que la rubia, pero guapa también. Es alta y de hombros anchos, poco más. Vestida con un uniforme azul de bedel. Es fácil tomarla por alguien que no supone demasiada amenaza.

Aun así, duda.

Eso no entraba en el plan.

Pero algo en la actitud de la recién llegada le molesta. Le provoca una necesidad de borrarle esa media sonrisa autosuficiente de la cara. De hacer que suplique.

—Vamos a verlo.

Empuja a Aura hacia atrás, que cae sobre la alfombra. Él da un paso hacia delante, cambiándose la navaja a la mano derecha.

No era zurdo, después de todo, piensa Aura.

El filo baila, trazando curvas lentas y suaves, como si su dueño quisiera dibujar en el aire la hamaca más peligrosa del mundo. Da otro paso hacia delante —ahora está a tan sólo tres de ella—, pero la mujer del uniforme azul no parece reaccionar. Sigue sonriendo, sigue haciendo girar el llavero en la mano, como si estuviese esperando el autobús.

El hombre, picado en su orgullo, gruñe, le lanza una puñalada al rostro. De arriba abajo, de esas que te marcan de por vida si te alcanzan.

Mari Paz se limita a esquivarla girando la cintura. Con la mano derecha aparta el brazo de su agresor, con la izquierda le da un puñetazo en el costado desprotegido.

Suena denso, opaco. *Zup*.

El hombre abre los ojos de dolor e incredulidad. Da un par de pasos atrás, sin soltar la navaja. Tosiendo, casi sin aire.

—Ése ha ido suave. El próximo te lo doy más fuerte.

El hombre tose un poco más, escupe en la alfombra —para desesperación de Aura, que se ha retirado hasta la pared contraria— y da un paso adelante.

—Te voy a rajar, zorra.

Esta vez va sin tonterías. No hace bailar la navaja, ni tampoco gruñe. Da dos pasos, alza el brazo izquierdo para protegerse, el otro apunta bajo y al vientre de la mujer. Una mojada de las que te mandan a la UVI con pronóstico reservado.

Si te alcanzan. Que tampoco es el caso.

La mujer se aparta de un salto —es muy rápida, para su tamaño— y deja que el impulso de Cazadora Vaquera le lleve contra la pared del salón. Ella aprovecha la inercia de su giro para sujetarle contra el muro con la mano izquierda. Él intenta revolverse, pero la mujer le tiene bien agarrado por el cuello de la cazadora. Pega un tirón hacia abajo, aprisionándole los brazos contra el cuerpo.

—Aquí va el segundo. Mas *fuerteciño*, como habíamos dicho, ¿sí?

Esta vez, la mujer le pega con la derecha. Donde las llaves ya han dejado de girar, y se han quedado en el centro del puño.

Haciendo masa.

Una masa que viaja a buena velocidad hasta la cara de Cazadora Vaquera. Como la tiene apretada contra la pared, el puño causa un efecto devastador.

El pómulo se parte con un crujido húmedo. *Cras.*

La mujer le suelta y le da un poco de espacio, para que se recupere. Cazadora Vaquera está ahora mismo sufriendo un dolor agudo en el rostro, confusión, desorientación y mareos. Visión doble, también.

Se gira. Vomita en la alfombra.

—*Carallo, meu* —dice Mari Paz, con un silbido asombrado—. Tú ya estuviste, ¿no?

No sabemos si Cazadora Vaquera ha comprendido que Mari Paz le está diciendo que ya tendría suficiente. La irónica sutileza y la precisa ambigüedad de los gallegos son adecuadas para una charla reposada con una *cunca* en un *furancho*, a la sombra de una parra. Algo menos para una pelea a cuchilladas en un salón, sobre todo cuando uno de los contendientes tiene claros síntomas de conmoción cerebral.

Lo que sí sabemos es que el hombre tiene una voluntad admirable, exceso de orgullo o escaso conocimiento. Más bien una combinación de las tres. Porque se pasa la manga por la boca, para limpiarse, y vuelve a la carga.

—Mari Paz —la previene Aura. Más por él que por ella.

—No te agobies, que este último va con calma.

Apenas le roza la cara con el tercer golpe, para pararle en seco. El cuarto va al plexo solar, tampoco muy fuerte. Lo suficiente como para doblarle, que caiga sobre las rodillas. Y que, por desgracia, vomite de nuevo.

Mari Paz le da un puntapié suave a la navaja, que queda entre Aura y Cara de Rata, que se ha incorporado a tiempo de ver el final de la pelea. Ambos se miran, pero éste hace un gesto de negación y levanta las manos.

—*E ti de quen ves sendo?* —le pregunta Mari Paz, señalándole con el dedo.

El hombre tiene que hablar a través de los labios hinchados y el diente roto. Un chorro de sangre le cae por la mandíbula y el cuello, empapándole la camisa.

—¿Cómo dice?

—Que cómo te llamas y qué buscas —traduce Aura, solícita.

—Yo le digo lo que usted quiera, pero no me peguen más, por favor.

—Pues empieza.

—Soy Ricardo —dice Cara de Rata—. Ése es Luis. —Señala a su compañero—. Nos han mandado para dar un mensaje.

—Ya veo el mensaje —comenta Aura, cogiendo la navaja. Se pone en pie, se acerca a Mari Paz y se la tiende, pero ella sacude la cabeza.

—No. Eso no era. La idea era asustarla un poco, nada más. Pero el Luisuzo se calienta, y... Lo siento, señora.

—¿Cuál era el mensaje?

—Ponzano quiere verla.

Entre los chorros de sangre y la mano delante de la boca partida, suena algo tan poco ominoso como *fomfanoquiedevenna*. Y, aun así, la amenaza se queda colgada en el aire, pesada y sucia, mientras Mari Paz y Aura se miran, intrigadas.

18

Un cambio

—Esto habrá que tirarlo —dice Mari Paz, señalando las manchas de sangre y vómito.

—Me gustaba esta alfombra. Daba ambiente a la habitación.

La alfombra es un gusto adquirido, sin duda. Data de finales de los ochenta, tiene diseños rocambolescos de jarrones que se convierten en plantas. La gama de colores pivota del color vino con detalles azules, hasta las flores verdinaranjas. Todo ello sobre un fondo que alguna vez fue blanco, hasta hace unos minutos era beis, y ahora mejor no comentar.

Mari Paz se encoge de hombros y comienza a enrollar la alfombra en dirección a la puerta.

El resto de la basura (el cargador roto, el cable suelto, la navaja y los dos matones) ya lo ha ido sacando la legionaria por partes. A los matones los primeros, después de darles un vaso de agua a cada uno y una palmada en la espalda. Las demás cosas, en una bolsa de plástico, al contenedor de la obra de la acera de enfrente.

—Empuja por ahí —pide, con un bufido, cuando topa con las patas de la mesa.

—Gracias, por cierto —dice Aura, mientras va apartando muebles.

Mari Paz gruñe, en parte por el esfuerzo de levantar la alfombra, en parte por el disgusto que arrastra.

—Si es que... —suelta con ese tono que pide pelea.

—Si es que qué.

—Con lo que te pasó, ¿por qué coño dejas la puerta abierta, rubia?

Es una buena pregunta, una que Aura lleva mucho tiempo haciéndose.

Durante una temporada, mientras estuvo en rehabilitación, Aura cerraba a cal y canto las puertas y ventanas del chalet. Apenas dormía, y sus sueños eran ligeros y albergaban horrores.

Luego perdió todo lo demás. Su casa, su ropa, su coche, su estatus. A su padre, del todo. A su madre, casi toda.

Lo único que le quedaba era el miedo.

Cuando volvió a casa de su madre, hace meses, volvió también a su vieja costumbre de la infancia. Abrir sin mirar antes por el telefonillo, dejar la puerta abierta. Eran otros tiempos, y ella, otra persona.

La Antigua Aura fue consciente de la regresión, de una forma clara, desde el principio.

No trató de cambiarlo. Y ahora se preguntaba por qué.

Cuando Aura había hecho algo claramente perjudicial para sus intereses en el pasado, como fumar, comer bollería industrial o comprar un disco de Alejandro Sanz, siempre había encontrado una larga lista de razones para justificarlo. Para justificarse.

Esta vez tampoco es distinto.

Para dominar mi miedo, se dice.

Porque no quiero ser una víctima, razona.

Porque necesito volver a confiar en el universo, deduce.

Con esta última se rió ella sola, de madrugada. Insomne, con la ropa de cama hecha un revoltijo a los pies. Pensando que estaba volviéndose loca.

Sus razones ya le sonaban ridículas en versión voz interior. Explicarlas en voz alta a la mujer que acaba de inflar a bofetadas a los dos idiotas que se habían colado en su casa con una navaja le resulta impensable.

—¿Te quieres creer que no lo sé?

No, Mari Paz no se lo quiere creer. Se nota en cómo se pone en pie, le pega dos patadas a la alfombra —que mandan nubes de polvo antiguo por todo el salón—, se caga en medio santoral y luego pega dos patadas más.

—¡... y haz el favor de tener más *sentidiño*, *oíches*?! —concluye.

—Prometo cerrar la puerta —responde Aura, avergonzada.

Mari Paz resopla con disgusto y extiende el brazo hacia ella.

—Dame diez euros.

—¿Para qué?

—Para comprar hielo, que anoche gasté todo para ponérmelo en el pie. Que sigo teniéndolo *escarallao*. Y ahora, además, me duele la mano —dice, mostrándosela. Y es cierto que tiene los nudillos enrojecidos e hinchados. El golpe contra el pómulo de Cazadora Vaquera ha tenido consecuencias. Aun así...

—¿Diez euros en hielo?

—Un euro para hielo —admite la legionaria—. Los otros nueve son para lo que le voy a echar al hielo.

No es una buena idea, le dice a Aura su voz interior.

Dile tú que no le das diez euros a la tía que acaba de salvarnos el culo, voz interior, responde ella.

Aura busca su bolso, encuentra diez euros (un billete de cinco, tres monedas de uno, una de dos), y se los tiende a Mari Paz. Ésta vacila un instante antes de cogerlos. La cara que pone es de que no se esperaba que se los dieran.

—Ahora vuelvo —avisa.

La legionaria va a añadir algo más, pero se limita a coger los diez euros con una mano y la alfombra con la otra. Cuando consigue sacarla al descansillo, acaba de mandar el mensaje, dándole dos vueltas a la llave en la cerradura.

Cuando escucha ese sonido metálico, reconfortante, Aura se desploma en el sofá. La angustia de las últimas horas la alcanza, y se deja ir durante un par de minutos.

Entierra la cara en un cojín, y llora.

Es la segunda vez que lo hace, en muy pocos días. Muy raro en ella, cuando llevaba meses sin llorar. La pena había agotado las lágrimas. La pena había desgastado su mecanismo, se había transformado en rabia paralizante.

Aura sorbe por la nariz, ruidosamente. Su cara —y el cojín— están empapados de lágrimas y mocos. Pone ambos —por turnos— debajo del grifo del lavabo y, cuando se alza, su reflejo en el espejo le devuelve una mirada ajena y peligrosa.

Estás cambiando, le dice su voz interior.

Sí, antes no hablaba conmigo misma, responde ella.

Me refiero a que poco a poco te estás transformando en alguien diferente.

Pues ya era hora.

19

Una trampa

Sentada en un poyete al pie de la gigantesca bandera, Aura contempla la sede central del Value Bank con un cóctel extraño de sentimientos.

La fachada sigue tan resplandeciente como siempre. Dividida en dos por la entrada a su atrio interior. Y con los enormes balcones colgando sobre la plaza de Colón.

Aura se niega a llamar a esa esquina de Colón «plaza de Margaret Thatcher», como alguien decidió hace poco. La única fuera de Reino Unido, dicho sea de paso.

Es que sigue siendo la misma puñetera plaza, piensa.

El edificio se alza con orgullo desde hace más de cincuenta años. La última sede que compró el fundador del banco, Mauricio Ponzano. Un baluarte de la banca independiente, alejada de la política y de los juegos de poder de los grandes grupos bancarios. Centrada en sus clientes y en hacer bien las cosas.

Aura se sabe el folleto de memoria.

Nunca se lo creyó, claro. Donde hay dinero, los adjetivos calificativos se convierten en sus antónimos con suma facilidad.

En la esquina de la quinta planta, debajo de la azotea y con acceso privado a ella, se encuentra el despacho de Ponzano. Es mediodía, pero las luces están encendidas. No es indicativo de nada, claro; Ponzano las deja encendidas todo el día y toda la noche. Una forma poco ecológica y muy barata (para él) de imbuir de miedo a su personal. No saber si él está o no está en el edificio, pero que la duda permanezca, tan iluminada como esas ventanas.

Aura nunca pensó que Ponzano fuera un monstruo o un tirano. Con ella siempre se portó bien. Educado y zalamero hasta lo empalagoso, pero de manos quietas. Protector, pero sin segundas intenciones. Jamás se le ha conocido un abuso de su cargo con ninguna mujer, como sí había ocurrido con otros ejecutivos del banco.

Ponzano vive por y para el negocio.

Como él mismo se asegura de decir a todo el que le escuche, «Yo soy el banco y el banco soy yo». Con las cinco íes griegas bien sonoras. Un empleado pelota le regaló una placa con la frase, esculpida en bronce, y desde entonces preside la pared de su despacho. Justo al lado de un retrato de su padre —de espaldas y con sombrero— que Úrculo pintó a principios de siglo. Ponzano ahora proclama que es, en realidad, un retrato suyo, aprovechando que toda la gente vista por detrás se parece mucho.

—Mi padre estaba muy ocupado en esa temporada, así que fui yo a posar en su lugar.

Es falso, pero las mentiras bonitas siempre vencen a las verdades aburridas, como el mismo Ponzano le había enseñado.

—Es una trampa, rubia —le había dicho Mari Paz, cuando regresó del supermercado, cargada con una bolsa, y vio que estaba vistiéndose para irse.

—Soy consciente.

—Entonces ¿por qué vas?

—Ésa es la pregunta. ¿Por qué? ¿Por qué ahora?

Mari Paz la observó detenidamente —de nuevo con ese brillo extraño en los ojos— mientras Aura probaba cuál de las dos blusas que le quedaban le sentaba mejor.

—La abuela Celeiro decía que si el conejo está muy barato y se te ha escapado el gato...

—...Es mucha casualidad, eso pienso yo también. Entramos ayer en la consultora de software...

—... La policía no viene... —recalcó Mari Paz—. No viene a buscarnos...

—Y ahora, esta invitación.

—Alguien se ha puesto nervioso.

—Y sólo hay una manera de averiguar por qué.

Mari Paz señaló al ordenador portátil. Para el que, afortunadamente, Aura tenía cargador de repuesto.

—¿No tendrías que estar averiguando otra cosa?

—He plantado las semillas para eso. Confía en mí.

—Tú y yo tenemos un trato. Y un objetivo. ¿*Lembras*, rubia?

—Me acuerdo muy bien.

—Esto que haces es personal. Y cuando entra en juego lo personal, una pierde *o norte*.

Aura no respondió. Sabía muy bien que a Mari Paz no le faltaba razón.

—No deberías ir —insistió la legionaria, cruzándose de brazos.

—En pleno día, en un edificio lleno de testigos. No me pasará nada.

Mari Paz fue a decir algo, pero acabó torciendo el gesto, en un *Tú sabrás*.

Aura *necesita* saber. Y cree conocer a Ponzano lo bastante como para sonsacarle lo suficiente.

De siete pecados capitales, podemos descartar cuatro con relativa facilidad. Ponzano no es lujurioso, ni perezoso. Apenas come, y mantiene la calma en las tormentas.

Quedan tres.

Y en esos tres... es excelso en cada uno de ellos.

Avaricia, envidia y soberbia. Y no por ese orden.

Aura se pone en pie y cruza lentamente la plaza, en dirección a la puerta del banco. Según se aproxima, se pregunta qué dirá y cómo se presentará. No deja de ser un golpe emocional para ella atravesar esas puertas de cristal y hierro forjado por primera vez después de su despido fulminante.

Qué bonita palabra para un lugar común, piensa Aura, reflexionando sobre la etimología de «fulminar». *Acabar con alguien desde las alturas, lanzando un rayo. Como Júpiter en* Las doce pruebas de Astérix. *La divinidad tan poderosa que no tiene necesidad de mancharse las manos para librarse de una peladre como yo.*

A las puertas del Olimpo, Aura pronto deja de preocuparse por cómo presentarse a la mujer de recepción. Un guardaespaldas trajeado, ancho de hombros y estrecho de frente, espera de manos cruzadas y se acerca en cuanto la ve, bloqueándole el paso.

—Sígame, señora Reyes.

Aura reprime el miedo que le causa el recibimiento. Está a punto de darse la vuelta, pero sabe que eso no es sino otro juego intimidatorio de Ponzano. En lugar de amilanarse, rodea al hombre dando un paseo y echa a andar en la dirección correcta. El guardaespaldas la sigue, molesto, un paso por detrás.

Aura camina muy digna y con la barbilla apuntando al techo.

Ni que ella necesitara que le mostrasen el camino.

20

Un mono

Un cruce de atrio y un viaje en ascensor después, Aura se encuentra en la planta ejecutiva.

El lugar es noble, tal y como se encargan de dejarte claro las paredes forradas en palisandro, los marcos de pan de oro, las lámparas de bronce y la moqueta verde de un palmo de grosor. El aire es reposado, denso, con un *bouquet* antiguo y espeso en boca. La decoración no se ha tocado ni una sola vez desde que se fundó la sede, y ya resultaba caduca entonces. El dinero nuevo tiene la misma ridícula prisa por aparentar madurez que un adolescente que fuma y dice tacos.

Aura arruga la nariz. El lugar le resulta ahora viejuno y desagradable, cuando antes su único objetivo en la vida era tener un despacho allí. Con vistas a la calle Goya.

El puesto de directora de inversiones era suyo, lo rozaba

con las manos, le decía Ponzano. Después de dos años rozándolo, ya tenía que estar bien sobado.

Nunca lo averiguó; la echaron antes.

La oficina presidencial está al fondo del pasillo de la derecha, al otro lado de la sala de juntas. Aura encamina hacia allí sus pasos, pero el señor de la frente estrecha la agarra por el codo y tira de ella en dirección contraria.

—Por aquí.

—No me toque. ¿Dónde me lleva?

—Comprobación de seguridad.

Se abre una puerta en el pasillo en la que Aura no se había fijado nunca. Conduce a una habitación, pequeña y sin ventanas, en la que aguarda una sesentona muy seria, de facciones diminutas y arrugadas, sentada tras una mesa blanca. Viste gafas de gruesos cristales, mono negro, guantes blancos de látex y la expresión de aburrimiento más intensa que Aura ha visto nunca.

El guardaespaldas cierra la puerta, dejándolas solas.

—¡Oiga!

—Desnúdese —ordena la mujer.

—¿Cómo dice?

—Que se quite toda la ropa.

—No sé qué clase de...

—Tenemos que asegurarnos de que no lleva encima ningún dispositivo de grabación —explica ella, con el tono monocorde de quien ha repetido lo mismo demasiadas veces—. Usted se quitará toda la ropa, que se quedará aquí...

Saca una bolsa de plástico de un cajón de la mesa, y lo cierra, con un metálico *clanc*.

—... junto con el resto de sus efectos personales. La someteré a una comprobación física. Después le daré un mono como éste...

Saca otro mono, del mismo cajón y lo cierra, con otro *clanc*. Aura se pregunta por qué no ha sacado las dos cosas al mismo tiempo, se habría ahorrado un *clanc*.

—... y usted se lo pondrá. A continuación la acompañarán al despacho del presidente.

—¿Y si me niego?

—La acompañarán a la salida.

Y yo eligiendo con cuidado entre mis tres blusas cuál me hacía parecer menos perdedora, piensa Aura, mientras se desabotona la elegida.

Lo peor es que, en efecto, su móvil está grabando un audio. Lo había activado por si acaso Ponzano metía la pata, pero no va a darse el caso. Cuando pone el bolso encima de la mesa, la mujer extrae el teléfono usando un par de dedos, observa que la grabación está en marcha y lo apaga con una sonrisita decepcionada.

—Aficionados —dice. Casi con pena.

—Lo siento, es lo mejor que se me ocurrió —se disculpa Aura, mientras se baja la falda.

—En tiempos del fundador, las cosas eran más divertidas. Metían los micrófonos en los sitios más insospechados. Cajas de bombones, portafolios, fiambreras —recita la mujer, con nostalgia, mientras cuenta con los dedos—. Flores, relojes y bolígrafos, por supuesto. Zapatos, puños de las camisas, forros del abrigo. Incluso, un glorioso día, extraje un micro del recto de un presidente autonómico. Cuando volví a casa esa noche, me abrí una botella de cava. Si le hubiera visto la cara...

La que tiene Aura es un poema. Ya sólo le queda la ropa interior, y no está muy por la labor de colaborar. Sin embargo, la mujer se queda mirándola impasible, con esa mirada de «Me pagan por esto y tengo toda la tarde».

—¿También?

—¿Le he contado lo del presidente autonómico?

—Pero...

La mujer suelta un sonido gutural y displicente, que suena como un disparo de Sergio Leone. Uno de esos que te hacen volar el sombrero quince metros. Aura claudica y se queda completamente desnuda, tapándose como puede.

Seguro que Mari Paz no se cubriría, piensa, mientras las manos gélidas de la mujer le recorren el cuerpo, precisas y rapaces. *Ella se plantaría en bolas delante de esta hija de puta, con los brazos en jarras, como si nada. Y se abriría ella solita las nalgas, y diría que busque mejor, no vaya a ser.*

—¿Quién es usted? —pregunta, cuando el examen termina y puede incorporarse.

—Soy la jefa de Seguridad. Mi nombre no le importa —dice, colocándose bien las gafas, que le resbalan por la punta de la nariz.

Culo de Vaso, entonces, piensa Aura, que es incapaz de no bautizar a la gente que la maltrata y humilla.

Recoge el mono negro de encima de la mesa —nuevo, y con sus etiquetas— y se lo pone a toda prisa.

La cremallera hasta arriba le devuelve —con un rasguido repleto de erres— algo de dignidad. Toda la que puede conceder una tela basta y abolsada, que le sobra por todas partes.

—Rasca —dice, tironeándose de las zonas más comprometidas.

—A mí me lo va a contar —se queja Culo de Vaso—. Siempre tengo la delicadeza de vestirme con uno de éstos cuando viene una mujer. Le hace un poco más fácil el trago. No espero que me lo agradezca, pero hay que cuidar los pequeños detalles.

Aura tiene muy claro por dónde se puede meter Culo de Vaso los pequeños detalles, porque es el sitio donde más le está picando ahora mismo la tela, pero se ahorra el decirlo.

La mujer abre la puerta —donde aguarda su escolta— delante de Aura y, muy educadamente, le desea buenas tardes.

—Igualmente, señora.

21

Un despacho

—Pasa, Aura, pasa. ¿Quieres tomar algo?

Embutida en el mono, descalza y ansiosa, Aura recorre los —muchos— metros de moqueta que separan la puerta del despacho de Ponzano del escritorio donde la aguarda el presidente del banco. Forrada con una madera oscura tan ostentosa como molesta de ver, la estancia es tan grande como la casa de un pobre.

En este juego de poder voy perdiendo por goleada, piensa.

Le extraña que, nada más verle, le invada una especie de calorcillo casero. La punzada de felicidad que uno siente al descubrir el rostro de un amigo en medio de mucha gente.

Sebastián Ponzano, el hombre que le había dado su primer puesto importante. Sebastián Ponzano, el banquero que había pagado su especialización técnica en Bruselas. Sebastián Ponzano, el hombre que la había felicitado efusivamente el día en que Aura alcanzó la calificación AAA de Citywire. La más alta puntuación posible para un gestor a nivel mundial. Ella fue el primer español en conseguirlo.

—¿Un café? Doble y sin azúcar, ¿no? Verás que me acuerdo...

—Está bien —responde ella, por todo saludo.

—Siéntate, entonces —dice, señalándole los sillones junto a la ventana, en los que tantos ratos habían compartido juntos.

El despacho de Ponzano tiene la tibia elegancia de la media luz, los tonos caoba y los urogallos disecados. Dos, concretamente, cazados por él mismo, y colocados en lo alto de una estantería. Aura aparta la mirada, con asco, y la fija en su antiguo jefe.

En un buró de limoncillo, disimulado tras una puerta nacarada, guarda Ponzano su cafetera y los aparejos. Es un truco antiguo, que Aura conoce bien. Cualquier idiota puede ordenarle a su secretaria un refrigerio. Que un hombre tan poderoso te prepare él mismo la bebida manda un mensaje mucho más complejo.

Ponzano se acerca a Aura con un platillo en el que tiemblan una taza de porcelana y una cucharilla de plata.

Es un hombre de setenta años, al fin y al cabo. Con esa vejez seca, un poco árida, propia de solterones egoístas y maniáticos.

—El pulso me falla a veces. Pero cuántos quisieran estar así a mi edad —presume, alargándole el menaje tembloroso.

Por experiencia de Aura, los ancianos ricos se dividen en dos: los que niegan sus años, y los que se ufanan de ellos. Los primeros resultan ridículos, con sus camisas de colores y sus novias florero. Los segundos le producen cierta conmiseración, como si mantenerse con vida fuera algo que se hubiesen ganado a pulso.

—¿No dices nada? —pregunta su antiguo jefe, al ver que sorbe su café en silencio.

Desde que le conoce, Ponzano siempre ha tenido esa cara desabrida, como de ambición contrariada, curiosamente frecuente entre los millonarios.

Hoy, la expresión ha virado a la bonhomía paternalista. La hija pródiga que regresa al hogar. Otro de sus jueguecitos de mierda.

—¿Por qué me ha traído aquí? —dice Aura.

Ponzano se sienta frente a ella, se reclina un poco en el sofá, y pasea la mirada por el despacho hasta posarla en el cuadro de Úrculo.

—¿Llegaste a conocer al fundador del banco?

Aura sacude la cabeza. Decidida a hablar lo menos posible, a crear silencios que Ponzano se vea obligado a llenar. Algo que al banquero no le causa gran esfuerzo.

—Mi padre... era algo especial. Si veía más de cuatro personas en el ascensor, sacaba a la quinta de la oreja.

Narra con una voz quebradiza y liviana, como esos papeles viejos que se rompen con sólo tocarlos.

—Se hizo construir un cuarto, con cama de matrimonio, junto al despacho, alegando que muchas veces terminaba muy tarde y era un jaleo volver a casa. Su utilidad ya te la imaginas.

Sí, Aura se hace una idea aproximada.

—Cuando volvía de pescar, nunca pasaba por casa primero. Aparcaba abajo, y mandaba al personal que limpiaran su maletero a manguerazos, evisceraran los barbos y los volvieran a colocar, limpitos y ordenados, dentro del coche.

Ponzano sonríe, nostálgico.

—En Navidad era cuando se volvía más excéntrico. Si el belén y el árbol no estaban en su lugar a primeros de diciembre, cogía un berrinche tremendo. Recuerdo una vez... ¡Se negó a moverse de recepción hasta que no colocaran el nacimiento en el atrio! Y no aparecía por ninguna parte, imagínate.

Aura calla, aguardando a ver dónde conduce ese viaje dickensiano.

—Mi padre... era inolvidable —termina, y se queda mirando a su invitada, como si no hiciese falta añadir nada más.

Aura intenta acomodarse en el asiento —todo lo que le permite el picor de la tela, al menos— y reflexiona sobre lo que le ha contado Ponzano.

Ambos gastan los siguientes minutos en la prolongación de sus silencios.

Él, expectante. Ella, pensativa.

Había un mensaje ahí, oculto en el discurso cadencioso del banquero. De él aprendió a convencer a la gente, al fin y al cabo. Con esas palabras que deslumbran por su textura arenosa, que se introducen en los ojos y te ciegan perfecta, amablemente.

De pronto cae en la cuenta.

¿Qué podría querer Ponzano, que satisficiera al mismo tiempo sus tres pecados capitales?

Su fastuosa soberbia.

Su industriosa avaricia.

Su mal disimulada envidia.

Sólo había una posibilidad. Lo único que su padre jamás había podido lograr, a pesar de todos sus esfuerzos. Lo único que le pondría por encima del recuerdo del titán de la banca, del hombre a quien los ministros pedían órdenes, los obispos consejo y los reyes permiso.

—Ha conseguido la fusión —deduce, asombrada.

Ponzano sonríe, orgulloso. De ella, en parte.

—Qué bien te enseñé, Aura.

Ella sonríe, a su vez, sin poder evitarlo. Todavía es vulnerable al halago de su antiguo jefe, mal que le pese.

—No tan bien, supongo. Sigo sin comprender por qué me hizo lo que me hizo.

El banquero se encoge de hombros.

—Los números no cuadraban, así que aproveché tu ausencia para inflar nuestras cuentas. Cuando no pude extraer más de tu fondo, simplemente lo destruí.

Aura apenas puede contener la rabia, ante la naturalidad con la que Ponzano explica cómo la ha destruido.

—El trabajo de mi vida. Mi reputación. ¡No es justo!

—La vida es injusta, también cuando nos favorece.

—Es sorprendente la cantidad de veces que te favorece a ti, Sebastián.

Ponzano parpadea, un par de veces, al oír su nombre de pila. Acostumbrado a que se dirijan a él como «presidente» cuando está delante y «el presidente» cuando no está, recibe el tuteo de Aura como una cariñosa bofetada.

—Incluso tú me reconocerás que era una maniobra perfecta.

Aura asiente, intentando controlarse. Es el momento de ser fría, de seguirle la corriente. No le resulta difícil, porque tiene razón. Es brillante.

—Todos los fondos tóxicos del banco, en un solo lugar. Evaporados. Las acciones, en su mínimo histórico. Todo formaba parte de tu plan, ¿verdad?

—Con un banco sano y aburrido, Competencia no lo hubiese permitido nunca.

Yo era la pieza que faltaba.

—Todos estos años haciéndome la pelota... ¿Para esto?

—No era la idea en absoluto, Aura. Tenía grandes planes para ti. Pero luego tuviste ese... incidente que te dejó fuera de juego unos meses. Y la oportunidad había que aprovecharla.

Ese incidente.

Hijo de puta.

—¿Por qué me has llamado?

—Puedo decírtelo, con sumo gusto —contesta Ponzano, pasando la mano huesuda y varicosa por el reposabrazos del sillón—. O puedes darle gusto a un pobre viejo y acabar de juntar las piezas por ti misma.

La otra mano la deja caer, como al descuido, en la mesita auxiliar junto a su asiento. Hay una pila de libros sobre el mármol rosado. Tucídides. Mao. Plutarco. Y, en la cumbre, allí donde se ha posado la extremidad de Ponzano, el primer libro que le regaló, hace años, cuando le asignó el fondo más importante del banco.

Aurora, de Nietzsche.

«Este libro te cambiará», le había dicho.

Lo leyó con atención, y lo encontró ladino y subversivo. De él sólo le quedó que había que rechazar cualquier clase de moral, mientras supusiera una limitación. Eso, y una frase. La única que Ponzano había subrayado, con fino trazo de lápiz, antes de entregárselo:

El que es castigado no es nunca el responsable, sólo el chivo expiatorio.

No entendió entonces. Entiende muy bien ahora.

—Necesitas un culpable —dice, con una risa ansiosa.

—Dentro de unos días entrarás en la cárcel. Habrá un centenar de periodistas, nos aseguraremos de ello. Creo que incluso hemos fletado autobuses aquí en la plaza para llevarlos a Soto del Real.

—Yo saldré en las fotos esposada y ojerosa. En todas las portadas.

—Eso es.

—Y fin de la historia. El equilibrio restablecido.

—Ya hemos dado instrucciones a los periodistas amigos con ese mensaje.

—¿Y si no hay foto?

—La atención del populacho, tan bien adiestrada como siempre, acepta tanto la ignorancia como la sorpresa. Enseguida llegan otras noticias para tapar las anteriores. —Hace un gesto con la mano, abanicando el aire frente a él—. Por favor, si ya estamos colocando preferentes otra vez... ¿Sabes lo que no acepta el gran público, Aura?

—Que no haya un culpable —mascula ella, con esforzada calma.

—El populacho espera que pagues. Con intereses.

Aura nota como un calor rabioso le inunda las manos y el rostro. Pesado, físico. Un calor con sus propias necesidades poco civilizadas. Le clava los ojos a Ponzano en ausencia de nada mejor.

—Tú pórtate bien, como una buena chica. Entras en prisión y vas a juicio.

—¿Y si me encuentran inocente?

Ponzano se ríe, una risa sorprendentemente cálida y amable. La risa de un padre que ve a su hijo preescolar intentando comer la sopa con tenedor.

—La sentencia será la mínima. Eso también está pactado con quien corresponde.

Claro que sí.

—Serán cinco años, algo menos con buen comportamiento. Cuando salgas, todo estará olvidado. Podrás trabajar en una de nuestras empresas afines, con un buen sueldo. Mayor que el que tenías antes.

Todo esto te daré, Aura, piensa ella.

—Y habrá un gran proyecto para ti —concluye Ponzano.

Un gran proyecto. El adjetivo le recuerda a su madre, para quien había cine y gran cine, cocina y gran cocina, escritores y grandes escritores.

Su madre, que se quedó sola cuando ese hijo de la gran puta decidió jugar al Monopoly con la vida de su hija.

—¿Me lo puedes poner por escrito?

Ponzano sacude la cabeza.

—Ya sabes que no. Pero tienes mi palabra de que todo irá bien.

Aura mastica la mentira como si fuese de plástico. Haciendo promesas, Ponzano es como un policía regalando ganzúas, como un vampiro donando sangre.

—Si me porto bien y me como la culpa que no es mía...

—Por el bien mayor —recalca.

—... todo saldrá bien, ¿verdad?

Ponzano asiente, tres veces, solemne. Una por cada «bien».

—Sebastián, sabía que eras un megalómano y un sociópata. Que eras capaz de cualquier vileza por salirte con la tuya...

—Dame luz, Señor, para ver mis defectos —tercia Ponzano, sonriendo y alzando las manos—, pero, por favor, no todos a la vez.

—... Pero nunca llegué a imaginar que, además, fueras un ingenuo.

El viejo endurece la mirada.

—Tú piénsalo, con calma. Cuando vuelvas a casa, y acuestes a tus hijas. Piensa en el futuro, Aura.

Se pone en pie para dar por concluida la reunión.

Aura le imita, la fuerza de la costumbre.

Se dirige a la puerta, sin despedirse. En silencio.

Mientras camina, se pregunta por qué calla.

Callar es nuestra virtud. Algún antepasado nuestro debió de encontrarse muy solo —un gran hombre entre idiotas o un pobre insensato— para enseñar a los suyos tanto silencio.

—Piensa que no tendría por qué ofrecerte esto —la acompaña la voz de Ponzano, en su camino a la puerta.

Y es entonces cuando Aura ya no puede callar más.

—No sabes cómo te agradezco la gentileza. Que usted será lo que sea, escoria de los mortales, un perfecto desalmado, pero con buenos modales —le cita Aura, dándose la vuelta.

Ponzano la mira con perplejidad, como cuando te habla el perro.

—No espero que lo entiendas, Sebastián. Pero entiende esto: te veré caer.

Romero

Apenas ha abandonado Aura el despacho, cuando la comisaria Romero sale de detrás de una columna, desde donde ha escuchado toda la conversación.

Romero va hasta los sillones en los que había transcurrido y se sienta en el lugar que había ocupado Aura. Aún conserva el calor de su cuerpo, así que la comisaria se cambia al de al lado, asqueada.

Ponzano ha vuelto a sentarse, una pierna cruzada sobre otra, y el pie dando botecitos, arriba y abajo.

—¿Y bien?

Romero tiene sus propias normas sobre el aspecto masculino. Nunca hay que fiarse de los hombres con manos femeninamente inmaculadas, ni de los que llevan dos espejos por zapatos, ni —menos aún— de los que van demasiado bien vestidos.

Ponzano cumple las tres características.

—Ya le había avisado.

—Sí —dice Ponzano, pasándose la mano por la barbilla—. Sí, es cierto que lo había hecho.

Romero también ha sido obligada a vestir un mono negro, sin nada debajo. Ponzano no es de correr riesgos, y menos cuando va a hablar tan claro como está a punto de hacer. Digamos que, en cuestión de grabaciones por parte de comisarios corruptos, ha escarmentado en cabeza ajena.

—¿Me ha traído lo que le pedí?

Romero le tiende un par de carpetas.

A Ponzano le encantan los informes. Le gusta tocarlos, barajarlos, releer los documentos, estudiar las fotografías. Eso le da una sensación de solidez, de algo familiar y conocido. Los informes son como mantas protectoras. Es cierto que no son funcionales en sentido estricto, puesto que no sirven para abrigarle físicamente, pero sí mitigan con su presencia el miedo a lo desconocido.

—Es una información... curiosa —dice, sosteniendo en alto la foto de una mujer con uniforme militar. En la parte trasera se lee: «Celeiro Buján, María de la Paz». El informe también incluye su graduación, sus medallas, sus recomendaciones especiales—. ¿Sabe por qué la expulsaron del ejército?

—No he podido averiguarlo aún. Al parecer es alto secreto. Habrá que recurrir a canales más sofisticados.

Ponzano asiente, contrariado.

—Necesitará más dinero, entiendo.

—La inteligencia de calidad es muy cara, señor presidente.

—Bien. Dele los detalles a mi jefe de seguridad. Creo que ya se conocen.

Es una broma que le gasta cada vez, tan irritante como la

tela del mono que le obliga a ponerse. La comisaria no responde.

—Me pregunto cómo se habrán encontrado estas dos —dice Ponzano, sin apartar los ojos de la foto.

Romero se pregunta lo mismo. Porque nada de lo que tiene que ver con Aura Reyes le cuadra en absoluto. Ha tenido muy pocas veces esa sensación disonante, ese malestar fugaz y angustioso, producido por alguien que no se comporta como debe.

Una mujer proveniente de una familia de clase media baja. Trabajadores, esforzados. Mandan a su hija a la universidad, la hija asciende y se convierte en una ejecutiva financiera con una carrera meteórica y un futuro brillante.

Alguien como ella, alguien que ha creído en el sistema y ha obtenido algo a cambio, es la persona menos dispuesta del mundo a saltarse las normas. Y mucho menos a entrar en connivencia con una exmilitar convertida en indigente.

El instinto profesional de Romero le dice que nada de todo eso tiene sentido. Para algo existen esas cómodas cajitas llamadas clases sociales. Son la primera y mejor salvaguarda.

Cualquiera que sea la explicación —capricho compulsivo o desafío temerario—, le parece igualmente inquietante.

—El suceso en casa de Reyes. Murió el marido.

Ponzano aguarda, por si una pregunta sigue a esa afirmación. Durante un instante, los dos mantienen un combate de boxeo silencioso, idéntico al que han librado en tantas ocasiones.

Cuánto puedes contarme, en una esquina.

Cuánto debo contarte, en la contraria.

—No tuvimos nada que ver —dice Ponzano, mostrando las palmas de las manos. La viva imagen de la inocencia.

Eso ya lo sé, piensa Romero. *Porque me lo hubieras pedido a mí, viejo.*

—¿Tiene idea de por qué sucedió?

En la mesa auxiliar situada entre ambos hay un tablero de ajedrez. En una de sus primeras reuniones, Ponzano le había hablado de su origen milenario, aunque Romero no recuerda todos los detalles. Escocia, quizás. Las piezas, de estilo románico, están talladas en marfil de morsa y diente de ballena. Réplicas exactas del original, que se conserva en un museo.

Ponzano se inclina sobre el ajedrez, y acaricia las piezas de su lado, de un blanco gastado que contrasta con las contrarias, de un rojo granate.

—El marido andaba en negocios turbios, no sé más. Yo me limité a mirar el tablero y aprovechar el hueco.

Romero hace un gesto de aquiescencia tan falso como lo que acaba de escuchar. Pensar que Sebastián Ponzano no supiese mucho más de lo que admite sería una temeridad.

Más allá de quién fuera el responsable de lo de su marido, o del motivo, Romero tiene una cosa clara: Aura Reyes empezó a cambiar ese día.

Herida, arruinada. Una ejecutiva con dinero devenida en ama de casa y que tenía que volver a vivir en el piso de sus padres.

Alguien así tampoco era propenso a saltarse las normas. La vida se le había derramado sin solución, como el agua que no se puede devolver al vaso tras volcar.

Alguien que pasa por eso se queda abajo, y no se levanta.

Aura Reyes es un enigma, piensa, y Romero se siente atraída por los enigmas. Será un cambio refrescante en la turbia rutina de los últimos meses.

—Esa mujer... me intriga —admite.

—Es alguien fascinante, sí.

—Me refiero a su relación con ella. Parece que se entienden muy bien.

—Desde el principio la tomé bajo el ala. Su cabeza... es particular. No he conocido nunca a nadie con una capacidad tan vasta para la planificación. Le faltaba atrevimiento. Intenté abrirle un poco la mente.

Da un manotazo en los libros de estrategia militar situados junto a él.

—Hubiese sido un magnífico general.

—¿Se encariñó con ella?

Ponzano sonríe, con nostalgia.

—Si lo que me pregunta es si me dolió tener que sacrificarla, la respuesta es sí.

—No es eso lo que le estoy preguntando. Lo que necesito es establecer los límites.

Romero hace una pausa, cargada de significado.

—Si es que los hubiera.

El viejo aprieta los labios y aparta la vista.

—La intimidación no ha servido de mucho, ¿verdad?

La comisaria sacude la cabeza.

—Envié a un par de delincuentes comunes a su casa. Tenían que ablandarla un poco y transmitirle su mensaje.

—No he tenido la sensación de que la ablandasen gran cosa.

—Los delincuentes salieron perjudicados —dice Romero, señalando la fotografía de la legionaria.

—¿Mucho?

Romero enarca una ceja. Ponzano nunca suele preocuparse por los detalles.

—Bastante. Costillas y dientes rotos.

—Interesante. Deles un extra por las molestias. Que estén callados.

Romero ya se ha encargado de eso, y así se lo hace saber.

—Pues, visto que la intimidación no funciona, lo que haremos será esperar y observar muy de cerca.

—Creía que no quería que siguieran indagando.

—Y no quiero. No creo que encuentren a la informática. Incluso, si lo hicieran, sólo perderían el tiempo. Que es exactamente lo que quiero.

Romero comprende. Cada minuto cuenta, y a Aura Reyes le quedan muy pocos. En pocos días estará obligada a entrar en prisión. Ponzano tendrá su foto. Romero, su comisión. El banco, la fusión. Los accionistas más vulnerables, una desagradable sorpresa.

Y todos contentos. Los que importan, vamos.

Aun así, lo más razonable es eliminar la amenaza.

Quizás no de forma definitiva, pero sí incapacitante.

Como si le leyese el pensamiento, Ponzano se adelanta.

—Si hubiese un imprevisto, quizás haya que saltarse los... entorpecedores procesos democráticos.

La comisaria hace un gesto que quiere ser ambiguo. El hecho de que ella no esté grabando la conversación —como, a decir verdad, le gustaría— no significa que la otra parte no lo esté haciendo.

—¿Le supondría un problema?

La comisaria escupe una carcajada. Desabrida, sin ápice de alegría.

Antes, quizás. Cuando era policía.

Ahora es otra cosa.

—El escrúpulo en mi negocio es como el esmoquin en un nadador.

—Me sorprende usted, comisaria —dice Ponzano—. ¿Es que no le importan los métodos?

Está siendo sarcástico. Pero ella no.

Romero está harta de perder. Ha acumulado derrotas suficientes para toda una vida. Y tiempo atrás se juró que, ya que nunca sería una buena policía, no volvería a fracasar. Aunque para ello tuviese que cambiar el juego.

—Para lamentar los métodos, antes hay que ganar —replica la comisaria, apartándose una imaginaria mota de polvo de la manga del mono—. Y una vez que ganas, ¿qué más dan los métodos?

22

Una carpeta

El objeto de preocupación de uno de los hombres más poderosos de España está ahora mismo en el sofá con una mano metida en un táper con hielo y una botella mediada de whisky Dyc en la otra.

La cabeza la nota tirando a ligera —por los lingotazos— y abombada por la charla constante de las gemelas, que han aprovechado que la tenían para ellas solas.

Por fin, tras un rato, Cris parece haberse interesado por algo en la tele y Alex ha desaparecido.

O eso creía la legionaria.

—Ésta es mi carpeta especial —dice una voz surgida de detrás del sofá—. ¿Quieres verla?

Mari Paz no tiene tiempo de negarse, porque aterriza en su regazo un libro de recortes con el grosor y el peso de la Enciclopedia Salvat al completo.

—¿Pero qué es esto, *ruliña*?

—Es para mi boda —explica Alex, mirando por encima del hombro, mientras Mari Paz lo abre.

—¿Pero no os habíais cambiado los nombres porque hasta que supierais quiénes sois *de verdad...*?

—Ah, pero es que esto sí que lo tengo claro, Emepé.

Otra decisión irrevocable de las gemelas. Han decretado que Mari Paz es demasiado largo, así que la han rebautizado con sus iniciales. De nada ha servido que la legionaria intentara explicarles que la nueva denominación y la antigua tienen las mismas sílabas.

—No parece que haya nada claro aquí —dice Mari Paz, rascándose la cabeza, mientras hojea el libro de recortes.

Además del grueso y la consistencia de un acordeón, el gigantesco volumen es un caos en el que conviven centenares de fotografías con toda clase de anotaciones de colorines.

—Tengo muchas cosas que decidir. Las flores, el vestido, la diadema, las invitaciones, el tema... —recita Alex.

—¿Y tú, Cris? —pregunta Mari Paz, dirigiéndose a la otra gemela, que sigue con la vista clavada en la tele.

—Yo no voy a casarme nunca —salta ella, agresiva—. Y preferiría que no hablarais de esto.

—No metas la pata, Emepé —le susurra Alex, al oído—. No quiere porque dice que no tiene quien la lleve al altar.

—Puedo oírte, ¿sabes?

—Ya le he dicho que se puede buscar un sustituto.

—Nadie puede sustituir a papá —replica Cris, lúgubre.

Mari Paz no tiene que mirarla a la cara para saber que está llorando en silencio. Deja el libro y la botella sobre la mesilla, aparta el táper lleno de hielo y alarga el brazo para atraer a la niña hacia sí. Cris intenta resistirse, un diminuto y rebelde manojo de llanto, pero Mari Paz insiste, hasta que la fuerza bruta y la necesidad se imponen.

—*Miña rula.* Ven aquí, *ruliña.*

Alex intenta hacerse la dura durante unos ocho segundos, hasta que al final rompe a llorar también y se cuela debajo del otro brazo de Mari Paz.

Ha visto esto antes.

Un hueco tan enorme.

Una ausencia tan repentina.

La foto, congelada para siempre.

Un hombre que muere a los cuarenta y pico años es en cada momento de su vida un hombre que muere a los cuarenta y pico años. La impronta de la muerte sella de adelante hacia atrás. El sentido de su vida sólo se hace patente desde su muerte.

Unas niñas huérfanas a los siete años, lo mismo.

Toda su historia, su memoria, sus recuerdos. Lo que construyan. Todo irá edificado sobre esos cimientos de cristal.

Qué bien lo sabe ella, que se quedó sin padres a la misma edad. Y qué poco puede explicar todo lo que siente ahora mismo.

Así que abraza a las gemelas, en silencio, hasta que Cris empieza a removerse de nuevo. Sin apartar el rostro del pecho de Mari Paz, toca en el brazo a su hermana.

—Puedes hablar un rato del tema, si quieres.

Alex levanta la cara, llena de churretes, y mira a su hermana.

—¿Seguro?

—Sólo si quieres.

Resulta que quiere. Alex vuelve a coger el libro de recortes y empieza a calificar sus vestidos de novia favoritos, por orden de preferencia.

Mari Paz, mecida por la agradable calidez del whisky barato y de los cuerpos de las gemelas rodeándola, se deja llevar por el torrente de nombres. Sirena, corte imperio, princesa, columna, cola de pato. Para su sorpresa, se lo está pasando bien aprendiendo a reconocerlos. De pronto, un pitido procedente de la mesa del comedor reclama su atención.

—¿Dónde vas? —protesta Alex, que acaba de perder almohada y audiencia.

—*É cousa da túa nai* —se excusa la legionaria. Que, cuanto más en casa, más le sale el gallego.

Aura descuelga enseguida.

—Estoy volviendo a casa andando. Necesitaba aclararme las ideas.

—¿Cómo ha ido?

—Ponzano tiene miedo. Cree que quiero localizar a la ingeniera informática para mejorar mi defensa antes del juicio.

—Eso es bueno, ¿no?

—Quizás nos dé algo de ventaja. ¿Están bien las niñas?

—Están bien —contesta Mari Paz—. Te llamo porque me dijiste que te avisara si se ponía la banderita en rojo —dice.

—¿Quién está conectado?

Mari Paz lee el nombre.

Es un ingeniero que estuvo en el equipo de Ginés en Ingra. Uno de los contactos de LinkedIn que había seleccionado como más prometedores.

—Tienes que hablar con él.

—Pero... ¿qué dices, rubia?

—A mí me queda media hora para llegar. Necesitamos ese nombre cuanto antes y, para cuando yo llegue, a lo mejor ya no está conectado. Esto es LinkedIn, no Twitter. Nadie quiere pasar más tiempo del imprescindible —dice Aura, con la voz fatigada por el esfuerzo de andar rápido y hablar aún más rápido.

Mari Paz acaba aceptando, a regañadientes, y se deja guiar por el proceso de abrir un chat con el objetivo. Lo cual requiere mucho, mucho más esfuerzo de lo que podría parecer a simple vista.

—No me llevo con las máquinas.

—Pues te llevas. Aprieta en el cuadro de diálogo.

Mari Paz busca, literalmente, un cuadro donde haya personajes hablando. Mortadelo y Filemón, por ejemplo. Pasa un rato hasta que consigue dominar los conceptos más básicos, un rato en el que la paciencia de Aura va disminuyendo progresivamente.

—Ya está —anuncia Mari Paz, con voz triunfante.

—Bien, ahora salúdale.

El hombre se llama José Luis, es natural de Getafe y juega al hockey sobre hierba. Eso es todo lo que han conseguido averiguar leyendo su currículo. Además de un montón de datos aburridos.

—¿Y qué le digo?

Aura suspira, nerviosa.

—Escribe lo que yo te diga. «Buenas tardes...».

Mari Paz, experta en el manejo de armas cortas, largas, tácticas de asalto, fuego de precisión y de cobertura, salto halo y otra larga lista de actividades donde la coordinación física es imprescindible, tiene problemas para localizar la «b» en el teclado del portátil.

—¡Encima del espacio! —intenta ayudar Aura.

Mari Paz resiste la tentación de mirar al cielo —que es lo que le está pidiendo el cuerpo— y se da la vuelta, en busca de ayuda.

—¿Alguna de vosotras...?

Las niñas, que estaban siendo testigo de sus sufrimientos, se levantan, las dos a la vez.

—¿Estáis haciendo *catfishing*? ¡Cómo mola!

—¿Qué habíamos dicho sobre hablar en letras extranjeras, rapaza?

—Es cuando te haces pasar por otra persona en internet para engañar a alguien.

Mari Paz mira a las gemelas con una cara capaz de ganar varios campeonatos de póquer.

—Ya escribimos nosotras —le dice Cris, dándole una palmada en la espalda.

Prueba policial #GV368, en el caso contra Aura Reyes y María de la Paz Celeiro

Guillermina Pacheco • 17:22
Buenas tardes, LOL.

José Luis Sanz • 17:23
Perdón?

Guillermina Pacheco • 17:24
Buenas tardes, quise decir. Qué gusto conocer a un compañero de Madrid!

José Luis Sanz • 17:25
Ah, hola. Eres de Seattle, no?

Guillermina Pacheco • 17:25
Estuve, estuve. Ahora estoy en Berlín, pero en breve voy a Madrid.
👍

José Luis Sanz • 17:27
Ah, qué bueno! Esta ciudad es genial, ya verás.

Guillermina Pacheco • 17:28
Ya sé, ya sé, mi mamá era
española. Me mandan a formar
departamento nuevo y estoy
buscando equipo...

José Luis Sanz • 17:30
Ah, y en qué estás pensando?

Guillermina Pacheco • 17:31
Necesito gente con habilidades
competitivas y ganas de crezer.

Guillermina Pacheco • 17:31
*crecer

José Luis Sanz • 17:33
Me puedes contar algo más acerca
del proyecto?

Guillermina Pacheco • 17:35
Es un proyecto confidencial,
extenderás que no me entienda.

José Luis Sanz • 17:36
No estoy seguro de entenderte yo...

Guillermina Pacheco • 17:37
Jajaja, mis disculpas, el español es mi
segundo idioma, LOL.

José Luis Sanz • 17:38
Pero no era española tu madre??

Guillermina Pacheco • 17:39
En casa sólo se hablaba en inglés,
cosas de la nanny.

José Luis Sanz • 17:40
Oh, I see.

Guillermina Pacheco • 17:41
No hace falta que me contestes en
inglés, si va a ser un proyecto para
España.

José Luis Sanz • 17:43
Ya me estás contando algo, eh?

Guillermina Pacheco • 17:43
No, no. Secreto!

José Luis Sanz • 17:44
Secreto!!

Guillermina Pacheco • 17:46
Me gustaría contar contigo, si te
animas. Tienes muy buenas
referencias.

José Luis Sanz • 17:47
Si hay incentivos...

Guillermina Pacheco • 17:47
Hay muchísimos. Es un proyecto muy
grande...

José Luis Sanz • 17:48
Ya, ya habrás visto que yo estoy
en proyectos grandes ahora
mismo.

Guillermina Pacheco • 17:50
Y una subida salarial de 20$ según
objetivos.

José Luis Sanz • 17:51
Veinte dólares? No es mucho
incentivo, la verdad...

Guillermina Pacheco • 17:52
Perdón, me bailó la tecla, quise decir
un 20%, LOL.

José Luis Sanz • 17:53
Ahora sí estamos hablando.

Guillermina Pacheco • 17:53
Cuento contigo, entonces?

José Luis Sanz • 17:53
En principio sí, pero es un poco
precipitado...

Guillermina Pacheco • 17:54
No te preocupes, el proyecto
empieza dentro de unos meses.
Tendrás tiempo.

José Luis Sanz • 17:55
Pues muchas gracias, entonces.

Guillermina Pacheco • 17:56
Eres el primero al que recurro,
espero que mantengas el secreto.

José Luis Sanz • 17:56
Puedes confiar en mí.

Guillermina Pacheco • 17:57
Pues muchas gracias. Una cosa más...

Guillermina Pacheco • 17:58
Necesito el contacto de Irene Muñoz
Quijano.

Guillermina Pacheco • 18:00
Hola? Sigues ahí, José Luis?

José Luis Sanz • 18:02
Sí, sigo aquí.

Guillermina Pacheco • 18:03
Puedes ayudarme?

José Luis Sanz • 18:03
Para qué quieres el contacto
de Sere?

Guillermina Pacheco • 18:04
Me han dicho que es la mejor
en lo suyo.

José Luis Sanz • 18:04
Y qué es lo suyo?

Guillermina Pacheco • 18:04
No sé si te entiendo.

José Luis Sanz • 18:05
Que qué es lo que necesitas de Sere.

Guillermina Pacheco • 18:06
Es una parte del proyecto que no te
puedo contar.

José Luis Sanz • 18:07
Lo siento, pero no voy a poder
ayudarte con eso.

Guillermina Pacheco • 18:08
Qué pena. Creía que eras un jugador
de equipo. Bueno, otra vez será.
Suerte con tu proyecto.

José Luis Sanz • 18:09
No, no. Espera.

Guillermina Pacheco • 18:09
Sí?

José Luis Sanz • 18:10
No eres el primero que pregunta por
Sere. Y no tiene muy buena imagen
en la empresa.

Guillermina Pacheco • 18:11
Bueno, ya sabes cómo son estas
cosas. Los jefes vienen y van.

José Luis Sanz • 18:12
No sé...

Guillermina Pacheco • 18:13
No te preocupes. Si te sientes
comprometido no pasa nada.

José Luis Sanz • 18:13
Es que no te conozco de nada.

José Luis Sanz • 18:20
Está bien. Apunta...

TERCERA PARTE

SERE

Sueño que estoy andando
Por un puente y que la acera
Cuanto más quiero cruzarlo
Más se mueve y tambalea.

ROSALÍA

Caos

—No, no. No es esa dirección. Es en la calle Duquesa de Castrejón —dice, añadiendo número y piso—. Sí. Sí. Irene Quijano. Sí, sí, la espero.

Sere cuelga el teléfono y se aparta el pelo de la cara.

No le dedica un segundo pensamiento a la llamada, como no se lo dedicaría ninguno de nosotros. Basta que llame alguien y diga que tiene un paquete de Amazon para entregar, y le confiamos alegremente nuestra dirección a una desconocida con acento gallego.

Sere, además, tiene cosas más importantes de las que ocuparse. Como por qué no sale el maldito siete.

Vuelve a arrojar los dados sobre la encimera de la cocina, confiando en el rebote contra el copete de la encimera.

El primero golpea los azulejos, muestra un uno.

El segundo traza una ruta

(imposible)

por entre los cacharros dispuestos de cualquier forma a

secar sobre un trapo, aterriza en el fregadero y muestra otro uno.

Quizás sea mejor dejarlo, piensa Sere.

No, sólo una vez más.

Cierra los ojos, intenta concentrarse, dejar de lado los pensamientos oscuros. Anula todas sus sensaciones físicas, hasta que lo único que importa es el peso de esos dos diminutos trozos de plástico barato.

Lanza de nuevo los dados, y abre mucho los ojos.

Caos.

El mundo de Sere había cambiado por completo un jueves de agosto.

Imaginemos un matrimonio feliz. Idílico. Él, chef en restaurante con media estrella Michelin —a puntito de tenerla, vamos—. Ella, ingeniera informática freelance, dedicada al desarrollo de alto nivel.

Se quieren. Se gustan. Ella sale a la ventana por las mañanas, cantando. Extiende un dedo y en él se posan los pajaritos, piando al mismo son que ella.

Sin exagerar.

Pero ay, un aciago día pasó el crítico de Michelin por el restaurante en el peor momento posible. Un día en el que salió todo mal. La sopa fría, la vichisuá caliente, el sushi muy hecho y el filete muy crudo.

No hubo estrella. Él se hundió.

Primero fue el alcohol, luego la coca. Se volvió violento y resentido. Ella dejó de cantar en el balcón con los pajaritos, pero no dejó de creer en él. Cuando perdió su trabajo, cuando tuvo que rehabilitarse, cuando recayó. Años de infierno, en los que se dejó toda su energía, su amor y la piel tersa de alrededor de los ojos.

Al cabo de tres años, él emergió. Un hombre nuevo. Delgado, fibroso, deportista. Alegre, sobrio. Montó su propio restaurante, vegano —no todo iba a ser perfecto—.

Ella, triunfante. Agotada y marchita después de todo este esfuerzo inhumano, de las noches sin dormir. De alguna bofetada que se tragó cuando él, enfarlopado hasta las cejas, se puso particularmente violento.

Pero, del otro lado, emergió un hombre nuevo. Obra suya.

Tú me dejaste caer, pero ella me levantó, y esas cosas que se suelen decir.

Y así llegamos al jueves de agosto en el que ella practicó ese deporte de riesgo llamado «regreso a casa inesperado» y se encontró la polla de su marido insertada en la boca de su hermana.

A ver, la polla no se veía, pero se deducía del contexto.

Sere nunca había sido de montar dramas, así que cerró la puerta muy discretamente para no arruinarle el orgasmo a nadie. Bajó a la calle, sacó una garrafa del maletero de su coche. Le pidió al portero la manguera, la cortó, extrajo gasolina del depósito, la vertió sobre el Audi de su marido y el coche de su hermana, y, sin abandonar su discreta dignidad, les prendió fuego.

Al año siguiente, su ya exmarido y su hermana se casaron.

Sere se imprimió una camiseta que decía «Salvé a mi marido de la depresión y las drogas y todo lo que obtuve a cambio fueron estas patas de gallo», se la puso, y después consideró durante un rato el suicidio. Lo descartó enseguida, porque le pareció demasiado definitivo.

En lugar de ello, se dio a la magia.

Ahí fue cuando empezaron, de verdad, los problemas.

La familia de Sere, los Quijano, tiene historia —aunque más que historia, será un poema—. Según Sere, una panda de hijos de puta resentidos y metiches, que no encuentran mejor aliciente en la vida que opinar sobre la de los demás. Según ellos, personas normales.

Su padre, que era el Muñoz, tuvo a bien quitarse de en medio, ictus mediante, a los cincuenta años. Eso dejó el campo libre a los Quijano, a saber, la madre de Sere, las cuatro tías y su hermana la perfecta.

El padre era la oveja negra y el objeto de todas las críticas. En su ausencia, la oveja negra suplente ascendió a titular.

Adivina quién era.

La hermana de Sere, cuyo nombre ha olvidado, era el modelo a imitar. Estudiante impecable, bailarina de gimnasia rítmica, alta y delgada, sonrisa Profident.

¿Y Sere? Repitió curso en la carrera, tuvo su fase gótica, no salía de su cuarto, bajita y redondeada.

«A ver si aprendes de tu hermana» era una frase que se repetía más en su familia que «¿Quiere patatas grandes con el menú?» en un Burger King.

¿La rehabilitación del marido? Seguramente obra de su hermana.

¿El marido poniéndole los cuernos con la hermana? Lo natural. Quién no iba a preferir a Doña Perfecta. Al menos ella no iba por ahí quemando coches.

Los Quijano —unánimes— tomaron partido por Doña Perfecta. Acudieron en masa a los esponsales. Sere declinó asistir, y aprovechó para encerrarse aún más en su caparazón.

Los familiares y amigos que aún le hablaban —después de que desertara del mundo y dejara de hablarles ella a ellos— se llevaron las manos a la cabeza cuando les explicó que ahora era una bruja del caos.

—¿Qué es eso?

Ella intentaba simplificar al máximo.

—Creo que todo lo que existe proviene de la imaginación y puede transformarse a través de la voluntad. La voluntad puede canalizarse a través de un ritual. Verás, yo tengo estos dados…

Enseguida dejaban de escuchar.

—Pero hija, cómo vas a ir por ahí diciendo que eres bruja. Pero qué vergüenza.

Ella pensó en su exmarido y su exhermana. Pensó en su padre, muerto en la flor de la vida, y luego le mandó este mensaje a su madre.

Si vas a morir no hay tiempo para la vergüenza, sencilla-mente porque la vergüenza te hace agarrarte a algo que sólo existe en tus pensamientos. Te apacigua mientras todo está en calma, pero luego el mundo de pavor y misterio abre sus fauces para ti, como la abrirá para cada uno de nosotros, y entonces te das cuenta de que tus caminos seguros nada tenían de seguro. La timidez nos impide examinar y aprovechar nuestra suerte, nos permite trazar un destino.

Lo de menos fueron las burlas o la incomprensión. Lo único que le molestó, en realidad, fue que intentaran cambiarla. Su madre incluso trató de declararla legalmente incapacitada, entre lo de la magia, lo de quemar coches y lo de no salir de casa. El resultado del dictamen pericial fue «no concluyente». El juez la dejó ir, mirándola de través, pero libre.

Después de eso decidió que podían comerle el coño.

¿Quiénes? Todos.

Perdona, ¿me puedes comer el coño a dos tiempos?, escribía por WhatsApp a todo el que la importunaba. Lo de «a dos tiempos» fue un añadido de última hora, que descubrió que reforzaba el mensaje y evitaba equívocos.

Teniendo en cuenta que la línea de la importunación la marcó en el «*¿Cómo estás, qué tal te va?*», no tardó en quedarse muy tranquila y muy sola.

Cuanto más sola está una persona, más solitaria se vuelve. La soledad va creciendo a su alrededor, como el moho. Un escudo que inhibe aquello que podría destruirla, y que tanto desea. La soledad es acumulativa, se extiende y se perpetúa por sí misma. Una vez que ese moho se incrusta, cada vez es más difícil arrancarlo.

El trabajo, antes todo su refugio, no logra paliar esa creciente sensación, amarga y pegajosa.

Esa soledad de náufrago, de muelle al alba, de estrella en la negrura. Esa soledad de domingo por la tarde, en pleno jueves.

Puede que Sere hable sola y su casa esté atestada de cacharros en distintas fases de ruina electrónica. Puede que todos los libros que posea sean volúmenes sobre magia, y puede que haya arrojado de su vida a todo el que alguna vez le haya importado.

Pero que eso no nos engañe: está como un cencerro.

Y además es muy inteligente.

Así que es consciente de cuánto de defensa propia hay en su aislamiento autoimpuesto, de apartar de su vida a cualquiera que la considerase merecedora de amor.

Sere apenas se comunica con otras personas, y casi siempre a través de medios electrónicos. Los encargos que acepta para desarrollar software son siempre por esa vía. Y, desde el último que realizó —y las consecuencias desastrosas que tuvo—, no ha vuelto a aceptar más.

Esa mañana, cuando se despertó, se dio cuenta de que no había hablado con nadie que no fuera un repartidor de mensajería o la cajera del supermercado en los últimos cinco meses.

Se asomó a la ventana y vio a Consuelo, la vecina de enfrente, regando los geranios, y contempló su futuro.

El futuro al que la lleva su camino actual.

Seré una de esas ancianas, solas y tiesas en un banco, arrojando migas a las palomas. El paso lento al volver a casa, las manos arrugadas y llenas de vetas oscuras, la dignidad ligeramente artrítica de los gestos, la melancolía evidente de los in-

concebibles días finales. El torso inclinado hacia el vacío en la ventana de un quinto o sexto piso regando aplicada los geranios —como Consuelo, que la saluda con un gesto amable, al que Sere corresponde con alegría—. *Deseando que llegue a estafarme algún comercial de Tecnocasa o de Jazztel, al que sentaré en el salón y ofreceré un humilde Surtido Cuétara y un taponcito de anís.*

Va a ser que no.

Así que hoy lleva horas intentando realizar magia. Ha cogido su pareja de dados favorita. Minúsculos, rojos con puntos blancos, el último vestigio de un Juegos Reunidos Geyper perdido hace décadas.

Se ha colocado en la encimera de la cocina y ha dibujado —tiza blanca sobre el Silestone negro— un sigilo complejo y cerrado.

El deseo que ha inscrito en él es abierto y simple:

Quiero dejar de estar sola. Ahora sólo queda activarlo. *Un siete*, decide.

El siete activará el sigilo. Pero el siete no sale.

Después de más de cien lanzamientos, no ha logrado ni un solo siete.

Lo cual es imposible, se dice.

No, no es imposible. Sólo altamente improbable. Los dados no tienen memoria, por supuesto. En teoría, sólo en teoría, en un millón de lanzamientos podría obtener un millón de veces seguidas el mismo número, porque la probabilidad se reinicia cada vez.

Y, sin embargo, Sere estaba convencida de que había logrado dominar el dado para someterlo a su voluntad.

En el centésimo intento —ése al que hemos asistido antes, con el recorrido imposible entre los cacharros de la cocina—, Sere ya no estaba tan convencida. Había estado a punto de desistir.

Los dados han desertado de ella, dejándola indefensa y asustada.

Quizás sea mejor dejarlo, piensa.

No, sólo una vez más.

Sere abre mucho los ojos.

Caos.

Los dados se han detenido en el centro del sigilo, y se muestran en la posición más perfecta posible.

El cuatro, el número que simboliza el universo, el todo.

El tres, el número alquímico. La unión de lo fluido, la fuerza de la tierra y el fuego purificador.

Sere se estremece, de alegría y de miedo, contemplando los dados.

Algo va a ocurrir, algo muy poderoso.

Pero sólo si ella cumple el último paso de su ritual.

Adelanta la mano, duda. Tiene miedo. Siente como si una esquirla de hielo le recorriera la espalda. Una filtración del futuro en el presente.

La magia exige la destrucción del sigilo para completar la transformación. Un hechizo como éste, que se ha hecho esperar durante horas hasta producirse de forma impecable, tiene un potencial gigantesco. Nota vértigo en la boca del estómago, el lugar donde nace la voluntad que da impulso y energía a la magia.

También puede ser porque llevo horas sin comer.

Con un gesto leve, casi despreocupado, pasa la mano por el centro del sigilo, convirtiéndolo en un borrón y completando el ritual.

Justo en ese momento suena el timbre de la puerta.

1

Una puerta

Aura y Mari Paz esperan, impacientes.

La puerta la abre una mujer de treinta y muchos. Bajita, de rasgos redondeados y pelo rojo y rizado. Blanca como la leche.

Como la leche desnatada.

Es guapa, de ese tipo de belleza elegante que, justo con la luz incorrecta, puede resultar fea. Tiene unos ojos azules saltones y vivaces, que van a toda velocidad a las vacías manos de Mari Paz.

Manifiestan un cierto desconcierto traicionado.

Reflejan esa clase de traición que siente alguien a quien han dicho «Amazon» al telefonillo, y luego resulta que no son de Amazon, sino alguien con intenciones poco claras.

—¿Sois de Tecnocasa? ¿Ya soy vieja?

Aura parpadea, desconcertada también. Cuando se recupera, va a presentarse. Lo que no es tan fácil.

Ha dudado mucho acerca del cómo. Si utilizar algún subterfugio para conseguir entrar, y después dejar caer la bomba. Pero mentir nunca ha sido una buena forma de empezar una relación.

—Soy la persona a la que jodiste la vida —dice, adelantándose—. Y necesito que me ayudes a recuperarla.

Se hace el silencio en el descansillo.

Uno de esos silencios que sólo reinan en los trasteros de los muertos.

Mari Paz, tensa, está preparada para dar un paso al frente y poner el pie en la puerta, pero Aura la retiene discretamente tirándola de la ropa, aguardando a la reacción de la mujer.

Va vestida con un kimono de seda, amplio y de mangas anchas. Cuando levanta el brazo, las flores del estampado rielan en la tela brillante.

Aura cree que va a despedirlas —ese gesto de alzar la mano la despista— pero la mujer está mirándose la palma, embadurnada con tiza.

—Es posible... quizás...

Pasa unos segundos observándola con asombro como si contuviera los secretos del universo o la receta de las croquetas perfectas. Parece llegar a alguna conclusión trascendental.

Y luego les cierra la puerta en las narices, echa la cadena y le da doble vuelta a la llave.

Aura observa a Mari Paz, que le lanza una mirada deshidratada y se señala el punto de la chaqueta donde Aura ha tirado de ella antes.

—Si yo iba. Pero...

—Ya, ya.

Llama a la puerta. Esta vez no aprieta el timbre, sino que da un par de golpes suaves con los nudillos.

—Oye...

Al otro lado de la puerta suena un *no* demoledor, casi esdrújulo.

—Irene. Sere. Prefieres Sere, ¿verdad?

Silencio.

—Sabes quién soy. Y sabes lo que me ocurrió.

Silencio.

—Y sabes también que me sucedió por tu culpa.

—No fue culpa mía. A mí me contrataron para hacer un desarrollo, y yo lo hice.

—Te contrataron para hacer un desarrollo, cierto —dice Aura, apoyándose en la madera—. Pero tú sabías que no era inocente ese encargo. El software lo creó alguien muy inteligente, alguien que sabía lo que hacía. Alguien capaz de borrar sus huellas con precisión absoluta.

Aura habla desde la admiración, desde el respeto, creyéndose lo que está diciendo. Convirtiendo —al menos momentáneamente— la rabia que le produce lo que le hizo Sere en una energía distinta, capaz de atravesar los ocho centímetros de la puerta y alcanzar a la otra persona.

No es sólo lo que dice. Es *cómo* lo dice.

Esa capacidad de modular la voz, de untarla de miel. Eso que tenía la Antigua Aura y que perdió, a puñaladas.

Cuando hablaba, la Antigua Aura era capaz de hacer un árbol con unos muebles.

Aún está muy lejos de ese punto, cierto.

Pero está volviendo, joder. Está volviendo.

—Quiero que os vayáis —rechaza la voz al otro lado.

Está volviendo, pero despacito.

—No te conozco, Sere. No puedo juzgarte, ni voy a hacerlo. La herramienta que les diste me destruyó, cierto. Pero creo saber por qué la fabricaste.

Silencio. Expectante.

La clase de silencio que reina en el estadio cuando la bola lanzada desde la línea de tres puntos por el equipo que va perdiendo viaja hacia la canasta en el último segundo.

—Lo hiciste porque podías.

La bola pega en el aro, luego en el tablero.

—Y ahora voy a pedirte que cometas con nosotros una locura, por la misma razón.

La bola rueda en la canasta.

—Porque puedes.

Al otro lado de la puerta hay un silencio.

Después se escucha correr la cadena y girar la llave.

La puerta se abre, un par de centímetros sólo. La luz untuosa del descansillo traza un rectángulo cobrizo en el rostro de Sere. El ojo que asoma brilla, receloso y expectante.

—Aunque quisiera ayudarte... —dice, con la voz quebrada—. No digo que quiera, ¿eh? Pero si quisiera. Pues no podría. Tuve que trabajar en los ordenadores de la compañía. No me dejaron sacar ni un triste papel de allí.

Aura ya se olía algo así. Hubiese sido demasiado fácil. Y no habrían dejado a Sere tan tranquila de poder haber aportado pruebas que ayudasen a Aura. Cualquier rastro de lo que hizo habrá sido borrado hace tiempo.

—No he venido a pedirte que me des pruebas de la manipulación del fondo, Sere.

—Ah, ¿no? —dice ella extrañada—. Y eso... ¿por qué?

—Porque es lo que esperan que hagamos.

Sere sonríe, intrigada.

Aura le devuelve la sonrisa.

Aun así, Sere no está dispuesta a ceder tan fácilmente. No, sin obtener algo a cambio.

—Os escucharé —dice, abriendo más la puerta— si antes bajáis al súper y me subís un Surtido Cuétara.

2

Un surtido

—Cómete alguna galleta, si quieres —pide Aura.

Mari Paz coge la última de la bandeja de arriba —que se ha percutido ella prácticamente sola— y levanta el plástico, haciendo un gesto para mostrar que hay más debajo, que no hay por qué preocuparse.

—La abuela Celeiro siempre me dijo que como como un pajarito.

—Debía de referirse a un buitre —espeta Aura.

Aura mira a Mari Paz con envidia. Come como una leona preñada, pero no sabe dónde mete todo eso. Las calorías se esfuman de su cuerpo como el dinero del presupuesto de una película de Hollywood.

—Como os iba diciendo, la magia del caos no es lo que habéis visto en las películas de Harry Potter...

Sere habla y habla. De vez en cuando les deja intercalar algunos silencios.

La legionaria y ella están sentadas en el sofá. La anfitriona, con los pies descalzos encima de la mesa, mostrando la pedicura más perfecta que Aura ha visto jamás. Si ignoramos el hecho de que cada uña está pintada de un color.

Qué cutículas, madre.

Mari Paz, por su parte, se ha amachambrado el Surtido Cuétara y no lo suelta, mientras mira a Sere con cierta prevención galaica.

—Mi abuela era un poco meiga —recuerda—. No meiga meiga. Un *poquiño*, sólo. Tenía la mirada fuerte, decía.

—¿Mal de ojo? Eso es... otra clase de magia —dice Sere—. Respetable, *supongo.*

El temperamento de Mari Paz es, de natural, reposado. Con la temible bravura del agua mansa. Por eso sorprende que reaccione con tanta pasión al *condicional* de Sere. Las dos se enzarzan en una discusión a la que Aura no hace el menor caso.

En su lugar, curiosea por el salón.

Tampoco hace caso a los libros, ni a la decoración —salón comedor cocina unidos, todos los muebles de Ikea—. Busca fotografías, objetos personales, algo con lo que intentar descifrar a esa mujer, pero no hay absolutamente nada que le hable.

Lo que le habla, y a gritos, es la enorme cantidad de cacharros destripados que hay sobre la mesa del comedor. Una auténtica morgue de electrodomésticos, en la que Aura reconoce una Thermomix, dos batidoras, un irrigador bucal y algo que, está segura, en su día fue un Satisfyer. Todos ellos en distintas fases de análisis forense. A su alrededor hay placas base, varios soldadores, rollos de hilo de cobre y toda clase de destornilladores.

—¿Te gusta la... —duda sobre cómo llamarlo— electrónica?

—En algo hay que echar el tiempo —responde Sere, distraída, y sigue en su enfrentamiento con la legionaria, que empieza a mostrar antojo de estrangularla.

—¿Quieres una galleta? —le ofrece Mari Paz, intentando poner fin a la discusión.

—No gracias. No me gustan.

—¿Entonces para qué lo has pedido? ¿Y a quién *carallos* no le gustan las galletas, *mimá*?

—Para tener algo con lo que obsequiaros. No sé, me pareció lo apropiado.

—No tendrás un cafelito —pide Mari Paz, que la media caja se la ha bajado a palo seco.

—No tomo café. Dicen que me acelera mucho —explica Sere.

—¿Y una cerveza?

—Uy, no, qué asco. ¿Quieres un Red Bull?

—Definitivamente, *muller*, tú y yo no nos vamos a llevar bien nunca —dice Mari Paz, levantándose y yendo al fregadero para beber a morro del grifo.

Aura se sienta frente a Sere —tiene que apartar una pila de libros de un sillón Poäng— y se inclina hacia ella.

—Supongo que tendrás curiosidad por...

—¿Por cómo me encontrasteis? —interrumpe la anfitriona—. Desde luego. Se supone que mi contrato era confidencial. Me pagaron mucho dinero por eso.

Aura intenta ignorar la última frase. Todo lo que se lo permite el recuerdo del saldo de tres cifras de su cuenta corriente, al menos.

—Nos infiltramos en la empresa, y se lo sonsacamos a Ginés.

—Ese tío es un mierda —responde Sere. Las tres asienten, al mismo tiempo.

—¿Se puede saber cómo lo hicisteis? Porque me tiré trabajando allí muchos meses y ese sitio es una fortaleza.

—Fue una operación estudiada al detalle —tercia Mari Paz, que vuelve de la cocina secándose la boca con la manga de la chaqueta.

—Ya te lo contaremos. Pero antes déjame que te explique por qué estamos aquí de verdad.

Aura hace una pausa antes de continuar. No quiere equivocarse, porque todo su futuro depende de que su plan salga bien. Y la única forma en la que puede salir bien es si Sere acepta venir con ellas. Tiene que elegir sus palabras cuidadosamente. Ha preparado un discurso grandilocuente, en el que aborda el asunto desde todas las perspectivas posibles. Comenzando por sus aspectos morales.

—Digamos que vivimos en un mundo donde no todo es blanco o negro...

—Omitir introducción —pide la anfitriona.

Aura suspira.

—Lo que queremos es reclutarte para un robo.

—Vale —responde Sere, al primer bote.

Mari Paz y Aura se miran, asombradas.

—Así, ¿sin más? —pregunta la legionaria. Sere se encoge de hombros.

—Me aburro.

—No te hemos dicho lo que vamos a robar.

—¿Qué más da?

Mari Paz se rasca la cabeza y le hace un gesto a Aura de «yo me lavo las manos».

—Espero no incomodarte —dice Aura, hablándole muy despacio—, pero me gustaría saber por qué acabas de apuntarte tan deprisa a un acto criminal con dos desconocidas.

Buena pregunta, piensa Sere.

Ella, por dentro, lleva su propio torrente de ideas contradictorias. Intentar seguir sus pensamientos es como cantar una canción mientras escuchas otra, como tocar dos pianos al mismo tiempo o correr los cien metros vallas de espaldas. *El mundo está muy mal, lo dicen las noticias, y vamos a morir todos, así que qué más da; y si vamos a morir, mejor no morir anciana, aburrida y devorada por los gatos —tendría que comprarlos primero—; y, sobre todo, el hechizo ha funcionado, pedí no estar sola y llaman a la puerta.*

—Por las noticias y los gatos. Y por más cosas, cosas mías —responde, limpiándose los pocos restos de tiza que aún le quedan en las manos.

Más miradas desconcertadas.

Pero Aura no está dispuesta a mirarle el dentado al caballo. O, en este caso, el test psicotécnico.

—Pues venid conmigo, que os voy a contar mi plan.

3

Otro plan infalible

—No me puedo creer que no tengas conexión USB.

—Tengo un radiocasete, rubia.

—¿Funciona?

—Se tragó la última cinta y ya no se puede sacar. ¿Te gusta Serrat?

Sí, a Aura le gusta Serrat, pero no es el momento.

—Necesito una música muy concreta.

—Mi coche tiene USB —interviene Sere, desde el asiento de atrás. Aviso que llega un poco tarde, porque ya llevan diez minutos de trayecto.

—¿Para qué quieres la música?

—Por la tradición. Por creérnoslo.

—Sigo sin entenderlo —dice Mari Paz, que ya ha escuchado esto antes.

—Ya lo sé.

Aura, en el asiento del copiloto, saca su teléfono y busca en Spotify. Es la versión gratuita, así que se van a comer algún anuncio entremedias. Es lo que hay. Generar el clima adecuado para lo que va a suceder es importante.

Tampoco ahora va a lograr transmitir qué es lo que quiere que sientan sus...

¿Qué es lo que son?, se pregunta Aura, mirando a Mari Paz y a Sere. Una con la mirada fija en el atasco de la M30.

«Cómplices» es la primera palabra que le viene a la cabeza. Pero es fea.

«Secuaces», también. De ahí hacia abajo en la lista de sinónimos, vamos a peor.

«Compañeras» es la que tendrá que hacer valer. No es que le convenza, porque no se lo han ganado aún. Pero la vida está hecha de pactos, casi siempre para minimizar las pérdidas. Uno trabaja con lo que tiene, e intenta estar a la altura.

Como esta versión de Spotify.

Lo que Aura busca, e intenta transmitirles a sus compañeras, es una sensación muy concreta y poderosa. Difícil de conseguir en la vida real, que no nos suministra cortes, fundidos y transiciones. Que no nos deja hacer paneos, ni contraplanos. Pero, con un poquito de imaginación y la música adecuada...

Años 50, eso seguro.

¿Elvis? No, algo sin voz. Metales y percusión. Jazz. Pero latino.

De pronto, le viene a la mente la música perfecta.

Touch of Evil, de Henry Mancini. El tema principal.

—Tendrá que valer así —dice, poniendo el altavoz del teléfono y dándole al play—. Es menos espectacular, pero os hacéis a la idea, ¿vale?

La música comienza, atacando con toda la orquesta. Los bongos empiezan el ritmo, al que se unen los saxos.

Algo que podrían escuchar George Clooney o Frank Sinatra mientras se aflojan la corbata y empiezan a desgranar el plan, mientras van cambiando de escenario y el montaje se va haciendo cada vez más acelerado...

—Ves demasiadas películas —dice Mari Paz, sacudiendo la cabeza.

INT. COCHE DESTARTALADO - DÍA

Las tres protagonistas miran por las ventanillas en
dirección a un chalet de alto standing en Aravaca,
cuyas paredes inmaculadas se intuyen al otro lado de un
seto. Mari Paz se enciende un cigarro y deja la cerilla
con mucho cuidado en el cenicero del coche. El barrio
no es de los que invitan a tirar desperdicios al suelo.

                    AURA
        Os presento la casa de Henri
        Toulour. Marchante de arte de
        cuarta, estafador ocasional y
        alguna cosa más que no daría ni
        para pagar el pomo de la puerta de
        este casoplón.

                    MARI PAZ
        E como o fai? ¿Imprime billetes?

                    AURA
        Lo más parecido. Tiene un casino
        ilegal.

                    SERE
            (Con la frente pegada
            al cristal, intentando
            ver mejor)
        La probabilidad de cualquier juego de
        casino se inclina hacia la banca un
        uno por ciento. Por eso siempre gana.

                    AURA
        Más, si haces trampas. Y Toulour no
        es de los que deja nada al azar.

                    MARI PAZ
        ¿Cómo conoces a este tío?

Aura, sin volverse, señala a su espalda. Al otro
lado de la calle, donde vemos otro chalet más
humilde que el primero.

                    AURA
        Porque yo vivía enfrente.

Sus compañeras se giran, con curiosidad. De forma
ostensible, Aura permanece de espaldas a su antigua casa.

                    MARI PAZ
        Mi madriña, rubia. Estabas montada
        en el dólar, ¿eh?

                    SERE
            (con la frente pegada al
            cristal opuesto)
        ¿Tenías piscina?

                MARI PAZ
            (volviéndose)
        ¿Es aquí donde tiene el casino?

                                        CORTE A

EXT. URBANIZACIÓN DE LUJO - DÍA

                    AURA (OFF)
            No. Toulour es muy hábil y muy
            astuto.

Vista aérea de las tres, caminando por una acera
estrecha, en formación. El viento agita el kimono de
Sere y el abrigo de Aura. Al otro lado de la
urbanización hay un *cul-de-sac*, en el que se alzan
otros dos chalets.

                    AURA (OFF)
            Cuando se instaló en España, hace
            más de diez años, compró tres
            terrenos en esta urbanización.

Continúan caminando en dirección a los chalets,
situados al final de una cuesta descendente. Vemos
los edificios desde arriba. Parecen dos inocentes
casas unifamiliares. Salvo por los muros altos y
los dos guardias armados.

                    AURA (OFF)
            En uno, hizo su casa. En otro,
            instaló el casino. Un club
            exclusivo destinado a los ricos y
            poderosos, al que sólo se puede
            acceder con invitación de otro
            socio...

                                        CORTE A
INT. CASINO - NOCHE

La voz de Aura sigue acompañándonos, mientras
recorremos el interior del primer chalet, entrando
por la puerta como si fuéramos uno de los clientes,
mientras un portero trajeado nos la abre.

                    AURA (OFF)
        ... sin más reglas que las que marca
        Toulour.

Vemos a toda velocidad las mesas de juego,
atestadas de gente elegante que bebe, consume
cocaína y apuesta. El lugar apesta a depravación.

                                        CORTE A

EXT. URBANIZACIÓN DE LUJO - DÍA

Las tres contemplan los dos edificios desde un parque
infantil desierto, desde el que se ven bien los
edificios.

                    AURA
        En el último de los chalets instaló
        su propio banco.

                    SERE
               (silbando)
        Menudos muros.

                    AURA
        En el casino no se juega dinero en
        efectivo. Si quieres jugar, tienes
        que venir antes aquí y comprar las
        fichas. Aquí es donde está todo el
        dinero. Más de diez millones de
        euros, en un fin de semana
        caliente.

                    MARI PAZ
        Por fin.

                    AURA
        Por fin, ¿qué?

                    MARI PAZ
        Por fin sabemos lo que vamos a
        robar.

                    AURA
               (ominosa)
        Ni lo sueñes. Habría que ser idiota
        para intentar atracar este sitio.

                                        CORTE A

EXT. URBANIZACIÓN DE LUJO - DÍA

A vista de pájaro, recorremos el espacio que dista
entre las cabezas de las tres mujeres y el segundo
chalet. Al igual que el otro, no tiene ventanas en
la planta baja. Las de la primera planta están
cerradas y con las persianas echadas. Seguimos
acercándonos y esta vez nos colamos por el ojo de la
cerradura de la entrada.

                    AURA (OFF)
          La puerta exterior es una hoja de
          acero galvanizado, camuflado de
          puerta normal.

Seguimos avanzando, cada vez más rápido. Vemos una
especie de entrada falsa, y al otro lado, un arco
detector de metales custodiado por dos hombres.

                    AURA (OFF)
          Hay guardias armados con escopetas. Y
          no son precisamente de una empresa de
          seguridad homologada.

Vemos sus tatuajes, los anillos, colgantes y
dientes de oro.

                    MARI PAZ (OFF)
          ¿Matones?

                    AURA (OFF)
          Gente violenta. Gente mala.

Más adelante, por el pasillo, nos cruzamos con alguno
más. La luz ultravioleta y las miradas torvas nos
invitan a largarnos de allí cuanto antes.

                    AURA (OFF)
          Y el lugar en donde Toulour guarda el
          dinero es simplemente impenetrable.

Atravesamos el suelo, en un ángulo imposible, y
llegamos al sótano, donde vemos una inmensa puerta
de acero.

                    AURA (OFF)
          Una cámara acorazada con una puerta
          de tres toneladas y veinte
          centímetros de espesor. La
          combinación sólo la tienen Toulour y
          su tesorero, un sordomudo llamado
          Jairo.

Vemos a un hombre bajo y calvo saliendo del interior de la cámara. A su espalda, y antes de que se cierre con un golpe retumbante, intuimos, más que vemos, un montón de billetes dispuestos en enormes fajos apilados.

CORTE A

EXT. URBANIZACIÓN DE LUJO - DÍA

Vemos a Sere levantando la mano.

>   SERE
>   ¿Cómo sabes todo eso?

>   AURA
>   (Algo molesta por la
>   interrupción)
>   Toulour... va de *fucker* por la vida.
>   Y uno de sus truquis es enseñar su
>   cámara acorazada a sus objetivos.

>   MARI PAZ
>   (con otra clase de
>   molestia)
>   ¿Ese memo intentó meterse en tus
>   bragas?

>   AURA
>   Tenías que verle.

INT. SEGUNDO CHALET, SÓTANO - DÍA

Toulour, un hombre de unos sesenta años, con la camisa abierta dejando ver el pelo cano del pecho, recibe una carpeta del tesorero. La abre, comprueba unas cifras y sonríe. Su sonrisa es imposiblemente blanca y grimosa, y contrasta con su piel sudorosa de color naranja.

>   AURA (OFF)
>   La única manera de acceder al
>   sótano es a través de la sala de
>   conteo.

Dejamos atrás a Toulour y al tesorero, y vemos la sala de conteo. Varias máquinas cuentan billetes de cien sobre las mesas. Fichas desperdigadas.

>   AURA (OFF)
>   A la que sólo se puede acceder por el
>   mostrador de cobro.

Avanzamos hasta la siguiente sala, el lugar al que
nos conducía el pasillo por el que hemos entrado en
el chalet. Es un humilde mostrador con un ordenador
y una gruesa pared de cristal con una ventanita
como las de los estancos.

> AURA (OFF)
> Que tiene una pared de cristal
> antibalas y una cerradura que no se
> puede forzar. Cuya llave no
> tendremos.

CORTE A

EXT. URBANIZACIÓN DE LUJO - DÍA

Sere levanta la mano de nuevo.

> AURA
> ¿Sabes que no hace falta que levantes
> la mano, verdad?

> SERE
> Es mi primer robo, así que
> perdonadme si pregunto alguna
> tontería.

> AURA
> Adelante.

> SERE
> ¿No es un poquitito difícil?

> MARI PAZ
> (Poniendo los brazos en
> jarras)
> No es difícil. Es imposible. Nadie puede
> atracar este sitio.

> AURA
> (sonriendo misteriosa)
> ¿Y quién os ha dicho que vayamos a
> atracarlo?

4

Un letrero

El coche de Mari Paz se detiene frente al inane edificio con un traqueteo de la inoperante suspensión. Hubo un tiempo en que, sobre la puerta, un grupo de letras de bronce, atornilladas una a una en el ladrillo, proclamaban PABELLÓN DE SUBOFICIALES. Hoy, de esas veintidós letras quedan seis. Tres enteras, dos partidas y una colgando. Lo que fue, hay que intuirlo por las cicatrices que el tiempo y la intemperie dejaron indelebles, a través del bronce, en la piel del edifico.

La legionaria siente un arrebato de orgullo melancólico al ver el letrero venido a menos, como siempre. No es capaz de traducir a pensamientos lo que le bulle por dentro, como siempre. De algún modo sabe, o intuye, que algo de esas letras olvidadas hay en ella, algo de ella en las letras olvidadas, y algo de justicia en las marcas que han dejado.

Isto contado perde, como decía siempre la abuela Celeiro.

Cuando a Mari Paz le arrebata esa melancolía a la que no es capaz de poner nombre, lo que suele hacer es abrirse una cerveza o siete, e ir trasegando hasta que se le pase. Las suele dejar en el asiento del copiloto, aunque se calienten, porque no se trata tanto de que estén frías como de que estén a mano.

Pero esta vez en el asiento del copiloto no viaja un cartón de *milnueves*, ni siquiera una humilde litrona. Viaja Aura Reyes, que se asoma por encima de su hombro y le arranca de la morriña.

—No sé si acaba de convencerme, esto.

Mari Paz observa a Aura con atención, y luego sonríe, animosa.

—Ya hemos hablado, esto.

Y es cierto. Llevan dos días hablándolo, esto.

—Tu plan es muy bueno —le había dicho Mari Paz a Aura—. Salvo por la parte de que nos van a pillar a todas y acabaremos muertas.

Aura protestó, y volvió a explicar el plan desde el principio. Esta vez cambiando algún elemento de sitio. La parte tecnológica estaba clara. Todo lo referente a la intervención de Sere, también. Incluso les había modificado los teléfonos móviles para allanarles un poco el camino.

Pero el problema seguía ahí.

Al final siempre llegaban al mismo cuello de botella.

—Demasiado tiempo desde que salgamos hasta que llegues al chalet de enfrente.

—Serán tres minutos —protesta Aura.

—Para otras personas, tres minutos pueden ser un periodo minúsculo. No en esta situación —insiste la legionaria.

—Vamos a repasarlo otra vez.

Y así se tiraron dos días, sentadas en el salón de casa de Aura, mientras las niñas iban y venían de su cuarto sin enterarse aparentemente de gran cosa. Dos días preciosos, que no se podían permitir, porque el reloj se le echaba encima a Aura.

—Necesitamos más gente —sentenció la legionaria, al cabo de ese tiempo.

Aura reaccionó regular a la sugerencia. Arrojó al suelo su cuaderno de notas, y salió echa una furia a la calle, tratando de serenarse. Cuando regresó, traía en la mano sendas ofrendas de paz. Un par de cervezas para Mari Paz y un Red Bull para Sere.

—Lo siento. Es mi frustración la que habla.

—Yo también oigo voces, no te preocupes —apuntó Sere, siempre dispuesta a ayudar—. Al principio choca, pero en cuanto te acostumbras hacen mucha compañía.

Mari Paz miró a la informática con ganas de estrangularla y se llevó a un aparte a Aura, cogiéndola del brazo.

—¿Qué es lo que te preocupa, rubia? —preguntó, con voz suave. Aura apartó la mirada, un poco avergonzada tras su arrebato de antes.

—¿Es por la pasta? Ya te he dicho que lo que nos cuesten los nuevos efectivos...

—No, no es el dinero. Sacaremos mucho más de lo que necesito. Incluso con lo que costará blanquearlo.

—¿Entonces?

Aura se apoyó en el alféizar de la ventana abierta, mirando hacia la calle estrecha, en la que la luz del día ya había iniciado su retirada, cediendo el sitio a las farolas. En la acera, la gente iba y venía con sus preocupaciones y sus minucias de gente. Con sus andares de gente, sus sonrisas de gente y sus defectos de gente.

—Llevo mucho tiempo planeando esto...

—Y tienes miedo a perder el control, ¿verdad?

Aura asintió, con los labios apretados, y haciendo visibles esfuerzos por no echarse a llorar.

—Me juego mucho —dijo, al cabo de un rato.

—Eso ya lo sabemos —contestó Mari Paz, sacando los útiles de fumar, e iniciando su ritual—. Pero ya viste lo que te duró el plan el otro día en la oficina, ¿no?

Aura sonrió, al recordar el caos que se había formado, y del que habían salido ilesas por pura potra.

—Tengo aún mucho que aprender.

—*Non tal*. Improvisaste sobre la marcha, y nos sacaste de ahí.

—Aun así, si hubiera planificado...

Mari Paz pone los ojos en blanco.

—*E outra vaca no millo*. ¿Sabes lo que decía el rapaz ese... el negro enorme que boxeaba?

—¿Ali?

—No, el otro. El comeorejas.

—¿Tyson?

—Ése, ése —aprueba la legionaria, apoyándose también en la ventana y golpeando el cigarro, que ya había cogido forma, contra el cristal—. Dijo una vez que todo el mundo tiene un plan hasta que le llega la primera hostia.

Mari Paz conoce muy bien el concepto, porque lo ha vivido en decenas de ocasiones. Una vez, a punto de hacer un salto en paracaídas con apertura a baja altura, en una misión en Irak, en el año 2003. El plan era muy simple. Aterrizar detrás de un poblado de insurgentes. Eliminar la resistencia, aprovechando la ventaja de la altura, y regresar en helicóptero.

La operación era secreta, no sancionada y absolutamente extraoficial, como tantas en las que había participado. El mapa que les habían dado era un mapa sin nombres. Un poblado a los pies de la ladera de una montaña. Demasiados civiles, imposible utilizar la artillería. Y el poblado estaba en mitad de la ruta de suministros de ayuda humanitaria de las Naciones Unidas.

Nadie contaba con que un frente de bajas presiones provocase un ventarrón localizado, que mandó el equipo de operaciones especiales al lado contrario de donde se suponía que tenían que aterrizar.

Estuvieron dos días y tres noches en el punto dulce del fuego enemigo. Atrapados en una zanja, sin apenas comida ni agua. Dos días y tres noches en los que nadie pudo ir a ayudarles, porque ellos, simplemente, no estaban allí.

Quiso hablarle de eso a Aura. Querría contarle que, por mucho que le encante que los planes salgan bien, nunca lo hacen. Pero no supo cómo hacerlo. Ni siquiera pudo empezar a describir el miedo a bordo del avión, la angustia del salto en la oscuridad. El pánico cuando el viento te arrastra fuera del lugar en el que debes caer. La desesperación de resistir, por pura voluntad de supervivencia. El alivio desapegado y confuso cuando, finalmente, el centro de mando coordinado decidió sin más bombardear la aldea, arrasando con todo. Salvándoles la vida, por supuesto. Pero convirtiendo en inútil su sacrificio.

Quiso hablarle de todo eso, pero no supo. Porque las palabras —incluso las de alguien que sepa hilvanarlas, trazar con ellas líneas en el aire y formar mensajes valiosos y significativos— llegan hasta donde llegan. Porque hace falta un hacha muy grande para romper el mar helado que le cubre el corazón, donde se custodian esos momentos que morirán con ella, sin haberlos compartido nunca.

En lugar de hablarle de eso, le soltó una frase de Mike Tyson, y siguió fumando, echando el humo a la calle llena de gente con preocupaciones de gente.

Debió de servir de algo la perogrullada, porque aquí estamos, piensa Mari Paz, arrastrando a Aura fuera del coche.

Aquí es un edificio de cuatro alturas al final de una urbanización en el paseo de Extremadura.

En su día se llamó Colonia Militar de Cuatro Vientos. Un grupo de edificios construidos en mitad de la nada para acoger a militares con pocos recursos. Eran los años cincuenta, faltaban casas y sobraba sitio.

Pasaron setenta y pico años, en los que les pusieron un metro y una cafetería, y con eso concluye el desarrollo urbanístico del bario.

Muchas de las casas del barrio están en malas condiciones, desde que quedaron en manos del Estado. Pero la que se lleva la palma es este antiguo Pabellón de Suboficiales, en el paseo de Alabarderos. Que por mucho letrero de bronce que hubiera, nunca fue otra cosa que un bloque de pisos, y que hoy amenaza ruina.

Aura tuerce el morro al cruzar el portal, que no cierra del todo bien. Hay manchas de humedades en las paredes, de óxido en el pasamanos y de moho en la puerta del ascensor. Del cartel de NO FUNCIONA, ni hablamos, porque lo han robado, seguramente cuando robaron la puerta de la que colgaba. Unos tablones clavados con gran meticulosidad impiden que la gente caiga al hueco.

Aura arruga aún más el morro.

—No me imagino quién puede vivir aquí que pueda sernos de utilidad.

Mari Paz se apoya en el pasamanos, con cuidado de no mancharse, y se pone seria. Muy seria.

—Vas a conocer a gente que es importante para mí, rubia. Así que *cuidadiño*, no te me confundas.

—Sólo digo...

—Sé lo que has dicho, y lo que querías decir. ¿Quieres saber quién vive aquí? Gente como tú. Gente a la que han vapuleado, a la que le han quitado todo. Pero no llevan así un par de años, como tú. Algunos llevan así toda la vida. Toda su puta vida peleando por asomar la cabeza por encima del agua.

Hace una pausa.

—Y no te equivoques. Hoy venimos a pedir ayuda. Porque como éstos no nos echen una mano, habrá que rilarse, *¿oíches?*

Aura agacha la cabeza. Jodida, claro.

Que te echen la bronca con esa vocecita dulce y musical como la de Mari Paz duele el doble, porque la bronca llega, pero va envuelta en cariño, o algo tan parecido que lo hace indistinguible. Bien lo sabe ella, que el tono que acaba de emplear es el que la abuela Celeiro empleaba con ella cuando se lo merecía.

—Intentaré tener la mente abierta —dice Aura.

La legionaria intenta suavizar un poco el gesto, aunque el esfuerzo del rapapolvo la ha dejado agotada. Pero la receptora de la bronca la ha encajado con deportividad, y eso ya es suficiente.

—Venga, alegra esa cara, rubia —dice, dándole una palmada en la espalda que la impulsa escaleras arriba—. Que lo que vas a vivir ahora no lo vas a olvidar nunca.

5

Un cuarteto

Las bulerías bajan por el hueco de la escalera a la que ellas suben. Y eso que la puerta del piso —el cuarto derecha— está cerrada a cal y canto. Hay varios segundos en los que el estruendo de eslabones, manijas y cadenas se impone a la música. Y, finalmente, cuando la puerta se abre, las bulerías vuelven a invadir todo el aire disponible.

Son tus manos las cadenas, ay qué bonito presidio, para sufrir yo mi condena.

(pero con muchas más vocales)

La música no es lo único que le salta a la cara a Aura, porque detrás de José Mercé, surge un olor a ajo y pimiento verde.

Y, enmarcado en el olor y el sonido, el ser humano más feo que Aura ha visto en su vida.

Calvo, esmirriado, de edad indeterminada. Con los ojos achinados y menos dientes que una serpiente de plástico.

Aura se sorprende de que una sonrisa pueda tener tantas ausencias y al mismo tiempo esté tan llena de alegría y honestidad.

—¡Mi sargento —grita el buen hombre—, ha llegado Celeiro!

—Buenas tardes, Chavea —dice Mari Paz, abriéndole los brazos.

El Chavea se lanza al hueco como un golden retriever a una cama elástica. Ella le saca una cabeza, con lo cual él puede apoyar la suya en las partes más mullidas de Mari Paz, a la que no parece importarle demasiado.

—Qué bueno verte. Nos tienes abandonados.

Entre el acento sevillano cerrado y la falta de incisivos, la pronunciación tenía muchas menos consonantes, pero sorprendentemente resultaba comprensible de todas formas.

—Ea, *compañeriño* —dice Mari Paz, apartándole del abrazo—. Quita para allá.

El Chavea se separa a regañadientes, y mira a Aura con atención.

—¿Ésta es la jefa?

—No te adelantes, Chavea. Primero que os conozca a los cuatro.

El aludido no es de los que se reserva lealtades. Estrecha la mano de Aura y le dedica una sonrisa candorosa, que Aura se encuentra devolviéndole con la misma intensidad. Es imposible mirar a esos ojos negros y limpios sin sonreír.

¿Dónde me has traído, Mari Paz?, piensa. Pero ya no con la desconfianza de antes, sino con la mente abierta que le prometió después de la bronca.

—*Venirse*, que llegan ustedes a tiempo para comer algo.

—Huelo a gazpacho —dice Mari Paz, mientras le siguen pasillo abajo.

—El sargento está haciendo, pero ése ya para mañana. Algo frío tiene que haber en la nevera, digo.

El piso no es muy grande, pero tiene tres habitaciones y un salón con su cocina incorporada. Los muebles son viejos y están desportillados, pero en el lugar reina una limpieza impoluta y un orden espartano. Los pocos libros de la estantería, clasificados por colores. Las revistas de la mesita, ordenadas por alturas. Las sillas, a milimétrica distancia unas de otras, igual que los cubiertos, que aguardan a...

—Las invitadas, mi sargento —anuncia el Chavea al entrar.

Inclinado sobre los fogones, un hombre achaparrado y ancho hace gestos de que esperen un momento, y sigue dándole matraca a la batidora.

Cuando se gira, con un cigarro a medio fumar colgando del labio inferior, lo hace con gesto adusto.

—¿Pero no les has ofrecido que se sienten, animal? —grita, agitando la batidora en dirección al Chavea—. ¡Anda, que parece que te has criado en un establo!

Aura sonríe de nuevo ante la imagen del hombre, en camiseta interior Abanderado llena de salpicones de gazpacho, reclamando la más elemental urbanidad.

—Deja en paz al rapaz, Málaga —le tranquiliza Mari Paz—. Que ni tiempo le ha dado.

—Tiempo es lo que le sobra, rediós —dice el tal Málaga. Tiene la voz cazallera, habla con la garganta—. Llevo toda la mañana deslomándome en la cocina, y éste sólo ha puesto la mesa, y dando gracias. *Jarto* de magras y falto de cordoncillo, que decía mi santa madre.

Se acerca a ellas limpiándose las manos —del tamaño y forma de tapas de cacerola— y se cuadra delante de Mari Paz.

—Buen viento te trae, Celeiro.

—Bueno me lleve, Málaga —dice la legionaria, devolviéndole el saludo.

—Usted debe de ser la patrona —dice el hombre, adelantándose a estrecharle la mano—. La genio de la estrategia.

Aura mira a Mari Paz, que le hace un discreto gesto de negación con la cabeza. Y comienza a entender el porqué de la bronca. No venía tan sólo del menosprecio que Mari Paz intuía en los prejuicios de Aura. Aquí no ha venido a que la convenzan. Aquí ha venido a convencer.

—Mari Paz me ha hablado mucho de sus amigos —responde, prudente.

—Pues adelante, señora. Cuatro lejías para servirle.

—¿Lejías?

—Es como nos llamamos los legionarios. Mas cortito, ya me entiende usted.

El Málaga debe de medir metro sesenta de alto y otros tantos de ancho. Los cincuenta ya no los cumple, aunque con estos hombres es difícil saberlo. Su rostro es tristón y con más surcos que un campo recién arado. La piel, como cuero viejo. El bigote, tan frondoso y negro, en contraste con la barba, blanca y rala. Que apenas deja ver la sonrisa —cautelosa, analítica— que hay debajo.

—Es un placer poder visitarles.

—Diga usted que sí, que no hay que comprar el burro sin darse una vuelta. Niño, vete a avisar a los otros, que se van a enfriar los flamenquines, *arfavó*.

El Chavea desaparece por el pasillo, y vuelve al poco seguido por un par de figuras.

La primera es un sesentón alto y delgado, de orejas grandes y nariz chata y roma subrayada por un bigotito fino, que aparece con un libro en la mano. Saluda con afecto a Mari Paz, y se inclina ante Aura.

—Es un auténtico placer conocerla, señora Reyes. Cabo segundo Gordillo, para servir a Dios y a usted.

—Llámale Caballa, y acabamos antes —dice Mari Paz, que ya se está sentando a la mesa y sirviendo agua en los vasos de todos.

—Oh, no quisiera... —empieza Aura.

—No se preocupe, señora. El calificativo no es de mi agrado, si bien no puedo hacer nada para sacudírmelo de encima.

—No se te ocurra preguntarle por qué le llaman Caballa —dice Mari Paz, mirando impaciente las fuentes frente a ella.

—Le llamaré como usted me diga, señor Gordillo —dice Aura, con una sonrisa.

Ante aquella delicadeza, el Caballa se pone del mismo color del gazpacho que aguarda sobre la mesa, y se hace a un lado.

—Por mí no te levantes, Celeiro.

—Tú primero, Angelo.

El que ha hablado es el último de los cuatro hombres. Viene en una silla de ruedas de primera generación, de cuando se inventaron. Alguna vez los radios estuvieron cromados, hoy están hechos cisco. Los neumáticos, llenos de parches. Como su ocupante, que se acerca a Mari Paz y le da una colleja.

—A que me levanto de verdad... —dice ella, riendo.

Angelo la ignora y rodea de nuevo la mesa con gran habilidad para situarse frente a Aura.

—Angelo Mancini —dice, tendiendo la mano.

—Aura Reyes —responde ella, tendiendo la suya.

El apretón del hombre es como unos alicates. Sorprende tanta fuerza en alguien cuyas extremidades inferiores son inexistentes. De cintura para arriba, es todo lo contrario. Angelo lleva la camisa con las costuras reventonas, de la cantidad de músculo que hay dentro.

—Aquí el artillero de la unidad, señora. Explosivos, demoliciones, munición. Lo que usted necesite.

—¿Me perdonará usted, Angelo, si le digo que no me gustan las armas?

Angelo debe de rondar los cuarenta y muchos. Con la mitad de años tuvo que ser lo que las niñas llaman un *faquer*. Tiene rasgos duros, angulosos, y el rostro cuidadosamente afeitado. En él se dibuja el disgusto más catastrófico imaginable.

—¿Y usted qué sabrá, señora? ¿Ha probado a volar un vehículo en movimiento?

—No he tenido ocasión, no.

—Pues no sabe qué experiencia. *Bum, bum.* El olor del plástico requemado, la gasolina...

—Me lo pinta usted tan bonito...

Angelo se encoge de hombros.

—En mi Nápoles natal hay un dicho: conocer es amar.

—*Forse cambierà idea a lungo andare* —responde Aura, que el Erasmus lo hizo en Roma, y chapurrea un poco.

—¿Cómo dice? —responde Angelo, azorado.

Aura mira por encima del hombro de Angelo, y ve cómo los otros tres ocupantes del piso y la propia Mari Paz le hacen gestos desesperados de que no siga por ese camino.

Aura, confusa, echa cuentas. Suma el acento del hombre (tirando a extremeño) y una cara de español (que no puede con ella), le resta la presunta nacionalidad italiana (a todas luces falsa).

—Ah. Disculpe. Quería decir que quizás me haga cambiar de opinión a la larga.

—Si ve usted como hablando clarito... —Angelo sonríe, complacido.

—Pues vamos a la mesa, que hay que hablar clarito de muchas cosas —ordena el Málaga.

Y así lo hacen.

6

Un gazpacho

Aura no recordaba una comida tan alegre desde...

Nunca, quizás.

No es cierto, por supuesto. Pero hay una brecha tan enorme en su vida, tan infranqueable, que todo lo anterior a la muerte de su marido ha quedado a una distancia insalvable. Sus recuerdos, los recuerdos felices de antes, pertenecen ahora a otra persona. Una que nunca se hubiera sentado a una mesa como ésta.

Y en los dos últimos años ha habido muy pocas ocasiones para la alegría.

Hay gazpacho, fresco, riquísimo, sin un solo grumo.

Hay papas a lo pobre, muy tiernas, doraditas.

Hay flamenquines, bien empanados, directos a las cartucheras.

Pero, sobre todo, hay algo que no está puesto encima del

hule desgastado, sobre el que van y vienen los platos, de los que todos se van sirviendo. Algo que flota, entrecruzándose con los alimentos. Que no entra por la boca, sino por las orejas, y que no acaba en el estómago, sino un poco por encima.

Aura lo percibe en el retruécano, en la broma pesada, en la pulla indecorosa y en el sutil piropo.

Cada uno de ellos por separado, y a trompicones, desgrana su historia. Historias duras.

Historias de legionario.

Empieza el Chavea, por ser el novato del grupo. Cuenta cómo se apuntó a la Legión en el 93, huyendo de una vida de miseria. Allí, como todos, encontró una familia. Un propósito. Estuvo en Irak y en Afganistán. Le hirieron en la cabeza durante la Operación Bold. Trastorno neurológico no reconocido durante una misión no reconocida. Enganchado a la heroína fumada durante cuatro años.

Acabó en la cárcel un par de años por un atraco. Su primer y único delito. Malvive con lo que le quedó de pensión, como todos. Fue el último en llegar al piso compartido, un oasis tras años viviendo en la calle. El Málaga se lo encontró durmiendo en un banco, le vio los tatuajes del tercio, y casi lo secuestró a punta de pistola. Lo desintoxicó del jaco. Los porros no los dejó.

—Porque la grifa no es droga droga.

Sigue el Caballa, que más que soltar las frases, las enhebra. Toda la grasa que le falta en el cuerpo la lleva en el habla. No cuenta su historia, la glosa. Que es muy leído, siempre va con un libro en la mano y nunca ha mancillado su piel con tatuajes, como los otros. Bebe poco, nunca fue con moras y no se droga. Es de Ceuta, pero pasó los últimos años en Ronda. Fue instructor de tiro en el Serrallo, un hacha en el combate a larga distancia. Se casó una vez, en los 70, pero...

—Dios no me dio hijos, ni a mi mujer tampoco. Que si se los hubiera dado, no serían míos.

La quiso toda su vida, a pesar de sus infidelidades. Cuando enviudó, hace seis años, se quedó sin nada. Y aquí acabó, con sus libros, su soledad y su melancolía.

Angelo es de poca charla y mucha chanza, pero entre broma y broma, Aura saca en claro que se alistó en el 88 diciendo que se llamaba Angelo Mancini, aunque no habla ni una palabra de italiano. Todos saben que es de Coria, pero le siguen la corriente porque un legionario es de donde él dice, no de donde pone en el carnet de identidad.

Sirvió en el Tercio Alejandro Farnesio, y fue a Bosnia, como tantos. Puso a prueba su experiencia en la desactivación de explosivos en treinta ocasiones.

—¿Fue así como se quedó usted en la silla?

—No, qué más quisiera. Me cayó encima un BMR.

Aura aprende que un BMR es un vehículo blindado con capacidad para siete hombres, fabricado en Santa Bárbara. Que tiene una enorme capacidad para superar pendientes laterales y pasar zanjas. Que no se debe conducir borracho, de madrugada, por una apuesta, porque te puedes dar contra un árbol, salir para ver si lo has rayado mucho y que vuelque pillándote debajo.

—No me reconocieron la minusvalía. Cabrones todos. Que si me lo había buscado yo solo... ¡Cabrones!

Y luego está el Málaga, que es de donde su propio nombre indica. Sargento chusquero y líder del pelotón. Que fuma un Fortuna tras otro, hasta tres paquetes al día. Así tiene la voz. Entre eso y las frases apocalípticas que suelta, es como escuchar a Gloria Fuertes anunciar el fin del mundo.

Los ojos tristes vienen de un día, en Bosnia, en que vio caer delante de él a su teniente. Desplomado en el suelo, de un tiro en el cuello. Con la vida escapándosele a chorretones, empapando las piedras del puente de Mostar. Cuando se lo llevaron, alguien echó un balde para limpiar el estropicio. El Málaga, apoyado en el pretil, vio la sangre de su mejor amigo caer por el desagüe, trazar un arco y aterrizar veinte metros más abajo en el Neretva. Se quedó horas allí, mirando el curso del río, acompañándolo en el pensamiento hasta que desembocó en el Adriático.

—Ese día empecé a fumar —explica.

—Es comprensible —le disculpa Aura.

El Málaga no volvió del todo de Mostar. El trozo que volvió era poco aprovechable, así que sus superiores lo aparcaron en el Tercio Duque de Alba, en Ceuta, donde acabó regentando un chiringuito militar en la playa.

No le quedó mala paga, pero tiene que ayudar a los dos hijos de su ex...

—Dos *malnacíos*, me fuera hecho una paja y *mabría salío* más barato —sopesa.

En Madrid acabó, y se puso a recoger los desechos que la Legión dejó atrás. Los que se habían caído por las grietas del sistema, y terminado con una mano delante y otra detrás. En parte por sus propios errores, en parte porque la vida puede joderse en un momento. Un chorro por un desagüe, y hasta aquí hemos llegado.

—Somos el pelotón de los *castigaos* —dice, levantando el vaso—. Los que nadie quiere...

—¡... ni puta falta que hace! —corea el resto, levantando a su vez los vasos.

Ese algo que Aura percibe, flotando sobre los platos, es algo que no había observado nunca antes.

Es una camaradería impecable. Una generosidad sin fisuras.

Cualquiera de esos cuatro hombres, de extracción humilde y vapuleados por la vida, no dudaría un instante en darla por cada uno de los otros. Y por Mari Paz, por la que más.

No es sólo que la respeten. Es que la idolatran.

—¿Recuerdas aquella vez en Líbano, Celeiro? Cuando se os echó encima la multitud a la salida del mercado...

—¡Cuenta lo de Pristina!

—Oye, y aquella vez que...

A cada nueva petición Mari Paz sonríe, esquiva, finta y se va por peteneras.

—Es que no hay manera de que sueltes prenda, *quilla* —se queja el Málaga.

—Bueno, *carallo*. Para que luego casquéis, *laretos*. Que sois unos *laretos*.

Aura descubre que cada una de las anécdotas que los lejías repiten sobre Mari Paz proviene de otra fuente. De alguien que la vio hacer algo, y después se lo contó a otro alguien, hasta que la historia acabó en la mesa a la que están sentados ahora mismo.

—Hay relatos que merecen ser contados —pide el Caballa, con su dicción perfecta—. ¿Sabía usted, señora Reyes, que Celeiro tiene una Cruz de Guerra?

Mari Paz se agita, incómoda.

—¿Se trata de una medalla? —pregunta Aura.

El Caballa sonríe con un puntito de afectación.

—¿Una medalla? Medallas aquí tenemos todos, pero no como ésa. La Cruz de Guerra es a las medallas lo que Quevedo a los sonetos, señora mía. Es la más alta distinción al mérito en combate que...

—Voy a ir recogiendo esto —corta Mari Paz, levantándose—. ¿Me vais pasando platos?

El Caballa la mira, molesto por la interrupción.

—Celeiro, no deberías desdeñar el honor...

—Sólo es un puto trozo de metal. Que además, me revocaron. ¿Sabes qué? Que el honor se lo pueden meter por el culo.

Mari Paz deja caer su plato sobre la mesa, con un sonoro traqueteo de cubiertos, y sale echa una furia.

Aura se levanta, para ir tras ella, pero Angelo le sujeta del brazo.

—Déjela estar, señora.

—Necesito saber que está bien.

—Lo estará. Dele un poco de aire.

El portazo en la puerta del piso resuena por todo el edificio, y los cuatro se miran entre ellos.

—Nuestras historias son tristes —dice el Málaga, encendiéndose el enésimo cigarro—. Pero, comparadas con la de Celeiro, son un episodio de los Pitufos.

—Me encantaban los Pitufos —tercia el Chavea—. Sobre todo la Pitufina.

—¿Ya le dabas al manubrio con los dibujos? Ay, verderón —se ríe Angelo.

Aura, inquieta, se gira hacia la puerta. Pero el brazo de Angelo no se aparta del suyo, y finalmente acaba sentándose de nuevo.

—¿Qué le sucedió?

—¿A Celeiro?

El Málaga da una calada larga, y echa el humo por la nariz.

—Hijos de puta, eso le pasó. Fuego amigo de la peor calaña.

El silencio que sigue es tan intenso que se puede escuchar el papel pintado desprendiéndose de las paredes.

De ese silencio, contrito e indignado, Aura deduce que no van a contarle nada más. Ni siquiera se molesta en preguntar.

—Quizás debería volver otro día —dice, repentinamente acobardada. Salvo que, como ella sabe muy bien, no hay ningún otro día.

—Quédese, señora —le pide el Málaga, inclinándose hacia ella—. Aún tiene que explicarnos por qué está aquí.

Aura observa el cuarteto de caras atentas que le rodea, y traga saliva.

Hacer esto sin Mari Paz va a ser mucho, mucho más difícil.

7

Una regla

Cuando termina, hay un silencio igual de denso que antes.

Les ha contado todo. Menos lo del champú, eso era demasiado íntimo. La muerte de Jaume, cómo la incriminaron, lo desamparadas que se van a quedar las gemelas.

Todo.

—Esas niñas tienen que ser excepcionales, señora —dice el Caballa, para romper el hielo.

—Lo son, cabo —dice Aura, con la mirada ausente.

Pensando en la de días seguidos que las ha dejado solas muchas horas, sin otra compañía que la tele.

En cómo Alex, en especial, ha tenido que crecer a marchas forzadas, en pocos días, para cuidar de sí misma y de su hermana. El otro día, cuando regresaron a casa después del reconocimiento, se encontró con que había fregado los platos y recogido la casa sin que nadie se lo pidiera. Simplemente habían llenado la ausencia de su madre con responsabilidad. Cuando vio los platos secándose sobre un trapo, algo se rompió dentro de ella. La consciencia lacerante y cruel de que sus niñas, las niñas suaves, blandas e indefensas, las niñas que olían a Nenuco y a polvos de talco y llenaban el suelo de macarrones, estaban a punto de desaparecer. De salir volando por la ventana, en dirección a Nunca Jamás. Dejando en su lugar a dos seres distintos, extraños, que cada vez la necesitarían menos.

En ese momento se juró, por enésima vez, que no dejaría que le arrebatasen a sus hijas.

—Lo son —remata.

Después les cuenta el plan.

Le lleva menos tiempo. Después de varios días repasándolo con Sere y Mari Paz, ha aprendido a resumirlo a los detalles más esenciales.

—¿Sabe lo que estaría bien? Una rima fácil, para recordar cada una de las fases —interrumpe el Chavea, en un momento dado.

—Como en aquella película —aprueba Angelo, asintiendo vivamente.

Qué equivocada estaba, piensa Aura, sonriendo. *Creyendo que aquí no había nada para mí, que esta gente no tendría nada que ver conmigo. Qué equivocada estaba, y cómo me alegro de que Mari Paz me lo hiciese ver.*

—Silencio en las filas, lejías —ordena el Málaga.

—Déjeles, sargento. Tiene usted razón, Chavea. Las fases con rima entran mucho mejor.

—Si es que yo ando tocado del selebro —se ríe el Chavea.

—Prometo inventar alguna rima, si es que se deciden ustedes a acompañarnos.

—Eso echaba en falta yo, más rimas —dice Mari Paz.

Aura se ríe.

Y sigue contándoles.

Cuatro o cinco minutos más tarde, termina. Hay un tercer silencio, y éste es distinto.

Contenido. Expectante.

Se miran entre ellos.

Ninguno quiere ser el primero en hablar.

Aura se ha quedado más tranquila, después de escupirlo todo.

También espera, sabedora de que en las negociaciones, cuando hay una pausa de este pelo, lo mejor que uno puede hacer es aguardar el movimiento contrario.

El Málaga no tiene pinta de haber ido a la misma escuela de *management* que Aura, pero sí que se sabe el truco. Los dos se quedan mirando, fijamente, hasta que él cede, por caballerosidad, más que nada.

—Señora, lo que usted nos ha contado es una muerte segura. Niño, el postre.

El Chavea le acerca, obediente, un frutero de madera. El Málaga tantea varias peras. Esa fruta que tiene un marco temporal de unos siete minutos entre estar demasiado dura y completamente pocha. Encuentra una de su agrado, y se dedica a mondarla con precisión de cirujano, en completo silencio.

Aura resiste.

—El plan es arriesgado. Tanto usted como Celeiro estarán

en primera línea de fuego en terreno enemigo durante demasiado tiempo.

Cuando concluye con la primera de las peras, la dispone en su plato, soplando un poco las migas para que no se peguen, y coge una segunda.

—En lo de los ordenadores no entro, porque de eso no sé ni *mijita*. Supongo que tendrán un experto de absoluta confianza.

Aura piensa que ha sido muy buena idea dejar a Sere en el banquillo para esa visita.

—Haría falta un vehículo de apoyo, comunicación constante, y una manera de interceptar la respuesta del enemigo, que la habrá. Mari Paz me ha dicho que no son unos trápalas. No van a dejarlas escaparse de rositas.

—Ahí es donde entrarían ustedes.

—La sensación es que me pide que ponga a mis hombres en riesgo por una mísera cantidad.

Aura se remueve, incómoda.

—No sé qué es lo que les ha ofrecido Mari Paz... El Málaga la interrumpe con un gesto.

—No me he explicado bien, señora. El dinero nos hace falta. Ya ve cómo vivimos. Estamos boquerón boquerón.

—Yo necesito una silla nueva —dice Angelo—. Una como la del Echenique.

—Y yo quitarme las entradas —dice el Chavea, pasándose la mano por el cráneo, tan pelado como las dos peras que hay en el plato del sargento.

—Mejor harías visitando al odontólogo, melón —tercia el Caballa—. Yo querría un libro electrónico. Es una invención de Satanás, pero mi agudeza visual se ha visto menoscabada.

—Ve menos que un gato de escayola —se chotea Angelo.

—*Chisss* —chista el Málaga—. Todo eso, os lo guardáis para la carta a los Reyes Magos.

Coge una tercera pera, y empieza de nuevo el ritual. Aura sospecha que no tiene intención de comer ninguna, pero que de esa forma se evita tener que mirarla a los ojos mientras le expone los inconvenientes.

Qué listo.

—No es una cuestión de dinero, señora. De hecho, Celeiro nos ha ofrecido toda su parte.

Aura parpadea, asombrada.

—¿Cómo dice?

El Málaga se ríe, por lo bajo. La risa brota desde detrás del bigote, como un gruñido animal de una cueva frondosa.

—No conoce usted a Mari Paz aún, señora. Caerán las bombas del cielo, se secarán los mares, se helará el infierno, y el alma de esa mujer seguirá... ¿Cómo era, Caballa?

—Incólume —apunta éste, solícito.

—No es cuestión de la cantidad de dinero, señora Reyes. Es cuestión de que sea dinero.

—Comprendo —dice Aura, asintiendo con gravedad.

—Además, de ayudarla estaría rompiendo la primera regla del soldado.

—¿Y cuál es, sargento?

—Jamás luches a favor de los perdedores.

Aura sonríe, con tristeza.

—En ese caso, no les molestaré más.

Se pone en pie, incapaz de esconder su decepción. No se había dado cuenta de cuánto deseaba la aprobación de aquel grupo de marginados, hasta conocerles. Y de cuánto necesita su ayuda, por humilde que pueda ser.

Les echa un último vistazo antes de marcharse.

Un exheroinómano con claros daños neurológicos, un discapacitado con fijación a los explosivos, un anciano poeta y un gordo de mediana edad que sabe hacer la comida más insana y más sabrosa del mundo.

—No miento cuando les digo que ha sido un auténtico placer conocerles, caballeros.

Se encamina hacia la puerta, tratando de mantener la dignidad. Pero apenas ha recorrido un par de pasos, cuando la voz del sargento la detiene.

—Espere, señora.

Aura se da la vuelta.

—Ahora usted, por supuesto, cree que llega el momento en que usted se gira y yo le digo que no es cuestión de dinero, que lo hacemos por sus encantadores angelitos. Pero es que no he visto a las niñas en mi puta vida, señora. Igual son unas hijas de Satanás. O igual estarían mucho mejor sin usted, o con usted en la cárcel. La Celeiro habla maravillas de ustedes, pero es que la Celeiro se pasa borracha todo el día. Por otro lado, ya imaginará usted que no estamos aquí por nuestro corazón bondadoso y porque la vida haya sido injusta con nosotros. Aquí, pelando peras. Ninguno de los que ve aquí es tampoco un angelito.

Aura se da cuenta de su estúpida ingenuidad al pasar en unos instantes del recelo a creerse en un barco pirata de cuento.

—Pero, y aquí viene el pero, el bueno, digo, el que usted, inocentemente, quería oír..., habla usted de joder a la banca. Y esa es otra cosa. Ahí se nos ponen las pollas duras (sabrá usted disculparnos la grosería, la Mari ya sé que sí). Y que nos aburrimos, señora. Y que estamos hasta los cojones de peras.

Aura apenas puede creerse lo que está escuchando. Mira, uno por uno, al resto de los *castigaos*.

—Tampoco es que tengamos nada mejor entre manos —dice el Chavea.

—Y a lo mejor podemos hacer *bum bum* —dice Angelo.

—Nada de *bum bum*, Angelo, que nos conocemos —le para el sargento.

El Caballa está cruzado de brazos, con la mirada sombría clavada en la mesa.

—Lo dijo Borges —y recita—: Una espada para la mano que regirá la hermosa batalla, el tejido de hombres, una espada para la mano que enrojecerá los dientes del lobo...

—Eso es que sí, ¿no? —pregunta el Chavea.

El Málaga lo da por bueno.

—Pues ya está. Ya tiene usted su pelotón —dice, metiéndose un trozo de pera en la boca y meneando el bigote a conciencia.

—¿Y la primera regla del soldado? —pregunta Aura, sin poder evitar que la sonrisa le asome al rostro.

—Ah, señora Reyes, pero es que nosotros no somos soldados —sentencia el Málaga, cuando traga el bocado—. Nosotros somos legionarios.

8

Una visita

En retrospectiva, lo que va a pasar ahora era inevitable.

Sere tiene esta clase de premoniciones a menudo.

Casi siempre, a posteriori.

La parte más sensata de su cerebro le dice que esto es normal, una racionalización. La parte más chillona y malcriada, la parte más pequeña y a la que más ganas tiene de hacerle caso, le propone soluciones más satisfactorias. Ofrece conexiones entre conceptos aparentemente no conectados, provee de explicación al mundo.

Por ejemplo, ahora acaba de sonar el telefonillo. No espera a nadie. Aura y Mari Paz, sus nuevas amigas, han ido a visitar a unos señores que van a ayudarlas a llevar a cabo el plan de Aura. Y ella ha pedido quedarse para desempolvar sus conocimientos de desencriptado de VB6.

Las otras enseguida apoyaron su decisión. Son un equipo

formidable, ya, y eso que hace sólo un par de días que se conocen.

El telefonillo vuelve a sonar, perentorio.

Sere decide encomendarse a los dados. No usa un sigilo, pues no pretende ningún resultado. Sólo busca guía.

Saca dos doses. Dos por dos igual a cuatro. Dos más dos igual a cuatro.

Sumados o multiplicados, da igual.

El resultado es... inevitable.

Los dados están cargados de lecciones. Siempre que se sepa cómo interpretarlas. Que es, básicamente, como le dé la gana en cada momento.

Un nuevo timbrazo, esta vez en la puerta del piso.

—Policía Nacional. Abra ahora mismo.

Y Sere se acerca a abrir, porque ¿qué otra cosa puede hacer?

Es una mujer. Vestida con una gabardina negra, jersey y pantalones oscuros. No parece demasiado alegre.

—Comisaria Romero —dice, enseñándole la placa.

Sere, intimidada por la voz grave y los ademanes autoritarios más que por la identificación, le deja pasar al salón y le ofrece el sillón de las visitas.

—Le ofrecería unas galletas Cuétara, pero ya no quedan.

Romero se acomoda, y mira a su alrededor. Después echa un vistazo a su reloj.

—Espero no interrumpirle el almuerzo.

—Estaba en ello —dice Sere, señalando el vaso sobre la mesa. Un batido de proteínas whey, mezclado con un café para quitarle el sabor a química.

Romero observa la mezcla repugnante —de color marronáceo, espesa y fría— y arruga la nariz.

—Delicioso.

—No me gusta comer.

Cuando dice eso, todo el mundo se lleva las manos a la cabeza. Se sienten ofendidos, como si lo suyo fuera una aberración o una conducta antisocial. Antipatriótica. Con la dieta mediterránea que tenemos tan rica, dicen. Ella lleva ya años —todos los que lleva viviendo sola— alimentándose a base de batidos de proteínas y latas de conservas La Asturiana. Un hábito que aún no ha comenzado a pasarle factura.

—Créame, a mí tampoco. Pero hay que seguir funcionando, ¿verdad?

—Verdad. ¿Viene usted por lo de los niños que dan balonazos en la fachada? Porque ya hace tiempo que llamé para decir que habían parado, que no hacía falta que viniesen. De todas formas, ya que está aquí, podría pasarse a decirles algo por si vuelven. Es el piso de arriba y sólo tardaría...

—No es por lo de los balones.

—¿Está segura? Porque llamé varias veces y me dijeron...

—Cállese —le ataja Romero, con tono desabrido.

Sere se queda cortada —todo lo cortada que puede quedarse Sere, al fin y al cabo— ante la descortesía. En su propio domicilio.

—Seguro que su grupo sanguíneo es B —dice Sere—. Muchas emociones reprimidas, ¿verdad?

Romero

La comisaria —maestra de la contención y de no dar señales de que nada la afecte— parpadea, inquieta. A lo largo de su carrera se ha encontrado con sujetos poco cooperativos. Que intentan desviar la atención del tema, o de sí mismos, por medio de una verborrea incesante. Pero no se ha encontrado antes con nadie como esa mujer, que no parece estar del todo pegada a la realidad. O que la descodifica de un modo tan extraño, con esos ojos, azules y saltones.

No recurre a menudo a métodos tan arriesgados y desagradables como el que va a emplear.

Pero está teniendo un día particularmente difícil. Días, en realidad.

El encargo de Ponzano es de los sencillos. Seguir a Aura Reyes, tomar nota de sus movimientos y aguardar instrucciones. Pero después de dos días aparcada frente a su piso, con pocas idas y venidas y menos resultados, la paciencia de Romero —nunca demasiado abultada— ha ardido en el fuego lento del aburrimiento.

Sin nada que reportar más que un paseo por la antigua urbanización de Reyes. Un paseo en el que lo más interesante que hicieron fue pararse en un parque infantil a contemplar las vistas.

Aquí hay algo que no cuadra, pensó, mientras observaba en la distancia.

Se puso a investigar a la tal Irene Muñoz Quijano, alias Sere. Ingeniera informática, graduada en una universidad de segunda fila. Las notas, las justas para aprobar. No parece nadie particularmente brillante, hasta que le pides una valoración de personalidad a la gente que la trató en el pasado.

«La mejor ingeniera que he visto nunca,
bajo mi supervisión, claro».

Ginés, su jefe en Ingra

«No obtenía mejores calificaciones porque no iba jamás a clase y sus exámenes eran demasiado... creativos.
Pero programando no he visto a nadie igual».

Un antiguo profesor de Arquitectura de bases de datos

«Chalada. Completamente loca.
Le convendría fijarse más en su hermana».

Su exnovio, antes de colgar el teléfono

Desde que era una humilde inspectora en Marbella, Romero ha ido generando un sistema de clasificación. Unas cajitas en las que colocar a las personas con las que tiene que lidiar. Como el que atraviesa una mariposa con un alfiler, y le pone debajo los taxones, escritos con cuidada caligrafía.

Lo de atravesar con el alfiler a Sere está pendiente, pero lo de la taxonomía va a ser más difícil. Le sucede con ella lo mismo que le pasó con Aura.

No consigue comprenderla.

Alguien con mucho que perder, después de lo que hizo con el fondo de inversiones de Reyes... Alguien *sin pruebas*, por mucha mala conciencia que le hubiese quedado, no debía haber prestado mucho caso a la mujer a la que le estropeó la vida.

Y, sin embargo, llevan días sin separarse.

Romero no tiene ni idea de lo que están tramando. Y eso pone aún más a prueba su paciencia.

Ha llegado la hora de romper la baraja, piensa.

Así que ha decidido acercarse a esa tal Sere, el cabo suelto de Ponzano, y asegurarse de que no está pasando nada que no deba estar pasando.

Después de la mención a su grupo sanguíneo —que es, por pura casualidad, del tipo B—, la última brizna de paciencia de Romero se ha convertido en humo.

Ha decidido pasar a la fase del alfiler.

—Mucha gente no es consciente —continúa Sere, con tono didáctico— de la importancia del tipo sanguíneo en el temperamento...

Romero se lleva la mano a la espalda y saca, lentamente, su pistola. Los ojos de Sere se salen de las órbitas.

Por fin una reacción normal, piensa Romero, aliviada.

—¡Qué guay! ¿Está cargada? ¿Me deja tocarla?

Su puta madre.

—Esto no es un juguete.

Se la coloca en el regazo, acariciándola despacio con una mano, como si acariciase un gato.

—Es un arma, muy peligrosa. Un arma con la que a veces pueden suceder accidentes.

Sere se queda mirando la pistola —negra, y con aspecto amenazador—, y de pronto empieza a entender que su visitante no viene en son de paz.

—¿Para...? ¿Para qué ha venido?

Romero deja correr los segundos, en completo silencio, sin dejar de pasar los dedos por el cañón del arma.

—Has hecho amistades nuevas, Irene.

—No me gusta que me llamen Irene —dice Sere, sacudiendo la cabeza—. Me trae malos recuerdos.

—Pero es tu nombre, ¿no? Es el que tienes —Romero se encoge de hombros—. Las cosas son como son.

Sere juguetea con algo que tiene en las manos. Romero no alcanza a ver bien qué es.

—Tú tenías un acuerdo para un desarrollo. Un acuerdo con un contrato, por el que se te pagó generosamente.

Sere sigue dándole vueltas a lo que tiene en la mano. Algo pequeño y de plástico. Romero deduce que no es una amenaza, y continúa con lo de apretarle las tuercas.

—Esta casa... la pagaste con lo que cobraste, ¿verdad?

—Casi toda.

—Y ahora tienes una casa, y quien te pagó tiene aquello por lo que te pagó. Con una salvedad. Tú no podías hablar de ello con nadie. ¿Has hablado de ello con alguien, Irene?

—No tengo nada que decir.

Respuestas cortas, mirada huidiza. El testigo ya ha comprendido la realidad de su situación, y ha cambiado de táctica.

—Hace un par de días vino Aura Reyes. ¿A ella tampoco tenías nada que decirle?

—No le dije nada del software.

—¿Y de qué hablasteis? ¿Habéis hecho un club de lectura, o algo? Porque ahora parecéis inseparables.

—Eso no puedo decírselo.

La comisaria sonríe. No es una sonrisa feliz.

—Conoces a Ponzano, ¿verdad?

—Le he visto en la tele —afirma Sere.

—Entonces no te haces una idea. Cuando se le tiene enfrente, es imposible no darse cuenta.

La mano izquierda deja de acariciar la pistola.

—Habla como si estuviera convencido de que obtendrá todo aquello que desea. Y es fácil deducir por qué.

La derecha la empuña.

Sere traga saliva y se pone en pie, como quien da por concluida la visita.

—Los deseos son la alfombra roja de la frustración.

—¿Eso lo has leído en una camiseta?

—Qué va. Me lo acabo de inventar. Me vienen cosas así a la cabeza todo el rato. Suelo decir que son de Confucio. O de mi tío Jacinto.

Bueno, ya está bien.

Romero se levanta a su vez y se acerca a Sere como si fuera a darle un abrazo. Sin dejar de empuñar la pistola, le pega un puñetazo en la boca del estómago.

Seco, duro.

De los que te roban la respiración.

Sere se dobla sobre sí misma, se agarra la barriga y se deja caer de nuevo en su asiento, boqueando en busca de aire.

—Escúchame, loca de los cojones...

—No concluyente —protesta Sere entre toses.

—¿Qué?

—La evaluación que me hicieron. Salió «no concluyente».

Romero se detiene un instante a reunirse consigo misma. Ella, que siempre se ha preciado de su imperturbabilidad, de cómo es capaz de mantener la calma en las situaciones más complicadas. Ella, que ha estado en tiroteos sin que las pulsaciones —literal, lo miró en el Fitbit— le subieran de noventa y cinco. Ella, que ha roto la confianza en sí mismos, de tantos otros, no comprende cómo esa mujer insignificante puede sacarla tanto de quicio.

—Abre la boca —dice, apuntándole con el arma. Sere obedece.

Romero le introduce el cañón de la pistola en la boca. No sin cierta vergüenza de sí misma. No sin cierta repugnancia propia.

—Por fin... —dice Romero, aliviada ante el silencio de la otra—. A ver si ahora puedo transmitir el mensaje con claridad. Sé que tus amigas y tú andáis metidas en algo. Y quiero saber qué es lo que es. ¿Has comprendido?

De la boca de Sere, llena de cañón de Heckler & Koch USP Compact, emergen unos sonidos indescifrables.

—Se lo contaré todo —dice Sere, cuando la comisaria le retira el cañón de la boca—. En cuanto saque un siete.

CUARTA PARTE

ROMERO

¿Quieres dar un salto de fe o convertirte en un viejo lleno de remordimientos, esperando a morir solo?

Inception, de CRISTOPHER NOLAN

1

Un vestido

A medida que se aproximan al chalet, Aura va poniéndose más nerviosa.

El paisaje ha cambiado por completo desde su última visita. La urbanización, semidesierta de día, bulle ahora de actividad. El camino que conduce a los dos chalets del *cul-de-sac* ha sido cortado con un par de vallas de color amarillo fluorescente. Dos aparcacoches con chaqueta roja intentan dirigir el tráfico, compuesto únicamente por coches de superlujo: Bentley, Maserati, Aston Martin, Ferrari. El más humilde de los vehículos que se encuentran —aparcados en doble y triple fila la mayoría, apiñados en los arcenes el resto— es un Porsche Cayenne del que se bajan un hombre de esmoquin y una mujer con la mitad de sus años y un vestido imposiblemente corto.

Aura recuerda un plátano que se olvidó una vez en un rincón de la cocina. Al cabo de unos días, un enjambre de diminutas moscas revoloteaban a su alrededor, atraídas por el olor de la fruta que ya había empezado a pudrirse. Confiando en arrancar un mordisco de aquel manjar.

Y aquí estamos nosotros. Dos inocentes moscas más. Sólo que nosotros nos vamos a llevar todo el plátano.

—Hemos hecho bien aparcando lejos, rubia —admite Mari Paz.

—No te ves dándole las llaves del Skoda a uno de los aparcacoches, ¿no?

—Hubiera sido digno de ver. Y de paso me hubiera ahorrado este calvario. *Vou morrer, neniña* —dice, señalándose los pies.

—No exageres. Podría ser peor —la anima Aura, haciendo un gesto discreto en dirección a la mujer del vestido imposible. Camina delante de ellas haciendo equilibrios aún más imposibles sobre sus Louboutin con tacón de aguja de diez centímetros.

—Prefiero saltar sin paracaídas —dice Mari Paz—. Y si yo me pongo eso, parecería un *espantallo*. Pero esta cabrona está crocanti.

—Tú estás mucho más guapa —le dice Aura, sonriendo.

Y es verdad que lo está. No ha resultado barato.

El día anterior había sido el de las compras. De quemar las naves, y, de paso, la tarjeta de crédito.

Primera parada, el banco. Segunda parada, calle Serrano.

—¿Pero tú no eras pobre? —le había dicho Mari Paz, cuando vio dónde le llevaba.

—El secreto del buen gusto no es gastar mucho. Es saber hacerlo —respondió Aura.

Camino de su destino, pasaron junto a la perfumería cuya cristalera había destrozado Aura. Por lo del champú, que acabaremos explicando. Le echó un vistazo al pasar, de reojo, como quien contempla esa foto vergonzosa de una despedida de soltera que nunca debió acabar en Facebook.

Aura llevó a Mari Paz a Kenzo, se zambulló en las estanterías y acabó emergiendo con un vestido midi de chenilla negra y cuello redondo. *Re-ba-ja-dí-si-mo.*

—*Toleaches* —dijo la legionaria, echándole un vistazo.

—Tú pruébatelo.

Tuvo que meterla a la fuerza en el probador. Y lo mismo con unos zapatos de Mango, que daban el pego como si fueran de firma. Aun así, un gasto excesivo, que tampoco se podía permitir.

Otro más.

Aura es muy consciente de cuánto está apostando en esta locura. Y de cuánto más va a tener que seguir apostando.

El resultado, sin embargo, ha merecido la pena. Con el nuevo vestuario, y la sesión de chapa y pintura, Mari Paz es otra persona.

Horas antes, cuando Aura asomó por la puerta del cuarto de baño, Sere había aplaudido, y con razón. La jefa llevaba un viejo Valentino, el último que aún no se había decidido a vender. Le estaba un poco estrecho, pero lo llevaba con su elegancia habitual. Y es que a Aura puedes tirarle un saco encima y acabará igual en la pasarela Cibeles.

Cero sorpresas. Ésas sucedieron cuando fue el turno de la legionaria de salir del baño. Sere se quedó boquiabierta.

—Es como en esos programas de la tele, cuando te meten en el ascensor hecha un cisco, hay un poco de humo y sales del ascensor hecha una princesa.

Aura le pone una mano en el hombro a Mari Paz.

—Calma. Recuerda que la necesitamos, al menos, hasta esta noche —le dice.

—Cuando ya no haga falta, recuérdame tú las ganas que tengo de estrangularla.

2

Un sobre

Se ponga como se ponga Mari Paz, Sere tiene razón.

Porque el cambio ha sido espectacular. El vestido negro le afina donde toca, le disimula los hombros de estibador y, en combinación con unas sandalias con algo de tacón, resalta sus piernas musculosas.

Siguen yendo, cuesta abajo, en dirección a los chalets. Se suman a una pequeña cola frente al que hace las veces de banco. Varias parejas, todas vestidas de fiesta, aguardan impacientes delante de la cancela exterior. Un hombre con un traje de chaqueta dos tallas más pequeña de lo que exigirían los músculos que contiene ejerce de portero.

—Aún estamos a tiempo de dar la vuelta —susurra Mari Paz, sacando el paquete de tabaco del bolso (una concha plateada, préstamo también de Aura).

—Tuvimos una conversación parecida hace unos días —responde Aura, en el mismo tono.

—Sí, pero ese día no nos jugábamos que nos pegaran un tiro.

—¿Desde cuándo te preocupa eso?

—Al menos dejarían de apretarme las putas sandalias.

Hace una pausa y luego añade:

—¿Por qué este sitio? Y no, yo que sé, un estanco, que sería más fácil.

—Primero, por la cantidad de efectivo. Segundo… por la clase de gente que viene aquí. De alguna forma es una venganza contra mi antigua vida.

Dos cigarros de Mari Paz —una media hora, a su ritmo— más tarde, se acerca su turno de acceder al banco. Tan sólo tienen una pareja delante, la del hombre de esmoquin de antes, que lleva en la mano un abultado sobre. Aura mira el reloj, tensa. Si sigue así, llegarán tarde.

—¿Cómo se supone que debo comportarme ahora, rubia?

—Tú ten la boca cerrada y sonríe —susurra Aura.

Mari Paz esboza un forzado rictus de la mitad inferior de su cara.

—He dicho que sonrías, no que intentes venderle los piños.

La pareja situada delante de ellos accede al interior de la parcela. Por fin les toca.

El portero se vuelve hacia ellas. Su mirada tiene esa mezcla de movilidad y concentración propia de los boxeadores que aún no han recibido demasiadas tundas. Un cable enrollado conecta su oreja con un intercomunicador oculto bajo los —muchos— metros cuadrados de tela del traje.

—La invitación, por favor —dice, alargando el brazo.

Aura extrae la invitación del bolso —una tarjeta de color rojo con letras de un blanco perlado— y se la tiende al hombre.

Justo en ese momento, suena un chasquido de estática. El portero se lleva la mano a la oreja.

—Al habla Puerta Uno —dice.

Hay una pausa, en la que lo único que se escucha son los rumores lejanos del jolgorio que está teniendo lugar en el casino.

—Es antigua, señor, pero es válida. Iba a abrirles paso.

Aura se inclina hacia Mari Paz, y le hace una seña con los ojos. Encima de la cancela, controlando el acceso, hay una cámara de seguridad. El piloto rojo parpadea, amenazador.

—Estoy poniendo en peligro la misión —le dice al oído—. No he debido venir.

—Son imaginaciones tuyas. Vamos, seamos un poco más optimistas.

El portero sigue hablando al auricular, esta vez en voz más baja.

—De acuerdo, señor, así lo haré.

El portero se hace a un lado, franqueándoles el paso. Mari Paz cruza la cancela, pero justo cuando va a hacerlo Aura, el portero levanta el brazo para detenerla. Mari Paz se vuelve enseguida —hay violencia en sus ojos— pero Aura le hace un gesto de contención.

—El señor Toulour me indica —dice, repitiendo, mecánico y profesional— que se alegra mucho de verla y que será un placer recibirla más tarde, señora Reyes. Entretanto, aquí tienen su primera apuesta, a cuenta de la casa.

Un par de fichas de color negro se materializan en la manaza rugosa del portero, como surgidas del truco de un prestidigitador.

Aura, cohibida, las recoge y se las mete en el bolso junto con la invitación.

—Muchas gracias. Agradézcaselo al señor Toulour de mi parte.

Sonriendo, continúa andando hacia Mari Paz, y ambas se dirigen a la puerta del chalet.

—Te lo dije.

—Vale, el viejo verde te ha visto por las cámaras. ¿Y qué *carallos* importa?

—No lo entiendes. Ese tío tiene una fijación conmigo. Daría cualquier cosa por «meterse en mis bragas», como tú dices.

—¿No estarás exagerando?

Aura saca del bolso las dos fichas negras, y se las pone en la mano a su compañera.

—Por lo pronto, nos ha regalado mil euros a cada una.

Mari Paz sopesa esos dos trozos de plástico, calculando mentalmente cuántos botellines se podían sacar de ahí.

—Pues vas a tener razón, rubia. A ver si voy a tener que *esmagarle* los huevos.

—Tranquila. Sé cuidarme sola. No son mis bragas lo que me preocupa.

—¿Y luego?

—Que le vamos a tener encima toda la noche. —Mari Paz frunce el ceño.

—*Amiguiña*, esto es arena de otro costal.

Han llegado a la puerta del chalet, situada al final de un

camino de losetas de pizarra dispuestas sobre el césped. Un jardín japonés de una belleza sublime y cuidada flanquea el camino. Es un lugar apacible y tranquilo.

Que contrasta con el mal rollo que hay en cuanto entran en el chalet. Fuera ya de cualquier mirada curiosa, no hay motivo para guardar las apariencias. Los dos individuos que la reciben no merecen el nombre de guardas. Como mucho, de matones, y siendo muy generosos. Nada de trajes de chaqueta reventones. Cazadoras de cuero, cara de pocos amigos. Las armas y los tatuajes, bien a la vista.

—Contra la pared —dice.

O quiere decir, porque lo que suena es un balcánico «*contrileprred*». Así, en una sola palabra. Que se entiende muy bien, de todas formas, sobre todo cuando acompaña el gesto con un empujón no demasiado educado en la dirección adecuada.

—*Smiri se, prijatelju* —dice Mari Paz, mientras el otro le manosea.

—*Da li govoriš srpski?* —dice el matón, sorprendido.

—Hablo un poco.

—¿Dónde tú aprendes?

—*Na Kosovu. Godine 1999.*

Los dos matones se miran entre ellos, y suavizan un poco el trato. Siguen cacheándolas, pero con modales un poco menos bruscos.

—¿KFOR? —dice uno, refiriéndose a la fuerza internacional de la OTAN que intervino en la guerra.

—Dos misiones. —La legionaria alza un par de dedos. Cada uno de ellos con su propia historia de sudor, sangre y muerte.

—Pueden darse la vuelta —dice el primer matón—. La ventanilla está al fondo del pasillo.

—Mi madre era de Kosovo —interviene el otro.

—¿Sobrevivió?

—No. Pero al menos alguien lo intentó. *Hvala vam* —dice, devolviéndole el bolso a Mari Paz.

La legionaria asiente por toda respuesta. No hay más que decir, ni puede aceptar las gracias por un fracaso.

—No sé si ha sido lo más inteligente —dice Aura, en voz baja, cuando continúan pasillo adelante—. Ahora saben que eres peligrosa.

—¿Qué querías, que me pillaran *eso*? —dice Mari Paz, recolocándose un poco el vestido, incómoda tras el manoseo.

Aura va a darle la razón, pero ya han alcanzado la caja del banco. Es un humilde mostrador con un ordenador y una gruesa pared de cristal con una ventanita como las de los estancos. Lo de que el cristal es a prueba de balas no queda claro, pero el grosor de casi un palmo —como se percibe en el agujero de la ventana— nos da una pista.

—¿Cantidad? —dice una voz mecánica, a través de un altavoz.

Al otro lado del cristal hay un hombre bajo y calvo, sentado en una silla de respaldo alto.

—Quería comprar una participación en El oro del Rhin de hoy —dice Aura, acercándose a la ventanilla.

El hombre bajo —un sordomudo llamado Jairo— apenas la mira, tiene la vista clavada en una pantalla de ordenador que hay situada a un lado del mostrador. Aporrea el teclado, letra a letra, con un par de dedos. Lo que escribe parece convertirse en voz, robótica e impersonal, cuando aprieta la tecla de enter en el ordenador, al igual que lo que los clientes dicen al altavoz se convierte en texto en su pantalla.

—Deposite —pausa— euros —pausa— veinte mil en la ventanilla.

Aura traga saliva. Sabía que este momento iba a llegar, lo sabía muy bien. Era la parte que más le iba a costar de todo el plan, eso lo tenía claro por adelantado. También era más llevadero cuando el plan era simplemente una locura con la que llenar las horas de la madrugada. Cuando el sueño no llegaba, la cabeza daba vueltas y el techo era un lienzo con gotelé en el que dibujar fantasías que aminorasen el peso de plomo de las horas. Fantasías de venganza, muchas de ellas. Fantasías de regreso triunfal, casi todas. Y entre ellas, ésta, una fantasía de poder en la que realizaba un robo imposible.

Imposible, entonces.

Cuando sólo era una ensoñación tenue, que flotaba frente a sus ojos insomnes en la penumbra. Cuando era un alivio que su imaginación construía para sobrellevar el síndrome de abstinencia de los analgésicos, el dolor fantasma en la herida ya curada del vientre, el hueco en el centro del pecho que le había dejado el asesinato de su marido, el picor en la entrepierna por lo mismo, el miedo rugoso en la boca del estómago, la ansiedad en el fondo de la garganta, el llanto asomando por la esquina de los ojos. Cuando era sólo eso, una vía de escape, se repetía que tendría lo que hay que tener. Que reuniría el valor necesario para jugárselo todo.

Ahora es de verdad.

Ahora tiene que sacar del bolso la cantidad que ha sacado

de la cuenta de su madre esta mañana. Más de seis meses de la residencia de ella, o dos años de sustento para las gemelas. Un dinero que no puede permitirse perder en ningún caso.

—Las posibilidades de ganar El oro del Rhin son de una contra tres mil setecientas cincuenta —había dicho Sere, siempre colaborativa.

—No me hables de probabilidades —había respondido Aura. Que ya había hecho el cálculo ella sola.

Es consciente, de un modo doloroso, de cada uno de sus movimientos cuando extrae el sobre.

Esta mañana le había parecido diminuto e insustancial. Lleno de billetes de cien euros, apenas abulta como un libro de bolsillo no demasiado grueso.

Ahora parece haberse hinchado, hasta contener, no sólo doscientos pedazos de papel, sino una parte de ella.

Una parte irrenunciable.

—Por favor, dese prisa —apremia el altavoz.

Aura, haciendo un esfuerzo, termina de sacar el sobre y lo desliza por la ventanilla.

A la mierda.

3

Un casino

—*Festa rachada*, la virgen.

—Ésa no me la sé.

—*Non e fácil* —dice Mari Paz, intentando hacerse escuchar por encima de la música—. Es cuando...

Mari paz no conoce el significado de tautología, no es buena con las palabras y el concepto no viaja bien fuera de las fronteras galaicas. *Festa rachada* es *festa rachada*, y punto. Así que hace un gesto alrededor.

El espacio del interior del segundo chalet es completamente diáfano. La planta baja serán —metro arriba, metro abajo— unos quinientos metros cuadrados, quitando los baños y la cocina. El espacio está cubierto con mesas de tapetes verdes, frente a las que se arremolinan los más de doscientos invitados. Bacarrá, ruleta francesa, blackjack. Ni una sola tragaperras —esto es un casino elegante—. Crupieres vestidos con la ropa más corta imaginable —bíceps bien torneados ellos, dos kilos de silicona ellas— compensan lo de la elegancia de antes. Camareros van y vienen con bandejas de cócteles de colores, suavecitos para que no se desmande el personal. Las luces, tenues en las paredes, directas y duras sobre las mesas, recalcando dónde está la acción. Cada pocos minutos, una neblina casi imperceptible desciende del techo, cubriendo a los asistentes con ozono bien fresquito, para reducir los efectos del jolgorio.

Y la gente... la gente ha venido a pasárselo bien. Aunque pierda. Aunque el local esté abarrotado. Aunque esté sonando una versión techno de Charles Aznavour. Aunque haya carteles en las paredes que recuerden que está prohibido hacer fotos o vídeos. O quizás por eso.

—¡Hola, chicas! —ofrece una mujer de unos veinte años, cuya única concesión al vestuario es un tanga dorado y un par de estrellas pegadas estratégicamente—. ¿Un poquitito de nieve?

Mari Paz y también Aura —la zona tiene gravedad propia— apartan la mirada de las estrellas, y la centran en la bandeja que porta la muchacha. Idéntica a esas con correa que llevan en las películas de tiempos de la Ley Seca. Sólo que, en lugar de ir vendiendo tabaco, esta mujer transporta cocaína en prácticas bolsitas transparentes. A un lado de la bandeja, espejitos con el logo del casino y tubitos chapados en oro, de utilidad más que evidente.

—Venga, un empujón y ya veréis cómo la suerte está con vosotras —les anima la mujer, para a continuación canturrear—: *Que qués lo que tengo, que tengo de tó...*

—¿Pero tú tienes edad para haber visto eso, rapaza? —le dice Mari Paz—. *Si aínda teñes a casca no cú.*

—Uy, qué va. Eso lo cantaba mi abuela, que era de cupón diario. Pero a los clientes de su edad les hace gracia y compran más.

—Estamos bien, muchas gracias —dice Aura, despidiendo a la muchacha con una sonrisa amable. Y, volviéndose a Mari Paz—: Creo que ya sé lo que es *festa rachada*.

—Lo que no entiendo yo es este movidón así a las claras.

—¿Ves a la mujer del vestido color teja, apostando en la segunda mesa a mi espalda? —dice Aura, sin dejar de mirar al frente.

Mari Paz se vuelve con disimulo.

—¿Teja es rojo, no?

—Rojo anaranjado, sí.

—Pelo cardado, sesenta palos. La veo, sí.

—Es una juez de la Audiencia Nacional.

—¿Cómo lo sabes?

—Fácil, es la que instruye mi caso.

La juez levanta los brazos con alegría, celebrando que la bolita ha caído casualmente en el rojo, casualmente el número en el que había apostado ella.

—Déjame adivinar, siempre que viene gana, ¿no?

—No diría que siempre siempre.

Mira a su alrededor, escaneando la habitación con el mismo ojo experto que usaba en su vida anterior cuando estaba en una habitación llena de gente importante. Gente que querría algo de ella, gente de la que ella querría algo. Resulta ser un músculo que no ha perdido nada de su antigua fuerza. Los rostros le saltan a la cara. Empresarios, altos funcionarios. Políticos de todos los colores. Alegres y despreocupados. Intoxicados de champán, de droga y de sí mismos. Todos los que antes le parecían valiosos objetivos, ahora sólo le resultan grises engranajes de la maquinaria en la que se ha quedado atrapada, en las ruedas dentadas que la aprisionan y la trituran.

—Cómo se lo baten, rubia —dice Mari Paz, con genuina admiración. Aura mira el reloj. Son casi las once de la noche.

—Quedan menos de ocho minutos para que empiece el juego. Ponte el auricular —dice, haciendo lo propio.

Mari Paz obedece.

Sere les ha provisto de auriculares inalámbricos en miniatura, de color carne, casi invisibles. Muy populares entre los estudiantes en época de exámenes. Menos de cuarenta euros el par, aunque sólo usen uno cada una por discreción.

—Si el que no aprueba es porque no quiere —había dicho.

Los de Aura son inalámbricos. Los de ella no. Esos dos cables baratos colgándole de las orejas le restan credibilidad al disfraz, pero Aura confía en que pasen desapercibidos el tiempo suficiente como para llevar a cabo el plan.

Aura inicia la llamada a tres en su teléfono móvil. Sere contesta enseguida, y Mari Paz se une también.

—¿Podéis oírme? —dice, a través del teléfono. Las dos contestan afirmativamente.

—Ha llegado la hora de separarnos.

—¿Tienes la tarjeta? —pregunta la legionaria.

Aura asiente mostrándole el rectángulo de plástico con banda magnética y logo del casino ilegal —una T florida y hortera—, en la que el tesorero de Toulour ha registrado su participación en El oro del Rhin.

—¿Y tú *eso*?

Mari Paz le muestra un objeto con la forma de un lápiz de labios y el aspecto de un lápiz de labios.

—Pues al lío.

—Oye, rubia —dice Mari Paz, cogiéndola del brazo. Tiene las manos frías—. Muchas gracias.

—¿Por qué?

—Por no poner rimas esta vez.

Aura sonríe, culpable.

—Bueno, en realidad...

—No. No, rubia, no.

—Espera, que lo decimos todos a la vez —interviene Sere.

Sere se gira, activa el manos libres, y la voz de los cuatro lejías suena, al mismo tiempo.

—Uno, Celeiro y Reyes se separan en el momento oportuno.

Lo que sigue son unas cuantas palabras malsonantes irreproducibles en gallego.

—Carajo con Celeiro —dice el Málaga, pausado—. La boquita que tiene la niña. Ya no hay educación, me cago en mi vida.

—Todo listo aquí —confirma Sere desactivando el manos libres—. Podéis continuar, cambio.

La furgoneta, una vieja Vito de color blanco, aguarda a trescientos metros del casino, al principio de la urbanización. En el asiento del conductor, el Chavea, que puede que no sea la bombilla más brillante de la lámpara, pero dicen que sabe lo que hace detrás de un volante. Junto a él, el Málaga, el brazo colgando de la ventanilla bajada, un Fortuna colgando del brazo, fuma sin parar.

En la parte de atrás, los lejías han quitado varios asientos e instalado unas cajas de madera para fabricarle a Sere una mesa improvisada, sobre la que ha depositado dos ordenadores portátiles.

—Sabes que es una llamada en vivo, ¿no? Que no hace falta que digas cambio —protesta Mari Paz.

—Déjala que se lo crea —la defiende Aura.

El Málaga les hace una seña a Angelo y el Caballa, que aguardan junto a la puerta lateral de la furgoneta, que está completamente abierta.

—En marcha, a lo vuestro.

Aura observa a Mari Paz cruzar la planta principal del casino en dirección a las escaleras. Avanza con toda la discreción que le permiten su estatura, las sandalias y lo abarrotado del local. Es decir, poca.

—Suave. Suave —dice Aura, al auricular.

La legionaria parece un jugador de fútbol americano, apartando defensas en su camino a la línea de meta. Un jugador cojitranco y muy elegantemente vestido.

—*Moita xentiña* de Cristo.

Las dos hablan bajo, como para sí mismas. Imitando, juguetonas, lo que llevan toda la vida viendo en la tele.

—Tú ve despacio. Haz como si pertenecieras a este lugar.

—Si tienes un par de estrellas por ahí, me las pego en las bufas.

Aura ríe, discreta. Un hombre cercano malinterpreta su risa como coqueteo, y se acerca a ella con intención. Aura le lanza una mirada de *contigo no, bicho*, y se aleja en dirección contraria, hacia el centro de la enorme sala.

A ella también le cuesta avanzar entre la cantidad de gente. Hay mucha más que antes, sin duda atraída por el evento especial de hoy. El ambiente está cada vez más bullicioso y caldeado. Las frentes se perlan, las axilas se humedecen. Incluso Aura, cuyas glándulas sudoríparas han sido siempre aristocráticas, letárgicas, nota cómo el sudor empieza a brotar.

Pues... ¿cuántas veces en tu vida puedes jugarte diez mil euros con la posibilidad de ganar tres millones?

La risa cristalina de Aura resuena en los auriculares de Mari Paz, y ésta siente que se le mueven los marcos.

Hay que joderse, a mis años. Quién me lo iba a decir.

Sigue abriéndose paso entre la multitud. Rechaza unos canapés que le ofrece un camarero, vacía de un trago la copa de champán que le da otro, interrumpe la conversación animada de dos hombres que planifican la ruina de un tercero.

Incluso ella, que habrá entrado en internet un par de veces en su vida, que lleva desconectada del mundo muchos años, reconoce algunos de los rostros que se han presentado esta noche en la fiesta del casino ilegal. Rostros que arrojan paladas de dinero sobre las mesas, que hacen aspavientos cuando es rojo, impar y falta, que se dan la vuelta y acarician a su amante por encima de la ropa, en busca de suerte.

Las escaleras de acceso a la primera planta tienen una catenaria.

Al parecer sólo se puede acceder con invitación. Y, para reforzar ese parecer, delante de ellas ha instalado Toulour noventa kilos de serbocroata.

—Estoy cerca de las escaleras.

—¿Despejado? —pregunta Aura.

—Hay un pavo.

—¿Quieres intentar razonar con él?

Mari Paz le echa un vistazo, de arriba abajo. Asequible, pero no sin llamar la atención.

—No, no delante de toda esta gente.

—Está bien. En ese caso, Sere, tu turno.

INTERIOR DE LA FURGONETA

Sere abre una de las aplicaciones en el portátil de la derecha. En la aplicación ve el móvil de Mari Paz. El bluetooth del dispositivo está activado, y comunicándose con el resto de los aparatos a su alrededor.

La tecnología funciona —explicándolo rápido y mal— como un radar. Emite una señal, recibe una señal de vuelta. Eso le permite ver en la aplicación los móviles que rodean a su compañera, en un mapa en dos dimensiones. En los diez metros a la redonda del alcance de la señal, puede detectar más de cuarenta dispositivos distintos, y ubicarlos espacialmente con una precisión casi absoluta. Algunos están en movimiento, otros muy juntos. Muchos de ellos transmiten los identificadores del dispositivo, con etiquetas como «iPhone de Paco». Descarta todos los que tengan un nombre en castellano, y se queda con un puñado de ellos.

Aun así, son demasiados para actuar.

Siente la tentación de tirar los dados. Demasiado lento.

—Necesito que te acerques más, cambio.

—Es muy fácil decirlo.

—Dos pasos hacia delante.

Hay una pausa al otro lado de la línea.

—Vamos, chocho, que la vida es una aventura —canturrea Sere, mientras aguarda.

—Prefería lo de cambio.

En la pantalla, Sere consigue aislar una señal con un identificador en cirílico.

Златанов телефон

—Creo que lo tengo. Pregúntale si se llama Zlatan, cambio.

—Y luego me tomo una copa con él, no te jode.

—Tengo que saber que es él. Podría haber identificado la señal de otro teléfono, cambio.

—Pues que venga la rubia.

—No puedo. Tienes que ser tú —interviene Aura.

Mari Paz masculla un juramento, y se separa de la protección del rebaño.

Da un par de pasos hacia el hombre. Joven, alto, con la barba recortada. Mucho más pulcro que los que habían visto en el banco. Monta guardia junto a la catenaria con actitud vigilante.

—No se puede pasar sin invitación —dice.

—Perdona, ¿tú eres Pedja?

—No, señora —dice el otro, con recelo.

Hasta aquí ha llegado el brillante plan de Mari Paz.

—Pues ha sido todo un placer. —La legionaria se da la vuelta.

—Vamos a hacer un Cyrano —dice Aura.

—No es momento de guarrerías, rubia.

—Tú dile lo que yo te diga, ¿vale?

Mari Paz se dirige de nuevo al hombre trajeado y va repitiendo lo que le susurra Aura.

—A ver, dale un poco de cuerda a una mujer a la que su pareja le ha dejado plantada. Un chico guapo como tú... Si averiguo cómo te llamas, me sonríes, ¿vale?

El hombre no dice nada, pero la mira algo más amable.

—Darko. Zoran. Dimitar... No. Ya sé. Zlatan. Te llamas Zlatan.

El hombre sonríe... Una sonrisa sorprendentemente dulce.

—Ya sabía yo que te llamabas Zlatan.

En ese momento suena el teléfono del hombre.

Aura observa cómo Zlatan se aparta de su puesto y se aleja en dirección a la entrada.

—¿Qué le has puesto en el mensaje? —pregunta.

—Que tenía que llamar a su madre —dice Sere.

—¿Y si no hubiera tenido madre?

—Todo el mundo tiene madre, Aura.

Aura intenta no desesperarse con Sere. Al fin y al cabo, el plan ha salido bien, aunque haya sido, una vez más, por suerte.

Me pregunto cuándo se nos acabará.

Mari Paz ha fingido volver con el resto de los invitados, ha dado un rodeo y ha regresado a la entrada de las escaleras. La ve inclinarse y pasar por debajo de la catenaria antes de desaparecer en dirección al piso de arriba.

—Estoy en camino —dice la legionaria.

Aura duda, por un instante, de si ha tomado la decisión correcta al encomendarle a Mari Paz esta tarea. Pero reconoce que de estar ella misma arriba, tan cerca de Toulour y con menos público, habría quedado mucho más expuesta. Y más ahora que el viejo sabe que está aquí.

—Comenzamos la fase dos.

—Sin rimitas de las narices, ¿sí?

Aura frunce el ceño, muy seria. Es lo mínimo que puede hacer por ella. Desde este momento, no hay vuelta atrás. Cualquier mínimo fallo dará al traste con el plan.

—Todo el mundo en silencio —ordena—. Ahora dependemos de Mari Paz.

Las escaleras —construidas en hormigón visto, flotantes, con tiras de leds incrustadas que las hacen parecer aún más livianas— terminan en una planta superior mucho más reducida que la inferior. Ante Mari Paz se extiende un grupo de mesas —doce, quizás trece—. Aquí no hay juegos multitudinarios, todas están dedicadas al póquer. Ahora mismo están ocupadas la mitad de las mesas por siete personas cada una. Juegan Texas *hold'em*, y apostando fuerte. Mari Paz mira de reojo al pasar, y se fija en los montones en el centro de las partidas. Hay muchas fichas de color negro.

A mil euros cada una...

Sigue su camino, sin detenerse, en dirección al fondo de la sala.

«Actúa como si fueses la dueña del sitio, y todo el mundo te dejará en paz», había sido el consejo de Aura.

Mari Paz intenta dominar su propia inseguridad y sus dudas. Sólo son unos cuantos metros. Unos pocos pasos.

Siente —o se imagina— todas las miradas clavadas en ella al pasar. Como si en la sala no existiese nada más que ella, como si todas las enormes apuestas hubiesen dejado de tener valor, y cada uno de los jugadores y de los crupieres hubiesen dejado de contar parejas, tríos y colores, para fijarse en ella.

Ha sentido eso antes. En el frente.

Se muere por un trago.

—Rubia, ya podías cantarme algo.

Antes de que me dé la vuelta y salga corriendo.

—¿Ahora?

—*Mañá o porco estará morto.*

Aura no ha dejado de moverse entre la multitud, trazando un círculo alrededor del escenario improvisado que hay al fondo de la sala principal. Un par de personas la han reconocido y la han saludado con la cabeza. Otras la han reconocido y han mirado hacia otro lado. Ninguna ha intentado entablar conversación, pero es un riesgo que no puede permitirse correr. Estar parada lo aumentaría.

Así que, no deja de moverse.

Por eso se siente aún más ridícula —y la situación más irreal— cuando empieza a canturrear:

¿Quién vive en la piña
debajo del mar...?

Nunca sabremos quién era, porque antes de que llegue al siguiente verso de la canción, se topa con un muro de carne revestido de algodón barato. Alzar la mirada confirma sus peores miedos.

Uno de los matones de Toulour.

—Señora Reyes —dice—. Acompáñeme, por favor. Monsieur Toulour desea invitarla a una copa.

Aura mira hacia su izquierda. Otro de los matones se ha situado unos pasos por detrás de ella, dejando claro que no se trata de una petición que vaya a poder desatenderse fácilmente.

—Oh, pues claro —dice ella, bien alto, para que escuchen las demás—. ¿Cómo podría yo decirle que no al señor Toulour?

—Me cago en mi putísima calavera —maldice la voz de Mari Paz. Habla bajito, pero Sere ha pasado la llamada a los altavoces del portátil y puesto el volumen al máximo, así que el reniego atrona el vehículo.

—¿Qué sucede? —dice Sere.

—Sucede que va a darme un ataque de ansiedad.

—¿Has probado a contar de diez a uno muy despacio?

—*Mimadriña*, yo peto hoy. Yo peto y la mato.

—Que alguien le cante —susurra Aura—. Eso la calma.

—No queréis que sea yo —dice Sere—. De verdad que no queréis.

—Sea quien sea...

Aura no llega a terminar la frase, porque desde el asiento del conductor ha saltado el Chavea, que se acerca al ordenador.

—¿Por dónde hablo? —le pregunta a Sere, sonriente.

Sere señala el agujerito del micrófono en el portátil. El Chavea se inclina, y comienza a cantar:

> *Hoy se marcha nuestro hermano*
> *hoy se marchará un valiente.*

—¿Una colombiana? ¿De verdad que no había otra, Chavea? —protesta Mari Paz.

Las protestas de Mari Paz no duran mucho. Porque puede que el Chavea sea el ser humano más feo que haya existido, pero su voz es la de un ángel que hubiese prestado muchísima, muchísima atención en las clases de solfeo. Y a ella se une el Málaga, que se ha levantado también de su asiento y comienza a golpear con la mano sobre una de las cajas de madera que habían instalado en la parte de atrás, con un ritmo

(*pum, purrum*, pausa, *pum purrupum*, pausa)

cadencioso, como el de su Semana Santa de Málaga. Y la voz del Chavea, por mucho que cante a un compañero caído.

> *Hoy se marcha con orgullo,*
> *pero con el alma rota.*
> *Caballero legionario,*
> *que Dios te dé mucha suerte.*

le llega a Mari Paz, a su corazón y a sus tripas, como un bálsamo. Y su respiración agitada se calma y sigue adelante, ignorando las miradas —las reales, las imaginarias—, rumbo al pasillo del fondo.

4

Un juego

Mientras el Chavea canta, mientras el Málaga marca el ritmo, mientras Mari Paz se sobrepone y continúa andando, Aura tiene problemas.

Problemas serios.

Los matones la han conducido hasta el lateral del escenario, donde aguarda Toulour. Camisa floreada, chaqueta de seda, pantalones pitillo, cadena de oro al cuello. La ropa, destinada a un hombre mucho más joven, acrecienta más su edad y le hace parecer ridículo. El pelo rizado peinado hacia atrás, las arrugas en torno a los ojos y la sonrisa de neón no han cambiado nada desde la última vez que se vieron.

—Aura, Aura querida. Estás tan bella como siempre. Más, si cabe —la piropea y se adelanta para darle tres besos, a la manera de su Montpellier natal.

—Henri, de verdad que me halagas —dice ella, arrugando

la nariz ante el asalto excesivo de su perfume. Sándalo, madera y cilantro. Caron Poivre Sacré, a setecientos euros el frasco. Ella antes solía apreciar estas cosas.

Antes.

Toulour está de pie junto a una mesa alta, en la que reposan un par de copas de champán y un plato con fresas y nata fresca. El viejo echa mano de una botella de Armand de Brignac Brut Gold que se enfría en una cubitera. Ella, mientras, abre su bolso, como si fuera a buscar algo en él, y aprovecha que el otro le da la espalda para poner el micrófono en silencio y darle a Mari Paz toda la tranquilidad que pueda. Cuando se coloca junto a él, le ofrece la oreja que no tiene auricular, por si acaso.

—Chapado en oro, para hacer honor a tu nombre —dice Toulour, golpeando la botella con la uña un par de veces.

—Tú siempre tan detallista —dice Aura, intentando no carcajearse ante lo barato y equivocado del símil.

—Me resisto a pensar que hayas venido sólo por el juego —dice, sirviéndole una copa—. No te olvidas de tu viejo amigo Toulour, ¿verdad?

—¿Cómo olvidarme de ti, Henri?

—Sigo sin concebir que te hayas resistido a mis encantos tanto tiempo.

—Ha sido fácil, Henri —dice Aura, dándole un sorbo al champán—. Sólo he tenido que recordar lo que mi madre solía decir. La polla de un mujeriego duele mucho más al salir que al entrar.

Toulour ríe, con ganas. Puede que sea un vividor follador, pero siempre ha tenido un excelente sentido del humor.

—Ah, *ma chérie*. He echado de menos nuestros intercambios. ¿Qué hay de nuevo en tu vida?

Muerte, pobreza y desesperación.

—Lo de siempre. Un proyecto aquí, otro allá... Sin tiempo para nada.

Toulour la estudia con atención.

—No sabes cuánto me alegra escucharlo. Me habían llegado... *rumeurs*... maliciosos.

—¿Qué clase de rumores maliciosos?

—Ya sabes. Lo que dicen los medios.

Aura suelta un bufido sarcástico.

—Los únicos medios que triunfan hoy en día son los que te dicen exactamente lo que querías escuchar acerca de algo. O lo que alguien quería que tú escuchases.

—Que yo sepa tú has sido de los segundos durante mucho tiempo, *chérie*.

—Nunca es demasiado tarde para dejar de ser una hija de puta.

Toulour ríe, esta vez con cierta sorpresa.

—Debo reconocer que esta nueva Aura es deliciosamente refrescante. *Très magnifique!*

—Como tu champán, Henri. Sigues teniendo un gusto excelente —dice, dándole otro sorbo.

Más que para la ropa y los perfumes.

—Pero no has contestado a mi pregunta. ¿Qué te ha traído hoy por mi humilde mansión?

Desplumarte.

—Supongo que me sentía con suerte —dice, alzando la tarjeta magnética con el logo del casino.

No está permitido jugar con dinero en efectivo allí, por si algún policía despistado decidiese saltarse las recomendaciones de sus jefes de ignorar ese sitio. Así que la única forma en la que se puede jugar es comprando fichas o registrando tu participación en una tarjeta de ese estilo. Pero las del Super-Combo tienen un color dorado, en lugar del negro habitual, en honor a lo elevado de la apuesta. Así que Toulour asiente con apreciación.

—Veo que los *rumeurs* eran, en efecto, infundados y maliciosos. O quizás sólo... mal situados. *N'est-ce pas?*

Los ojillos porcinos de Toulour se han convertido en dos perversos pozos de ambición.

Aura comprende enseguida que el viejo es como todos los demás. No ha dudado ni un instante de su culpabilidad. ¿Cómo iba a hacerlo? Alguien como él, que se rodea de cálculos y probabilidades, que se aprovecha de las debilidades ajenas, que explota los vicios escondidos de los poderosos. Alguien como Toulour no puede pensar en otra cosa que en el máximo beneficio. En la mente del dueño del casino no hay motivo para que Aura no cometiera el desfalco, porque él lo habría cometido en su situación.

Ahora está pensando cómo aprovecharse de ese conocimiento, calcula Aura a su vez. *Y yo debería aprovecharme de ello.*

Quizás lo mejor sea alimentar su error.

—La gente a menudo cambia cosas de sitio —dice Aura, con una sonrisa que pretende ser enigmática.

Los ojillos se entrecierran aún más, si cabe.

—Ya veo, *ma chérie*. Pero a veces, esas cosas que cambian

de sitio se vuelven incómodas. Y requieren de cierto... acomodo.

Aura no puede evitar sonreír.

—Seguro que conoces a la persona adecuada para algo así.

El viejo truhán cree que tengo el dinero, por supuesto. Y también cree que si he venido a verle, que si he comprado una participación en el juego más caro del casino, era sólo para llamar su atención y mandarle un mensaje.

Es listo, el cabrón.

Porque, de haber sido cierto, la ayuda de Toulour para blanquear el dinero hubiera podido ser un recurso ciertamente valioso. Con sus contactos —mucho mejores que los de Aura— en todas las esferas de poder, el dueño del casino tenía acceso a herramientas y a favores con los que Aura sólo puede soñar.

Toulour puede ser un aliado excepcional. Y también un enemigo muy peligroso a quien no conviene enfadar nunca.

Aura mira el reloj, y comprueba que «nunca» ocurrirá más o menos dentro de un cuarto de hora.

—Ah, querida, hablemos luego. Ya comienza tu juego.

No lo sabes tú bien.

PRIMERA PLANTA
(UN PAR DE MINUTOS ANTES)

Esquivados los crupieres recelosos, calmada la ansiedad, con la voz del Chavea en los oídos y la de Aura y su conversación con Toulour fuera de ellos, Mari Paz logra alcanzar el fondo de la estancia.

La elegante puerta de acero y wengué lleva a un pasillo en el que están los cuartos de baño. A diferencia de los del muy legal casino de Torrelodones, en estos la gente no aprovecha para meterse rayas, porque ya se las meten fuera, a plena vista. Lo cual mantiene estos baños bastante limpios y accesibles.

Mari Paz entra, hace uso de las instalaciones, se lava las manos, se lava la cara para despejarse, se mira al espejo —el maquillaje no ha sobrevivido demasiado bien—, se lamenta de su fragilidad y de lo complejo de la vida, sale de nuevo al pasillo y sigue andando hacia el fondo.

—La puerta del final —le recuerda Sere.

—Hasta ahí llego.

Como si no lo hubieran hablado mil veces. Como si no fuera la única que no tiene una figurita de dama o de caballero, sino un letrero de SÓLO PERSONAL AUTORIZADO.

Mari Paz la golpea dos veces, con impaciencia. Mientras, se va quitando las sandalias.

—¿Quién es? —dice una voz al otro lado.

—Me envía Zlatan —dice, en un rapto de inspiración. La puerta se abre, un par de centímetros.

Me va valiendo, piensa Mari Paz, echando el cuerpo hacia atrás para tomar impulso.

Por los altavoces del portátil resuenan ruidos bruscos, graves, gritos.

—Yo diría que son por lo menos dos —opina el Málaga, inclinando la oreja e intentando analizar los sonidos de la pelea.

—Eso ha sido un rodillazo seguro —dice el Chavea.

Hay un sonido de cristales.

—Y un vaso roto.

—Ahí ha cobrado.

—¿Queréis dejar de retransmitirlo, *carallo*?

Mari Paz se agacha, para esquivar un puñetazo de uno de los dos matones que aún quedan en pie. Eran tres, pero el primero está en el suelo, inconsciente, después de que Mari Paz le haya destrozado una botella de cristal en la cabeza.

El segundo la agarra por el brazo derecho, intentando retenerla. El número tres es el que ha lanzado el puñetazo, que no alcanza a Mari Paz, sino la pared tras ella, con los resultados esperables.

Hay un crujido.

Mientras Número Tres se retuerce de dolor y se mira los nudillos rotos, Mari Paz pega una patada hacia atrás, alcanzando la pantorrilla de Número Dos. Resulta que hacer eso descalza no es tan efectivo como hacerlo con botas militares, y Número Dos apenas afloja. Es muy fuerte, a ella el brazo izquierdo se le da peor. Pero no puede esperar a que Número Tres se recupere. Así que echa la cabeza hacia atrás, con todas sus fuerzas, y consigue impactar en la nariz del que la sujeta, que cae redondo al suelo.

Para cuando Mari Paz se acerca a Número Tres, éste tiene tanto dolor en la mano que casi agradece el golpe que le noquea.

—Pues esto ya estaría —dice la legionaria, jadeando.

—¿Cuántos había? —pregunta el Chavea, que ha hecho una apuesta por señas con el Málaga.

—*Chisss*, señores. Que esto es muy serio —interviene Sere—. A ver, chocho. Cuéntanos qué estás viendo.

—Un sofá. Una nevera. Una mesa.

—Es la sala de descanso para empleados. Aura tenía razón. ¿No hay ningún ordenador?

—No, aquí no. Espera, hay una puerta al fondo.

—Intenta abrirla.

—No se abre.

—Pues dale... no sé, un golpe de kárate de esos tuyos, Mari.

—Yo no sé kárate. Y no me llames Mari.

—Perdona, chocho.

—Eso tampoco.

—Pues ya me dirás cómo te llamo.

—No me llames.

Se oye un grito ahogado, y una maldición cuyos fonemas serían algo así como *mecajondiolabendita*, pero dicho muy muy deprisa.

—¿Qué ha pasado?

—Que hay que venir calzada como se debe a las historias, joder —dice Mari Paz, doliéndose del talón.

La cerradura no era gran cosa, pero reventar a patadas una puerta descalza nunca ha sido sencillo. Las sandalias las había dejado fuera, para no romperlas.

Y porque estorban, más que ayudan.

El caso es que la puerta se ha abierto, aunque Mari Paz vaya a salir —una vez más— medio coja de una aventura con Aura.

Si salgo.

Por lo pronto, entra.

—¿Qué es lo que ves? —pregunta Sere.

Está en una pequeña habitación, sin ventanas, que contiene tres enormes armarios rack con ventilación forzada y 42 unidades de alto. Están atestados de servidores en red, cruzados de cables RJ45 y conexiones directas SFP+ de 10 Gb.

—Aquí hay muchas luces de colores —describe Mari Paz.

—¿Pero estás viendo racks, cpus en torre, qué ves?

—A ver. Son como tres cajas muy grandes con una tapa transparente.

—Define grandes.

—Más que yo, y menos que Xaquina.

—¿Quién es Xaquina?

—La vaca favorita de la abuela Celeiro.

Sere comprende que la tarea va a exigir ciertas dosis de paciencia e imaginación, así que se arremanga mental y físicamente.

—Lo que tienes delante son tres armarios rack. ¿Puedes abrirlos o tienen llave?

Se oye un forcejeo, y después un ruido de cristales rotos.

—He abierto uno.

—Vale. Ahora vas a tener que buscar un USB.

Sere aprieta los dientes y cierra los ojos, esperando cualquier clase de réplica, pero esto parece que sí que lo ha entendido a la primera.

—Es el agujero ese rectangular, ¿verdad? De eso me acuerdo.

—Claro, porque te lo he explicado unas once veces.

—Pocas son. Aquí hay uno.

—Vale, ahora quítale la tapa al pintalabios e insértalo.

Sere escucha el trasteo de Mari Paz con el lápiz de memoria camuflado en el pintalabios.

—No entra.

—A ver, chocho. Dale la vuelta. Te aviso, tampoco entrará.

—No, así tampoco entra. Para qué me has dicho que...

—Vuelve a darle la vuelta.

—¡Ahora sí ha entrado! *Que bruxería é esta?*

—Es un poder que tengo. Espera un momento, mientras veo si puedo acceder al sistema...

—Estoy dentro —dice la voz de Sere—. Ya eres libre como el sol cuando amanece.

Ni de coña, piensa Mari Paz. *No hemos ni empezado.*

Renqueando, se acerca a la nevera de la habitación de invitados y busca algo de hielo. No hay, pero sí que encuentra una lata de cerveza muy fría.

Diez segundos de alivio en el talón, y enseguida garganta abajo. Eructa con fuerza, arruga la lata, la arroja encima de uno de los matones de Toulour, y se encamina al pasillo.

—En China, la India y en Arabia Saudí eso que acabas de hacer se considera un cumplido —dice Sere, a quien puede escuchar tecleando a toda velocidad.

—No lo pretendía. ¿Te queda mucho?

—Cuando fuiste martillo no tuviste clemencia, ahora que eres yunque...

Mari Paz sale al pasillo de los baños. Hay un par de hombres entrando por la puerta del de caballeros, pero van hablando de sus cosas —del river y del bote y *nosequé*—, y no parecen prestarle mucha atención.

—¿Qué?

—¿Qué de qué?

—¿Ahora que eres yunque, qué?

—Ten paciencia. ¿No es obvio?

Mari Paz se agacha, recoge sus sandalias y así, descalza, se encamina de nuevo a la planta baja. ¿Su motivación principal para sobrellevar el dolor?

Pensar que cada paso que da está un poco más cerca de estrangular a Sere con sus propias manos.

5

Un sorteo

Aura se da la vuelta, siguiendo la dirección del dedo de Toulour. En el escenario, un par de animadores de ambos sexos, con el cuerpo pintado con purpurina dorada por toda vestimenta, animan al personal mientras da inicio El oro del Rhin.

Nos quedamos sin tiempo, piensa Aura, que escucha a Sere y Mari Paz hablar de conexiones y de vacas. No ha podido prestarles toda su atención, porque Toulour no se ha callado, los presentadores objetificados tampoco, y el ambiente en el local no ha parado de volverse más y más ruidoso. El juego en las mesas se ha interrumpido, pues nadie quiere perderse el sorteo, para el que casi todos los presentes han comprado una participación. Algunos, más de una.

—¿Qué número llevas, *chérie*?

—Si te soy sincera —y lo está siendo—, no lo sé. Pedí a tu tesorero que eligiera un número al azar.

—Ese hombre es un tesoro —dice Toulour, riéndose de su propio chiste malo—. Este año ya le he subido el sueldo tres veces.

—Me alegro de que te vayan bien las cosas.

—Ya sabes la clase de personas que vienen a vernos —dice, señalando alrededor. A los borrachos, a los drogados, a las mujeres que chillan con voz de papagayo, a los que llevan ya la corbata en la cabeza.

La euforia que demuestran los asistentes en este santuario del vicio y el exceso es directamente proporcional a la contención de su vida diaria. De sus bufetes, de sus consejos de administración, de sus ministerios. Esas pollas guardadas, esas bragas a refajo, esas voces contenidas. Esa España que madruga para llenar la cartera. Tan repleta, que estalla por la noche, salpicando a Toulour de algo más que purpurina dorada y sudor espeso.

Y cuando a ellos les van bien las cosas... *Jeter l'argent par les fenêtres.* ¿Cómo lo decís...?

—Tirar la casa por la ventana.

El champán se ha calentado en la copa de Aura. Le sudan las manos, y no sólo por el nerviosismo del sorteo que ya comienza. Tampoco por la ausencia de información, y por tanto de control, aunque buena parte hay de eso. No sabe lo que ha sucedido con Mari Paz, y eso es lo que más le agobia.

Hace poco más de una semana ni la conocía.

Y ahora se muere de preocupación por ella.

Tiene que resistir la tentación de escaquearse de Toulour para comprobar la situación. La masa de gente que se ha formado frente al escenario es un muro infranqueable. Y el dueño del casino sospecharía si se ausentase en el punto álgido de la noche.

Por mucho que le cueste, va a tener que confiar en sus compañeras. No es un recurso —la confianza— del que haya ido muy sobrada en los últimos años. Ponzano la había extirpado de su cuerpo de un solo bocado.

Y, aun así, no tiene nada más.

En el escenario ya se han activado las pantallas. El Dúo Desnudito está recordando por tercera vez que el Super-Combo

—... está totalmente automatizado, y ni siquiera el señor Toulour...

Hacen un gesto en dirección al dueño del casino. Hay un aplauso, entusiasta e impaciente. Algunos vítores. Toulour alza su copa, sonriente y gracioso, hacia la multitud.

—... conoce el resultado que va a salir hoy. Así que... ¡empezamos! —Un nuevo aplauso, éste más vigoroso.

En la enorme pantalla central del escenario empiezan a aparecer los números de las participaciones. Todos los números. Y una bola dorada va moviéndose entre ellos. Dos pantallas, situadas a los lados, tienen unas reglas que van a ir delimitando esos números. Frases como «Múltiplos de tres», «Pares» o «Primos» se van activando, poco a poco, restringiendo las opciones en la pantalla central. A medida que se van apagando, la multitud va callándose, hasta que se forma un silencio sepulcral.

—Hemos llegado ya a la primera fase de El oro del Rhin —anuncia Desnudito, dando palmas—. Quedan sólo cien números en juego.

—Ya sabéis las normas —dice Desnudita—. Si los cien que restan deciden que paremos, cada uno de ellos ganará treinta mil euros. Pero si sólo uno de ellos no quisiera...

—¡¡Seguimos!! —grita uno de los asistentes.

—¡Alguien vota seguir!

Desnudita hace visera con las manos para ver a través de los focos y señala en dirección a alguien con el brazo en alto.

—Suba aquí, caballero, y comprobemos su voto.

El hombre, calvo y con barba perfectamente recortada, se abre paso entre la multitud. Sube al escenario con ayuda de Desnudito —llenándose el esmoquin de purpurina en el proceso— y muestra su tarjeta dorada.

—¡Pase la tarjeta, caballero! —dice Desnudita, acercándole un lector de bandas magnéticas.

El hombre hace un gesto florido, desliza la tarjeta y al instante la pantalla central se ilumina en verde.

—¡¡Seguimos para El oro del Rhin!! —confirma Desnudita.

La multitud aplaude y aúlla, rabiosa, y los números vuelven a ponerse en marcha.

Más vale que os deis prisa, piensa Aura.

Las mesas de póquer están ahora desiertas cuando Mari Paz cruza la primera planta. Incluso los incombustibles participantes se han tomado un descanso de un juego tan exigente a nivel mental y se han unido a la multitud vociferante de la planta inferior.

Mari Paz siente como su cuerpo se destensa al no tener que interpretar ningún papel, al menos por unos instantes. Los crupieres han dejado todas las fichas recogidas, y también se han sumado al espectáculo de abajo. Así que camina, despacio y con las sandalias en la mano. Incluso siente que el talón le duele algo menos al pisar.

Las escaleras también están vacías. Pero, a medida que baja, Mari Paz comprueba con disgusto que Zlatan ha vuelto a su puesto, delante de la catenaria.

—Tenemos un problema —dice.

—Y que lo digas. *No les vaa daar tieempo* —canturrea Sere, sin dejar de teclear.

—¿Qué dices? ¿Pero tú no eras buenísima en esto?

—También soy buenísima haciendo Legos y la Estrella de la Muerte me llevó una semana.

—¿Y qué se supone que vamos a hacer? ¿Pasamos al plan B?

—Tú ve con Aura, chocho.

Mari Paz, que tiene a pocos metros la considerable espalda de Zlatan bloqueándole el paso, pone los ojos en blanco.

A ver cómo salgo yo de ésta.

Mientras tanto, Sere se pelea con el software de Toulour. Que ha resultado ser de los dificilillos.

Para Sere, un programa informático no es lo mismo que para un señor de la calle. Donde otros ven complejas líneas de código, {expresiones} y números, Sere ve figuras y formas completas. Botones que pulsar y problemas que resolver.

Y quien crease el código fuente del casino de Toulour sabía lo que se hacía. Una vez iniciado, el software de El oro del Rhin ya no se puede detener. Su código está autocontenido, su generación es realmente aleatoria. En esto, al menos, Toulour no está haciendo trampas.

Sere ha probado de todo, cada uno de los trucos que conoce, o como mínimo los que puede aplicar debido a lo limitado del tiempo del que dispone. Ha buscado puertas traseras, ha intentado duplicar las acciones del programa e incluso acceder a las pantallas y cambiar la señal que están emitiendo.

Fracaso, fracaso, fracaso.

El programa sigue adelante, y no hay nada que ella pueda hacer para impedirlo.

Lograr que la tarjeta de Aura fuera la ganadora de El oro del Rhin no va a funcionar.

Pero Aura ya había anticipado esa posibilidad.

Por eso existe el plan B. Que es mucho más difícil y mucho más arriesgado.

¿La parte fácil? Que Mari Paz llegue a tiempo hasta Aura antes de que acabe el sorteo.

A la aludida, lo de la parte fácil no le suena tan sencillo. Las escaleras están justo en la vertical del escenario, así que Zlatan está casi mezclándose con la multitud de jugadores. Las posibilidades de quitarle de en medio sin que la vea alguien son nulas.

—*No les vaaaa daaar tiempo* —vuelve a canturrear Sere, poniéndola aún más nerviosa de lo que ya está.

—Necesito que te calles durante un mes.

—Y yo que te des prisa.

Tiene dos posibilidades. Jugárselo todo a esa carta tan complicada, o intentar atraerle, y confiar en que se acerque sin armar jaleo.

No es realmente una opción, cuando la primera opción es un imposible.

Así que se asoma a la parte del final de las escaleras, e intenta llamar la atención de Zlatan. Primero le chista. Luego dice su nombre. No se da la vuelta.

Demasiado ruido a su alrededor.

—No avanzamos, joder.

Harta de todo, le tira una sandalia.

Zlatan se da la vuelta, confundido, antes de ver sus piernas desaparecer escaleras arriba. Se da la vuelta, y empieza la ascensión, intrigado. Cuando está a mitad de subida, recuerda el protocolo necesario al abandonar su puesto, y se lleva la mano a la oreja para avisar a sus compañeros. Justo lo que Mari Paz no quiere. Por suerte, las escaleras, diáfanas y flotantes, tienen un hueco en la parte superior que facilita el que Zlatan reciba

(*cras*)

un incapacitante sillazo en la cabeza.

Sere se queda muy quieta, mirando la pantalla con fastidio. El programa al que se enfrenta ha vuelto a dejarla fuera, pero al menos ha conseguido acceder a su código fuente. Esto es, teóricamente, lo más valioso y útil para alguien que trata de hackear un sistema...

Siempre que tenga tiempo. Y yo no lo tengo. Y el que ha hecho esto es un chapuzas.

Cuando ella programa algo, se basa en el principio del reloj suizo: la mínima cantidad de energía debe producir el máximo rendimiento y precisión. Pero el que creó el software de Toulour era un tipo muy desordenado. Su sintaxis es reiterativa, ha aplicado parches por todas partes. Es como un zapato del cuarenta y siete —lleno de remendones— para un pie del treinta y ocho.

Tiene que haber un modo.

Y de pronto cae en la cuenta.

Puede usar la chapucería del tipo contra él.

En un sistema tan parcheado y con tantos zurcidos que un costurón más no se va a notar.

—*Así cosía, así, así...* —dice, mientras se lanza a picar código. Sus dedos repiquetean sobre el teclado como un pájaro carpintero sobre su árbol.

—Pídele la tarjeta a Aura, chocho.

—¿Qué? ¿Para qué?

—Te lo diré cuando la tengas.

6

Una voluntaria

—¿Cuántas veces has hecho esto, Henri?

—¿El oro del Rhin?

No, el pino puente.

—He perdido la cuenta —dice el viejo, tras pensarlo un momento—. Más de diez, ya. Tiene que ser *un événement.* Un acontecimiento.

—Dime una cosa... ¿alguna vez se ha parado el sorteo?, ¿alguien ha llegado a un acuerdo para compartir el premio?

Toulour sonríe, lobuno.

—¿Tú qué crees?

—Tengo mis sospechas —dice Aura, posando la copa en la mesa.

—Enfrentados a compartir, o a quedarse con la *pièce de résistance* del botín, cualquiera de esos buenos ciudadanos... Qué preguntas haces.

—Gana el egoísmo.

Toulour menea la cabeza.

—No, querida. Te equivocas. Nunca, nunca se trata de tener más. Esa motivación es inherente a cualquier ser humano. Pero para gente como ellos...

Hace una pausa, mira a Aura, se mira a sí mismo, por dentro, y se corrige.

—Para gente como nosotros... Lo más importante no es ganar *le grand prix*. Lo más importante es que no lo gane otro.

Aura no tiene tiempo de reflexionar acerca de lo que dice eso de sí misma porque ve a Mari Paz abrirse paso entre la gente, acercándose a ella.

—Discúlpame un instante, Henri... Voy a saludar a una amiga.

Henri hace un gesto vago de aquiescencia, pendiente como está del desarrollo del sorteo.

—¿Qué sucede?

Mari Paz llega sudorosa, renqueante y con el pelo revuelto. A estas alturas de la noche, y con todo el revuelo que se está formando, tampoco destaca mucho del resto de los invitados en el casino ilegal.

—Necesito la tarjeta, rubia.

Aura se lleva la mano al bolso y se la pasa discretamente.

—¿Para qué la necesitas?

—Estamos en el plan B.

—En el plan B la tarjeta no hacía falta.

—Ahora sí —interviene Sere—. Voy a reprogramarla, pero para eso necesito que Mari Paz se suba al escenario.

A Mari Paz los ojos se le ponen como balones de fútbol.

Ella, que tanto miedo tiene a que la observen, que casi sufre un ataque de ansiedad cuando ha tenido que cruzar sola la planta superior. Ella, subida al escenario, rodeada de cientos de personas, con los ojos puestos en ella.

—En mi vida de poeta, *¿oíches?* Ni de puta coña, vamos.

—¿Puedes hacerlo tú, jefa? —dice Sere.

Aura se para a considerar las implicaciones. Por un lado, le sería mucho más sencillo y no haría pasar a Mari Paz por ese trago. Por otro, podría despertar las sospechas de Toulour, y más si hay que llevar el plan B hasta las últimas consecuencias.

—Emepé se encarga —dice, cogiéndola de la mano y dándole un apretón cariñoso y prolongado. Un *tú puedes*, y una sonrisa de ánimo—. ¿Verdad, Emepé?

—Tienen las mismas sílabas —dice la legionaria, dando un suspiro de resignación.

Porque ha visto en la mirada de Aura que no queda otra.

Mientras, el sorteo ha seguido adelante. Han saltado los últimos cinco números. En el escenario, Desnudito brinca y aplaude, con los lógicos meneos y la lógica lluvia de purpurina con cada salto.

—Llamamos a los cinco poseedores de estos números. ¡Es la hora de la gran decisión! Elegirán quedarse con seiscientos mil euros cada uno... o preferirán arriesgarlo todo e ir a por eeeel... —dice, alargando el artículo durante un par de segundos y apuntando su micrófono al público, que ruge el resto de la frase:

—¡ORO DEL RHIN!

Tan sólo tres de los afortunados han subido al escenario para confirmar su participación.

—¿Qué sucede con los demás? —pregunta Aura, sin quitarle ojo a Mari Paz. La legionaria tiene ahora mismo la cara verde y desencajada que ella identificaría probablemente con estar en una trinchera en primera línea de fuego sin munición, y Aura identifica con las inspecciones de Hacienda.

—Si no estás aquí, las reglas dicen que el juego continúa —le aclara Toulour—. Aunque es una auténtica lástima cuando eso pasa. Le resta mucho brillo al *événement*.

—Nada como el espectáculo de la avaricia salvaje.

—Una vez todos los jugadores estuvieron a punto de plantarse en la última ronda. Un par de ellos pasaban por una mala racha, y a los otros tres les dio lástima. ¿Adivinas qué pasó?

Aura mira a la masa humana, ruidosa y expectante, y se hace una ligera idea.

Toulour sonríe, melancólico. O quizás nostálgico, es imposible saberlo con tanto bótox.

—Casi les hacen pedazos. Les tiraron vasos, zapatos. Les gritaron cosas que no he escuchado nunca antes.

Toulour da un suspiro, como el que va a comunicar una verdad trascendental, surgida de lo más profundo de su corazón, antes de añadir:

—*Ma chérie*, el hombre es lobo para el hombre.

—Como dices tú siempre, ¿no?

Aura le hace gestos a Mari Paz, que no parece estar muy por la labor.

—Vamos, señoras y señores —dice Desnudita. Micrófono

en mano, cada vez va mimetizando más su voz con el tono de barraca de feria que se usa para anunciar que ha salido el perrito piloto—. ¡Anímense para participar en el reto final!

De pronto, Mari Paz levanta la mano. Es como un resorte de un muñeco de juguete. Aura no está del todo segura de que haya intervenido la voluntad, casi ha sido un acto reflejo.

—¡Suba, suba con nosotros!

Mari Paz da un paso hacia el escenario. Luego otro. Y luego ya no da más, porque los pies se le han convertido en hormigón armado, y no hay quien los mueva.

—¡Vamos, señora, no tenga miedo! —grita Desnudita, animándola con la mano.

O que ten cu ten medo, piensa ella.

Mari Paz, de nerviosa que está, ni se fija en que Desnudita no llevaba ropa hasta que está muy cerca de ella. Sólo entonces se da cuenta. Lo que le había parecido un vestido muy ajustado, resulta ser pintura dorada. Lo cual es muy evidente, tanto como que la muchacha debe de tener frío.

Mi madriña, los tiene como el timbre de un castillo, piensa Mari Paz.

De nerviosa que está, también se olvida de ponerse cachonda y se dedica a mirar la situación desde fuera, como si escuchase en su cabeza la música introductoria de *El Hombre y la Tierra* y Félix Rodríguez de la Fuente estuviese describiendo en *off*.

Estos animales, de dorado plumaje, saltan y brincan de excitación ante la llegada de un extraño...

—Pase la tarjeta por aquí —le indica Desnudito, acercándole el lector.

—¡No la pases! —dice Sere.

—No me jodas —dice Mari Paz, en voz alta.

—¿Perdone? —dice Desnudito, que cree no haber escuchado bien.

—Tienes que retrasarlo un poco —dice Sere.

—Disculpe, no le he entendido bien —dice Mari Paz.

—Digo que pase la tarjeta por aquí —dice Desnudito, insistiendo.

—Necesito diez segundos más —pide Sere, que vuelve a teclear furiosa.

—¿Y cómo se supone que debo hacerlo?

—Usted deme la tarjeta si quiere y yo la paso —dice Desnudito, al mismo tiempo que Sere dice:

—Hazte la tonta.

—Pues claro que sí —dice Mari Paz, no sabiendo muy bien a quién de los dos ha respondido, o más bien a los dos—. Espere que busco la tarjeta.

—Pero si la tiene en la mano —dice Desnudito.

Mari Paz mira la tarjeta como si fuera la primera vez que la viese.

Desnudita aprovecha para arrebatársela.

—Me estás jodiendo el show, guapa —le dice a Mari Paz, en voz baja—. Algunos estamos trabajando.

—Pues ahí vamos —avisa Mari Paz.

—¡Aún no! —pide Sere— ¡Tres segundos más!

Desnudita, que va con prisa, desatiende la petición desesperada de la persona que intenta hackear el sistema de su jefe. Alza la tarjeta y, sin más miramientos, la desliza por el lector.

La pantalla se pone en rojo.

—¡Ooohhhh! Parece que alguien ha tomado más champán de la cuenta —dice, dirigiéndose al público.

Luego se vuelve a la legionaria, le devuelve la tarjeta con malos modos y le dice:

—Bájate de mi escenario, gilipollas.

—Dime que ha funcionado —exige Mari Paz, que se está bajando del escenario.

—No lo sé. De verdad que no lo sé —bufa Sere, con la angustia pintada en la voz—. Le he dado a enviar, pero no sé si habrá entrado la orden antes de que te pasaran la tarjeta.

—Como todo esto haya sido para nada, te juro que...

Se interrumpe al girarse hacia Aura y ver cómo ésta le está haciendo gestos en dirección a las escaleras, mientras finge que la chapa que le está dando Toulour le interesa muchísimo.

Cuando sigue la dirección de su mirada, se lleva una desagradable sorpresa.

En la parte baja de las escaleras están dos de los trajeados de Toulour hablando entre ellos y gesticulando con aspecto de no ser demasiado felices.

Puede que hayan descubierto ya a Zlatan, al que Mari Paz había dejado inconsciente debajo de una mesa.

O que alguno de los de la sala de descanso se haya despertado.

Sea lo que sea, algo se está moviendo, y no son buenas noticias para ellas.

—Marchamos que tenemos que marchar.

Eso último, Aura lo ha escuchado a la perfección. Así que se vuelve hacia Toulour, que ahora reparte sus esfuerzos entre escupir trasnochadas teorías sobre materialismo mecanicista (como si se le hubieran ocurrido a él) y seguir con embeleso los acontecimientos del escenario, donde los participantes casi llegan a las manos porque (oh, sorpresa) uno de ellos quería continuar y los otros dos no.

—Querido Henri, me temo que ha llegado la hora de convertirme en calabaza.

Toulour la mira sin comprender de qué habla, hasta que la ve apurar su copa y ponerse en pie.

—Pero... *chérie*, ¡te vas a perder el final de El oro del Rhin!

—Mis hijas están solas en casa, y alguien tiene que asegurarse de que no la incendien. Además, creo que lo más importante que tenía que hacer aquí ya lo he hecho.

Le guiña el ojo a Toulour, que por un instante parece creer que está flirteando con él. Cuando deja de pensar con el pene, empieza a pensar con la otra parte más importante de su cuerpo para él, que es con el bolsillo.

—Ah, por supuesto. Tenemos que hablar de los... acomodos.

—¿Te vendría bien que fuese mañana a tu casa y lo discutimos con menos ruido?

—*Ma chérie*, vengas cuando vengas me parecerá tarde —dice, coqueto—. Pero no vengas muy temprano.

7

Una lluvia

—Menos mal —dice Aura, cuando se encuentra con Mari Paz, en la puerta del casino—. Estaba hasta ahí de que me llamase como a una caja de bombones.

—*Ulalá, madam.* ¿Cómo se dice en francés: «Date prisa, rubia, que nos van a dar para el pelo»? —dice Mari Paz, mirando por encima del hombro de Aura.

—Y yo qué sé —volviéndose para ver qué está mirando la legionaria.

En el escenario, El oro del Rhin ha salido por fin. Uno de los participantes, una mujer con aspecto de haber venido de acompañante a cambio de unos honorarios, levanta los brazos en señal de victoria. Los asistentes rugen y aúllan, celebrando los tres millones de euros del premio casi, casi, como si les hubiera tocado a ellos.

Pero no es eso lo que preocupa a la legionaria, sino los tres hombres que han bajado la escalera con cara apremiante. Uno de ellos tiene la frente bastante roja, allá donde aterrizó el sillazo de Mari Paz.

—Es duro el Zlatan —dice ésta, con tono apreciativo.

—¿Pueden reconocerte?

—Diría que sí.

—Si han descubierto a los de arriba, estamos jodidas.

—Y si locatis no ha llegado a tiempo con la tarjeta, estamos rejodidas, rubia.

—¡No concluyente! —grita Sere, a través de los auriculares.

—Hay que moverse —dice Aura, enfilando hacia la salida del chalet.

Mari Paz mira a su compañera, que tiene esa mirada de «procesando» a la que ya se está empezando a acostumbrar.

—Ahora vas a decirme que si abortamos misión, que es decisión mía, y todo ese rollo —dice ésta, con tono entrecortado, debido al paso que llevan. Ya casi están en la entrada, donde unos cuantos juerguistas esperan, ruidosos, a que les toque el turno del aparcacoches.

—Nunca *choveu* que no escampara —dice Mari Paz, más que nada por fastidiar.

—¿Y eso? —se sorprende Aura, divertida—. ¿Un pensamiento positivo y de esperanza, en mitad de la tormenta?

Mari Paz mira hacia la calle que sube en dirección a su Skoda, la libertad, una cama caliente y una cena abundante acompañada de una cerveza fría.

Luego mira hacia el chalet que hace las veces de banco, donde las promesas son bastante menos halagüeñas.

Suspira.

Suspira y resopla.

Ella sólo quería dar una respuesta poco previsible. Lo que iba a decir en realidad era muy parecido a lo que Aura ha anticipado, y le toca muchísimo las gónadas. Así que se ha arrancado por el camino contrario, sin pensarlo mucho. Y lo malo de las decisiones testiculares poco meditadas es que luego exigen guardar las apariencias.

—A ver, que ya que nos hemos vestido y maquillado...

Aura sonríe, adivinando por dónde van los tiros. Pero nada dispuesta a cambiar la diana.

—¿La última y nos vamos?

—*A última e imos para casa.*

Las dos echan a andar en dirección al banco. El mismo guarda de antes está en la puerta, salvo que no hay cola en este momento, así que entran directamente al jardín japonés.

Cuando llegan frente a la puerta blindada, Mari Paz presiona el timbre y se vuelve a Aura.

—Aunque aún estás a tiempo de que nos volv...

—Mira, no, ¿eh?

Tampoco estaban tan a tiempo, porque la puerta se abre enseguida y ambas entran, dispuestas a ser sometidas a la misma indignidad de antes.

Los dos matones, sin embargo, son más amables esta vez. Las ponen contra la pared, pero sin movimientos bruscos y sin que las manos sobeteen en exceso las partes sobeteables.

—*Hvala vam* —dice Mari Paz, a quien le ha tocado ahora dar las gracias. Los matones hacen un gesto ambiguo, dejándoles el pasillo libre a ambas.

Siete metros. Siete metros y sabremos si salimos de aquí con el dinero o con una bala en la cabeza.

Aura no se hace demasiadas ilusiones con respecto a Toulour y su relación con ella. No es de llamar a la policía cuando las cosas le vienen torcidas. Y ha escuchado los rumores de lo que ha sucedido cuando alguien ha intentado jugársela. Allí donde están, a tiro de piedra de la Casa de Campo, donde es tan fácil abandonar un cadáver en mitad de la noche.

Recorre los siete metros en nueve rápidos pasos, deseando acabar cuanto antes con la incertidumbre.

—Hola, venía a recoger mi premio —dice, delante del intercomunicador instalado en mitad del cristal.

Le da la impresión de que el tesorero tiene pinta de cansado y aburrido. Para ser justos, hay algo de intuición en este pensamiento, ya que la cara de acelga del sordomudo no muda (*jajaja*, se ríe Aura, por dentro) nunca la expresión.

Es como estar mirando a una figura de cera.

—Introduzca (pausa) la tarjeta en la ranura —dice el intercomunicador, tras escribir el tesorero en su teclado.

Aura le alarga la tarjeta, el tesorero la recoge y la pasa por el lector, situado en el lateral del monitor.

Se queda mirando la pantalla, tan hierático como siempre. Vuelve a pasar la tarjeta.

—¿Hay algún problema? —dice Aura.

—Espere —dice la voz robótica.

El tesorero saca de su propio bolsillo una tarjeta, la pasa a su vez por el lector y luego vuelve a teclear en el ordenador.

—Cien, doscientos o quinientos —dice.

—Perdone, no entiendo a qué se refiere.

El tesorero se vuelve a mirarla —Aura diría que por primera vez—, parpadea un par de veces con desaprobación, y vuelve a teclear.

—Los billetes (pausa) cómo (pausa) los quiere.

Ay, ay, ay.

—Quinientos, por favor —dice, aparentando tranquilidad—. Tengo una contractura.

Será mucho más difícil moverlos y blanquearlos, sí. Pero esos tres millones de euros pesarán sólo siete kilos. Repartidos en dos bolsas, no supondrán un problema inmediato.

El problema va a venir por otro lado. Concretamente, al otro lado del pasillo.

Mari Paz, que se ha quedado a la entrada de la pequeña habitación que hace las veces de mostrador de cobro, finge estar pendiente del móvil. De lo que está pendiente, en realidad, es de los dos matones de la entrada.

Ambos también parecen cansados y aburridos, pero esta vez sin necesidad de que intervenga la intuición.

El más alto es un hombre grande en todos los sentidos: robusto, con una tupida mata de pelo blanco, manos enormes, mejillas caídas y ojos azules que brillan bajo unas cejas pobladas. El otro es casi igual de alto, salvo que todo el pelo visible que tiene le crece por debajo de la nariz, en forma de barba de esas modernas, hirsutas y muy caras.

Cejas Gordas bosteza, sin miramientos, y Barba Dura se une a él, éste tapándose la boca con cierto recato.

Un par de matones aburridos y bostezantes son muy buena señal. Un par de matones que, de pronto, se ponen tensos cuando escuchan algo en sus auriculares, ya menos.

Cejas Gordas le hace un gesto a Barba Dura, en dirección a Mari Paz. Y ambos comienzan a acercarse, más inquisitivos que amenazantes. Pero se acercan.

—Nos han *cachao* —dice Mari Paz, sin dejar de fingir que sigue mirando el móvil.

Aura no se vuelve. Está junto al cristal, que le devuelve reflejados parte del pasillo y a los dos matones, en absoluto representativos del conjunto de la ciudadanía serbia, pero cuyos tatuajes, armas y actitudes dejan traslucir que no van a invitarles a un delicioso *slivovitz* de ciruela.

—Encárgate de ellos, Emepé.

—Tienen una escopeta.

—No les prestemos atención —propone Sere, animosa—. Matémosles con nuestra indiferencia.

—Me está resultando muy difícil —dice Mari Paz, levantando las manos.

Porque Ceja Gorda ya casi está a su altura, y ha levantado la escopeta —concretamente, en dirección a la cara de Mari Paz—, y sería de muy mala educación no corresponder al gesto con la misma cortesía.

—¿Quién eres tú? *Ko si ti?*

—Éste sería un momento excelente para una distracción —dice Mari Paz, sonriendo de oreja a oreja—. *Ja sam prijatelj*. Amiga. Soy amiga.

—No nos adelantemos a los acontecimientos —dice Sere.

—Los acontecimientos se han adelantado solos —dice Mari Paz, intentado apartar la cara, cada vez más llena de escopeta.

—Dale, Sere —ordena Aura.

Sere se vuelve hacia el Málaga, y grita:

—¡Dale fufa!

Pero no hacía falta, porque el sargento ha escuchado a Aura, y ya está sacando el teléfono móvil del bolsillo.

—A ver si me coge —dice, llevándoselo a la oreja.

El móvil da la llamada, suena, pero al otro lado no parece tener ganas de contestar.

—Tengo entendido que corre prisa —dice Sere.

—Estas cosas suelen ser así, señora —explica el Málaga, por encima de su hombro. Y luego, al auricular—. Dale fufa, Angelo.

Al otro lado de la línea hay una parrafada prácticamente inaudible. El Málaga la escucha con paciencia, y luego dice:

—A ver, Angelo. La cosa corre prisa. Si la señora dice que le des fufa, tú le das fuf...

No llega a terminar la frase, porque las pupilas se le llenan de luz amarilla. La noche desaparece, empujada por el fuego.

Al fuego sigue el sonido de explosión, ensordecedor. Un breve, brevísimo instante de paz.

Y luego un coro insoportable de alarmas de coche.

El Málaga se queda durante un instante contemplando la columna de fuego que se alza al cielo, extasiado, y luego se acuerda de que hay que poner las cosas en su sitio.

—Dijimos que nada de *bum bum*, Angelo. Que sólo *bum*.

Angelo y el Caballa
(Hace un rato)

Cuando el Málaga le indicó a Angelo y al Caballa que se fueran a lo suyo, Angelo se puso muy contento.

—Ya tenía ganas de estirar las piernas.

El Caballa, menos.

—No es labor de un poeta andar empujando sillas de ruedas cuesta abajo, compañero.

—Cuesta arriba es peor, Caballa —trató de animarle Angelo.

El Caballa suspiró, con resignación cristiana, mientras intentaba que la silla no se desmandase. Aunque no tuviese extremidades inferiores, Angelo hacía tantos ejercicios de bíceps que pesaba como si estuviese entero. Y la bolsa llena de herramientas «y otras cosillas» que había metido en la bandeja inferior tampoco ayudaba.

Más o menos a mitad de cuesta hicieron la primera parada.

—Éste nos va a ir bien —dijo Angelo, señalando un deportivo de color naranja.

—Bugatti Chiron. —El Caballa, poco versado en modelos de coche, pronunció Chirón—. Tiene aspecto de oneroso.

—No sabría decirte. En mi tierra se hacen muchos coches.

Angelo echó mano de la bolsa de herramientas, y se puso a manipular la tapa del depósito de gasolina e introducir por el hueco un pequeño artilugio que emitía destellos intermitentes.

—Acércame el guarrito, hazme el favor, Caballa.

El otro le pasó el taladro, con la broca metálica ya montada, y Angelo hizo una serie de agujeros en la carrocería, a intervalos regulares, que iban desde el depósito de gasolina hasta la vertical del tapacubos.

Cuando tuvo preparado el detonador, sacó de un táper —que a juzgar por el olor había contenido torreznos— una especie de albóndigas de color verde azulado. Una mezcla de su propia creación, no disponible en tiendas. Fijó un par de albóndigas en la boca del depósito, y otra en el exterior de la carrocería, de forma que debilitase la integridad del chasis y el depósito reventase en la dirección adecuada.

En pocos minutos, había terminado. Por fuera no se apreciaba gran cosa, salvo que el deportivo —con todos esos agujeros— era menos aerodinámico y que en el costado alguien había fijado un cable que llegaba hasta el suelo.

Repitieron la operación en otros tres vehículos, para asegurarse, por si acaso algún propietario lo retiraba antes de tiempo. Un Ferrari 812, un Rolls Royce Phantom y un Bentley Mulsanne. Los cuatro aparcados lo bastante cerca entre sí como para poder vigilarlos.

—No queremos que hagan *bum bum* con nadie cerca. O peor, dentro —dijo Angelo.

—Recuerda la admonición del sargento. Que sólo *bum*. Que nada de *bum bum* —le reprendió el Caballa.

—Estas cosas son impredecibles —respondió el aludido, limpiándose restos de explosivo de entre las uñas—. Pero vamos un poco más para allá, que el casquijazo va a ser chico.

Comenzaban a alejarse, cuando el Caballa se paró. Y, lógicamente, Angelo también.

—Espera, espera. ¿Y si no hace falta reventarlos? —dijo el Caballa—. No vamos a permitir que alguien vaya por ahí con eso dentro, con el riesgo que conllevaría.

—Mi mezcla se degrada al contacto con el aire. En tres o cuatro días...

—Excesivo lapso, mi pirotécnico amigo.

Tanto insistió, que Angelo acabó rindiéndose. Arrancó de su cuaderno de notas una hoja, la fijó al parabrisas en el lado del conductor usando cuatro tornillos (previo agujereo con el guarrito), y se volvió hacia su compañero.

—¿Contento?

—Ahora sí.

Lo que ponía en la nota, visible sólo desde dentro, había sido objeto de otra ardua discusión. El texto del comunicado, al que se llegó finalmente por consenso entre las partes, decía:

SEÑOR, NO ARRANQUE.
LLAME AL 091.
PREGUNTE POR LOS
ARTIFICIEROS.
LAMENTAMOS LAS
MOLESTIAS.

ATT. ANÓNIMO

Aguardan a tiro de piedra de la furgoneta, y a otro de los coches *apañaos*. Angelo, con el emisor de radiofrecuencia en la mano, en plena acera y una sonrisa en la cara. El Caballa, agazapado detrás de una farola y con más miedo que un vegano en una capea.

Al cabo, suena el teléfono. El Caballa se palpa por todos los bolsillos, sin encontrarlo.

—Siempre te pasa igual.

—No me *engrías*, Angelo, que sabes que me pongo más nervioso.

Finalmente lo encuentra, coge la llamada, y lo pone en manos libres.

Angelo protesta al escuchar la orden del Málaga.

—Se supone que son para cubrir la huida.

—A ver, Angelo. La cosa corre prisa. Si la señora dice que le des fufa, tú le das fuf...

No le deja acabar, se limita a pulsar los botones uno y tres en el emisor de radiofrecuencia. El dos y el cuatro se los guarda, por si acaso.

Bum, bum.

8

Un pasillo

Mari Paz se había quedado con las manos en alto durante este interludio retrospectivo. Para ella apenas han pasado cuarenta y tres segundos, pero han sido cuarenta y tres segundos larguísimos. Larguísimos. Habría visto pasar su vida ante sus ojos si no hubiera tenido la vista bloqueada por el cañón de una escopeta.

Una SPAS 12. Siete u ocho cartuchos. Gran apertura de disparo. En un pasillo tan estrecho como éste, aciertas aunque estés chosco.

Y Ceja Gorda no deja de gritarle, y ella sigue con los brazos extendidos, bloqueando el pasillo para que no accedan a la habitación donde está Aura, y gritando a su vez que es amiga, que no disparen.

Entretanto, entre tanto grito, llega el *bum bum*.

Dentro de la casa, fabricada en hormigón y de puertas reforzadas, las dos explosiones no hacen caer nubes de yeso de los techos ni temblar los cristales, como sí sucede en buena parte de la urbanización. Pero se escuchan, vaya si se escuchan. Lo suficiente como para que los dos matones —curtidos en un par de guerras— reaccionen como la legionaria había previsto. De forma instintiva, los dos se encorvan un poco.

Es todo lo que ella necesita.

Su mano derecha va lanzada al cañón de la escopeta, agarrándolo y desviándolo. El movimiento provoca la reacción inmediata de Ceja Gorda, que aprieta el gatillo. Pero el arma está apuntando ahora a la pared, y el disparo —doscientos catorce perdigones del número ocho— abre un boquete de sesenta centímetros de diámetro en el revestimiento de pladur.

La mano izquierda de Mari Paz iba destinada a la cara del matón, pero la fuerza del disparo le ha empujado contra la pared contraria, y su cara ya no está donde se esperaba. Sólo consigue darle en el hombro.

Un golpe endeble, inútil.

Barba Dura, mientras, ha echado mano de la pistola que llevaba en el cinturón.

Vienen malas y buenas noticias.

Las malas: sin haber reducido al primero de sus adversarios, que sigue armado, y con el segundo a punto de estarlo, sus posibilidades de sobrevivir al siguiente minuto son nulas.

Las buenas: colocarse una pistola con corredera en el cinturón puede provocar que se quede ahí enganchada y resulte complicado desenfundarla.

Mari Paz aprovecha la circunstancia para lanzar un segundo golpe a la cara de Ceja Gorda, que no deja de forcejear, intentando recuperar su arma.

Esta vez impacta justo debajo del pómulo.

Suena un crujido, del tipo que harían dos dientes al romperse.

El matón afloja la presión sobre la escopeta, y Mari Paz puede hacerse con ella, con un grito de triunfo.

La ventaja le dura muy poco. Sujeta el arma por el cañón, sin tiempo para empuñarla. Algo que sí ha conseguido hacer Barba Dura, que logra extraer el arma del cinturón y está apuntando hacia ella.

Sin tiempo para pensar, Mari Paz enarbola la escopeta como si fuese una porra y lanza un estacazo hacia el pelado cráneo de Barba Dura. El golpe no llega a alcanzar su objetivo sino que se reparte entre el lateral del cráneo y el brazo, que el hombre ha levantado por instinto. Eso impide que le abra la cabeza, pero es suficiente para dejarle inconsciente.

Por desgracia, también es suficiente para que la escopeta se parta por la culata.

Ay, ay.

La escopeta ahora haría más mal que bien al que intentara dispararla, pero Mari Paz no es de dejar cabos sueltos, así que tira del mecanismo de carga,

(*clac-chac*)

una, dos, tres, así hasta ocho veces, dejando caer los cartuchos a sus pies.

Y vuelve a enarbolar los restos de la escopeta como si fuera un palo. Bien a tiempo, porque Ceja Gorda —que mide casi dos metros, pesará ciento veinte kilos y tiene los brazos tamaño gaseoducto ruso— ya se ha recuperado del golpe en los morros. Lo bastante como para alzar los puños, ponerse en posición de combate, escupir los dientes rotos y mirar a Mari Paz con ganas de devolverle el favor.

—Rubia, habría que ir recogiendo velas, ¿sí?

A menos de cuatro metros del punto del pasillo donde Mari Paz se está rompiendo el alma con los dos amables ciudadanos de nacionalidad serbia, Aura libra una batalla distinta.

El tesorero ha sacado enormes fajos de debajo del mostrador, y ahora utiliza una máquina de contar billetes para asegurarse de que hasta el último céntimo que Aura ha *ganado* esté en su sitio.

—No se preocupe en contarlo —dice, al altavoz, mientras detrás de ella vuelan como panes—. Si yo me fío de usted.

El tesorero, al ser sordomudo, no ha escuchado las explosiones, ni tampoco la pelea que está teniendo lugar a pocos pasos. Pero sólo con que se levantase y se desplazase unos centímetros a su derecha, tendría una vista completa del pasillo.

Y no queremos eso, ¿verdad?

—Señora —teclea el tesorero en su ordenador—. Ésta es una (pausa) casa honrada.

Me alegra saber que en este casino ilegal se llevan las cosas a rajatabla, piensa Aura, que tiene que hacer verdaderos esfuerzos por no darse la vuelta y asomarse para ver cómo le va a Mari Paz.

Mientras haya ruido, hay esperanza.

Mientras daba la orden de distracción a Sere, tuvo la precaución de tapar el auricular con la mano, para evitar que las palabras aparecieran en el ordenador del tesorero. Ahora, a sus esfuerzos para no volverse, tiene que sumar los que está haciendo para no estremecerse con cada golpe o cada quejido. Y otro tanto para acordarse de tapar y destapar cada vez que ella habla.

No puede oírlo. No puede oír nada de esto, se repite, por dentro.

Aun así, la disonancia cognitiva entre lo que está pasando a su espalda y la sonrisa indiferente que se ve obligada a poner, mientras el tesorero cuenta los seis mil billetes, está cobrándose una factura importante en sus nervios destrozados.

Vamos. Vamos, vamos.

—Rubia, habría que ir recogiendo velas, ¿sí? —grita Mari Paz, desde el pasillo.

Qué más quisiera yo.

—¿Cómo dice? —teclea el tesorero, al que se le ha debido de colar parte de la frase de Mari Paz por el auricular.

—Perdone, estaba pensando en voz alta.

El tesorero le dedica una de sus miradas blanco folio —en esta ocasión, Aura está convencida de que acompañada de cierta displicencia— y sigue con el conteo.

—Hemos terminado —teclea—. ¿Quiere que vuelva (pausa) a empezar?

—No, muchas gracias. Está todo perfecto —dice Aura, a quien le duele la cara de sonreír.

—¿Quiere bolsa?

Aura mira los treinta enormes fajos, mira su diminuto bolso de fiesta.

—Si no es mucha molestia.

—Serán cinco céntimos.

Por supuesto que sí.

Aura rebusca en el monedero, sin encontrar ningún cobre suelto. Aparece un billete de cinco euros, arrugado y con una esquina doblada.

—Tenga, quédese el cambio.

El tesorero coge el billete que Aura desliza por el cajetín, y se pone en pie.

Aura se mueve, inmediatamente, en la dirección en la que el tesorero se ha movido para bloquear su línea de visión. El tesorero la mira, extrañado, y se agacha debajo del mostrador, hasta localizar un paquete de bolsas de plástico de color azul. Extrae una con cuidado, y la introduce en el cajetín.

Después comienza a meter, uno por uno, los gruesos fajos, que Aura va cogiendo a toda velocidad y guardando dentro de la bolsa.

—Gracias —dice cuando el último de los fajos cae dentro del cajetín, con un sonido metálico.

Antes de meterlo dentro de la bolsa, saca dos billetes de quinientos y se los desliza en el cajetín al tesorero.

—*Pourboire* —dice, con una sonrisa.

El tesorero hace un educado asentimiento de cabeza ante la propina y luego mira por encima del hombro de Aura, hacia el pasillo.

Ah, pues sí que era capaz de expresar emociones, piensa Aura, al ver que los ojos del tesorero se abren, la boca se le descuelga como una persiana rota, y se echa hacia atrás de golpe.

9

Una multitud

Aura no espera a ver dónde lleva la sorpresa del tesorero, porque agarra la bolsa —mucho más pesada de lo que esperaba— y sale corriendo al pasillo.

Se detiene enseguida.

En el suelo hay cinco cuerpos. Dos de ellos aún se retuercen con fiereza. Los ha atado de forma precaria, usando sus propios cinturones y los cordones de los zapatos, pero aún siguen con ganas de pelear. Los otros tres se encuentran en distintos grados de inconsciencia, desde la queja en sueños a la noche más absoluta.

En mitad del pasillo, apoyada en la pared, con el labio partido, un ojo hinchado y medio cerrado y los nudillos en carne viva, Mari Paz se fuma un cigarro como quien espera al 32, que parece que tarda.

—Tú *amodiño*, ¿eh, rubia? —dice, dando una calada y echando el humo con agotamiento.

Aura señala los cuerpos, sin saber muy bien qué decir.

—Han seguido viniendo —dice Mari Paz encogiéndose de hombros. El gesto no le sale redondo, porque se echa las manos al costado, dolorida. Seguramente, una costilla rota.

—Y van a seguir —dice Aura, señalando a la habitación del tesorero.

—Pues cagando melodías.

Va a dar un paso, pero el dolor le asoma al rostro en cuanto se mueve.

—Me han dejado mallada, rubia.

Aura se acerca a ella y le ofrece el brazo para que se apoye.

—¿Puedes andar?

—Puedo cojear.

—Cojeemos rápido.

Salen al jardín, desierto. En la puerta de acceso al chalet no está el portero que les atendió antes.

En cuanto ponen un pie fuera de la casa, comprenden enseguida por qué. Fuera, el caos.

Las explosiones de los coches sonaron con mucha más fuerza en el casino, más cercano al *bum bum*. Y los invitados habían salido, entre curiosos y asustados, a ver qué sucedía.

Cuando vieron el humo, el fuego y las llamas, se desató la histeria, en distintas modalidades.

Un grupo de idiotas, borrachos y enfarlopados hasta las orejas, comenzaron a gritar que volvía Al Qaeda —¡o la ETA!—, y que había que armarse y darles su merecido a esos hijos de puta. Volvieron a entrar, rompieron unos cuantos muebles, y salieron de nuevo a la calle, *armados* con trozos de silla y botellas de champán.

Otro grupo, más moderado, se limitó a correr en dirección a sus coches, para comprobar que estuviesen bien.

Unos pocos, los menos, siguieron jugando como si nada, achacando la confusión a algún bulo, a la estupidez de la masa o a una mezcla de ambas.

Y por último, el dueño del Bugati Chiron, que resultó que costaba un par de millones de euros, se dejó caer al suelo, en mitad de la acera, y comenzó a llorar y a patalear como un niño de primaria al que le habían quitado el mando de la Playstation.

Nadie, absolutamente nadie, ha llamado a la policía. Puede que sean un puñado de alcohólicos, drogadictos, viciosos y ludópatas hijos de puta, pero ninguno de ellos es completamente imbécil. Y saben muy bien que no es una buena idea que les pillen en un casino ilegal en el que venden cocaína como si fueran Lacasitos.

Lo que hacen es lo que hace cualquier rata que se precie en cuanto la nave zozobra.

De ahí, el caos.

A ese mogollón de gente gritando, dando voces, exigiéndoles a los aparcacoches sus llaves o pataleando en el suelo, salen las dos recién graduadas ladronas.

Aura, viendo lo que tienen que atravesar, recuerda de golpe una cita que Ponzano había subrayado en un libro de historia romana que le regaló. Suetonio, o quizás Tito Livio.

—La multitud es como el mar. Tranquila o procelosa según sople el viento.

Mari Paz gruñe, sarcástica, y empuja con el pie a un hombre que les grita al pasar.

—*E iso que significa?*

—Que la gente da asco. Lo dijo un romano, no recuerdo cuál.

La legionaria, que está en modo atravesar muchedumbre ruidosa, se encuentra muy a favor de las citas misántropas.

—La abuela Celeiro decía que no hay mayor mancilla que muchas manos en una morcilla. A lo mejor también era romana.

—A lo mejor —dice Aura, riendo.

10

Un regreso

—Ya podéis marcharos —dice Aura, al auricular.

—¿Me puedo despedir?

—Si no queda más remedio...

—Equipo de apoyo, iniciando ruta de salida. Cambio y cierro —dice Sere, antes de colgar.

Aura mira a Mari Paz, esperando —deseando— alguna clase de reacción a la habitual extravagancia de Sere, pero la legionaria parece haberse puesto en *stand by*. Fuma, claro. Apoyada en el coche, al que han llegado con dolor, pero sin incidentes.

A pesar de que están lejos de la casa, el jaleo llega, amortiguado, hasta ellas. El sonido de una sirena, de bomberos o de la policía, se acerca cada vez más.

—Los matones de tu amigo gabacho tienen que estar ocupados intentando contener toda esta *muvi* —dice Mari Paz, de pronto.

—Los que hayas dejado en pie, dices.

—Tenía unos cuantos más. Hemos escapado de milagro. Pero no es eso lo que más me preocupa.

Aura sabe a qué se refiere. Toulour la conoce. No sabe dónde vive ahora, pero no le costará demasiado averiguarlo. Sere ha conseguido acceder a las grabaciones de seguridad del casino, y ha borrado todo rastro de su presencia allí. Aun así, si Toulour suma dos y dos, y le enseña alguna foto suya al tesorero o a los matones del pasillo, no tardará en descubrir quién ha sido la responsable de desvalijarle.

—Habrá que mudarse a un hotel mientras pienso en cómo arreglar esto.

Levanta la bolsa de plástico llena de billetes.

—Un hotel muy caro —concluye.

Mari Paz sonríe, a pesar del labio partido. A pesar de la —probable— costilla rota. Es una sonrisa cansada y dolorida, pero la más hermosa y sincera que Aura ha visto en su vida.

—Me alegro mucho por ti —dice la legionaria—. Y por esas dos rapazas.

Aura se queda enganchada en esa sonrisa. Aunque no le hubiera seguido la explicación, el significado hubiera sido el mismo.

—Gracias. No lo habría conseguido sin ti.

Mari Paz inclina un poco la cabeza, se remueve, echa el humo y tira el cigarro de un papirotazo.

Piensa.

Dónde estaba ella hace un par de semanas. Qué hacía con su vida. Cómo pasaba el tiempo entre un ingreso de su exigua paga y el siguiente. Cómo nunca había suficiente dinero. Cómo nunca habría suficiente alcohol. Cómo no bastaría nunca para llenarla, porque en el fondo había un agujero enorme, un sumidero de desesperación que se tragaba todo lo bueno y toda la cerveza que podía trasegar. Cómo el encuentro con Aura y las gemelas había cambiado todo aquello. Cómo había recibido una dirección, un propósito. Una meta, cuando quizás aún no era demasiado tarde. Cuál era, realmente, la dirección debida del agradecimiento.

—No, la verdad es que no —resume.

Aura ríe, y se sube al viejo Skoda.

—Anda, vamos. Aún hay mucho que hacer esta noche antes de que podamos descansar.

Habrá que meter a las niñas en un taxi y llevarlas a algún hotel apartado, mejor a las afueras. Reservar a nombre de otra persona. Y mañana empezar a blanquear y canalizar el dinero, para poder llegar a tiempo de pagar la fianza...

Mientras Mari Paz arranca y enfila el camino de casa de Aura, la lista de tareas pendientes se acumula en su cerebro, cada una de ellas más difícil que la anterior.

Vamos paso a paso. Primero un problema, después el siguiente.

Se recuesta un poco en el asiento y cierra los ojos. *Cansados no pensamos bien*, se recuerda. *Es momento de relajarse un poco, que nos lo hemos ganado.*

La tranquilidad le dura exactamente minuto y medio. Que es el tiempo que tarda Mari Paz en dar una voz.

—Pero qué *carallo*... —dice la legionaria, frenando el coche bruscamente—. ¡Quita de ahí!

Frente a ellas hay un Range Rover de color negro, atravesado en mitad de la calzada de la urbanización, con las luces de emergencia puestas.

—¿Qué pasa?

—*Eu que sei.* Algún cabeza de condón, que ha parado en el medio y medio.

Mari Paz baja la ventanilla, para soltar un grito, pero éste se le atasca en la garganta. Una figura surge de las sombras y le pone una placa delante de la cara.

—Policía Nacional. Bajen del coche.

Mari Paz empuja el grito en dirección a donde había venido, junto a la saliva que tiene que tragar por el miedo y la sorpresa. Mueve la mano lentamente, buscando la palanca de cambios para volver a meter primera. Pero esa intención va al mismo sitio que el grito y la saliva, en cuanto a la placa le sigue una pistola.

—Apague el motor —ordena la voz. Una voz de mujer—. Pueden ustedes bajar del coche aquí, o puedo ir a buscarlas dentro de un rato al piso de la calle Abtao, donde están durmiendo sus hijas ahora mismo, señora Reyes.

Aura creía que no era posible tener más miedo que el que tenía hasta hace un segundo, pero resulta que sí.

—Bajemos —le dice a Mari Paz.

—Y no se olviden la bolsa —añade la policía.

Esto no puede estar pasando.

La bolsa en cuestión ya estaba debajo del asiento del copiloto, empujada por Aura discretamente con los pies. Por lo que ahora tiene doble trabajo. La saca, dando un tirón.

Ambas bajan del coche, con los brazos en alto aunque no se lo ha pedido nadie —cuarenta años viendo películas no pasan en balde, y una acaba sabiendo cómo comportarse en sociedad—.

La mujer se ha ido retirando, caminando hacia atrás, sin dejar de apuntarlas y manteniéndose a prudencial distancia de Mari Paz. Cuando su espalda toca la carrocería del Range Rover, busca en el bolsillo, saca la llave y oprime el botón que abre el maletero.

—Deje la bolsa dentro de mi coche, señora Reyes.

Aura puede verla ahora, iluminada por los faros del Skoda. Una mujer vestida con una gabardina negra, jersey y pantalones oscuros. Rostro severo, y un moño que duele al mirarlo. Lleva la pistola en la mano izquierda, enguantada. Aura se pregunta si será zurda. También se pregunta si Mari Paz podría alcanzarla si ella le da la oportunidad.

Camina en dirección a ella, con intención de ponerse entre la pistola y la legionaria, pero la mujer es demasiado avispada para caer en un truco tan burdo.

—Vaya hacia el maletero por ahí —dice, señalando con la mano derecha, y sin dejar de apuntar a Mari Paz.

Aura obedece, y llega junto al maletero abierto.

—Deje la bolsa dentro —dice la mujer, sin volverse—. Y coja el objeto que hay frente a usted.

Bajo la amenazadora luz roja que ilumina el enorme espacio, Aura ve un destello plateado sobre la tapicería gris. Cuando lo alza, comprueba que se trata de unas esposas.

Esta historia comenzó con unas como éstas, piensa. *Qué triste es que acabe de la misma forma.*

—Ahora vuelva junto a su amiguita y póngaselas en las muñecas —dice, presionando el botón que cierra el maletero y volviendo a guardar la llave—. A la espalda.

Aura regresa junto a Mari Paz, que está mortalmente seria.

—¿Se te ocurre algo? —le susurra.

—Se me ocurre que estamos jodidas —responde la otra.

—Silencio. Lo único que quiero oír son las esposas cerrándose.

Y eso es lo que se escucha. Un crujido doble, que le trae muy malos recuerdos.

—Dé usted tres pasos hacia su izquierda, señora Reyes. Señora Celeiro, usted dese la vuelta y arrodíllese.

La policía avanza hacia Mari Paz, comprueba que las esposas están bien colocadas y luego retrocede de nuevo sin darle la espalda.

—¿No tiene esposas para mí? —pregunta Aura, un tanto ofendida.

—Usted no es una amenaza, señora Reyes —dice la mujer, que parece relajarse un poco ahora que Mari Paz está indefensa.

Menuda gilipollas, piensa Aura.

—Ya puede levantarse, señora Celeiro.

Mari Paz intenta alzarse, pero el dolor y el agotamiento la hacen flaquear.

Aura corre en su ayuda, y le echa una mano para incorporarse.

—¿Quién es usted?

—A su debido tiempo, señora Reyes. Por ahora, si son tan amables de caminar en esa dirección, llegaremos enseguida.

11

Unos columpios

La mujer las conduce —a punta de pistola y a seis pasos de distancia— por un camino pavimentado que Aura conoce a la perfección. Incluso sin la tenue luz de las farolas para guiarla, podría hacer ese recorrido de memoria. Porque lo ha transitado, literalmente, miles de veces.

El parque infantil de su urbanización. Un espacio vallado, con columpios de ésos nórdicos, modernos, y suelo de tartán de muchos y brillantes colores.

En ese lugar ha dado biberones, enseñado a caminar, repartido meriendas, soplado en raspones hechos al correr. En ese lugar ha visto crecer a las gemelas, las ha visto reír, hacer amigas en pocos minutos, aprender.

En ese lugar les explicó el plan del robo al casino a sus compañeras. El robo imposible, que había salido bien, contra todo pronóstico.

Ese lugar es su casa. Tan cercano a su corazón y lleno de recuerdos hermosos como el que más.

—Siéntense en el banco de su derecha —dice Romero.

Saca una linterna, una de ésas MagLite de alta potencia, la enciende e ilumina el banco, para dejar claro dónde exactamente.

El haz de luz —fría, forense— muestra el desagradable contenido de la papelera que hay junto al banco. Botellas de zumo, envoltorios de galletas Príncipe, un paquete de Filipinos a medio comer, y otros restos de las porquerías con las que las madres agobiadas envenenan a sus hijos. Aura lo sabe bien, que en su época de máxima carga de trabajo, un paquete de Chiquilín Energy le arreglaba la tarde.

Cuántas cosas volvería a hacer, si pudiera, piensa. Como tantos antes que ella, y muchos más que vendrán.

—Respondiendo a su pregunta, señora Reyes, mi nombre es comisaria Romero.

—Qué cabrones, sus padres —dice Mari Paz—. Con la de nombres bonitos que hay.

La comisaria se muerde el labio inferior, en busca de paciencia.

—¿Por qué no estamos en un coche patrulla?

—Ésa es una excelente pregunta, señora Reyes. Digamos que tenemos un amigo común.

Se calla para dejar que el mensaje llegue a su destino. Cuando lo hace, es como una tonelada de escombros.

Aura cierra los ojos, cuando el peso de la revelación cae sobre ella. Más jodida que apesadumbrada.

¿Cómo he podido ser tan imbécil? ¿Cómo he podido creer

que esto podría salir bien? ¿Cómo he podido creer que tendría una oportunidad contra alguien como él? Con todos sus recursos y su absoluta falta de escrúpulos...

—Si es que soy idiota —dice, meneando la cabeza.

—Rubia, explícalo para los que somos aún más idiotas.

—Ponzano —escupe Aura, con odio.

Y otra tonelada se desploma, esta vez sobre los hombros de Mari Paz.

—Ah —asume, con tristeza—. Claro.

Romero da un paso atrás y se apoya en uno de los columpios, un balancín con forma de gusano. La pistola deja de apuntarles, pero no la guarda.

—Su plan era muy bueno, he de reconocerlo —dice, apreciativa—. De los mejores que he visto, y he visto muchos. Tenía razón ese señor que usted ha mencionado antes cuando dijo que era la mejor estratega que había conocido.

Saca una botella de agua del bolsillo de la gabardina, la abre con una sola mano —sin soltar la pistola— y da un corto trago antes de continuar.

—Algo traído por los pelos, al menos visto desde fuera. Demasiado fiado a la suerte, si quieren saber mi opinión. Pero claro, a ustedes la suerte parece sobrarles.

Da otro trago de agua, se enjuaga la boca y escupe en el suelo, a través de los dientes. Un chorro corto y preciso, que aterriza en el tartán, formando un minúsculo charco que refleja la luz de la farola cercana.

—Al menos hasta ahora, claro está —concluye, volviendo a guardarse la botella.

—¿Cuánto le paga Ponzano? —dice Aura, que ha pasado de

la negación y la rabia a la negociación—. Porque en esa bolsa que acabo de guardar en su maletero hay tres millones de euros.

Romero sonríe con afectación.

—¿Está usted ofreciéndome lo que tengo guardado en *mi* maletero, mientras yo sostengo la pistola? Otra cosa que hay que reconocerle, señora Reyes, es el par de cojonazos que tiene.

—¿Eso es que no? —pregunta Mari Paz.

—No me ha quedado claro —apunta Aura.

La comisaria cambia de postura, y acomoda la gabardina sobre las rodillas. La noche es fría y se nota el relente. Que se lo digan a ellas, que están con dos vestidos de fiesta, finos como pañuelos de papel.

—Esa bolsa de la que usted me habla va a volver esta misma noche a la bóveda de Toulour. No me vendrá mal que un hombre como él me deba un favor. Pero, sobre todo, evitamos que le mande a unos serbios a partirle las piernas mañana por la mañana.

—Mira, un problema menos —acota Aura, sarcástica.

—Si el que no se consuela es porque no quiere —certifica Mari Paz.

Romero vuelve a morderse el labio, que sigue sin suministrarle paciencia.

—De esa forma nos aseguramos de que usted cumpla con el compromiso que tiene con la justicia —continúa Romero.

Aura y Mari Paz, que ven que están sacando de quicio a la comisaria —y es lo único que van a sacar de esta situación—, no van a dejarlo ahí.

—Es usted excelente liberando las agendas de la gente, comisaria —dice Aura.

—¿Dan medallas por liberar agendas?

—Se creen ustedes muy graciosas, ¿no? —dice Romero, amagando una sonrisa desprovista de alegría.

—Mi viejo mentor, su actual jefe —dice Aura, chasqueando la lengua—, me dijo en cierta ocasión que hay que reír mientras se siga con vida, porque luego es más difícil.

—Qué bien que traiga eso a colación, señora Reyes.

Romero se levanta y camina unos metros a su izquierda. En el lado más alejado del parque, lejos de la luz de las farolas, hay una figura en la que ninguna de las dos había reparado antes. Romero ilumina con la linterna una mano esposada a un columpio. Escuchan un chasquido metálico, y un tintineo cuando las esposas se liberan.

—En pie.

La figura avanza, trastabillando y gimiendo, hacia el banco en el que están sentadas. Hay un quejido de dolor, cuando cae de rodillas frente a ellas.

Aura le reconoce, por fin.

—¡Ginés!

—El tío mierda —dice Mari Paz, tan sorprendida como Aura.

Ginés no tiene muy buen aspecto. Está en pijama, tiene la cara llena de moratones, y seguramente se estaría quejando mucho más fuerte si no tuviese la boca amordazada por una de esas pelotas sado que se pueden comprar en cualquier sex shop por catorce euros.

Los ojos de Ginés muestran un pánico absoluto. Se vuelven hacia Aura, suplicantes. Comienza a decir algo, pero nunca sabremos qué.

Porque Romero se lleva la mano derecha a la gabardina, saca una segunda arma —esta vez un revólver, cromado y más pequeño que la pistola de nueve milímetros que sostiene con la izquierda— y la apoya en el cráneo de Ginés.

—Aprendan —dice Romero.

Sin más ceremonia, aprieta el gatillo.

La bala, del calibre 38, atraviesa la cabeza del ejecutivo como si estuviese hecha de cartón. Un estallido de sangre, hueso y masa encefálica salpica por todas partes.

Aura y Mari Paz ya no tienen ganas de reírse.

Con la cara llena de sangre, ambas recuerdan —cada una por su lado— el momento en el que cometieron el peor error de su vida.

En la celda 11a de los juzgados de Plaza Castilla de Madrid. En la calle Abtao, delante de un telefonillo.

Mientras el horror se va aposentando en sus almas, Romero camina hacia ellas. Rodea el banco, empuja hacia delante a Mari Paz y le pone el revólver en la mano, sin dejar de apuntarle con la otra arma.

—Abra un poco más los dedos. Sin tonterías, que está descargado. Así, muy bien —dice, recogiendo el revólver.

Después regresa frente a ellas.

Saca una bolsa de plástico, parecida a las que se usan para congelar alimentos. Con sumo cuidado, introduce el revólver en la bolsa y la cierra.

—Enhorabuena, señora Celeiro, acaba usted de matar a Patricio Ginés.

Mari Paz no dice nada. Su rostro es una máscara de piedra.

—Hija de puta —dice Aura—. No puede hacerle esto.

—Yo diría que lo estoy haciendo, señora Reyes. Le resumo lo que seguro que ya ha deducido usted sola.

Señala el cadáver en el suelo.

—Dentro de unas horas alguien encontrará el cuerpo del señor Ginés, y el caso se me asignará a mí. No habrá sospechosos, ya que en esta zona no hay cámaras de tráfico, ni la víctima tenía enemigos declarados. Su pequeña incursión del otro día en su puesto de trabajo nos dejó unas imágenes que sólo yo tengo, y que me voy a guardar.

Alza la bolsa que contiene el revólver, y la mece, despacio frente a ellas.

—O dentro de dos días ingresa en prisión y le da al señor Ponzano la foto de portada que necesita, o esta pistola aparecerá entre los matojos, y será su amiga la que acabe en la cárcel.

Romero se guarda la bolsa en la gabardina, y saca un llavero que deposita despacio sobre el balancín con forma de gusano.

—Cuando yo me haya ido, cuente hasta cien y luego recoja la llave de las esposas que le dejo aquí y suelte a su amiga. Ya es tarde para que las gemelas estén sin su madre.

Y, sin decir una palabra más, se marcha dejándolas sumidas en la desesperación.

QUINTA PARTE

PONZANO

Yo soy el que se ríe el último; soy yo quien ha gobernado este maldito asunto desde el principio.

ROBERT LOUIS STEVENSON

El secreto de ganar es llevar muy buenas cartas antes de barajar.

JULIO LLAMAZARES

Miedo

Mari Paz ha dormido media hora, pero de cinco minutos.

Esta vez no lo ha hecho en el sofá de Aura. Le había resultado imposible quedarse junto a ella después de lo sucedido anoche.

No hablaron ni una palabra cuando Romero se marchó.

Aura le soltó las esposas. Ella la dejó en su casa, y después se marchó. Compró una botella de whisky barato en una gasolinera, aparcó detrás, se metió en el asiento trasero del coche (haciéndose un hueco entre los enseres) y se dispuso a emborracharse.

Ni siquiera sabía cómo se lo iba a contar a los lejías. Cómo explicarles el espectacular desastre en el que había terminado su plan.

Mari Paz bebió, y fumó, despacio. Prendió el cigarro con ese ritual pausado que nunca acaba de ocurrir, mientras la cerilla flota en el aire. Con ese cigarro, el que se encendió antes de darle el primer trago a la botella, empleó meses.

Cuando lo apagó, dio un nuevo trago, cerró los ojos, se tumbó en el asiento... y un instante después estaba de vuelta en Líbano, acurrucada en posición fetal dentro del blindado, atrapada en el interior del vehículo en llamas. González, a su lado, muerto. Valderrama, al volante, agonizando. El sargento, en el asiento del copiloto, con la boca rezumando sangre que se le derramaba por el pecho.

Y el ruido.

El ruido infernal.

Los oídos zumbando por la explosión, el tableteo de los subfusiles enemigos rociando el blindado de balas, los compañeros del otro vehículo devolviendo el fuego.

Y, por encima de todo, el gorgoteo de la vida de Valderrama, escapando por la garganta abierta por la metralla. El chisporroteo de la piel chamuscada de González. El estertor último del sargento antes de...

Abrió los ojos. Se tapó los oídos con las manos y esperó a que se le pasase. Siempre se le pasaba, y siempre volvía.

Cada noche.

Quizás por eso aprecia tanto el silencio. Para ella se ha vuelto un vicio. Se ha acumulado en su pecho, se ha adueñado de ella y no consigue interrumpirlo. Urde un muro que ningún discurso franquea. A veces, cuando ha querido romperlo para atajar una mentira, o una estupidez, no es capaz, ya lo hemos visto. El silencio tiende a perpetuarse, tiende a camuflarse tras frases afiladas y tangentes, tras chistes a destiempo, tras sentencias *enxebres, de pota vella e fogueira perpetua*.

Dio un nuevo *grolo* de la botella, maravillándose de encontrarse más sobria y más lúcida a cada sorbo.

Pensó.

Ha dormido media hora, pero de cinco minutos, habíamos dicho.

Abre los ojos (los ojos de un cadáver) y lo ve todo sepia, todo vibrante y afilado, como espinas que pinchan no sé dónde.

Lleva un funeral en la cabeza. Un velatorio desierto, en la que ella oficia, plañe y reposa de cuerpo presente. Palpa los asientos en busca de agua, como una zahorí de las tapicerías. La lengua le pesa en la boca como una mochila de campaña. Cuando consigue despegarla del paladar, como el que arranca papel pintado, dice una perogrullada:

—Uff, menuda resaca.

Tallón, su sargento (muerto), decía que una resaca hay que manejarla con cuidado para que no explote. La resaca es una mina antipersona que acabas de pisar. Tus movimientos requieren lentitud y pesimismo.

Un dolor de cabeza insoportable como el que tiene ahora Mari Paz es uno de los mejores amigos de una legionaria con estrés postraumático. Cuando se marcha, deja en el felpudo una valiosa lección de humildad: está viva, y eso basta. No necesita un piso, ni una cama caliente, ni una piel suave y tibia a su lado al despertar, ni más problemas que no sean dolores de cabeza.

Mari Paz ama las resacas, porque acaban desapareciendo,

y cuando lo hacen, dejan detrás un renacimiento en el cuerpo y en el alma que nada más puede ofrecer.

Es heroico no dimitir de tus sufrimientos, recuerda que decía el sargento, cuando la veía echar mano de una aspirina.

Lo que nos lleva a la siguiente cuestión, piensa, mientras se dirige al cuarto de baño de la gasolinera. A lo que la ha mantenido en vela toda la noche. Y que en ese momento pondera sentada en la taza, sujetándose el cráneo con las manos para intentar que el cerebro no se derrame por las orejas.

Que carallo facemos.

Porque lo que le pide el cuerpo es ceder al miedo. Arrancar el motor, pisar a fondo rumbo sur y no parar hasta ver Ceuta en el retrovisor. Dejar atrás cualquier problema que no se marche solito, o con un analgésico en el peor de los casos.

Volver a vivir en el coche.

Callar los ruidos que vienen, inevitables, con las medicinas de siempre: Soledad y cerveza del tiempo.

Cuando abandona el retrete, pega la boca al grifo del lavabo hasta que ha bebido agua suficiente como para llenar un cubo de fregar. Se lava la cara, donde aún hay restos de sangre reseca de Ginés.

Ha tomado una decisión. La única posible.

Vuelve al Skoda, lo pone en marcha y pisa fuerte.

Rabia

Aura abre los ojos. Entre el *shock* por la muerte de Ginés y el agotamiento, ha dormido de un tirón, casi seis horas. Las gemelas aún siguen en el país de Oz, y no piensa hacer nada para devolverlas a éste.

Se siente bien. Descansada y fresca.

Físicamente, al menos.

Espiritualmente, es otro cantar.

Ha vuelto a la casilla de salida, al mismo sitio del que había partido antes de empezar la historia. Y ahora, además, con una —a ratos— metafórica pistola apuntándole a la cabeza.

Es un modo magnífico de eliminar opciones.

Cuando la vida es una cárcel, nada resulta tan liberador como la cautividad.

Si tan sólo me hubiera dejado llevar, al menos podría haber aprovechado el tiempo junto a las niñas, piensa.

Si tan sólo hubiera admitido que las apuestas eran imposi-

bles, que el enemigo era demasiado fuerte, demasiado listo. Al menos hubiera tenido ese tiempo.

No deja de repetirse que Ginés quizás seguiría vivo si ella no hubiera empezado esta ridícula aventura. Tampoco deja de abofetearse, por dentro, cada vez que lo piensa. No es responsable de la salvajada que cometió la comisaria anoche, pero los humanos somos como somos.

Tenía razón Temístocles cuando, tras la segunda guerra del Peloponeso, dijo aquello de que la ruina nos defiende de una ruina mayor.

De las primeras cosas que aprendió cuando comenzó a manejar fondos de inversión —que no deja de ser un casino con otras fichas— fue que una mala racha no se remedia subiendo la apuesta. Lo perdido, perdido está, nunca se recupera.

Y no hay nadie más derrotado ahora mismo que Aura Reyes.

Sin embargo, no está triste.

Existe un minuto en cada uno de tus días en el que necesitas parpadear y, al abrir los ojos, estar a mil kilómetros. Incluso te conformarías con estar en otra habitación.

Aura, en este momento, no se cambiaría por nadie.

Con el primer café en la mano, se asoma a la ventana. En la acera, la gente va y viene con sus preocupaciones y sus minucias de gente. Con sus andares de gente, y sus sonrisas de gente, y sus defectos de gente. A muy pocos les habrá repartido la vida tan malas cartas como a ella. Aún menos podrán decir que pelearon tan lejos por aquellos a los que amaban.

Muy pocos sueños se cumplen. El resto se roncan. Si intentas escapar de tu propia sombra, estás predestinado a caerte de bruces. Cuando no puedes ser alguien mejor, lo único que queda es ser tú misma, y confiar en que baste.

Se oye un grito en la habitación de las niñas, y unos pies corriendo por el pasillo. Antes, la Aura antigua habría suspirado por no haber tenido tiempo de tomarse ni el puto café tranquila. La siguiente Aura, la de los dos últimos años, habría corrido hacia las gemelas con preocupación y angustia.

Esta Aura nueva, no.

Sonríe.

Una sonrisa fuerte y estoica.

Una sonrisa de acero, de la que podrían colgar jamones.

Esto es lo que hay. Pues vamos a ello.

Se asoma a la habitación de las gemelas, que se le echan encima como dos mastines hambrientos de besos. Aura reparte, da abrazos, establece el turno del cuarto de baño, avisa de que ese día no habrá colegio.

—¿Por qué, mamá? —pregunta Alex.

—Por la razón más importante de todas.

—¿Cuál es?

—Porque no me sale de ahí.

Las dos niñas se miran entre sí y a ella como lo hacen los protagonistas de *La cosa* hacia el final de la película, buscando al alienígena con forma humana. Cuando deciden que ningún ente extraterrestre ha tomado posesión de su madre, saltan sobre la cama, y lo celebran con una danza a mitad de camino entre el neolítico y TikTok.

Aura regresa al salón, a disfrutar del resto del café, ahora frío.

En ese momento suena el teléfono.

Es Sere.

Está tentada de ponerlo en silencio, seguir filosofando y dejar que la mañana avance sin dramas.

Pero Sere se merece saber la verdad.

—Escucha, hay algo que debes saber... —empieza.

—Ya lo sé —dice Sere.

—¿Te lo ha dicho Mari Paz?

Hay un silencio al otro lado de la línea.

Luego Sere habla, y Aura escucha.

Y cuantos más de esos dos verbos hay, más crece la rabia en su interior. Una rabia fría e implacable.

Y toda su alegría, su resignación, y sus buenos propósitos salen volando por la ventana.

Caos

Sere no ha dormido en toda la noche, ni media hora de cinco minutos. Sere ha estado toda la noche en pie, junto a la encimera de la cocina, tirando los dados.

El sigilo que ha dibujado esta vez es muy simple. Lo ha extraído de la frase que rebota en su cabeza como una pelota de tenis en la final de Roland Garros —pero con menos gritos—. Ha eliminado las vocales y los espacios. Las trece consonantes, sin omitir las repetidas,

(dbr dcrl l vrdd r)

las ha ido disponiendo en tres grupos de cuatro, giradas sobre el eje en un ángulo de cuarenta y cinco grados. La última letra la coloca en el centro de los tres grupos.

No ha trazado un círculo alrededor, ni lo ha tapado con sal, ni ha vertido unas gotas de vino en el centro, como aconseja el *Séfer Raziel HaMalakh*. Lo ha dejado abierto y limpio, como el hechizo.

Reuben y Winslow advierten contra los sigilos con forma

de pregunta. Al activarlos, puedes romper el velo del Otro Lado, y quizás no responda quien te gustaría.

En términos de estupidez, esa manera de enfocar la magia del caos es el equivalente a usar una *ouija* a medianoche en un cementerio el día de Difuntos.

A Sere le da igual. Hoy le da todo igual.

Es una vanidad creer que dominamos el espacio, cuando no hacemos más que seguir las curvas que suponen el menor esfuerzo, piensa, mientras arroja los dados una y otra vez.

Hoy no.

Ha establecido una regla para activar el sigilo. Los dados deben sumar tres, tres veces seguidas.

Sólo eso podrá restablecer la confianza.

Le lleva horas.

El sol ya asoma por los tejados cuando los dados se avienen a sus deseos. Tres veces seguidas, un uno y un dos, un dos y un uno, un uno y un dos. Y sin hacer trampas, no como aquella vez que pidió al universo que a su exmarido le saliesen pústulas en el nabo. Aquella vez empujó un poco el dado en la última tirada. Aun así, hoy sigue convencida de que funcionó.

Esta vez no ha hecho trampas. Ésta es una magia muy seria.

Cuando los dados caen en su sitio, el universo —o quien sea que se haya tomado la molestia— responde finalmente SÍ.

La pregunta:

¿Debería decirle la verdad a Aura?

Con un gesto de agotamiento, Sere echa mano del teléfono y marca.

—Escucha, hay algo que debes saber... —dice Aura, en cuanto descuelga.

—Ya lo sé —dice Sere.

—¿Te lo ha dicho Mari Paz?

Hay un silencio a este lado de la línea.

Luego Sere habla, y Aura escucha.

Y escucha.

Aura tarda en responder el tiempo que tarda en poner su explicación bajo un flexo y hacerle media docena de agujeros.

—Podrías haber acudido a mí —dice—. Me debías al menos eso.

Sere sabe que tiene razón. Quizás, desde su punto de vista, al menos.

—Me amenazó. Me puso una pistola en la boca.

—A Ginés se la puso anoche en el cráneo. —La voz de Aura se endurece antes de asestar el golpe final—. Y luego apretó el gatillo.

Sere siente que bajo sus pies se abre un agujero negro y gigantesco, una boca llena de dientes dispuesta a masticarla. Se agarra a la encimera para no caer en su interior.

—Pues eso... —logra musitar cuando se repone.

—Pues eso, ¿qué?

—Que eso me lo podía haber hecho a mí.

Y a lo mejor Sere también tiene un poco de razón. Quizás, desde su punto de vista, al menos.

—Ven a mi casa —dice Aura al cabo de un instante—. Tenemos que hablar.

1

Una charla

El telefonillo suena por segunda vez. Esta vez, nadie deja la puerta abierta de forma imprudente. Aura espera a que la gallega llame arriba.

Mari Paz entra con ojeras del tamaño y el color de medias ciruelas. Aura sonríe al verla, y se lanza a darle un abrazo.

No dice nada.

Mari Paz tampoco.

Viene vestida como siempre. Su cazadora de sarga, unas Doc Martens de imitación —nuevas, regalo de Aura—, unos vaqueros. Y una cojera que aún le dura, de las aventuras de anoche. Su piel pálida está cenicienta, y uno de sus párpados sigue hinchado y lleno de sangre.

Entra al salón, donde las gemelas dan un bote al verla, se echan sobre ella y la acribillan a preguntas y a besos.

—Ya vale, rapazas. Que no doy hecho con tanto *bico*.

Alex le muestra un dibujo del Señor Cangrejo huyendo con una bolsa de dinero, subido a un helicóptero que sujeta el Capitán América. Cris le enseña una herida que se ha hecho en la mano, con el borde de un cajón.

—¿Y a ti qué te ha pasado en el ojo, Emepé? —dice Cris.

—Me tropecé.

—¿Y en el labio? ¿Te tropezaste también? Porque tiene pinta de puñetazo.

—Nosotras sabemos de estas cosas. Hemos visto *Rocky*.

Aura manda a las niñas a terminarse el desayuno frente a la tele, y se lleva a Mari Paz a la cocina.

—Me vendría bien una ducha —suplica la legionaria.

—Después. Antes tenemos que hablar.

En la cocina le aguardan un par de rebanadas de pan bien tostadas y un café tan fuerte que podría haber llegado a la mesa por sus propios medios.

Todo lo que necesito, piensa Mari Paz.

También está Sere, apoyada en la nevera, y en silencio.

Casi todo.

—¿Se lo has dicho ya? —pregunta Mari Paz.

—Después. Termínate el café primero.

Dicho y hecho.

—Y de paso dime por qué has vuelto. Después de lo de anoche... creí que no volvería a verte.

A Mari Paz le gustaría también saber por qué. Cuando todo su cuerpo le pedía apretar el acelerador y bajarse a Ceuta o a Melilla, cruzar la valla y perderse en Casablanca o en Chefchaouen. Acabaría de portera en una discoteca, pero mantendría el culo fuera de los barrotes.

Se subió al coche, sí, apretó el acelerador, sí, pero donde acabó fue en la calle Abtao, enfrente de la casa de Aura.

Mari Paz no le explica a Aura que el miedo es una suma fija, mientras que el amor es un conjunto infinito de soluciones.

Que de eso empezó a darse cuenta, no cuando Aura le salvó el culo en los juzgados, ni cuando empezó a enamoriscarse de ella, sino en ese mismo salón del que sólo les separa una pared. En el sofá en el que vio derrumbarse a las gemelas, al darse cuenta —quizás por primera vez, y delante de ella, nada menos— de que su padre había desaparecido para siempre. Que no estaría el día de la boda, ni ningún otro.

En ese momento en el que abrazó a aquellas dos niñas sin reservarse nada, tiró abajo un muro que llevaba demasiados años levantado. Sintió cómo caía, con cierto asombro naturalista. Con decepción de sí misma, también. Tantos años protegiéndose, alejando a todo aquel que pudiera considerarla mínimamente digna de ser amada, tantos años de ceder al miedo de día, y al alcohol de madrugada, para que el ruido no la alcanzase. Para no regresar al blindado, a morir junto a Valderrama, González y el sargento.

Arre, carallo. Tanto cuidado para levantar un muro, para luego tirarlo abajo en un instante. *Dúas nenas chorando cos mocos colgando, e zas.*

El miedo es una suma fija.

El amor es un conjunto infinito de soluciones.

—La cerveza en África es una mierda —resume.

Aura la mira con cara de no entender nada, y es normal, porque Mari Paz no se entiende ni ella.

O quizás sí, y tanto da.

Porque no hace falta entender, basta con intentarlo con todas tus fuerzas, y dejar que la vida y un café recién hecho se encarguen del resto.

Mari Paz da un último sorbo al suyo, sin que la resaca haya cedido ni un solo centímetro ni bajado las armas.

Pero al menos la estamos asustando un poco.

Deja la taza cuidadosamente sobre el plato y mira a Aura a los ojos, con recelo.

—¿Y luego? ¿Vas a contarme ya qué pasa? Porque aquí pasa algo, rubia.

—Voy a contártelo, pero quiero que me prometas antes una cosa. Que cuando haya terminado de hablar te irás a la ducha, meterás la cabeza debajo del grifo y no saldrás hasta dentro de media hora.

Mari Paz siempre ha sospechado más de las palabras tranquilizadoras que de las agresiones directas. Y de las recomendaciones de conducta ya ni hablamos. Así que hace un ambiguo y diplomático gesto con la cabeza, sin comprometerse demasiado.

Y con razón.

Porque Aura empieza a contarle lo de Sere y Romero, y cuando llega a la parte jugosa —lo de la pistola en la boca, y tal—, Mari Paz empieza a verlo todo rojo, se levanta de golpe y tira la silla. Cuando se quiere dar cuenta está agarrando a Sere por el cuello con una mano y la otra la echa para atrás, dispuesta a lanzarla hacia su cara.

—*Filla de puta. Rompoche o alma...*

Sere no reacciona, no se mueve. No se sale por la tangente,

ni hace un comentario extravagante. No es, en general, Sere. Se limita a cerrar los ojos, apretar los labios y esperar el golpe.

Lo cual es aún más desconcertante.

—Mari Paz —llama Aura, suave.

—No me jodas, rubia. Tú sabes lo que hemos pasado, ¿sí? Tú sabes las hostias que me arrearon en aquel pasillo, ¿sí? Y todo ¿para qué?

—Déjala —dice Aura, con ese tono suyo, de mermelada de fresa, que reserva para momentos como éste.

—Y qué pasa con los lejías, ¿eh? ¿Qué pasa con la silla de Angelo? ¿Y con los dientes del Chavea?

—Con ésta van ya dos veces que me traiciona. Yo la he perdonado. ¿Por qué no puedes tú?

—Porque...

No sabe cómo continuar.

—Mírala.

Sere está roja, por la presión de Mari Paz sobre su cuello. Parece a punto de desmayarse.

—*A nai que che botou* —dice la legionaria, soltándola.

Luego se deja caer al suelo y se echa a llorar.

Ojalá no nos juzgaran por lo que hacemos, sino por lo que perdemos, piensa Aura, arrodillándose para consolarla.

2

Un bar

No era charla para seguir manteniendo en casa de Aura, con las gemelas poniendo la antena. Así que, cuando Mari Paz acabó de ducharse, la continuaron a la vuelta de la esquina. En uno de esos bares que aún sobreviven, sin que nadie sepa cómo, congelados en el tiempo en el que la gente leía el Interviú y discutía qué votar en el referéndum de la OTAN. Un sitio de esos en los que al pasar ves siempre al mismo abuelo, meneando pensativo su sol y sombra, y las paredes saben a calamares fritos.

Pidieron cafés y se quedaron un rato en silencio, rehuyéndose las miradas.

—Menuda zorra —dice Mari Paz, al cabo de un rato.

No es necesario que diga a quién se refiere.

—Ginés no se merecía ese final —dice Sere, dándole un sorbo al café.

Las demás asienten, despacio.

—No. Era un mal tipo. Muy trepa, y por su culpa voy a ir a la cárcel. Pero de ahí a...

Su cerebro aún retiene la visión de la cabeza de Ginés convirtiéndose en gelatina roja. Se pasa la mano por la cara, en un intento de borrarla. Sólo consigue que broten las lágrimas.

Mari Paz comprende lo que está viendo. Quizás porque se le han guardado en el disco duro muchas imágenes como ésa. Y sabe lo difícil que es borrarlas.

—Pasará, rubia. Pasará —miente, poniéndole la mano en el hombro.

Aura respira fuerte, se suena los mocos con una servilleta del bar, descubre que es de esas diseñadas para ensuciar todo al tacto y tiene que terminar la tarea sacando unos clínex del bolso.

—Estoy bien —miente ella también—. Estaré bien.

—Acerca de eso, rubia. Quería decirte una cosa. Yo tampoco es que tenga a nadie... No tienes por qué ceder al chantaje de la pava esa.

Aura sonríe agradecida, a través de las lágrimas, a la oferta de autoinmolación de Mari Paz.

—¿De qué serviría? No tengo medio de conseguir la fianza. Tan sólo conseguiríamos acabar las dos en la cárcel. Y, ¿con quién iba a dejar a las niñas?

Las dos miran a Sere, que ha sacado la cucharilla de café y ha fabricado con ella una pequeña catapulta con la que lanza diminutas bolas de servilleta a enemigos invisibles.

—A mí los niños se me dan estupendamente —afirma, rotunda.

Uno de los proyectiles aterriza en el centro de la taza de Mari Paz, pero la legionaria no le presta atención. Porque acaba de caer en la cuenta de lo que le está pidiendo Aura.

—No estarás diciendo lo que creo que estás diciendo.

—Sería un buen arreglo. Tendrías casa, y comida. Y éstas no dan mucha guerra.

—Eso no es verdad —dice Mari Paz.

—Vale, no es verdad, pero mis hijas te quieren. Y no puedo permitir que acaben en Servicios Sociales.

—Pero si no me conoces de nada.

Aura mira al infinito. Todo lo que permite el bar, que es hasta las descoloridas fotos de platos combinados encima de la barra.

—Hace poco que te conozco, no te conozco poco. Pero ése no es el tema. La propuesta no es cosa mía.

Deja unos instantes para que Mari Paz rellene los espacios en blanco.

—¿Te lo han pedido ellas? —dice, incrédula.

—Son unas niñas muy listas. Buenos jueces de personas.

Mari Paz pone la misma cara que pondría el más miedoso de los reclutas al que le dijeran que tiene que abandonar la trinchera y correr hacia el enemigo, desnudo y untado en mantequilla de cacahuete.

—No sabes lo que me estás pidiendo, rubia.

—No. Pero sí sé a quién se lo estoy pidiendo.

—No soy una buena persona.

—¿Quién te ha dicho eso?

La legionaria se echa hacia atrás en la silla, se cruza de brazos y guarda silencio.

Las otras se unen a su mutismo, interrumpido sólo por el ocasional canturreo de la máquina tragaperras. Están solas en el bar, tan solas que el camarero ha salido, avisando de que iba al supermercado a comprar no sé qué.

—Que alguien diga algo —pide Sere, aburrida ya de la catapulta.

—No me miréis a mí. Últimamente cada vez que hablo meto la pata —dice Aura.

Mari Paz menea la cabeza, como si Aura hubiese dicho la mayor tontería del universo.

—Yo quiero decir muchas cosas, pero no sé ordenarlas. Están en mi cabeza, las pienso todo el rato, pero al llegar a la boca se me pierden. Tú, sin embargo, rubia...

Aura mira su taza de café, lamentando que esté vacía. Lamentando la ausencia del camarero. Lamentando que los cruasanes del mostrador lleven ahí casi un mes.

—No deberías hacer caso a las voces de tu cabeza —dice Sere—. No suelen traer nada bueno.

—Aparte de un problema de salud mental...

—No concluyente —acota Sere.

—... las voces de la cabeza casi siempre reflejan las ideas de otros. Es cierto que no deberías hacerles mucho caso.

—Pero qué dices, rubia. Mis pensamientos son míos, y sólo míos.

En ese momento regresa el camarero, cargado con bolsas de la compra, y Aura pide otros tres cafés. Cuando aparece con ellos, Aura da un pequeño sorbo al suyo y dice:

—Te voy a demostrar cómo puedo generar en la cabeza de alguien una respuesta inmediata. Sere, si yo te digo que vengo del futuro...

Sere sonríe, y dice enseguida:

—¿A traerme lejía?

—Cuando haces pop...

—Ya no hay stop.

Ahora señala a Mari Paz.

—Tú el Pronto...

—Y yo el paño —responde enseguida la legionaria, a regañadientes.

Señala a Sere.

—Prolongue la vida de su lavadora...

—¡Con Calgón!

Mari Paz menea la cabeza, con desesperación.

—Si es que no me jodas.

Aura sonríe, da otro sorbo al café y comienza a tararear bajito. Antes de darse cuenta, las tres desafinan a coro una canción sobre muñecas que se dirigen a un portal, para hacer llegar al niño su cariño y su amistad.

—Manipular a la gente es muy sencillo —dice, cuando acaban.

—¿Eso te lo enseñó Ponzano? —pregunta la legionaria.

Aura se encoge de hombros.

—Para él es como respirar. Es uno de los malos que se ve como uno de los buenos.

—Un problema muy nuestro.

—Y tiene recursos que no podéis ni imaginar. Como su

propia comisaria corrupta —dice Aura, reprimiendo un escalofrío.

—Menuda zorra.

—Si sufriera, me alegraría —interviene Sere—. Supongo que eso me convierte en mala persona.

—Te convierte en humana —corrige Mari Paz—. Las malas personas tienen que pagar un precio. Y el precio debería ser alto.

Aura da un respingo al escuchar esa última frase.

—¡¡Pues claro!!

Se pone en pie, da varios paseos rápidos por el bar, se lleva las manos a la cabeza, recogiéndose un poco el pelo, como si le molestara para pensar.

—¿Qué te pica, chocho? —pregunta Sere, extrañada.

Mari Paz contempla la mirada de Aura, con esos ojos verdes, bulliciosos y tristes, convertidos ahora en dos ruedecitas que dan vueltas. Ha visto antes esas dos ruedecitas.

Echa mano del paquete de tabaco, y se lía un cigarro para calmar los nervios.

—Ya la va a liar.

3

Tercer plan infalible

No escucha nada, no dice nada. Va de un lado a otro del bar, con furiosas zancadas, como si quisiera abrir surcos en el suelo. Porque varias piezas de la conversación que acaban de tener se han alineado en su cerebro. Lo que han hablado no podía ser más peregrino y aleatorio.

Y sin embargo, ahí está, zumbando dentro de su cabeza.

Un plan.

El principio de uno, al menos.

Mientras camina, no deja de farfullar, para sí misma.

—Y si... pero habría qué... Y luego...

Ni una sola frase acaba. Alfombra el bar de puntos suspensivos, que se unen a las servilletas y a los huesos de aceituna que llevan ahí décadas, fusionados con el linóleo. Planteamientos que comienzan en la boca y acaban en otro sitio. La mente de Aura Reyes no es como un ordenador, ni como una jungla llena de monos. La mente de Aura Reyes es más bien como una apisonadora. Lenta, minuciosa e implacable.

—¿Le pasa algo? —pregunta el camarero, mirando a Mari Paz.

—Qué va. Es que es de mucho darle vueltas a las cosas. Yo me voy a fumar un cigarro fuera, en lo que acaba.

—Puede fumar aquí, si quiere. Si a mí me la suda.

—¿Y la ceniza?

—A la taza, señora. Total, va luego al lavavajillas.

Mari Paz, chisquero en mano, le toma la palabra, con la alegría de regresar a 1996 durante un rato.

—Tu tabaco huele muy bien —dice Sere, acercando la nariz al pitillo.

—Pero si tú no fumas.

—Hay algunos tabacos que me dan muchísimo asco y otros que me gustan. Es como los extraterrestres. No es lo mismo E. T. que Alien.

—Fantasías y patochadas todos.

—Pero qué dices, chocho. Si los extraterrestres están aquí desde hace mucho. ¿Quieres una prueba?

Mari Paz no le daría tanto carrete de ordinario, pero teniendo en cuenta que Sere todavía tiene las marcas rojizas de sus dedos en el cuello, decide picar.

—A ver, sorpréndeme.

—¿El Gobierno qué dice de los extraterrestres?

—Que no existen.

—¿Y desde cuándo crees tú al Gobierno?

La legionaria chasquea la lengua, divertida a su pesar. No está más cerca de creer en hombrecillos verdes que hace un minuto, pero tiene que reconocer que no le falta lógica a su argumento. De una manera desquiciada, pero hay algo ahí.

Durante un par de segundos se plantea si no estará mucho más cuerda de lo que parece.

Después, Sere empieza a intentar hacer equilibrios con la cuchara sobre la punta de la nariz, y Mari Paz respira aliviada. Siempre es tranquilizador que a una le ratifiquen su visión del mundo.

—He tenido una idea —anuncia Aura, regresando a la mesa.

—No nos habíamos dado cuenta —dice Mari Paz.

—¿Ha sido una voz en tu cabeza? ¿Qué habíamos dicho sobre las voces? —recuerda Sere.

Aura se toma un instante para ordenar sus pensamientos.

—Después de todo lo que hemos pasado...

—La rabia, el miedo y el caos —dice Sere, que ha vuelto a usar la cucharilla como catapulta. Ahora atacando la taza de Mari Paz sin disimulo.

Las otras dos la observan sin entender.

—Cosas mías —dice, sin levantar la cabeza. Agitando la mano para ahuyentar el peso de sus miradas—. Sigue, sigue.

—Nuestra historia ya había terminado.

—Eso seguro, rubia. Romero se encargó de dejarlo muy claro.

—No me entiendes. No me refiero al robo. Me refiero a nuestra historia. ¿Habéis leído *La isla del tesoro*?

—Yo he visto todas las películas —dice Sere. Alza la cabe-

za, repentinamente interesada—. Mi favorita es la de los Tele-
ñecos.

La legionaria niega con la cabeza.

Va a haber que levantar mucho peso, piensa Aura, reman-
gándose mentalmente.

—Al final de la cuarta parte, cuando Jim Hawkins creía
tenerlo todo a su favor, cae indefenso en manos del enemigo.
Es lo mismo que nos ha pasado a nosotros. Y es algo de lo
que nos podemos aprovechar —dice, ufana. Como si eso
lo explicara todo.

Mari Paz se queda mirando a Aura, en silencio, durante
unos segundos.

—¿Has estado bebiendo de la taza de locatis? —dice señalando a Sere—. Porque, o te ha pegado lo suyo o quizás fue a
mí a quien pegaron de más anoche, rubia.

Aura respira hondo y suelta el aire muy despacio, intentando pensar cómo transmitir lo que siente. Cómo la estructura narrativa de su aventura no puede concluir de esa forma, de la misma manera que, de niña, no comprendía por
qué Robert Luis Stevenson había dejado que Long John Silver capturase a Jim justo cuando el rubio muchacho había
conseguido que su astucia y su ingenio prevaleciesen. Cómo
Silver, traicionero y manipulador, había sembrado la semilla
de su propia destrucción. Cómo el final podría parecer apresurado, cuando en realidad se había gestado, sutilmente, durante toda la novela.

—Olvidaos de *La isla del tesoro*. Dejad que os cuente mi
plan.

Aura habla, durante al menos un minuto.

Dos, máximo.

Cuando concluye, aguarda una reacción. Que tarda en llegar.

Mari Paz pondera el plan de arriba abajo, como si estuviese desnudo, en tacones, y finalmente arroja un jarro de agua fría sobre Aura.

—Cogidito con alfileres, rubia —dice, escéptica.

—Faltan detalles que pulir —admite la planificadora.

—Y unas rimas —añade Sere.

—Detalles, *dis*. Pero si tu plan cabe aquí, *carallo* —dice, agitando una servilleta frente a ella. El mensaje «Gracias por su visita» se vuelve borroso de los meneos que le da la legionaria.

—La propia naturaleza del plan...

—... es meternos en la boca del lobo.

Aura la detiene con un gesto.

—Espera. Antes de que sigamos, quiero que Sere me diga si se ve capaz de hacerlo.

En esta ocasión la aludida no responde tan repentinamente como la vez anterior. Secuelas de haber tenido el cañón de una pistola en la boca. La pistola de alguien que, ahora lo sabe, estaba más que dispuesto a usarla.

—La parte del hackeo, sí. Conozco el sistema muy bien. Al fin y al cabo, lo diseñé yo. Si es que consigues la otra parte. La parte difícil.

—Eso es cosa mía —responde Aura—. ¿Y lo otro?

—¿Es realmente necesario? —dice, pasándose la mano por la falda, sin atreverse a levantar la mirada.

—De todos los futuros posibles, sólo ganamos en uno —dice Aura, muy seria, alzando un dedo.

Sere sonríe.

—Tú sí que sabes cómo hablarle a una chica.

Mari Paz gruñe y *rosma* por su lado, inquieta. Y un poco celosa, para qué nos vamos a engañar.

—¿Los lejías querrán participar?

—Malo será que no les convenza —dice Mari Paz—. En cuanto sepan lo que hay.

—Lo que les toca es difícil.

—Peor lo tiene *taradiña* —dice, señalando a Sere, que ha sacado su móvil y parece enfrascada en un documento complejo, lleno de lenguaje de programación.

—No es eso lo que te preocupa —adivina Aura.

—No, no lo es.

Mari Paz se lía otro cigarro, para dar algo que hacer a las manos y abrir camino a las palabras. Como siempre, es un intento baldío.

—No voy a hacerlo —concluye.

4

Un champú

La negativa de Mari Paz parece sorprender a Sere, que aparta la mirada del teléfono y contempla a la legionaria, sin palabras. Lo cual no es frecuente.

Aura la comprende.

Ya han sufrido bastante. Ya han peleado bastante. ¿Y qué es lo que han conseguido?

Nada.

Y ahora, además, está pidiéndole que ponga en riesgo la única opción que tienen las gemelas de llevar una vida relativamente normal.

Si algo falla en el plan, se acabó.

Y, siendo sinceras, pueden fallar muchas cosas. Muchas, pero sobre todo una. Y en ésa no hay forma de que ella pueda influir.

—Tiene que imperar el *sentidiño*, rubia. Sabes con quién

nos la estamos jugando. Hace un rato querías que me quedara con las gemelas, y ahora... ¿esto?

—Porque no veía salida.

Mari Paz entrecierra los ojos.

—¿Qué es lo que no me estás contando?

Hace un par de horas, Aura se planteaba rendirse y apechugar. No estaba feliz, pero estaba en paz.

Había luchado y había perdido.

Luego llegó la llamada de Sere. Y supo que las cartas estaban marcadas desde el principio. Y eso era inadmisible.

Aura se pregunta cuándo decidió mandar a la mierda la lógica y el sentido común. En qué quedó lo de no subir la apuesta para no perderlo todo. Dónde con la sabiduría de Temístocles, el de que la ruina nos protegía de una ruina mayor. Por qué una madre con dos hijas a su cargo decide nadar a contracorriente. Saltarse todo lo que dictan la razón, la presión social y las leyes (las del Código Penal, la de Murphy, la del mínimo esfuerzo). Cualquier otro en su situación hubiese acudido a los tribunales, a las televisiones, a cualquier mecanismo del sistema. Y, al fracasar, hubiese marchado en dirección a la cárcel como oveja guiada por el dogal. O huido lejos, de poder permitírselo.

No esto.

No esta rebeldía.

No esta raya en el suelo.

Una, dos, tres veces trazada.

Aura sabe de dónde nace, pero no sabe si está dispuesta a contarlo.

Es una sensación que ha venido a ella esta mañana, cuando Sere le contó la verdad.

La misma que sintió cuando, en la ducha, sostenía los dos botes de champú. La que volvió a ella en la tienda de Serrano, y acabó con ella metida en un lío infernal. Y otra vez en la celda, en los juzgados de Plaza Castilla.

La sensación no tiene explicación posible. Quizás sí, e hicieran falta un millón de palabras. O tan sólo dos letras. Una sílaba.

No.

Un *hasta aquí hemos llegado* que empezó...

Ah, qué coño. ¿Qué más tengo que perder?

—Esta historia arranca con un bote de champú del Mercadona —dice, aclarándose la voz—. Dos botes, de hecho. Uno de Mercadona, el otro de Molton Brown...

Aura habla a sus compañeras despacio, con tono de viejo cuentacuentos, de *érase una vez*, de principio de peli de Disney cuando sale el libro y te habla un señor.

Explica que estaba en la ducha, y su champú favorito se había terminado. Champú purificante de mandarina y berro de la India. Un aroma fresco y vivificador, con notas de sándalo y madreselva. Cien euros el litro, más gastos de envío.

—¡Cien eurazos! Ya puede dejarte el pelo bonito, ya —dice Mari Paz, chasqueando la lengua.

—«Cuando agites tu melena, será como si flotaras en una nube de exótico perfume». Se lo escuché a una influencer

—dice Sere, llevándose la mano a los rizos pelirrojos—. En mi caso, será como menear un arbusto.

—No digas tonterías. Tienes un pelo precioso —se apresuran las otras a decir enseguida.

Aura continúa su relato. Allí estaba ella, en la ducha, bajo el grifo. Con esa botella de champú, reliquia de su antigua vida, que había exprimido al máximo. Incluso le había ido añadiendo agua, en pequeñas dosis, para aprovechar los posos que quedaban en el fondo del envase.

—Eso lo hacía la abuela Celeiro con el Fairy. *«Botalle agua, que cunde mais»*, decía. Al final sólo había una espum...

Se interrumpe al ver la mirada de Aura.

—Perdón.

Allí estaba ella, decía, con una botella vacía de Molton Brown en la mano, y una de champú del Mercadona en la otra. Deliplus pelo y cuerpo, tres euros el litro. Con cuidado, colocó una sobre la otra y procedió a rellenar la de Molton Brown. A medida que el fino chorro de producto iba entrando, tuvo una revelación trascendental.

Violenta, incluso.

De esas que sólo un individuo entre un millón experimenta una vez en la vida.

Se vio a sí misma con una nitidez diáfana, absoluta. La

Aura de hacía dos años, antes de la muerte de Jaume. Una mujer que compraba champú Molton Brown de cien euros, perfumes Aventus de Creed a mil seiscientos y contorno de ojos de La Mer a veintisiete mil. Precios euro/litro.

—El botecito así —interrumpe Sere separando el índice y el pulgar seis centímetros— vale cuatrocientos lereles.

Mari Paz se pasa la mano por las finas patas de gallo, fruto de miles de horas bajo el sol del Báltico, del Qurnat as Sawdā', del Hindu Kush. Achinando la mirada para ver si lo que tienes a tres kilómetros es una piedra o un tipo que quiere matarte. Con las tormentas de arena, las lluvias torrenciales, el viento gélido de la madrugada. Con su paga de mil euros al mes.

—¿Y eso hace algo?

—«Esta crema supersuntuosa con acabado sedoso ayuda a eliminar la aparición de prácticamente todas las señales del paso del tiempo. Las líneas de expresión y las ojeras parecen volverse invisibles y los ojos parecen menos hinchados» —lee Sere, que ha buscado el producto en la web del fabricante.

—A ver, la rubia no tiene ni una sola arruga, la muy perra.

—La puta crema no está mal. ¿Me dejáis continuar, por favor?

Aura vio a la Antigua Aura, decía. Una mujer con dinero, mucho. Alguien para quien gastarse una cantidad obscena en un champú o en un perfume era algo cotidiano. Algo que había interiorizado tanto, que lo contrario le parecía injusto. Todos canalizamos nuestra insatisfacción vital consumiendo más, para luego trabajar el doble y sentirnos aún más insatisfechos. Así nos quiere el sistema.

Ella se había ganado su dinero, con su esfuerzo y su talento. Cumplía las leyes, pagaba —más o menos— sus impuestos. Tenía derecho a disfrutarlo como quisiera.

Todo cierto.

Pero luego había muerto Jaume. A ella la habían apuñalado. Su jefe la había incriminado en un delito que no había cometido. Su madre había enfermado y requería cuidados.

Todo se había esfumado.

Y entonces llegó la revelación. Con el bote de champú en la mano, se dio cuenta de que ese diminuto receptáculo de su inseguridad le había hecho una persona horrible. Alguien que daba por sentado su buena fortuna, como un derecho. Alguien que podía mirar hacia abajo con indiferencia y hacia arriba con admiración.

La incómoda verdad es que sólo había hecho falta que la vida le enviase un par de directos de izquierda para que todo desapareciese.

—Me creía un pez gordo. Un tiburón —dice Aura—. Cuando mi jefe gana al día lo que yo ganaba en un año.

—¿Tanto?

—Y sin tener que pisar la oficina.

Es mucho peor tener y perder que no tener nunca, dicen. Aura se reserva su opinión. Pero la revelación —y la matemática— era clara. Había comprendido que, por más que ascendiese, ella siempre estaría más cerca del sin techo que acampaba bajo el puente del Hipódromo, que de Sebastián Ponzano.

—Ése es el cuento que nos cuentan —dice Mari Paz en

una rara muestra de locuacidad, al sentirse aludida—. Que si a los grandes millonarios les va bien, a todos los demás nos irá muy bien. Que si se llenan, antes o después rebosarán y los caramelos nos caerán a todos los demás que estamos como parvos mirando hacia arriba. Como en las piñatas de mi pueblo.

Hace una pausa, y la mirada se le marcha. A quinientos y pico kilómetros, de vuelta a Vilariño.

—La abuela Celeiro me llevaba todos los años al Entroido. Y allí aprendí algo muy importante.

Aprieta los puños, tan fuerte que los nudillos crujen.

—A las piñatas hay que darles con un palo.

Aura asiente, con una sonrisa triste, antes de terminar su relato.

Esta vida no es justa, cuenta. Pero hay unas normas que la vuelven tolerable. Lo que la poseyó con el champú en la mano fue una poderosa rabia. Dirigida contra sí misma, por no haber comprendido antes su propia fragilidad. Por haber sido tan crédula.

Salió a la calle buscando rebajar esa rabia, pero entonces recordó algo. En una perfumería de Serrano donde compraba siempre tenía puntos acumulados en una tarjeta de fidelidad. No muchos, pero suficientes como para una botella de Molton Brown. Una amarga despedida de su antiguo tren de vida.

Tras un par de trayectos en autobús, llegó al establecimiento...

5

Un *flashback*

Aura entra en la perfumería. Vestida con sus mejores galas. A una tienda de Serrano sólo se puede ir en chándal cuando te apellidas Kardashian, y Aura tiene el culo de tamaño normal.

Llega dispuesta y confiada. Puede que lleve tiempo sin ir, pero es una clienta habitual. No le intimida la recepcionista, cuyo ceño se convierte en sonrisa al reconocerla. Hace eslalon entre las comerciales de las fragancias populares. No debe entretenerse si quiere llegar a tiempo de preparar la cena a las gemelas.

Coge el frasco de Molton Brown, sin detenerse.

Hace cola delante de la caja, paciente. Sólo un par de clientas delante de ella, las dos con cestas repletas. Diez minutos de espera, en los que se distrae leyendo una novela de las que había por casa de sus padres. *Huckleberry Finn*, una de sus favoritas. Aún recuerda cómo su madre intentaba que leyera menos novelas «de niños» y prestase atención a *Mujercitas*.

—Siguiente —dice la dependienta.

Tiene cara de agotada. Sábado, casi la hora de cerrar. Aura se plantea si debería volver en otro momento, pero ha estado esperando y no quiere volverse con las manos vacías.

—Sólo esto —dice, poniendo el champú encima del mostrador.

La dependienta, agradecida ante la escueta compra, lo pasa por el escáner.

—Veintinueve noventa y cinco —dice, metiendo la botella en una bolsa de papel de la tienda.

—Quería pagar con los puntos, por favor.

La dependienta pone cara de fastidio.

—Tenía que habérmelo dicho antes.

Anula la compra, con unos cuantos pitidos y tecleos.

—Deme su tarjeta, por favor.

Aura obedece. La mujer pasa la tarjeta por el lector, con un gesto rápido.

—Lo siento, no tiene usted puntos suficientes.

—¿Cómo que no? Si lo he mirado en vuestra app. Tengo más de cuarenta euros en puntos.

—Los puntos caducan si no hace al menos una compra cada tres meses, señora, lo siento. Tenía que haber venido antes.

Aura se toma un instante para respirar. Esta Aura no es la nueva Aura, hay que recordar. Esta Aura no ha pasado por los calabozos, no ha asaltado una compañía tecnológica, ni acogido en su casa a una legionaria sin hogar, ni perdonado (dos veces) a una compañera que la ha traicionado (otras dos).

Esta Aura es una Aura rota, pero que aún no ha sido vuelta a forjar. Aún hay mucho de la Antigua Aura en ella. Y la Antigua Aura era...

—Eras un poco Karen, ¿no? —interrumpe Sere el relato.

La aludida pestañea ante el término peyorativo que designa a las mujeres blancas privilegiadas de mediana edad que se creen por encima de los demás.

—Si, un poco sí.

... un poco gilipollas. Así que lo primero que sale de su boca es:

—¿Puedo hablar con la encargada?

Ojos en blanco de la dependienta, llamada por los altavoces.

La encargada llega, parapetada tras una sonrisa de adamantium.

—¿Cuál es el problema?

Aura le explica, mientras la encargada mueve arriba y abajo la sonrisa, asintiendo ante cada palabra. Sólo para acabar diciendo:

—Comprendo, pero es que no podemos hacer nada.

Ese último, odioso «nada», llega con la *a* final arrastrada hasta desaparecer en un impecable *fade out*. Destinado a terminar la conversación e indicarle a la clienta pesada dónde está la puerta.

No tan rápido, piensa Aura.

—Me he gastado miles de euros en esta tienda. Sólo porque me haya despistado un poco con los puntos...

—Ya, pero es que son las normas. No podemos hacer nada.

—Nadie me había dicho que los puntos caducaban.

—Pero está en los términos de aceptación del servicio que usted firmó —dice la encargada.

Saca debajo del mostrador un tocho de ochenta páginas, encuadernado en espiral. Hacia la mitad, y en letra muy pequeña, hay una frase que la dependienta señala triunfal.

—¿No pueden hacer una excepción? —comete el error de suplicar Aura.

—No podemos hacer nada —dice la encargada, a la que la sonrisa se le ha vuelto cruel.

La técnica del disco rayado, detecta Aura. Ella misma la ha empleado muchas veces. Hace mil años, cuando tenía sus poderes de convicción intactos. Cuando era capaz de convencer a un millonario de que invirtiera en su fondo con tan sólo un par de copas de vino y media ración de Joselito.

Se rinde.

Pega la vuelta y enfila la salida, rabo entre las piernas. Y aquí hubiera terminado esta historia, y nunca hubiera vivido las aventuras que vivió, de no haber añadido la encargada una frase final.

—Si no va a volver... —le dice a la dependienta. En susurro medido, al decibelio, para que se entere la destinataria—, se ha muerto el marido, que es el que se lo pagaba todo...

—Mira, la reviento —dice Mari Paz, dando un golpe encima de la mesa que hace volar medio metro las cucharillas de café, antes de volver caer con estrépito de loza y metal—. Te juro que la reviento.

—Pues eso sentí yo. Un claro no, una raya en el suelo, crecerse ante la injusticia, etcétera, etcétera.

—¿Y qué hiciste? —pregunta Sere.

—Creo que reaccioné muy bien.

Aura respira hondo, agarra el bolso con fuerza y extiende el brazo. Sigue caminando hacia la salida, pero esta vez el brazo extendido recorre por los estantes de perfume, que van cayendo al suelo. Se vuelven fragantes añicos, con un sonoro *cras*, a razón de cien euros el frasco.

—¡Oiga! ¡Oiga! —grita la encargada.

—Madre mía, qué torpe soy —dice Aura, dándose la vuelta.

Los perfumes están bien, pero son de marcas normales. Se puede hacer más destrozo en el siguiente pasillo, calcula. Al volver la marquesina, sonríe al ver el logo de La Prairie, con sus preciosos envases azul brillante.

—Me vendría bien un corrector como éste —dice, alzando un *concealer* de doscientos euros—. Pensándolo bien, me los llevo todos.

Mete el brazo en la repisa y arrambla con todos los frascos, que caen hacia su destrucción.

La encargada se planta frente a ella, e intenta sujetarla.

—Señora, no puede hacer eso. ¡Deje de hacer eso!

Aura echa el cuerpo hacia atrás, sin tocar a la encargada. Odia la violencia, y no piensa ponerle el dedo encima. Esa crema facial rejuvenecedora del estante superior, sin embargo, le está haciendo ojitos. Ésta viene con el envase en morado pastel metalizado, lo que significa que el precio es de cuatro dígitos.

—Uy, se me ha caído —dice, reventando un frasco contra las baldosas (de mármol tirando a hortera) como si fuera una granada. Y luego otro, y otro, hasta que en el suelo hay un charco con el que te podrías comprar un todoterreno.

—Llama a la policía —dice la encargada—. Se va a enterar esta puta loca.

—No estoy loca —dice Aura, con suavidad—. Estoy hasta el coño.

La encargada se tira de las mangas de su chaqueta negra, y escupe:

—Fracasada de los cojones...

Aura sonríe ante esta última humillación, y se inclina un poco hacia ella.

—Lo siento, creo que me he pasado. No se preocupe que yo lo recojo.

Va hasta la entrada, coge la papelera de acero que hay junto a las alarmas antirrobo. La pone boca abajo, esparciendo un montón de tazas de Starbucks vacías. Vuelve al mostrador semiarrasado. Empieza a llenar la papelera con todos los frascos que encuentra.

—¡Pero qué hace! ¡Qué hace, puta loca!

—Sacar la basura —dice Aura.

Agarra la papelera —con esfuerzo, ahora pesa mucho más—, la levanta por encima de su cabeza, camina hasta la entrada y la arroja contra el escaparate.

La papelera atraviesa el cristal —que se desmorona— antes de aterrizar en el suelo y esparcir su contenido por la acera. Una bandada de señoras con pieles se arroja sobre los productos como las palomas sobre las migas, y empiezan a metérselos en los bolsillos...

6

Un resultado

—Como una piñata —dice Mari Paz, riendo.

—Luego llegó la policía, me detuvo, me subió al coche y luego te subió a ti. Y aquí estamos —termina Aura.

—Yo diría que sí que reaccionaste bien —valora Sere, tras ponderar el relato.

—No es verdad. Fue una reacción inmadura y visceral. Me arrepiento —miente Aura.

—Lo que rompiste lo cubrirá el seguro. Y luego te lo harán pagar a ti, rubia —dice Mari Paz, pasándose la mano por el mentón aún dolorido desde anoche.

—Lo sé. Pero la gilipollas esa no se lo merecía. Por muy harta que esté de que siempre ganen los mismos, hay que saber cuándo y contra quién hay que rebelarse. Contra quién dirigir la rabia.

La legionaria asiente, despacio, ante esta última afirmación. Ella también está ponderando.

—Todo esto... ¿por un champú? —mascula, incrédula.

—Todo esto... porque ya está bien.

—Ya, ya, rubia. Pero la que has liado por un champú, mi *madriña* del Carmen.

Aura va a contestar, pero no llega a hacerlo, porque algo en la televisión del bar —de esas que están puestas todo el día en el peor canal posible— llama su atención.

—Perdone, ¿podría subir un momento el volumen?

El camarero obedece al punto, contento de poder poner la tele a volumen ensordecedor, que es como a él le gusta.

Las tres escuchan lo que dice la presentadora.

Al cabo de un rato, Aura se vuelve hacia ellas.

—Ya lo habéis oído. Si no hacemos nada, la banca gana. Como siempre.

Mari Paz cierra los ojos, estira las piernas, se echa hacia atrás en la silla. Es asombrosa su capacidad sobrehumana de ocupar una cantidad de espacio mayor a la que le correspondería según las leyes de la física.

Está pensando, rumiando cosas. Durante un rato sólo se escucha el sorber de la tercera ronda de cafés que les ha traído el camarero. Y la televisión, que sigue vomitando sus mentiras.

Al cabo de un rato, sin abrir los ojos, sin cambiar de postura, dice:

—A lo mejor me precipité antes diciéndote que no tan deprisa.

Aura aprieta los labios, emocionada.

Llena de miedo, también.

Una parte de su cuerpo —una parte muy grande— se había aferrado a la negativa de Mari Paz como una tira de velcro a la funda de un cojín barato. Porque hubiera sido más sencillo, más seguro. Como hacerse trampas al solitario.

Pero la historia no puede acabar así, por supuesto, piensa Aura. Una carga final, breve y desesperada. Una apuesta a todo o nada. O, como le había dicho a la legionaria en la puerta del casino de Toulour:

—¿La última y nos vamos? —dice, cómplice.

Mari Paz levanta el dedo pulgar, en señal de aprobación.

—*A última última e imos para casa.*

Ponzano

—Eso será todo, gracias —dice, despidiendo a su secretaria con una sonrisa.

Tiene que acordarse de comprarle un regalo bonito estas Navidades. El año pasado fue un bello Cartier de oro rosa, adquirido a última hora. No pudo ni grabarle una inscripción como detalle. Se sintió un poco culpable, *pero este año no va a volver a pasar*, se dice.

Hay que cuidar de los medios de producción.

Enciende la televisión de su despacho, pasando los canales cuyos periodistas están comprados por la competencia, hasta encontrar la que ha comprado él. Allí está ella, con sus gafas de concha y su media melena, tan hermosa ahora como cuando debutó hace veinte años. También en un programa matinal.

En el que está ahora lleva su nombre. El apellido ni hace falta, porque no hay otra en toda España.

Ponzano consulta el reloj. Falta poco para la una, el horario perfecto para que la noticia que van a dar llegue a tiempo al telediario de las tres.

La hoja con el guion está delante de él. Se acomoda las gafas para leerla. Su vista ya no es lo que era. Después de un incómodo vaivén, logra la distancia perfecta del papel.

Lee.

Su voz, cascada y chillona, no tiene comparación con la de la bella periodista. Aun así, las dos voces suenan al mismo tiempo. La de Ponzano una sílaba antes, quizás.

—... Fuentes cercanas al banco afirman que la entidad dirigida por Laura Trueba presentará una oferta pública de adquisición del Value Bank esta misma tarde, a cierre de mercados. El banco de Sebastián Ponzano, heredero de...

Ponzano deja de leer. Esta parte es la inevitable hagiografía de su padre. El gran banquero de la Transición. El hombre que impulsó a Adolfo Suárez y contribuyó a engrasar los engranajes de la democracia.

Se sabe todos los mantras de memoria, porque estaba sentado junto a su padre mientras éste dictaba al teléfono lo que luego repetirían *El País*, *ABC* y *Diario 16* al día siguiente. Y al otro, y el día después de ése, hasta labrarlo en piedra.

Panda de retrasados e ilusos, piensa Ponzano. *Papá siempre tuvo boletos de todos los caballos. Se limitó a esperar junto a la meta, a ver cuál la cruzaba primero, antes de felicitar al ganador.*

Se levanta, camino de la cafetera, y se prepara un descafeinado. Manchadito, con un par de galletas María. Nunca fue un hombre de gustos exquisitos en la comida.

Mientras la Nespresso empieza a vibrar, preparando la infusión, Ponzano echa un segundo vistazo al reloj. Le extraña que no haya llamado todavía. Ahora que es público, tiene todo el derecho a hacerlo sin que las autoridades puedan decir nada.

Aún no ha acabado de caer el líquido en la taza cuando suena el teléfono.

—Hacía muy bien en no fiarme de ti, Sebastián —escupe Laura Trueba, por todo saludo.

—No he tenido nada que ver con esto —se defiende él, fingiendo justa indignación.

De fondo, al otro lado de la línea, puede escuchar cómo el programa de televisión sigue glosando las virtudes de su padre y del banco.

—No mientas, Sebastián —ruge ella, rabiosa—. Tienes la mano metida tan dentro de esa marioneta que te puede cortar las uñas con los dientes.

Ponzano sonríe, complacido. No es habitual en Laura Trueba manifestarse de forma tan gráfica, lo cual significa que la ha cogido por sorpresa. Pillar a la despiadada banquera en un renuncio es una medalla que no muchas personas en el mundo pueden colgarse.

—Te juro que la filtración no ha salido de mi oficina —dice, mientras arruga el papel con el texto que la periodista acaba de leer. Hace una pelota con él, y lo lanza a la papelera. Falla—. Eso ha tenido que salir de tu gente.

Es un milagro, de hecho, que no haya habido rumores hasta ahora. Al menos fuera de los diarios salmón, que no lee ya nadie.

Hasta que no sale en la tele, no existe, decía su padre. Y tenía razón.

—No te creo, Sebastián. Pero ahora da lo mismo, ¿verdad?

—Supongo —dice Ponzano, dándole un sorbo al café. Demasiado caliente.

Trueba guarda silencio, y Ponzano no la apresura.

Sabe muy bien que el juego está tan maduro que ya no hay argumentos que valgan. Lo que resta es una cuestión de deseos y voluntades.

Los suyos y los de Laura Trueba se alinean a la perfección.

Ella es más joven que él, pero no les separan tantas cosas. Los dos crecieron a la sombra de gigantes, brutales y distantes. Los dos aprendieron a sumar antes que a escribir. Los dos carecieron de amor verdadero en su infancia, sustituido por dinero y exigencia.

Ambos saben que lograr esta fusión es mearse bien fuerte en la tumba de sus respectivos padres.

Pero nadie puede mearse en una tumba sin salpicarse un poco los zapatos.

—Te pedí una cosa —dice ella, al cabo de un rato.

—La foto. Dentro de dos días, ocurrirá.

—Y qué bueno será para tu bolsillo que, cuando pase, la OPA ya esté en marcha, ¿verdad?

Ponzano sonríe, satisfecho. Las acciones del banco están a 43 euros ahora mismo. La noticia que acaba de salir en el matinal hará que suban un poco. Pero si Laura Trueba decide confirmarla, con la nota de prensa que tiene preparada, y lanzando la Oferta Pública de Adquisición, la apertura de mañana debería disparar las acciones aún más.

Salvo que Trueba lance su OPA a 34 euros, tal y como habían pactado. Eso hará que los inversores se pongan muy,

muy nerviosos. Ponzano saldrá al mercado, comprará todas las acciones que pueda, y se sentará a esperar el anuncio de los resultados anuales del banco.

Trueba se asombrará públicamente, dirá que habían calculado mal, y aumentará la oferta a 45 euros por acción.

Los dos bancos se fusionarán.

Los pequeños inversores que habrán vendido a pérdida habrán perdido muchísimo dinero.

Y Ponzano será aún más rico.

—El *timing* es favorable a mis intereses, sí. Pero también a los tuyos. Siempre contemplamos la posibilidad de una filtración.

Laura Trueba vuelve a guardar silencio, debatiéndose entre su codicia y la profunda animadversión que siente por Ponzano.

—¿Tendré lo que quiero? —pide la banquera, al cabo de un rato.

El banquero piensa en Aura Reyes, ahora mismo. En cómo tiene que estar lamiéndose las heridas, después de su intentona.

Romero le ha visitado esta mañana. No le ha dado todos los detalles, más bien ha dejado caer medias verdades, insinuaciones y gestos ambiguos.

No confía en él, por supuesto. Y hace bien, ya que Ponzano graba todas sus conversaciones con ella. Nunca se sabe cuándo puede hacer falta extorsionar a la extorsionadora.

Lo importante es que Romero es la eficiencia en persona. Muy muy cara. Pero siempre cumple.

—Tendrás lo que quieres, Laura. Atado y bien atado.

—Mas te vale, Sebastián. Porque si me jodes con esto...

Lo deja en el aire, y no hace falta más. Ponzano puede sentir el frío gélido de la amenaza a través del teléfono.

A Laura Trueba no se la puede joder.

Hay un montón de cadáveres que atestiguan lo que pasa cuando alguien comete ese error. Casi todos, metafóricos.

Casi todos.

—Treinta y cuatro —dice ella, antes de colgar.

Ponzano deja el teléfono sobre la mesa y abre el portátil. 34 es el precio al que van a lanzar la oferta pública de adquisición. Tal y como habían pactado.

Configura su cuenta para preparar sus propias órdenes de compra. Se hará con tantas acciones como pueda en cuanto abra el mercado. Será una carnicería... para todos los que no sepan lo que él sabe.

Ponzano se fumaría un puro para celebrarlo, si le gustasen. Como no le gustan, moja la galleta María en el café, y le da un largo sorbo. Está templadito.

Como tiene que ser, piensa, satisfecho.

Romero

Llama a la puerta de Sere, y espera, paciente.

Honestamente, no le ha sorprendido en absoluto su llamada.

Ya ha traicionado a sus amigas una vez.

No es de extrañar que vaya a hacerlo una segunda y una tercera.

—Me dijo que la llamase si pasaba algo. Ha pasado. Pero esta vez quiero llevarme algo a cambio —le había dicho por teléfono.

Y eso está bien. Es bueno, es apropiado.

La gente tiene una serie de profundas creencias, pero a la hora de aplicarlas a sus propias vidas, lo encuentran de lo más inconveniente.

Muy poca gente encuentra oportuna la moral. Ni siquiera conveniente. La persona que sigue creyendo en algo incluso cuando supone un inconveniente es alguien extraño y peligroso.

Eso es lo malo de las personas buenas. Que siempre salen muy caras.

Por el contrario, alguien que sólo cuesta dinero es comprensible. Es manejable.

Es muy barato.

—¿Ha traído lo que le pedí? —dice Sere, cuando abre la puerta.

Romero echa mano al bolsillo de la gabardina, y le muestra un sobre abultado, antes de volvérselo a guardar.

Ella le hace pasar al salón. Esta vez tiene unos sobaos esperando. Y un par de refrescos.

La comisaria ignora la merienda y se sienta, en el mismo lugar que la vez anterior.

—Antes de que sigamos, quiero hablar de lo que pasó anoche.

Romero parpadea, confundida. Por un instante no sabe de qué le está hablando Sere.

No es que se haya olvidado.

El camino hacia lo que es ahora Romero ha sido gradual, como cortar un salchichón. Un día eres una honesta inspectora de policía, intentando labrarte una reputación, y alguien te ofrece un pequeño intercambio. Dejar ir a un sospechoso a cambio de una información que te llevará a la captura de otro más importante. Pesas en la balanza qué es lo mejor para ti, para tu carrera y para la justicia. Por ese orden. De forma nada sorprendente, aceptas el intercambio.

Una semana después, aparece en tu buzón un sobre, sin remite ni matasellos. Dentro, un puñado de billetes de cien euros. Nada importante. No tienes pruebas de quién los ha dejado ahí, pero tampoco dudas.

¿Las normas?

Avisar al comisario, rellenar un informe, entregar el dinero.

¿El mundo real?

Una tele nueva.

Sigues ascendiendo. Peleas contra criminales organizados, con las mejores armas, contactos y tecnología. Millonarios.

¿Y tú?

Tú tienes que dejarte la vida y las horas, jugarte la piel y el pescuezo cada minuto, por unas migajas. Y vadear un río de mierda, con una sonrisa y la ropa impecable.

Claro que sí.

Ella no había metido la mano demasiado. No más de lo normal. Las reglas estaban claras. Que no te pillen, no llames la atención. No lo tengas por costumbre. Todo lo que quede por debajo de esa línea es tu puñetero problema. Allá tú y tu conciencia. Nadie levantará una ceja.

Todo lo que ella quería era hacer bien su trabajo.

Descubres, poco a poco, que eso es imposible. Vas cruzando rayas, cortando rodajas finísimas del salchichón.

No es esto para lo que me hice policía, piensas cada vez, sin que sirva de gran cosa.

Mientras cruzas las rayas posibles, mientras mutas y cambias de piel, y evolucionas hasta tu forma final, vas desarrollando estrategias. La mejor es la de los cajones. Colocas tus peores infamias, tus más terribles transgresiones, en un cajón cercano. Sabes que ahí dentro, bien a mano, están lo bastante lejos.

Todo lo que pides es que nadie lo toque.

—La muerte de Ginés —aclara Sere, cuando ve que la otra tarda en responder.

—Estamos investigando con todos nuestros recursos —dice Romero, precavida.

—No me gustaría que le pasase lo mismo a ninguna de mis amigas —insiste Sere.

Ah, comprendo. Es un lavado de conciencia.

Ha vivido esto antes. Cuando un informante quiere proteger los restos de su dignidad intentando arrancar una promesa de seguridad para aquellos a quienes traiciona. «Te digo esto, pero si me aseguras que...». Que servirá para lo mismo que todas las promesas, escritas en el aire y compradas al peso.

—Mi único compromiso es con la seguridad —dice, muy seria.

Sere asiente, despacio, como si eso fuera algo, pero no suficiente.

—Aun así...

Juguetea con sus dados, inquieta. Los daditos de las narices. Repiquetean sobre la mesita de café, golpean contra las latas de refresco. Molestos, insoportables.

—Habla —exige Romero, cambiando la seriedad por agresividad.

—Sólo una tirada más...

—¿Quieres que repitamos lo de la última vez? —le recuerda Romero, echándose la mano al bolsillo de la gabardina. Se asegura mucho de que se dé cuenta de que no es el mismo en el que ha metido el dinero.

—No, no. Muchas gracias, muy amable, con una vez fue suficiente.

—¿Qué es eso tan importante?

—Mañana por la mañana... va a pasar algo.

—¿Qué, exactamente?

—Un volcado.

—¿Cómo que un volcado? ¿Alguien va a tirar un cadáver? —dice Romero, incorporándose.

—No, no. El hackeo SATAn convierte en un emisor de radio el cable de un disco duro y permite copiar su contenido sin abrir el PC, lo cual...

La comisaria pone los ojos en blanco.

—Al grano, coño. Que no tengo todo el día.

Romero escucha, todo lo paciente que puede. No entiende los detalles técnicos, pero se queda con la idea general.

Aura Reyes quiere morir matando.

Una última carga, breve y desesperada.

Desde su punto de vista, es una tremenda estupidez. Aunque ya nada le sorprende desde que comenzó este encargo.

Reyes es una mujer desesperada y quijotesca, que no atiende a razones. Además, cree ser más lista de lo que realmente es. Es cierto que tiene una suerte sobrenatural, pero Romero es especialista en finalizar rachas afortunadas.

Celeiro es una de esas escasas buenas personas, de esas que salen muy caras. Su lealtad a Reyes es absurdamente férrea, pero eso es algo que probó ser muy fácilmente manipulable anoche. Es cierto que es muy peligrosa en las distancias cortas, pero Romero es especialista en guardarlas.

Y por último, la tarada. Hábil con los ordenadores, inútil en todo lo demás. Fue un acierto convertirla en el punto débil del grupo. Es cierto que es de las pocas personas que ha logrado sacarla de quicio, pero Romero es especialista en volver a poner a la gente en su sitio.

Nadie hubiera dado un duro porque estas tres colgadas hubiesen llegado tan lejos. Romero, menos que nadie. Se ha equivocado repetidas veces en su análisis de la situación, y aun así ha acabado ganando la partida.

El concierto ha terminado. Esto son los bises.

Que sean tan insensatas de no saber cuándo rendirse son buenas noticias para Romero. Ponzano pagará muy bien por esa información.

Y a ella le corresponde hacer lo propio.

Saca de la gabardina el sobre, y lo deja caer encima de la bandeja de sobaos.

—Si hay cualquier novedad, me llamas inmediatamente. ¿Comprendido?

Sere mira sus treinta monedas de plata, y asiente, culpable.

Romero baja las escaleras tan rápido como su cojera crónica le permite, apresurada y diligente. Hay mucho que hacer, antes de certificar mañana el final de la fiesta.

Ya en la calle pasa junto a una furgoneta blanca, una vieja Mercedes Vito.

No le presta atención a su conductor.

De haberlo hecho se habría fijado en que era el hombre más feo sobre la faz de la tierra. Calvo, esmirriado, de edad indeterminada. Con los ojos achinados y menos dientes que una serpiente de plástico.

Sí que se fija en el flamenco que brota suave de los altavoces de la furgoneta. Bulerías, en la voz inigualable de José Mercé. Inusualmente alegre, deja que la música le anime los pasos camino de su coche.

7

Una noche antes

El día ha sido largo, con todos los preparativos del día siguiente.

Y no ha concluido fácilmente.

Las niñas han dado guerra, nerviosas. Aunque no sepan nada —o hagan como que no saben nada— de lo que se está gestando, las gemelas son como dos perritos. Huelen el nerviosismo y la inseguridad, por mucho que intentes ocultarlo, y lo multiplican por tres.

Cuando por fin se duermen, mamá intenta hacer lo propio. El despertador sonará a las cinco de la mañana. Después de una eternidad dando vueltas, se levanta, a ver si con vaso de leche caliente...

Encuentra a Mari Paz en la cocina, inclinada sobre la mesa.

—¿Tú tampoco podías dormir?

Mari Paz pega un bote de los de dar con la cabeza en el techo.

—Te voy a poner un cascabel, rubia.

—Eso me decía mi abuela. ¿Qué haces?

—Tenía hambre y me he preparado un tentempié.

El tentempié consiste en una tarrina de helado que Aura sospecha que Mari Paz ha debido de hurtar en el súper. Cinco litros de chocolate con trocitos. De qué son los trocitos, el fabricante no lo aclara, pero Mari Paz está decidida a averiguarlo, porque la cuchara está clavada en el centro del envase, que ya va por la mitad.

—Mari Paz, eso no es un tentempié. Eso es una boda.

La legionaria aborda la tarea con meticulosidad. Raspa las paredes del envase con la cuchara, rebañando finísimos surcos resecos ligeramente aprovechables.

—Sí, quiero —dice.

Aura le mira la cara, también con sus propios surcos resecos. Ha estado llorando, y las lágrimas han dejado rastro.

Mejor eso que la cerveza, sobre todo con lo que va a tener que hacer dentro de unas horas.

—¿Por qué estás triste?

Mari Paz ataca la tarrina, pensativa. Una de sus mejillas se hincha mientras se recorre los molares inferiores con la lengua.

Esa pregunta que acaba de hacer Aura es una de esas que nunca hay que hacerle a nadie, porque no hay Dios que las conteste.

Imagínate Mari Paz.

Busca en su interior, y se da cuenta de que, a pesar de que

ha estado llorando, no está triste. De hecho, más bien al contrario. A pesar de lo que espera al rayar el sol, a pesar de que sabe que el plan saldrá inevitablemente mal, no tiene miedo a las consecuencias.

No recuerda qué edad tenía —más de veinte, menos de treinta— cuando solicitó plaza en la BOEL. La unidad de operaciones especiales más dura del mundo.

«Una mujer», dijo el sargento, cuando vio la solicitud.

Ella guardó silencio.

Vuelven a pasar por su cabeza las penurias por las que pasó.

El millar de madrugadas despertándose a las cuatro de la mañana para correr doce kilómetros antes del desayuno.

El millar de noches durmiendo al raso, sin comida, ni ropa, ni brújula para orientarse, cruzando bosques y quebradas, pantanos y ríos en pleno invierno.

El millar que comenzaron la instrucción, de los que acabaron tan sólo siete.

El millar de golpes en las costillas del sargento instructor *para que te vayas acostumbrando.*

El millar de pedazos en el que la rompieron, antes de volver a componerla de nuevo.

Vuelven a pasar, sí. Pero junto a ellos también pasan el millar de veces en los que estuvo a punto de renunciar. El millar de ocasiones en las que susurró «no puedo». El millar de abandonos que cometió, a solas en la oscuridad. Suficientes para llenar mil vidas.

Hubo un millar de abandonos y de traiciones internas. Y todas y cada una de ellas, superadas antes de cometer la primera.

Una noche, harta de palizas y madrugones, del hambre y del frío, de que la rompieran en pedazos, llamó a la abuela Celeiro por teléfono.

La abuela tardó en cogerlo. Eran más de las tres de la mañana, y ella era de sueño profundo. De eso y de roncar como un gozne oxidado.

—No puedo más, *avoa* —dijo, con un hilo de voz cuando ella descolgó.

Ni siquiera lloró. No le quedaban fuerzas.

La abuela se tomó su tiempo para responder. Su locuacidad se reducía bastante de madrugada.

—Por supuesto que puedes.

—Es demasiado, abuela.

Ella carraspeó un poco, y, con *ese* tono —el mismo con el que la había enviado toda su vida a lavarse los dientes, a estudiar, a la cama que se hacía tarde, dijo:

—Si uno tiene un porqué, es capaz de soportar cualquier cómo.

No había sonado con todas las consonantes, porque su dicción se reducía bastante sin la dentadura postiza, que en ese momento debía estar en un vaso de agua sobre la mesilla de noche. Pero Mari Paz lo había entendido bien. Lo único que importaba era el sentido. Eso era lo que Aura le había devuelto.

Hay que elegir la infelicidad con cuidado. Ésa es la única felicidad en esta vida: elegir la mejor infelicidad.

Es difícil explicarle a Aura que por eso ha llorado antes. Porque, por primera vez desde hace años, a horas del peligro, es feliz.

—Estoy bien —resume.

Aura arruga la frente.

—¿Te preocupa eso? —dice, señalando la enorme mochila de vivos colores que hay en el suelo. Esperando, honestamente, que no. Porque ha costado muchísimo dinero.

Subiendo la apuesta aún más.

Mari Paz sonríe y lame la cuchara hasta dejarla impoluta antes de contestar:

—Estás de coña, ¿no?

—A mí me daría miedo.

La cuchara vuelve a hundirse en el helado, invalidando el lamido anterior. O convirtiéndolo, simplemente, en un acto placentero sin propósito alguno.

—A ver, rubia. He saltado en condiciones de visibilidad nula y frío extremo sobre terrenos irregulares y aperturas de baja cota, cargada con veinticuatro kilos de material.

Se pasa la lengua por la comisura izquierda, donde ha quedado uno de esos trocitos de confusa composición.

—Para mí esto es como bajar a por pan —remata cuando logra pescar el trozo.

—Yo tengo mucho miedo.

Mari Paz saca el paquete de tabaco, cierra la puerta y se asoma a la ventana de la cocina, con intención de fumárselo dentro de día y medio, cuando acabe de liarlo. Aura no le dice nada. Poco puede importarle ya que las paredes de esta casa huelan a tabaco.

—¿Sabes lo que me sorprende, rubia? Alguien con tanto miedo en el cuerpo no debería inventar tantos planes *tolos* con los que arrastrar a sus amigas.

Ahí está, piensa Aura. *La palabra prohibida.*

La que empieza por *A*, y que se había jurado que nunca volvería a pronunciar. Después de que todas a las que alguna vez se la asignase la dejasen de lado.

—Una cosa es planificar y otra es hacer —dice Aura, sacando una cuchara sopera del cajón de los cubiertos y hundiéndola en la tarrina.

Si va a enfrentarse a esa palabra, a lo que significa, mejor con helado.

—Eh, eh, *neniña. Amodiño*, que no queda mucho —dice Mari Paz, regresando con su cuchara a la trinchera.

—Porque te has ventilado media tarrina, so gocha.

Mari Paz va a protestar, olvidando que aún tiene helado en la boca. Un churretón de chocolate le desciende por la barbilla. Aura rompe a reír, y Mari Paz se une a ella enseguida.

Ocurra lo que ocurra mañana, se sorprende, agradecida, *esto ya no nos lo quita nadie.*

8

Una plaza

—Ya casi es la hora —dice Aura, arrebujándose en el abrigo—. Tenemos el tiempo justo para conseguirlo.

La mañana es fría, y más en la plaza de Colón, que ofrece pocos sitios para guarecerse.

Aura, Sere y Mari Paz están sentadas en un banco junto al Centro Cultural de la Villa. Aún no ha amanecido, y el tráfico en el cruce entre Goya, Génova y Castellana es un infierno de atascos, pitidos e improperios.

—Lo que tenemos —dice Mari Paz, cuando se ponen en pie— es un problema.

Lleva un rato muy seria, en silencio, mientras las otras dos repasaban los detalles de último minuto.

—¿Qué ocurre?

—Demasiado viento —dice, señalando las copas de los plátanos.

—Pero si apenas se nota —señala Aura.

El aire sopla, constante. Suficiente para despeinarlas, pero no para resultar molesto.

—Eso es aquí abajo, rubia. A nivel del tejado es otra *muvi*. Será bastante más fuerte.

Los árboles se inclinan en dirección norte. La peor posible. Y es cierto que las ramas más altas se agitan con mucha fuerza.

—Desde el hotel no va a poder ser —continúa Mari Paz—. Hay que buscar otro sitio.

Aura sigue la dirección de su mirada.

—¿Ahí arriba? Tendrías que estar como una puta cabra.

Mari Paz tiene la vista clavada en lo alto de las torres de Colón.

Antaño dos famosos edificios de oficinas en la esquina de la calle Génova, hoy forman uno solo, después de una controvertida remodelación que acabó uniéndolos, aunque su nombre siga pronunciándose en plural.

Llevan años en obras. Años que han arrebatado su caduca fachada, despojándola de los espantosos cristales de color marrón rojizo y del remate arquitectónico de color verde con forma de enchufe.

Ahora se alzan como dos esqueletos de hormigón, desprovistos de artificios. Andamios y redes de color azul turquesa salpicados por la fachada son el único ropaje que tapa su grisácea desnudez. Eso, y un cartel de un perfume carísimo.

En un fogonazo de irónica lucidez, Aura reconoce la marca como la de uno de los frascos que estrelló contra el suelo en su furioso arrebato en la perfumería de Serrano, a pocos metros de allí, iniciando todo este lío.

Pero esa breve e íntima satisfacción no enmascara el hecho de que lo que propone Mari Paz sea una absoluta locura.

—Son veintitrés pisos.

—Es el único punto viable.

—¿Qué tal ahí? —dice Aura, señalando el tejado del Museo Arqueológico.

—Demasiado bajo. Necesito más altura —dice Mari Paz, señalando de nuevo a las torres.

—¿Ciento y pico metros?

—Tanto me da, rubia.

—Si te caes...

—Caerse desde un octavo o desde el piso veintitrés es lo mismo.

La lógica es irrebatible, piensa Aura. *Y aun así...*

—No puedo permitirlo —dice, sacudiendo la cabeza—. Si te pasase algo no me lo perdonaría.

—*Éche o que hai*. Tú déjame a mí, ¿sí?

Aura piensa en todo lo que ha aprendido en las últimas semanas sobre la confianza y la pérdida de control. En cuántas veces ha tenido que ceder en la segunda para ganar la primera.

Es una vía de dos direcciones, por supuesto.

Aura descubre, con amargura, lo que tantos otros líderes han descubierto antes que ella. Que las dos direcciones no se recorren con igual facilidad.

—Ten cuidado.

Mari Paz hace un gesto de asentimiento, y se echa la gigantesca mochila a la espalda.

—Vamos, locatis.

—Ahora te llamamos —dice Sere, dándole una palmada en la espalda a Aura—. Ten la línea libre.

—¿Con quién se supone que iba a ponerme a hablar ahora?

—A lo mejor te llama un comercial de Yoigo. Cuando me llaman a mí intento tenerles todo el rato que puedo al teléfono y les cuento mi vida hasta que cuelgan. No hagas eso, ¿vale?

Luego echa a trotar tras la legionaria, que ya está esperando en el semáforo.

9

Unas pinzas

La obra está vallada en toda su longitud, y el único acceso es una puerta custodiada por un vigilante de seguridad. Un hombre que fuma, aburrido, esperando a que pase algo.

Lo que pasa es Sere, que le saluda con efusividad y una de esas sonrisas propias de los que venden tarjetas de crédito en los aeropuertos.

—Buenos días. Voy al diecinueve.

—Buenos días. ¿Me dejas la identificación?

—No tengo, es mi primer día.

—Pues no os puedo dejar pasar.

—Pues me van a despedir.

—Lo siento mucho, pero sin identificación no se puede pasar.

—Soy la ingeniera civil. Venimos a hacer una comprobación de resistencia estructural de las pilastras. Tenía que estar hecha ayer, pero el de Dragados se puso malo.

—¿Ella también?

—Es mi ayudante.

—No tiene pinta de ayudante. ¿Qué llevas en esa mochila tan grande?

—Mis cosas de ayudar —dice la ayudante.

—Pues te vienes a ayudar mañana, que hoy no pasáis.

—A ver, alguna manera de arreglarlo habrá, digo yo —retoma Sere.

—Sí, con la identificación.

—A lo mejor con esto vale, espera.

Sere se lleva la mano a la bolsa bandolera que lleva colgada, y pesca del interior un billete de cien euros.

El hombre se queda mirándolo, desconcertado.

En el breve instante que sigue, Sere reproduce dentro de su cabeza una conversación completa del hombre con dos seres diminutos que le han surgido, uno en cada hombrera del uniforme. Dos réplicas a escala 1:12 del vigilante. Una con túnica, halo de santidad, arpa dorada y alitas a juego. La otra con cuernos, rabo y el próximo recibo de la hipoteca en la mano.

Al cabo de un rato, se hace evidente quién ha ganado.

—Ésa es tu identificación. ¿Y la de ella?

—La tengo aquí también, mira —dice Sere, sacando otro billete de cien euros.

El guarda hace desaparecer los dos billetes en algún bolsillo de su uniforme.

—Diría que está todo en orden. ¿Vais a estar mucho?

—Menos de una hora, se lo prometo.

—A ver si es verdad —dice el hombre, haciéndose a un lado.

—Nosotras no somos de engañar a nadie —le dice Sere, entrando en la obra con decisión.

El lugar está lleno de palets con materiales, polvo y ruido. No hay mucha gente trabajando todavía, pero los que hay se dedican con ahínco al pistolete. El repiqueteo del metal sobre el hormigón es ensordecedor.

En la entrada hay un enorme contenedor repleto de cascos de colores surtidos. Mari Paz coge un par de los naranjas —los primeros que ha pillado— y le pasa uno a Sere.

—¿Me das uno de los azules?

—Si te cae un cascote en la cabeza protegen lo mismo.

—Ya, es que el naranja no me va con el pelo.

Mari Paz cambia el casco, murmurando para sí *qué pocos cascotes caen.*

—Por cierto... ¿resistencia estructural de las pilastras? —dice, cuando están lo bastante lejos del guarda como para que les oiga.

—Lo primero que se me ha ocurrido.

—Hazme un favor, y no le cuentes nada de esto a Aura, ¿sí? Como se entere de lo fácil que lo has tenido con el vigilante, *vai tolear.*

—No te preocupes, si yo nunca cuento nada a nadie —dice Sere.

La legionaria aprieta los puños, conteniéndose.

Al fin y al cabo estamos en una obra muy peligrosa. A lo mejor hay suerte, piensa.

Al fondo de la obra encuentran un ascensor de esos de

jaula. Amarillo chillón, forrado de carteles que avisan de toda clase de muertes y accidentes que pueden suceder en un lugar como ése.

Entran y cierran la puerta tras ellas. Mari Paz aprieta el gigantesco pulsador verde con flecha hacia arriba.

Nada.

—La *cona* de Josito —dice tras examinarlo con más detenimiento—. ¡Va con llave!

—No te pongas nerviosa.

—¿Cómo no me voy a poner nerviosa, si esto no va? Habrá que buscar a alguien que tenga...

Sere le pone un dedo en los labios, suavemente. El tacto de su piel es frío y delicado, como una figurita de porcelana. Mari Paz se calma al momento.

—Tú confía —dice la ingeniera.

Luego se arrodilla y saca de su bandolera un estuche con cremallera. La descorre con un rasgueo, y aparecen toda clase de herramientas de precisión. Alicates, destornilladores, un soldador recargable, estaño, unas pinzas de Hello Kitty.

—*Mmmmpf* —gruñe Mari Paz, apreciativa.

Sere desatornilla la caja del pulsador, que cuelga de un grueso cable, y deja al descubierto las tripas del cacharro. El circuito principal está protegido por una segunda caja. Esta de acero, a diferencia del plástico grisáceo que recubre la exterior. Todo duro, todo de obra, para que ningún idiota se lo cargue o lo fuerce sin tener la llave.

Sere pone en marcha el soldador, coloca un poco de estaño aquí, otro poco allá, y luego coge las pinzas de Hello Kitty y las fija con el soldador al aquí y al allá.

—Con paciencia y con saliva...

Se separa un poco, tira de un cable minúsculo para dejarlo entre las dos mitades de las pinzas y usa el capuchón de un bolígrafo para que las dos puntas de las pinzas se unan entre sí.

—... el elefante se la metió a la hormiga.

Con un chasquido metálico, el elefante se pone en marcha.

—¿Dónde has aprendido a hacer eso? ¿En TikTok?

Sere se pone en pie y se alisa un poco el vestido floreado. El viento les agita el pelo, mientras la enorme estructura de acero va subiendo planta tras planta.

—Tú sabes que soy ingeniera, ¿no?

—Uy, pues perdón.

Hay una pausa incómoda.

—Lo aprendí en YouTube —admite la ingeniera, al fin.

10

Una espera

—Pues ya son las ocho —dice el Chavea, nervioso.

Y no sólo por el reloj. Hay algo en esa mujer que pone los pelos de punta. Los de los brazos, se entiende.

—Ya saldrá —intenta tranquilizarle el Málaga.

—Pero es que es tarde, mi sargento.

El Málaga se tira del bigote, maldiciendo un poco para sus adentros y otro poco para sus afueras.

—Silencio en las filas, lejía.

Aún no ha amanecido en la calle Loriga, en la colonia Cruz del Rayo. Un barrio de casas unifamiliares, que poco o nada tienen que ver con la colonia de Cuatro Vientos donde viven nuestros cuatro legionarios. Calles estrechas y arboladas, metros cuadrados carísimos, paz de pueblo a una parada de metro de avenida de América.

—Estoy hecho un fardo, mi sargento.

—Y yo, niño, y yo.

No es que el Málaga y el Chavea hayan disfrutado el vecindario en la nochecita toledana que han pasado en la furgoneta. La Vito es igual de incómoda para dormir allá donde la aparques. Aunque los legionarios se hayan ido turnando para cerrar el ojo y vaciar la vejiga, como cuando estaban de misión, los cuerpos ya no son los mismos.

De hecho, el Málaga se está meando de nuevo, y van ni se sabe.

—Niño, la botella.

—¿La de agua, mi sargento?

—No, la otra.

El Chavea le acerca una botella que en su día contuvo Aquarius y ahora no. La eligieron por ser de cuello ancho, mejor para estos menesteres. El Málaga se la coloca entre las piernas, se baja la bragueta y consigue, tras mucho esfuerzo y espera, soltar cuatro gotas.

—La próstata de los cojones —murmura, con hastío, mientras se guarda el *mandao*—. Ya veo venir la Parca, niño.

—Si es que come usted mucha grasa, mi sargento. Mucho frito.

El Málaga estira el brazo y le pega una colleja al Chavea. Colleja de madre. De las que no duelen, pero que mandan el mensaje. El chasquido de la palma en la cabeza pelada resuena en Dolby Atmos por el interior de la furgoneta.

—¿Ahora te vas a meter tú con mi cocina? ¿Qué insubordinación es ésta, lejía? Este mundo se va a la mierda.

—Perdone usted, mi sargento —dice el Chavea, acogotado.

El Málaga se recuesta como puede en el asiento y sube un poco el volumen de la radio. Restablecido el orden y la cadena de mando, no deja de notar que el muchacho tiene razón. Ya más cerca de los sesenta que de los cincuenta, hay que empezar a cuidarse. A lo mejor servir las croquetas sobre hojas de lechuga, como en los restaurantes buenos.

Un movimiento repentino le aparta de sus propósitos de enmienda.

La luz en la ventana del segundo piso se acaba de apagar.

Llevan toda la noche esculcando la casa de la comisaria. Un adosado de estilo mudéjar, pintado en color crema. Romero había entrado a última hora de la tarde y ya no había vuelto a salir. A las siete de la mañana habían escuchado un despertador. O la alarma de un teléfono, vaya usted a saber, con estas moderneces que a nadie benefician y a todos cansan. Enseguida se había encendido la luz, y hasta ahora.

—Va a salir ya —dice el Chavea.

—Eso parece.

—¿Qué hacemos con los otros, mi sargento?

—Si llegan, han llegado.

Seguir a Romero desde casa de Sere había sido sencillo. Aparcar frente a su casa, también. El barrio era tranquilo, había muchas plazas libres. Vigilar era pesado, pero no entrañaba dificultad.

Lo realmente duro era aplacar los nervios.

Sabían que se enfrentaban a una asesina sin escrúpulos. La

coletilla salía sola, por manida que fuese. Había matado a un hombre a sangre fría, sólo por salirse con la suya.

Y allí estaban ellos, desarmados, apostados a la puerta de su casa. Confiando en que saliese a tiempo, pues era esencial para el plan. La otra opción, que era entrar en la casa, no le gustaba a nadie.

Por suerte, parece que no hará falta.

—Hay movimiento, mi sargento.

—Agáchate, que no nos vea.

El Málaga y el Chavea se repantigan como buenamente pueden, intentando desaparecer de la horizontal de las ventanillas. Una de ellas permanece abierta a pesar del frío, porque el sargento lleva toda la noche fumando —casi medio cartón, para aliviar el tedio—, y la alternativa era la ausencia total de oxígeno, que puede ser perjudicial a largo plazo.

Romero sale de casa, con su sempiterna gabardina negra, a la que ha añadido un fular para mitigar el relente. Le da dos vueltas a la llave de la cancela de la puerta, y echa a andar calle abajo, en busca de su coche. Cuando pasa junto a la furgoneta, los dos legionarios se embuten un poco más.

—No nos ha visto —susurra el Chavea.

—Estupendo. Vamos ahora a...

No llega a acabar la frase, porque su universo se convierte en una nube de luz y de dolor. Antes de saber qué le ha golpeado (un puño, en la sien derecha), escucha, a través del mareo, una voz seca de mujer.

—Buenos días, señores. ¿Nuevos en el barrio?

11

Unas dudas

La vista es impresionante, desde luego.

Desde lo alto de las torres Colón se puede ver todo Madrid, con sus tejados rojizos desperezándose ante la salida del sol.

Sere nunca hubiera imaginado que pudiese ver al mismo tiempo la sierra de Guadarrama y el Pirulí. Con sólo volver un poco la cabeza, ve la torre Valencia y la masa verde del Retiro, con el estanque en el centro.

—¡Soy la reina del mundo! —grita a pleno pulmón.

—Vas a ser la reina del asfalto, como te descuides, *meu*.

Mari Paz la agarra por la ropa, porque Sere se ha asomado demasiado al andamio, con los brazos en cruz, borracha de altura y henchida de *Titanic*. Sin ser demasiado consciente de que entre ella y la calle, situada a un campo de fútbol de distancia en vertical, ya no quedan barreras.

Por unos instantes el cuerpo de Sere hace equilibrios en el vacío, sostenida tan sólo por la mano firme de Mari Paz y la tela del abrigo. Cualquier otra persona sentiría un miedo terrible ahora mismo, sabiendo que sólo una flexión de dedos —o una cremallera rota— te salva de una caída larga y una muerte segura.

Y luego está Sere.

—¡Es increíble, chocho! —dice, exultante—. ¡Deberías probarlo!

Mari Paz pone los ojos en blanco y le pega un tirón fuerte, apartándola del borde. Sere se cae de culo en el frío hormigón de la azotea.

—Tú sabes a qué hemos venido aquí, ¿no?

Sere se pone en pie, frotándose el trasero.

—No hacía falta ser tan brusca.

—No hacía falta estar tan tarada.

—Cuántas veces tengo que decirte...

—No concluyente, sí, sí. Sé inconclusa o como se diga, medio metro más hacia la derecha.

Sere no se molesta en corregir a Mari Paz. En lugar de ello se aparta, sin dejar de frotarse el trasero, en dirección al ascensor.

Están en la azotea de la torre oeste, que en su día estaba recubierta por planchas de metacrilato color verde espanto, y ahora está pelada a cielo abierto. El viento sopla con mucha más fuerza ahí arriba, tal y como la legionaria había anticipado.

Mari Paz ha abierto la mochila y dispone el contenido sobre la azotea con cuidado. Sere, mientras, va sacando el ordenador portátil y una especie de cuadrado blanco de plástico, parecido a la tapa de una tarrina de helado, pero mucho más grueso.

Lo coloca en el borde de la azotea, fijándolo al extremo superior del andamio con unas bridas. Queda un poco torcido y precario, pero parece que aguanta. En el extremo inferior tiene un cable de red, que enchufa a su portátil.

La antena wifi direccional de largo alcance —cien euros en cualquier tienda de informática— está lista, apuntando al edificio del otro lado de la plaza.

Hace una breve comprobación en el ordenador. Da señal, fuerte y clara. La red del banco aparece ante ella, aunque es imposible entrar sin la contraseña.

Ya sólo falta que las otras le abran paso.

—¿Podrás hacerlo desde aquí? —pregunta Mari Paz.

—A ver, teniendo en cuenta la distancia, la potencia de la señal y el ángulo...

Sere sigue un par de minutos, en los que Mari Paz se dedica a lo suyo.

—Yo sé que tú hablas, pero no te entiendo *ná*.

—Con esto —resume Sere, señalando la antena— podría hacerlo desde mucho más lejos.

—No parece gran cosa —dice la legionaria, mirando el cacharro con desconfianza.

—Las dudas son las piedras en el camino del amor, dijo Confucio.

—Tu camino del amor no necesita piedras.

—¿Qué significa eso?

Mari Paz ignora la pregunta, porque está concentrada en la tarea de no matarse.

—Anda, échame una mano, locatis.

Le da a Sere el extremo de tela de color rojo fuego, y le indica que vaya hacia atrás, de forma que pueda desenrollar por completo el parapente sin estropear la tela o que se enrollen las cuerdas. Cualquier mínimo fallo en este punto será mortal. No hay posibilidad de error.

—¿Estás segura de lo que estás haciendo, chocho?

Mari Paz recuerda con mucha nitidez las palabras con las que le ha descrito a Aura la sencillez de la operación hace unas horas. Pero, una vez allí arriba, el salto ya no le parece tan fácil como bajar a comprar pan. Lo que le parece es que lleva un equipo de mierda que ha costado menos de cinco mil euros. Lo que le parece es que se va a dar una hostia como un mundo, y que van a tener que rascar su cuerpo de la acera.

O que ten cú ten miedo, se dice.

De repente, el medio cubo de helado que se apretó anoche le está pidiendo paso.

Pues que se espere.

El viento arrecia, ya está llenando la tela del parapente. Le cuesta escuchar a Sere.

—¿Qué dices?

—¡Que si estás segura!

—Las dudas son piedras o *non sei que*.

Le hace un gesto a Sere para que suelte el extremo de la tela, dejando que el parapente se llene por completo. Después comienza a caminar hacia el borde de la azotea.

—¡Eh, que no es por ahí!

Mari Paz no tiene tiempo de explicarle que, teniendo en cuenta el viento, ha de saltar en dirección al Museo de Cera, separarse lo más posible de la torre, y confiar en que no se le enganche la tela con el andamio.

No tiene tiempo, porque sus pies ya están en el aire.

Al final, ya verás, me mato.

12

Una llamada

Aura no aparta la mirada del móvil.

Esperar la vuelve indefensa, la encadena a un limbo extraño entre pausa y acción. Y como no recibe lo que espera, comienza a hablarse a sí misma. Un *vamos, vamos, vamos*, intermitente, ineficaz. Entre cada exhortación, la amenaza crece y el tiempo disminuye.

Apenas queda tiempo para lograr su objetivo, y ninguna de las piezas de su lado del tablero están en su sitio.

Aura se da cuenta de que, en este punto, tendría que estar temblando de miedo, con el corazón saliéndosele por la boca. Como Jim Hawkins cuando se echó a la mar en el coraclo de Ben Gunn, en mitad de la oscuridad y sin tener la menor idea de lo que hacía. Con un leve atisbo de esperanza en un platillo de la balanza, y todas las posibilidades en contra en la otra.

No es así.

Lo que siente es lo mismo que en el ascensor, después de haber distraído a los guardas con la botella de Fanta, o en el casino de Toulour cuando compró la participación en El oro del Rhin. Ese vértigo a ras de suelo, esa libertad total, ese viento bajo los brazos.

Se pregunta si se está volviendo adicta a esto.

«Y qué más da» es la respuesta.

A falta de mejor ocupación, consulta los periódicos en el navegador del teléfono. Los más importantes llevan como noticia de portada el asunto de la fusión de los bancos y la insólita oferta a la baja de Trueba. Los titulares son tan alarmistas como cabía esperar. Se espera una debacle en las acciones del Value Bank. Todos esos accionistas que venderán hoy, sin sospechar que es todo una habilidosa trampa.

Vamos, vamos, vamos.

Suena el teléfono. Aura lo coge al primer timbrazo.

—Va de camino —dice Sere.

—Ya lo veo —responde Aura, alzando la vista. En lo alto de la torre este, una figura aparece, mecida por el viento.

Aura resiste la tentación de quedarse a contemplar el resultado de la hazaña.

El tiempo es crucial.

Cuelga el teléfono y entra en el banco, con la confianza que le da el disfraz que lleva.

Se ha teñido el pelo de oscuro, se ha puesto unas gruesas

gafas de pasta y se ha vestido con ropa más informal que de costumbre. A media distancia, está irreconocible.

Se acerca al control de seguridad de la entrada y desliza su antigua tarjeta de empleado por el lector magnético. La pantalla led se pone en verde enseguida, y el torno se desbloquea con un chasquido.

Aura no se puede creer la suerte que tiene.

Traspasa el torno y echa a andar por el atrio, en dirección al despacho de Ponzano, y entonces comprueba lo que le ha durado la suerte.

Unos veinte pasos.

Que es lo que han tardado en echársele encima dos guardas, armados y uniformados. Acompañados, quién lo iba a decir, de Culo de Vaso.

La jefa de seguridad de Ponzano no lleva esta vez el mono negro con el que Aura la conoció sino un traje de chaqueta. Conserva, eso sí, sus gafas de gruesos cristales y la expresión de aburrimiento más intensa que Aura ha visto nunca.

—Qué predecible, señora Reyes. ¿De verdad no se le ha ocurrido nada mejor?

13

Una furgoneta

El Chavea no ha tenido otro remedio.

La mujer apuntaba con la pistola a la cabeza del sargento, así que no le ha quedado otra que abrirle la puerta lateral de la Mercedes. Y luego, la cabeza a la que tenía apuntada la pistola era la suya, así que la situación había ido a peor.

Y ahora está dentro de la furgoneta, y el sargento está atado con unas esposas en la parte de atrás, y él también.

La comisaria está en el otro lado, sentada sobre las mismas cajas de madera sobre las que Sere había puesto sus ordenadores la noche antes. Ha cerrado la puerta, para tener algo de intimidad. Ha cogido una de las correas con las que el Chavea estiba la carga cuando le sale algún porte o alguna chapuza, a tanto la hora. La correa es buena, de las de carraca, con su cabezal metálico. Y ahora se está dedicando a golpearle con ella, para que hable.

La situación ha ido, definitivamente, a peor.

Romero traza un círculo en el aire con su instrumento de tortura. Al ondear, arranca un zumbido del aire. Constante, enloquecedor.

Cuando se para, es peor.

Cuando se para, la correa hace un chasquido y luego un ruido sordo en cuanto la carne del Chavea detiene su trayectoria.

Lleva un rato trabajando la pierna, dando siempre en el mismo sitio, para aumentar el dolor y la anticipación. Pero no está dando resultado.

El Chavea aguanta. Le caen lagrimones por la cara, como dos grifos abiertos. Tiene los ojos rojos y los dientes apretados. Pero no suelta prenda.

Y el otro, el del bigote, el tal Málaga, aguanta también. La procesión la lleva por dentro, eso se nota. Con cada golpe, la mirada le relampaguea, amenazadora. Le duele más a él que al otro, como se suele decir.

Desde luego, a Romero no le duele nada. Lo que siente es hastío, un hastío profundo y agotador.

Romero habría caído en la trampa que iban a tenderle los lejías de no haber sido por la bulería. Que Romero, no nos olvidemos, es andaluza, y orgullosa de su tierra y de su arte. De los palos del flamenco es capaz de identificar treinta estilos sin esforzarse mucho, y otro puñado más esforzándose un poco.

Aunque ayer, henchida de triunfo, no le había prestado atención a la furgoneta ni a su conductor, la bulería se le quedó en el cerebro, y se la llevó puesta el resto del camino a su casa, tarareando suave, con esa voz suya ronca y precisa. Romero, a solas, canta, y canta bien. Nunca lo mostrará en público, por supuesto.

Al salir de casa, hace unos minutos, camino del coche, escuchó otra bulería. No la misma, claro. Estaba bajita, apenas se escuchaba, pero la ventana de la Mercedes estaba abierta, y algo oía de la música que se escapaba.

> *Con roca de pedernal*
> *yo me he hecho un candelero*
> *pa' yo poderme alumbrar.*
> *Porque yo más luz no quiero,*
> *yo vivo en la oscuridad.*

Romero la escuchó al pasar, y su mente le avisó enseguida de que una bulería, vale. Dos, tiene un pase. Dos, tan seguidas, una de ellas en la puerta de su casa, cuya dirección no conoce nadie, es mucha casualidad.

Y aquí estamos, pegándole dolorosísimos correazos al tío más feo que la comisaria ha visto en su vida. Mientras el que es obviamente el jefe observa con muerte en los ojos.

—Es innecesario que paséis por todo esto —dice Romero. Emplea un tono de voz dulce, casi cariñoso. El tono de *mira lo que me has hecho hacer.*

Nuevo correazo, esta vez en los huevos.

El aullido que suelta el Chavea es breve y seco. La ausencia repentina de aire en los pulmones, provocada por el dolor y la sorpresa, no le deja con qué.

Ella mira al Málaga, que es su verdadero objetivo. Es él quien espera que afloje, antes o despúes.

El problema es que *después* le viene peor. Romero necesita una respuesta en pocos minutos. Porque nada de todo esto le huele bien. Estos capullos tienen aspecto —por debajo de varias capas de mugre— de saber lo que hacen.

—Sois legionarios —dice, inclinándose un poco sobre el Chavea, y dejando ver uno de los tatuajes bajo el jersey.

—Caballeros legionarios para usted, señora —dice el Chavea, entre quejidos.

Un nuevo correazo le golpea las costillas, con un zumbido seco que le corta la repentina muestra de rebeldía.

—Sois amigos de Celeiro, eso es evidente. ¿Qué es lo que os ha pedido?

Correazo.

—¿Os ha mandado a recuperar la pistola con sus huellas?

Correazo.

—¿Es eso, no?

El Chavea aúlla de nuevo, de puro sufrimiento. Mientras tanto, el Málaga parece a punto de estallar. Su cara le recuerda a Romero a las burbujitas que se forman en el fondo de la olla un instante antes de que el agua rompa a hervir.

Pero no dice nada.

Y es importante conseguir que hable. Que diga lo que sea.

A pesar de ser quien sostiene la correa y la pistola, a pesar de que los otros dos son los que están esposados, Romero tiene la incómoda sensación de que la amenaza se cierne sobre ella.

—Tú pareces el listo de los dos —dice, dirigiéndose al Málaga, con su tono más dulce—. ¿Quieres que tu compañero siga sufriendo?

Correazo.

—Sólo tienes que decirme cómo te llamas.

Correazo.

—Dime qué hacéis aquí.

Correazo.

—No le diga nada, mi sargento.

La comisaria apunta con mucho más cuidado —la zona lo requiere— y el siguiente correazo impacta debajo de la nariz del Chavea. Uno de los centros neurálgicos del cuerpo, uno de los puntos más dolorosos bajo tortura.

Cae al suelo, entre más aullidos de dolor. Su brazo derecho, esposado a la barra metálica del lateral, es lo único que queda en alto.

—Quédate ahí abajo calladito —dice Romero.

Mira al Málaga, levantando la correa.

El Málaga mira el cuerpo tendido del hombre al que quiere como a un hijo particularmente tonto, al que ha cuidado como tal desde que le recogió de la calle hace años, y se da cuenta de que, de seguir la paliza, Romero acabará matándole.

Separa los labios, dispuesto a hablar. A cualquier cosa con tal de...

—¡No! —se oye una voz quebrada desde el suelo.

Contra todo sentido común, el muy idiota del Chavea se incorpora.

—Puedo hacer esto todo el día —dice, escupiendo sangre.

—Eso parece, sí —dice Romero, inquieta.

Quizás debiéramos continuar la conversación en un sitio más tranquilo, piensa la comisaria. Aunque eso conlleve no llegar a la cita que tiene esta mañana en lo alto del edificio del banco.

Ponzano y su gente serán perfectamente capaces de manejar a Reyes y a Celeiro. Y el hecho de que estos dos *mantamojás* estén aparcados a la puerta de su casa es muchísimo más preocupante para ella.

Hay algo que no está siendo capaz de ver. Una pieza del puzle que se le escapa.

Necesitará tiempo para encontrarla. Y también la tranquilidad de que los gritos no lleguen a donde no deben.

Dedica unos minutos a la logística del traslado, en cuidadosos pasos.

Primero, apartarse lo más posible de los prisioneros, y lanzarle a uno la llave de las esposas sin dejar de apuntar a la cabeza del otro.

Segundo, ordenarles que se suelten de la barra, por turnos, y que luego se esposen las manos a la espalda.

Tercero, comprobar la sujeción de las esposas. Este punto es particularmente peligroso, pero el Chavea está bastante perjudicado por la paliza. El sargento —cuyo cuerpo tiene forma de botijo— no entraría dentro de la categoría de los contendientes de agilidad suma.

Cuarto, asomarse para comprobar que no viene nadie.

Quinto, pastorear a los dos capullos al interior de su casa.

—Vamos —dice, apuntando al Chavea con la pistola—. Baja de la furgoneta.

14

Un tejado

Tan pronto como la vela del parapente es lo único que la mantiene sujeta a la vida, los sentidos de Mari Paz se aguzan. Sus piernas se relajan, las manos en los frenos dirigiendo su descenso se vuelven el centro de su atención.

El viento es fuerte ahí arriba. Mucho más de lo que había previsto. No lo suficiente para arrastrarla y liarle los suspentes, pero cerca le anda. Los filetes de aire circulan sobre la vela, haciendo un ruido inquietante y agudo.

Mari Paz tiene que describir un ángulo muy cerrado para conseguir embocar su punto de aterrizaje. Tan pronto como desciende un par de metros, hace una curva para poder rodear la masa de la torre.

Nunca sabrá —por suerte— lo cerca que estuvo su vela de quedarse enganchada en el andamio. La tela pasa a escasos centímetros de la estructura de acero, repleta de tornillos y remaches capaces de rajarla al más leve roce.

Ahora ya ve el edificio del banco, al otro lado del tráfico. Pero con el viento del sur tan fuerte y un blanco tan pequeño, su vuelo está muy condicionado.

Se deja ir unos metros, Castellana arriba, en una maniobra contraintuitiva.

No queda otra que bajar a lo bruto.

Traza una ese para destruir altura, bajando el ángulo de ataque. Otra más. Aun así, la aproximación es demasiado cerrada. Demasiado violenta. El viento azota su cuerpo, le corta los labios, le impide respirar con normalidad.

Mari Paz se da cuenta de que, o bien llega muy justa, o se pasa y aterriza en mitad del tráfico, debajo de un autobús.

Si pudiéramos acercarnos a ella, en pleno descenso, veríamos que su cara refleja una concentración perfecta. Quizás Mari Paz no sea muy buena con las palabras, ni tenga un cerebro privilegiado, pero en lo de caer encima de cosas, no tiene rival.

Su cara refleja una concentración perfecta, decíamos. Pero también orgullo. Y el asomo, leve, de una sonrisa.

Las ventanas pasan a su alrededor a gran velocidad cuando supera la vertical del edificio del Hotel Fénix. Tiene sólo un segundo para tomar la última decisión. Decide maximizar el ángulo de ataque para aumentar la pérdida, y cae parachutada contra la azotea.

Pero ésta es pequeña, y se le está acabando.

Por un instante parece que no va a llegar. Que fallará el blanco y acabará en la calle Goya.

Diez metros

Cinco metros.

Está casi al borde de la azotea del banco cuando tira de golpe de los dos frenos, convirtiendo su descenso en una caída en vertical.

Por poco, logra tomar tierra con los pies juntos, amortiguando el golpe con ambas piernas y dejándose caer para rodar por el suelo. Su cuerpo no se detiene, no obstante. La velocidad que llevaba era demasiado grande, y al rodar acaba golpeándose contra el murete que delimita la azotea. Sólo la suerte de que lo último con lo que impacta contra el ladrillo es la silla —y no su cabeza o su cuello— la salva de matarse.

Cheguei, chilla por dentro, en silencio. *Cheguei, avoa!*

Lo que daría porque la abuela estuviera ahora mismo mirando por un agujero. Aunque sabe que, con lo alto que ha subido hoy, ha estado un poquito más cerca de ella. No como en el salto que dio en aquellas maniobras sobre Polonia, en las que abandonó el avión a diez mil metros. Aquel día, aquel salto, con el mundo minúsculo a sus pies, la sintió a su lado, quizás por última vez.

Éste ha sido desde más abajo. Pero con un equipo de juguete, avoa. *Y el blanco era muy pequeño*, avoa.

El equipo de juguete está hecho un revoltijo a su alrededor, así que tarda un poco en librarse de él, soltar las presillas de las perneras y los hombros, y finalmente ponerse en pie.

En cuanto alcanza, lo primero que hace es doblarse sobre sí misma y vomitar, muy fuerte. Se pone perdidas las botas nuevas —reconoce los trocitos del helado, aún intactos—, pero qué se le va a hacer.

Uf, ya.

Se incorpora de nuevo.

Vomita de nuevo.

Apenas le queda ya nada en el estómago, aparte de muchos nervios y bastante bilis, pero el cuerpo necesita lo que necesita.

Cuando su cuerpo se relaja un poco, Mari Paz es consciente de la barbaridad que acaba de hacer. Se parecía muy poco a bajar a por pan. Se parecía más a poner una bala en un revólver, darle vueltas al tambor, ponerse el arma en la cabeza y apretar el gatillo.

Ahora viene la parte difícil.

Mira a su alrededor. La azotea, que suele ser el lugar donde se realizan los eventos en el banco cuando hace buen tiempo, está sucia y desangelada. Las sillas apiladas con fundas por encima, las mesas llenas de polvo.

No presta atención a nada de todo eso. Su vista se detiene en los accesos a la azotea.

«Te encontrarás dos puertas —le había dicho Aura—. La de color plateado con una barra de metal es la de emergencia. Ignora ésa».

Un poco más a la izquierda está la segunda puerta. Ésta es de color marrón oscuro. Hecha de madera de ipé, con un revestimiento especial de exterior. Y un pomo simple, sin llave.

Ésta conduce directa al despacho de Ponzano.

«Hay un tramo de escaleras, no muy largo. Y al final otra puerta, ésta sí que tiene llave. Pero no creo que tengas problemas para atravesarla».

Mari Paz se dirige a la puerta marrón. Cojea un poco después del precario aterrizaje —sumado al castigo que han sufrido sus piernas en los últimos días—, pero no tarda en alcanzarla.

Pone la mano en el pomo.

Pues ya estaría, piensa.

Y no se equivoca.

Porque en cuanto abre la puerta, se encuentra con sendas pistolas automáticas apuntándole a la cabeza.

La legionaria no lucha, ni huye. No intenta desarmar a sus enemigos, o cerrar la puerta e intentar huir escaleras abajo.

No hay escapatoria, y lo sabe bien.

Se limita a levantar las manos, ponerse de rodillas tal y como le ordenan los guardas de Ponzano, y dejarse hacer, con una sonrisa triste en los labios.

Su último pensamiento antes de que le estampen la cara contra el suelo es para sus compañeros legionarios y su complicada misión.

Ahora todo está en vuestras manos, lejías.

15

Una silla

A tan sólo cincuenta metros, una escena bien distinta está teniendo lugar.

Violencia hay, pero de otra índole.

Angelo y el Caballa bajan la calle discutiendo. Afortunadamente, tras años haciéndolo, este último ha conseguido establecer que el tono más bajo de la discusión —es decir, el suyo— debe ser el predominante, bajo pena de negarse a discutir. Como lo tercero que más le gusta en el mundo a Angelo —lo primero es las explosiones, lo segundo no procede— es discutir con el Caballa, ha amoldado su volumen a las demandas de la parte contraria.

—No puedo creer que digas eso. El tomate tiene que ir primero, es que cae de puto cajón, Caballa.

—El aceite —insiste el otro—. Cualquier materia oleaginosa hace, por su propia naturaleza, una resistencia a la permeabilidad que...

El tema de hoy, uno de sus clásicos, es «desayuno». Apropiado, porque vienen cargados con ellos. Han ido hasta el bar más cercano, en tareas de proveer el rancho. Dos bolsas bien repletas de bocadillos, cafés y un cartón de tabaco para el Málaga, que de eso nunca sobra.

Han empezado debatiendo sobre el desayuno perfecto. Tostadas, café expreso primero y luego un barreño de café con leche; en eso han llegado a un acuerdo de mínimos con los años. Pero a la hora de debatir la tostada, acaba uno llegando al *pantumaca*, y claro, ahí se lía. Angelo sostiene que en su presunta patria inventaron lo de pan, tomate, cosas encima, y que ése es el único orden correcto. El Caballa piensa que el aceite impide el paso al tomate. En declamar esto estaba, cuando se ha interrumpido a mitad de frase.

Porque han doblado la esquina de la calle Loriga, y lo que han visto les ha quitado las ganas de discutir.

Una mujer. Una pistola. Dos legionarios esposados y bajando de la furgoneta.

El Caballa tira de la silla de Angelo y, parapetados tras la esquina, se miran entre ellos.

—Bala de cañón —dice, dejando caer al suelo las bolsas del desayuno.

—Angelo, ¿estás loco? ¡Tiene una pistola!

—No queda otra, Caballa. Bala de cañón.

El Caballa da rienda suelta a una interior cadena de suspiros que ya le gustaría a Miguel Hernández. Pero la situación es crítica, las opciones, pocas. El Caballa se deja llevar por la furia que le conceden el hambre, el sueño y el haberse acabado en un par de horas —a golpe de insomnio y de linterna— el libro de poemas que se había traído para hacer durar toda la noche. Pocas cosas hay que le enrabieten más.

Doblan la esquina de nuevo, y el Caballa acelera, empujando la silla con toda la fuerza de sus viejas piernas.

Ayudan mucho

a) la furia,

b) el hecho de que la calle esté en cuesta y

c) que Romero esté tan concentrada en la operación de traslado que no preste atención a lo que hay a su espalda hasta que el trote del Caballa está a sólo unos pocos metros, momento en que

d) el Caballa clava el freno de la silla de ruedas.

Angelo sale disparado hacia adelante como la bala de cañón que da nombre a la jugada. Hasta el día de hoy sólo lo habían ejecutado en el plano teórico —idea del propio Angelo—. El plano práctico se había reducido a un par de ensayos en el pasillo del piso, siempre con un par de colchones esperando en el punto de aterrizaje.

Esta vez es de verdad.

Y, al final del salto, no hay un par de colchones, sino una comisaria de policía que se da la vuelta, pistola en mano.

Mientras vuela, Angelo no ve pasar la vida delante de sus ojos, porque el vuelo es corto y él ha vivido mucho. Pero sí que le da tiempo a arrepentirse, con un sonoro «¡Uy!», que como grito de guerra es bastante mejorable.

Para lo otro que le da tiempo —aunque no lo entienda— es para distinguir una mirada extraña en los ojos de Romero.

Un *no me puedo creer que esto me vuelva a pasar a mí*, incomprensible para Angelo, pero satisfactorio.

Angelo impacta de lleno contra el pecho de la comisaria. La fuerza que lleva es suficiente para que los dos caigan al suelo. Ella se lleva la peor parte, claro. Pero es dura la comisaria. Aunque Angelo la tira de espaldas, aunque cae encima de ella, aunque la caída le arranque el aire de los pulmones, Romero no se rinde. Le aparta a codazos, y los dos ruedan por el suelo, un revoltijo de cuatro brazos y dos piernas.

Angelo, que tiene extremidades de culturista, consigue encajarle un par de puñetazos antes de que Romero le ponga la pistola en la cabeza.

Aprieta el gatillo.

El disparo habría matado a Angelo si el Málaga no hubiera llegado a tiempo de darle una patada a Romero en la muñeca. La bala arranca pedazos de yeso y ladrillos del murete del chalet.

El Chavea, sin dudarlo, se lanza sobre Romero, intentado taparla con su cuerpo y proteger a Angelo. Dado el estado físico en el que se encuentra por la paliza, el movimiento se parece mucho al de un camello arrodillándose para que se le apee una octogenaria del lomo. Va por fases, hay mucho juego de rodillas y bastantes gruñidos. Pero aun así, consigue aplastarle la cara con la barriga, obligándole a girar el cuello si quiere seguir respirando. Entre eso y que el Caballa le pisa el antebrazo con el arma, la cosa empieza a pintar mejor.

Pero.

Un vecino se asoma a la ventana de la casa contigua a la de

Romero. Un jubilado en pijama, de los de sueño ligero y nariz dispuesta.

—¿Va todo bien?

Desde su altura no puede ver a los legionarios reteniendo a la mujer, pero bastaría con que se asomase un poco más. Y este barrio es de esos a los que la policía llega en pocos segundos. Algo que no se pueden permitir si quieren encontrar la pistola con las huellas de Mari Paz.

El Málaga le hace un gesto al Caballa, mientras Angelo le aprieta aún más la mano contra la boca a Romero, que culebrea bajo la presión de los legionarios.

—Sí, muchas gracias —dice éste, con su mejor tono de ciudadano ilustrado—. Es sólo que se nos ha reventado un neumático.

El viejo le estudia, suspicaz. Finalmente el aspecto de hombre probo y la voz de licenciado (aunque sea en la universidad de la vida) acaban obrando el milagro.

—¿Necesitan ayuda? En mi juventud fui mecánico.

—Nada que no pueda solucionar una grúa. Muchas gracias por su interés, caballero.

Cuando la ventana se cierra, los lejías respiran aliviados. El Caballa le arrebata la pistola a Romero, y Angelo le rebusca en los bolsillos. Se lleva algún puñetazo de regalo, y las llaves de las esposas como premio.

El Caballa las coge, suelta primero al Chavea, y luego al Málaga.

El sargento mira el reloj, preocupado.

Van con mucho, mucho retraso.

Quizás demasiado tarde ya.

—Usted y yo vamos a charlar dentro de casa, como usted quería —dice mirando a Romero, que sigue revolviéndose, con los ojos repletos de rabia y miedo—. Pero va a ser un rato *jarto* distinto.

16

Un despacho

—La hemos encontrado intentando atravesar el control de seguridad con una acreditación falsificada, tal y como nos habían informado —dice la jefa de seguridad de Ponzano.

El banquero coge el rectángulo de plástico, sobre el que hay un adhesivo bastante cutre.

—Una burda pegatina sobre la tarjeta —le muestra Culo de Vaso—. Incluso aunque no supiéramos que venía, no hubiera resistido la inspección más rutinaria.

La mujer menea la cabeza, con tedio.

—Ni tan sólo un pequeño desafío —protesta—. No me parece que esta mujer esté a la altura de sus expectativas, presidente.

—No se equivoque —dice Ponzano, agitando un dedo en el aire—. Ni la subestime en absoluto.

Se encuentran en el despacho de Ponzano, que a la luz

anaranjada del amanecer descubre aún más su decoración caduca y decadente. Los urogallos disecados se muestran como lo que son, cadáveres en posición antinatural. Los cuadros de las paredes enseñan sus grietas, las lámparas muestran allá donde cándidos insectos han ido a morir.

La alfombra está bastante limpia, por otro lado.

Y, encima de ella, con los pies descalzos y vestida con un mono negro —que rasca igual que la última vez— está Aura Reyes, con cara de circunstancias.

Ponzano da vueltas a su alrededor, mientras analiza la jugada, con las manos a la espalda.

—Que la señora Reyes intentase entrar en el banco por la puerta principal, usando su vieja identificación era un plan completamente estúpido. No tenía ningún motivo para pensar que la identificación fuese a funcionar.

Le muestra la tarjeta a Aura, dándole con ella un ligero golpecito en la punta de la nariz, que hace que una oleada de rabia y humillación recorra el cuerpo de su antigua empleada.

—De hecho, no funcionaba —declama—. Tan sólo se activó hoy para asegurarnos de que, si fallaba, no se daba la vuelta y escapaba corriendo. La queríamos aquí, con nosotros, charlando amigablemente.

Ponzano se dirige al tablero de ajedrez y mueve unas cuantas piezas. Los peones de color blanco hacen un hueco.

—Una ligera apertura en las filas para envolver al valiente alfil, que va en busca del jaque. Directo a por la victoria, sin miedo a la muerte.

Desplaza el alfil rival, hasta la posición del segundo escaque, en la diagonal directa del rey.

—Un movimiento suicida, que a nadie puede engañar —dice Ponzano, que alterna su mirada entre el tablero y el rostro compungido de Aura.

—Basta, Sebastián —dice ella.

Ponzano la ignora. Está disfrutando de su triunfo, como un perro famélico que ha enganchado un hueso de jabugo.

—Simular que se cae en la trampa —continúa— es la mejor estrategia. Porque en ningún caso ese ataque suicida estaba destinado a ganar. No era sino una distracción, antes del verdadero ataque.

Da una voz en dirección a la puerta que conduce a la terraza, y hace un gesto teatral.

La puerta se abre, y por ella entran los dos guardas de seguridad que habían estado esperando a Mari Paz. La legionaria va entre ambos, esposada, con un mono como el que lleva Aura.

—La señora Reyes era una distracción. Aquí tenemos el verdadero ataque.

Los guardas conducen a la prisionera hasta Aura, que evita mirar a su compañera, llevada por la vergüenza de su fracaso.

Mari Paz, por su parte, no tiene reparo alguno en mirar a todas partes, cagándose en todo lo cagable en el proceso.

—Te dije que el plan estaba cogido con alfileres.

Aura no responde.

—Te estoy hablando, rubia —insiste Mari Paz, dándole con el hombro.

Aura agacha la cabeza, apesadumbrada.

—Lo siento —dice, con un hilo de voz.

—¿Lo sientes? —replica Mari Paz—. Yo sí que lo siento, rubia.

—Señoras, señoras —dice Ponzano, sin poder esconder su sonrisa—. Un poco de dignidad en la derrota.

—La misma que estás mostrando tú en la victoria, Sebastián —dice Aura, sin contenerse.

Ponzano hace un gesto pretendidamente contrito.

—Ten un poco de paciencia con este pobre anciano. A mi edad pocos placeres quedan. No me niegues éste.

Mari Paz escupe en la alfombra, a sus pies. No llega más lejos, porque tiene la boca seca después de la vomitona y de todo el viento que ha tragado en el viaje.

La sonrisa de Ponzano se vuelve más amplia.

—Una más como ésa y haré que mis hombres la muelan a palos, invertida.

Ahora es el turno de Mari Paz de sonreír.

—¿Invertida? Veo que tiene usted la edad que aparenta.

Ponzano no se inmuta ante el insulto.

—Llámeme viejo, si quiere. Me consuela saber que, cuando yo muera, usted seguirá aún muchos años en la cárcel. Nos aseguraremos de ello.

La legionaria pega un tirón de las esposas y va a dar un paso hacia adelante, pero la mano de Aura la detiene.

—No lo empeores —le pide—. Por favor.

Mari Paz respira hondo, y su cuerpo se relaja un tanto.

Ponzano sigue sonriendo, inalterable.

—Quién sabe, igual las dos pueden compartir celda, ya que se han hecho tan amigas. Un pequeño alivio a la situación. Pero no nos olvidemos de lo más importante.

Tiende la mano hacia Aura.

—Las pruebas —pide.

Aura aparta la mirada.

—No sé de qué me hablas.

—No te hagas la idiota, Aura. Nunca has sabido. ¿Recuerdas las tardes que compartimos jugando? —dice, señalando el tablero—. Siempre supe anticiparme a cada uno de tus movimientos.

Hace un gesto amplio con la muñeca.

—Toda esa leyenda acerca de Aura Reyes, el pico de oro. Capaz de vender neveras a los pingüinos. «Si entras en una sala con ella, date por jodido», decían a tus espaldas. Todo eso... nunca ha funcionado conmigo, Aura.

Se acerca a ella, y le pasa un dedo por el mentón. Pretende ser cariñoso; se queda en siniestro.

—Yo te he enseñado todo lo que sabes. Por eso sé cuándo mientes.

Aura no aparta la cabeza ante el tacto gélido de Ponzano. Su dedo está frío como sudario en invierno.

—No tengo pruebas contra ti, Sebastián. Bien te has encargado tú de eso. Pero si las tuviera... quizás podríamos llegar a un acuerdo.

Ponzano da un paso atrás, inquieto.

—¿Y con qué, exactamente, piensas negociar?

Aura va a abrir la boca, pero nunca llega a hacerlo, porque en ese momento suena el móvil de Ponzano.

No el bueno. El otro.

El de los tejemanejes.

El que sólo tiene una persona.

El banquero había estado esperando alguna señal de vida de la comisaria Romero, así que se lanza enseguida a mirar su contenido.

Cuando alza la vista del teléfono, la expresión inquieta ha desaparecido.

Ha regresado la triunfal.

—Aura, Aura. ¿Cómo has podido cometer un error tan infantil?

17

Un congelador
(un ratito antes)

Mal, lo que se dice mal, no la tratan.

El Málaga da un repaso rápido a la casa, y encuentra el aseo del sótano el sitio más conveniente para retener a Romero. Hay una tubería de cobre que va del suelo al techo que parece bastante sólida. Si se lía a patadas con ella la acabará rompiendo, pero le llevará bastante.

Así que la esposan ahí —grillete en muñeca derecha, el otro alrededor del tubo—, y la dejan al cuidado del Chavea, que no está para mucho lerele, mientras los demás ponen patas arriba la casa en busca de la pistola.

Romero se lo queda mirando, desafiante.

No dice nada.

Sólo espera la inevitable venganza por la paliza que le ha dado antes. La justa reciprocidad.

Pero ésta nunca llega.

El Chavea se limita a vigilarla, con una mano agarrándose las costillas —que le duelen bastante—, y la otra sujetándose un pañuelo contra los labios —que están hinchados.

Ninguno de los dos habla. Ella, porque está consumida por la cólera y por la derrota. Él, porque le duele mucho allá donde la comisaria le ha golpeado.

—Ya está, Chavea —dice el Málaga, entrando en el cuarto de baño.

Lleva en la mano una caja de palitos de merluza Pescanova, aún con bastante escarcha por encima. Al sacarla del congelador, el Caballa ha notado que pesaba mucho. Como si llevase una pistola dentro.

—Debería darle vergüenza —dice, mostrando la caja. No deja muy claro si se refiere a la pistola o a los palitos de merluza.

Los ojos de Romero relucen como ascuas de puro odio al ver lo que trae en la mano su enemigo. Pega un tirón de las esposas, se agita y maldice en vano.

—Cuidado, no se vaya a hacer daño.

Le pasa la caja con la pistola al Chavea, que se marcha, renqueante.

El Málaga se arrodilla frente a la comisaria y le muestra el teléfono que le ha arrebatado de la gabardina. Romero se da cuenta de lo que pretende el sargento e intenta apartar la vista, pero ya es tarde. El teléfono ha reconocido su cara, y se ha desbloqueado.

El Málaga se pone en pie, trabajosamente. Aunque a él no le hayan propinado una somanta de palos, la edad y la nochecita no dan tregua.

El que sí ha cobrado, no obstante, regresa con una bandeja. En ella hay una botella de agua de plástico que ha rescatado de la nevera, y unas galletas de chocolate que ha encontrado en una alacena.

—Por si tarda mucho en romper esa tubería, señora —dice, depositando la bandeja frente a una incrédula comisaria.

Romero recibe el gesto, sencillo y compasivo, del hombre al que acaba de torturar, como una bofetada. Toda su cólera se vuelve ácido en el estómago y plomo en el alma. Hubiera preferido mil veces que le devolvieran la paliza.

—No os saldréis con la vuestra —escupe—. Os perseguiré hasta el fin del mundo, hijos de puta.

—Es posible, señora —dice el sargento, encogiéndose de hombros—. Pero eso será mañana.

Le pasa el teléfono al Caballa, que aguarda fuera.

—Mejor tú, que se te da mejor la ortografía.

El cabo sonríe con afectación, y se saca una nota del bolsillo.

—Espero que no sea demasiado tarde, mi sargento.

El Málaga se mordisquea el bigote, ansioso.

—Yo también, Caballa. Yo también.

18

Unos intereses

Ponzano relee el mensaje de Romero con cuidado, sin poder disimular su sonrisa.

Estoy con la confidente. Las pruebas están
en un pendrive cosido en el forro del bolso
de Reyes. Voy hacia allá.

—Tráigame el bolso de la señora Reyes —dice, volviéndose a su jefa de seguridad.

La mujer se agita, incómoda.

—No es una buena idea.

Ponzano, poco acostumbrado a que le contradigan, se queda helado ante la negativa.

—No estoy seguro de haberla escuchado bien.

—Va contra el protocolo, presidente.

¿Quién se cree esa mujer que es? ¿Acaso no es él, Sebastián Ponzano, quien ha estado moviendo todas las piezas del tablero, siempre tres pasos por delante, con la partida ganada desde el principio?

Esa... vieja miedosa. ¿Cómo se atreve?

—Sé muy bien lo que estoy haciendo.

—Aún no hemos examinado a conciencia el contenido...

—Pues tráigalo vacío. Tanto me da.

—Pero yo...

La voz se le apaga en la garganta cuando sus ojos se encuentran con los de Ponzano.

La mirada del banquero no admite discusión, y la jefa de seguridad ha visto demasiadas veces los resultados de la furia del presidente.

Abandona la sala, cabizbaja, y regresa al cabo de un minuto con el bolso, vacío.

—He de decirle que un tacto preliminar me ha permitido detectar...

Ponzano se lo arrebata de las manos, impaciente.

—Un pendrive en el forro del bolso. Lo sé, lo sé. Tres pasos por delante de todos —dice, con el cansancio que le produce el que nadie esté nunca a su altura.

Lleva el bolso hasta su escritorio y extrae unas tijeras de un cajón. De esas antiguas, de acero inoxidable y muy afiladas. Habían pertenecido a su padre.

Si pudieras verme ahora, papá.

Con mano firme, empieza a desgarrar el bolso de Aura, rajando el forro y atravesando la piel del último Prada que le quedaba.

—No —dice Aura con desmayo, a quien le duele como si la piel fuera la suya—. Por favor, Sebastián. No lo hagas.

Ponzano ríe, travieso. Ya no es sólo su absoluto triunfo. Es que no recuerda habérselo pasado tan bien en toda su vida.

—Pero... ¿qué tenemos aquí?

Extrae el diminuto pendrive y lo sostiene a la luz. Se baja un poco las gafas para examinarlo.

—Sebastián, por favor, escúchame. Vamos a hablarlo... —dice Aura.

Su antiguo jefe la ignora. Coge el pendrive y lo introduce en la ranura lateral USB de su portátil, ante la mirada atónita de su jefa de seguridad.

—Presidente... —dice.

—Silencio. Todos.

Ponzano abre la unidad extraíble, y observa su contenido con atención. Se echa a reír a carcajadas, y le da la vuelta al portátil, para que todos se rían con él.

—¿En serio? ¿Esto es todo?

La pantalla muestra una única imagen. En ella, Sebastián Ponzano sale del banco, con su cartera en una mano y un par de libros en otra. Un paso por detrás aparece Aura Reyes. La Antigua Aura, la de hace años. Confiada y feliz, siguiendo el curso trazado por su mentor. Ignorante de que en un futuro cercano le aguarda la muerte de su marido y la traición del hombre al que admira y quiere como un padre.

La foto tiene baja calidad, porque ha salido de un banco de imágenes de la Agencia EFE. La única foto pública que existía de los dos juntos. Y que el presidente del banco se ha cuidado mucho de que no ilustrase ni una sola noticia con respecto al fraude del fondo que dirigía Aura.

La imagen es ligeramente incómoda.

Poco más.

—No puedo creerlo —dice Ponzano—. Una foto que es, como mucho, una mala tarde en el departamento de Comunicación. ¿Y eso es lo que querías usar contra mí?

Cierra la tapa del ordenador, de golpe.

Sin darse cuenta de que el diminuto led de la unidad USB sigue parpadeando.

—¿Qué es lo que pretendías con esto, Aura?

Ponzano se acerca a ella, meneando la cabeza, decepcionado.

Aura mira el reloj, que cuelga de la pared del despacho.

Es el único elemento de cierta modernidad en la decoración. Se trata de un reloj digital, con los números en rojo.

Tiene tres pantallas que muestran la hora en Nueva York

(las dos y cincuenta y siete de la madrugada)

en Londres

(las siete y cincuenta siete de la mañana)

y en Madrid

(las ocho y cincuenta y siete).

Lo cual quiere decir que tiene que aguantar otros tres minutos. Tres minutos completos, sosteniendo la mirada del mejor jugador de ajedrez que ha conocido nunca. Tres minutos en los que espera que Sere cumpla su parte, sin errores.

—¿Cuánto tiempo necesitarás cuando meta el pendrive? —le había preguntado la tarde anterior en el bar.

Sere tiró sus dados antes de responder.

—Depende del ordenador. ¿Podrías decirme el modelo y el sistema operativo?

—Yo qué sé. Creo que tenía un HP. Pero vete a saber.

Sere tiró un par de veces más.

—Unos cinco minutos.

—Tiene que ser antes de las nueve —había dicho Aura, preocupada.

—Pues ya os podéis dar prisa en hacer vuestra parte, chochos.

Aura y Mari Paz habían hecho su parte. Mari Paz, sin saberlo.

Ahora dependía de Sere por completo.

Lo único que podía hacer ella era comprarle todo el tiempo que pudiera.

Y la única manera de hacerlo que se le ocurre, paradójicamente, es darle la vuelta a la tortilla. No puede darle tiempo a que se le ocurra sacar el pendrive del portátil.

Así que, cuando Ponzano se acerca a ella, meneando la cabeza con decepción, Aura cierra los ojos y hace su última apuesta.

Sonríe.

Es una sonrisa extraña. No hay felicidad en ella, ni tampoco alegría.

Es una sonrisa enigmática. Sin ser la Gioconda, tampoco

nos volvamos locos. Pero invita, sin duda, a preguntar. A preguntarse.

Y, si conoce bien a su antiguo mentor, ésa será la mejor manera de ganar tiempo.

Los años de férrea disciplina y de mostrar inflexibilidad al más alto nivel de los negocios han enseñado a Ponzano —y él, a su vez, a Aura— a no revelar nada, ni en su rostro ni en las preguntas que hace, pero esta vez le cuesta camuflar su sorpresa e incredulidad ante esa sonrisa.

No pienso preguntarle nada.

El mejor interrogatorio siempre es el silencio. Quedarse callado es una manera segura de que a la larga a tu rival se le escape la información, intentando rellenar el silencio.

Viendo que Aura sigue callada, nota en el estómago una contracción de duda, que se apresura a eliminar. No, él ha contemplado todas las posibilidades.

¿A qué demonios está jugando?

Todo esto es una terrible pérdida de tiempo.

Entonces Aura habla por fin:

—Tenías razón desde el principio, Sebastián —dice, señalando el tablero.

Cualquier cosa con tal de llevar su atención en dirección contraria al portátil que reposa en el escritorio.

Son las ocho y cincuenta y ocho. Y cuarenta y tres segundos.

—Había un alfil, que era yo —dice, hablando todo lo despacio que puede—. Nunca creí que fuera a tener éxito entrando en el banco con mi antigua tarjeta. Hubiera preferido que me hubiese rechazado y seguir corriendo, la verdad. Me aterrorizaba estar aquí contigo de nuevo.

Ponzano hace un gesto impaciente para que continúe.

—Mi entrada sólo pretendía distraer a la gente de seguridad con la esperanza de que Mari Paz pudiese entrar por el tejado. Ha corrido un gran riesgo personal para ello, que le agradezco.

Las ocho y cincuenta y nueve. Y once segundos.

—*Non tal*, rubia —dice la legionaria.

—Cállese —exhorta Ponzano. Tan deprisa la interrumpe, tan centrada está su atención en la enigmática sonrisa de Aura, que no se da cuenta de que el tono de Mari Paz ha cambiado. De que la legionaria ha hecho sus propios cálculos. Añadiendo a la ecuación lo que Aura no le había contado.

—Por supuesto, Mari Paz era la torre. Un ataque por el lateral, con un instrumento directo y arrollador, destinado a penetrar en la retaguardia. De haber funcionado, me habría salido con la mía —dice, bajando la cabeza.

—Nunca tuviste la menor oportunidad —dice Ponzano.

—¿Y crees que no contaba con ello, Sebastián?

Ponzano la mira a ella. Mira el tablero de ajedrez.

—¿Puedo? —pide Aura.

—Deprisa —ordena el banquero.

Aura se adelanta, y coge el peón que protege el escaque diagonal al rey. Lo retira, con suavidad, y coloca en su lugar uno de los peones rojos.

—Tu error, Sebastián, fue no saber para quién jugaba tu peón. Pero no me extraña. Porque no lo sabía ni ella.

Ponzano mira el tablero.

El rey ha quedado aprisionado entre el alfil, la torre y esa última pieza que ha cambiado de color.

Jaque mate.

Se vuelve hacia Aura, sin comprender.

Y entonces cae en la cuenta. Con un leve roce en el bolsillo de la chaqueta. Allá donde guardó su móvil, después de recibir el mensaje de la comisaria Romero.

La comisaria que le había contado todo el plan, porque Sere había vuelto —supuestamente— a traicionar a sus amigas.

O eso quería Aura que pensasen.

El peón que no sabe para qué equipo juega.

Ponzano lo comprende todo —o comprende lo suficiente, al menos—, y se mueve hacia el portátil con una agilidad sorprendente para un hombre de su edad.

Logra alcanzar el USB y extraerlo a las nueve en punto.

Y tres segundos.

—¿Qué has hecho? —dice, levantando el USB en dirección a Aura.

Aura no responde.

Ni siquiera ella está segura.

En ese momento suena el teléfono de Ponzano.

El bueno, no. El otro.

El que sólo tiene una persona.

El presidente lo descuelga y se acerca el auricular.

—Escuche, Romero, no sé si la han engañado a usted también o...

Se detiene, de pronto.

—No —responde.

La voz al otro lado del auricular repite la orden.

Ponzano, confuso, pone el teléfono en manos libres.

—... ¿se me escucha ahora?

—Alto y claro, Sere —responde Aura, que ha tomado el control de la situación.

—Llamaba para confirmar que todas las órdenes de compra del señor presidente han entrado a tiempo —dice Sere.

—¿Qué órdenes de compra? —ruge Ponzano.

Aura sonríe abiertamente. Ya no hay nada de enigmático en su gesto. Sólo el alivio gozoso de quien ha completado la carrera en el último segundo.

—Ayer pusiste muy nerviosos a los accionistas del banco, Sebastián. Les hiciste creer que la oferta pública de adquisición de Trueba era lo mejor para sus intereses. Así que muchos inversores asustados pusieron sus acciones a la venta anoche, como tú habías previsto que pasaría.

Ponzano se estremece, porque ahora alcanza a comprender lo que ha sucedido.

—No...

—Supuse que tú habrías preparado tus órdenes de compra para hacerte con la mayor cantidad de acciones posibles a precio de derribo. Lo que ocurre es que hemos cambiado un poco tus órdenes de compra.

Ponzano abre en su ordenador el navegador de internet, buscando la página de su cuenta de inversión.

Aura le da tiempo.

Cuando Ponzano la abre, se queda mudo de rabia.

—Trueba ofrecía 34 euros por acción, cuando tú sabías

que valían al menos 9 euros más. Nosotros hemos considerado lo mucho que quieres a la entidad que fundó tu padre y hemos ofrecido el triple.

El presidente comienza a mover el ratón, intentando buscar la pestaña con el registro de órdenes. Un listado con decenas de miles de ellas aparece ante sus ojos, deslizándose, interminable.

Empieza a hacer clic sobre ellas, intentando anularlas. Pero ya es tarde. Las operaciones se producen fuera del banco y una vez cerradas, no hay vuelta atrás.

Y, con la tecnología actual, cerrar todas esas operaciones es cuestión de unos pocos milisegundos.

—Resulta que tu cuenta de valores tiene un crédito ilimitado, Sebastián —entona Aura, diciéndole lo que él ya ha visto—. Lo cual te permite endeudarte con tu propio banco tanto como quieras. ¿A cuánto asciende la deuda, Sere?

—Por veinticinco pesetas la respuesta acertada... —dice Sere, en su mejor imitación de Mayra Gómez Kemp—. Tres mil millones de euros.

El gemido de Ponzano es casi inaudible, pero se va elevando hasta convertirse en un grito de rabia.

Porque puede que el crédito sea ilimitado, pero el dinero no es suyo, sino de la entidad.

Porque esas acciones no valen lo que ha pagado por ellas.

Y porque, después de lo que ha ocurrido, Trueba saldrá de la operación de fusión a la francesa, más rápido de lo que puedes decir «activo tóxico».

O peor, le arrebatará el banco a cambio de unas migajas.

El grito de rabia de Ponzano se vuelve físico en el momento en que el viejo arranca el portátil de los cables y empieza a estrellarlo contra el escritorio, una y otra vez, hasta convertirlo en un puñado de piezas de plástico y metal.

—Tú —dice, dejando caer los restos y acercándose a Aura, con el dedo en alto—. Tú les dirás lo que hiciste.

—¿Cómo, Sebastián? El software que le mandaste diseñar a Sere era inquebrantable, y las operaciones han salido de tu ordenador —dice Aura, señalando la chatarra del suelo—. ¿No es eso lo que declaraste bajo juramento, en la vista preliminar de mi juicio?

Ponzano se queda con el dedo en el aire y la boca abierta, cuando su cuerpo absorbe, de golpe, la magnitud de la justicia poética que Aura le acaba de suministrar.

—Zorra de los cojones. Me las pagarás.

—Sebastián, por favor. Un poco de elegancia en la derrota.

—Las tres me las pagaréis.

Ponzano se aparta de ella, y va hacia su escritorio, tambaleándose. Al pasar, roza con el hombro el retrato de su padre, que se queda ligeramente torcido.

—Por lo pronto es usted el que tendrá que devolverle al banco el dinero que le ha prestado. Espero que lo pague... con intereses.

Y QUE TODO ARDA

La meta es el origen.

KARL KRAUS

El que encuentra un amigo,
encuentra un tesoro.

BUD SPENCER

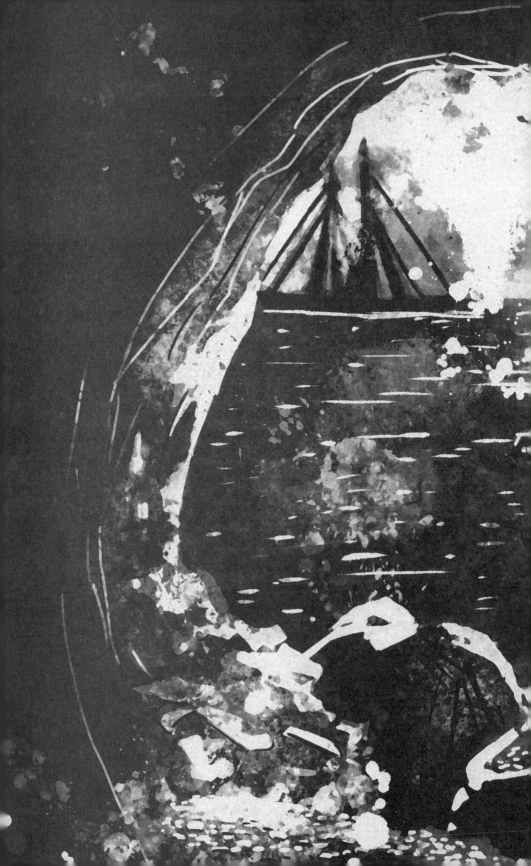

Un adiós

Culo de Vaso las acompañó a la salida.

No tenían nada de qué acusarlas. Como mucho, de allanamiento de morada y de haberles ensuciado la azotea.

Ponzano podría haberles hecho daño, pero sabe bien que eso no hará que las órdenes puedan revertirse, y él no encuentra placer en actos que no le procuran beneficio. Es, ante todo, un jugador de ajedrez. Aura sabe que las cosas no van a quedar así. Que volverá a por ellas. Pero hoy no.

Así que las sueltan, con sus ropas hechas un revoltijo en la mano.

—El mono pueden quedárselo —dice la jefa de seguridad.

—Rasca un poco *no cú* —protesta Mari Paz.

—Dígamelo a mí. Ah, señora Reyes, una cosa más —dice, cuando ésta estaba cruzando el torno de seguridad.

Aura se vuelve hacia ella, curiosa. La mujer ha abandonado su habitual expresión de aburrimiento por otra bien distinta.

—Llevo casi cuarenta años ejerciendo esta profesión. Desde que empecé con el fundador, que en paz descanse. Déjeme decirle algo...

Se coloca las gafas, con un gesto elegante.

—En cuarenta años es la primera vez que el dedo por el culo me lo meten a mí —dice, muy seria.

—No espero que me lo agradezca —responde Aura, igualmente seria.

Un fracaso

—¿Qué tal ha ido el robo? —es lo primero que dice Alex cuando regresan a casa—. ¿Te vas a librar de la cárcel?

—¿Qué robo? ¿De qué estás hablando? —se sorprende su madre, con el desempeño de una actriz del método.

—El que habíais planeado para hoy —pregunta Cris—. El que iba a arreglar «la jodienda del casino».

—No digas tacos —le reprende su hermana.

—No es decir tacos si estás citando a mamá.

—Eso lo dijo Emepé.

—Tampoco cuenta —insiste Cris, poco dispuesta a dar su brazo a torcer.

De nada sirve que Aura intente primero negar la evidencia y luego se ponga de todos los colores posibles. Las niñas han estado escuchando todo lo que hablaban durante estos días. La información que no habían oído la han completado leyendo los mensajes que se han cruzado entre las tres.

—En qué hora les di la clave de mi teléfono —se lamenta Aura.

—Son mejores que el CNI, estas rapazas —se ríe Mari Paz—. Yo creo que se han ganado una explicación.

—No sé si estoy dispuesta a dársela. Ésa no, al menos.

Mari Paz y ella intercambian una mirada. Luego observa a las niñas.

Ha llegado el momento de decirles la verdad. Y no será fácil de asumir.

—Creo que es mejor que os dejemos a solas —dice la legionaria, tirando del brazo de Sere.

—No —dice Aura—. Quedaos, por favor. Las dos.

—¿Estás segura?

—Si voy a pasar tanto tiempo fuera, vas a necesitar toda la ayuda posible —dice Aura señalando a Sere.

—A mí se me dan muy bien los niños —insiste ella.

Y es cierto.

Desde que se conocieron, las niñas adoptaron a Sere con un amor desmedido. En opinión de Mari Paz —que es de celo fácil—, totalmente injustificado. Sere inventa juegos, hace trampas en el viejo y desgastado Scrabble que lleva en el salón desde antes de que Aura supiese andar. Y se sabe casi de memoria —diálogos incluidos— todos los episodios de *Bob Esponja*, motivo suficiente para que Alex la tenga en un altar.

—Está bien —admite Mari Paz—. Malo será que no acabe tirándola por la ventana.

Aura coge a cada una de ellas por el hombro y las conduce hacia el sofá, donde las niñas aguardan expectantes.

—Alex. Cris. Tenemos que contaros una cosa...

Las gemelas escuchan, muy serias. Han crecido mucho. No lloran, ni protestan. Se hacen las fuertes. Por mamá, por todo lo que ha de venir.

No podía desear nada mejor, piensa Aura.

Un tesoro

Calmadas las gemelas, bajan al bar de la esquina a tomar la última copa juntas. Está tan vacío como siempre, y las paredes siguen sabiendo a calamares fritos. Cuando llegan, cometen el error de dejar que sea Sere quien encargue las copas.

—¿Qué coño es esto? —dice Mari Paz, que esperaba una cerveza.

Sostiene un vaso alto que contiene una bebida de color amarillo desleído, en la que flotan tres hielos de segunda mano.

—Malibú con piña —dice Sere, ufana. Con la misma actitud que el que destapó por primera vez *Las Meninas*—. La reina de las bebidas.

—Reina *do carallo*. Yo quiero una *milnueve*.

—En este bar sólo hay Cruzcampo —le advierte Aura.

—¿Y no podías traernos a uno donde hubiera cerveza?

—¿Por qué no te bebes eso? —dice Aura, usando el tono de

¿Cómo sabes que no te gusta si no lo has probado? que emplea a menudo con las gemelas. Sobre todo con Cris, que es la más escrupulosa.

Mari Paz, obediente, le da un sorbo receloso. Levanta un poco las cejas. Luego le da otro sorbo, de los que dejan el vaso tiritando.

—Vaya —admite.

—Malibú con piña —recalca Sere, levantando la copa y chocándola con las otras dos—. ¿Por qué brindamos?

—Por una vez que no han ganado los mismos.

—O que hemos empatado, al menos.

El motivo de la celebración de esa tarde sigue planeando como una sombra oscura sobre sus cabezas.

—A lo mejor si hubieras empezado por lo de Ponzano... —dice Sere, bajando la voz.

—No se daban las condiciones —responde Aura, que ha pensado mucho en ello—. Si Ponzano no hubiera contratado a Romero para seguirnos, nos habríamos llevado el dinero de Toulour y no hubiera hecho falta más.

—Todo resuelto —dice Mari Paz—. No habría hecho falta que me jugase el tipo en el parapente. Por cierto... ya podías haberme dicho que el plan era que me pillasen.

—Tu reacción no habría sido genuina.

—Me siento un poco utilizada.

Aura lo sabe, pero no quiere pedir disculpas. No se dialoga con las piezas en mitad de la partida. Y una vez terminada, qué falta hace.

—Era el único modo. Tenías que fracasar de verdad, para reforzar la mayor debilidad de Ponzano. Lo siento.

Después de todo, las ha pedido.

Mari Paz aparta la mirada, entre triste e irritada. Sigue sintiendo que le falta algo, pero no protesta. Por muchas razones —décadas de cumplir órdenes, su baja autoestima, lo que siente por Aura—. Ninguna sana.

Aura esquiva la culpabilidad con su cháchara de Jessica Fletcher.

—La necesidad de ganar a toda costa le perdió —continúa Aura—. Con cada jugada iba quedando más al descubierto. Pero su mayor error fue obligar a Sere a traicionarnos.

—Algo por lo que locatis no ha pagado todavía —dice Mari Paz, sacudiéndose la decepción como puede, en cuanto Aura le pone a Sere a tiro.

Ésta baja la vista, contrita.

—«La expiación es una montaña que se sube despacio», dijo un sabio.

—¿Confucio?

—No, mi tío Jacinto. También tenía barbita de esas de cortinilla.

—En cualquier caso —dice Aura. Levanta la voz con ese tono que pone ella cuando retoma lo que estaba contando después de que las otras hayan interrumpido—, cuando Ponzano...

—*Carallo*, no hay manera de hacerle perder el hilo.

—Es como si la pusieras en pausa y luego ella sola continuase.

—En cualquier caso —insiste Aura, aún más alto—, cuando Ponzano metió a Romero en nuestras vidas, nos regaló un caballo de Troya de Ikea. Sólo teníamos que montarlo y devolvérselo.

—Tus metáforas son muy mejorables, rubia.

—Como las de mi tío Jacinto. Murió ya.

—Sin Romero, no teníamos manera de acercarnos a él. Y la oportunidad de la OPA de Trueba generó las circunstancias perfectas. Al menos nos lo hemos llevado por delante, aunque a mí no me haya servido de gran cosa.

Aura tenía la confianza de que el hackeo de Sere le permitiese acceder a los archivos secretos de Ponzano, y encontrar allí algún documento que sirviera para exculparla. Pero no había habido suerte.

El ordenador portátil de su oficina era un lugar inmaculado. Su cuenta de correo electrónico, un ejemplo de profesionalidad y de corrección. Ni siquiera un mal chiste o algo cuestionable.

Y, con Ginés muerto, no quedaba ya nadie que supiera dónde conseguir pruebas sobre la malversación de Ponzano en el fondo de inversiones por el que Aura se enfrentaba a prisión preventiva y al juicio posterior.

—Aún podrías demostrar que eres inocente —apunta Sere, cautelosa.

—No me hago demasiadas ilusiones —responde Aura, sombría—. Puede que hayamos asestado un golpe mortal a las finanzas de Ponzano. Dudo que se recupere. Pero aún le quedan muchos amigos en los sitios adecuados.

—Y hay una cuestión más importante —dice Mari Paz—. ¿Qué veredicto crees que es mejor para el tinglado, rubia?

Aura se muerde el labio inferior, pensativa. La legionaria tiene toda la razón. Hay causas que son mucho más que una mera sucesión de hechos probados. Que van más allá de la culpabilidad o la inocencia.

Que un banco haya empleado tácticas fraudulentas para estafar a sus miles de clientes es gravísimo. Malas, muy malas noticias. Una grieta más en un dique que ya está bastante deteriorado. Un dique que contiene a duras penas la inundación.

Una única culpable, codiciosa y criminal, es práctico.

—Pensándolo bien, a lo mejor mañana no me presento en prisión. Cojo a las gemelas esta misma tarde y me echo al monte, como aquel que dice.

—Mejor hazte a la mar, rubia. ¿No que éramos piratas?

—Yo me mareo a la mínima —informa Sere—. Una vez poté todos los petitsuís de la merienda en las sillas voladoras del parque de atracciones. Tracé un círculo rosa de pota casi perfecto.

—¡Qué *asquiño*! ¿Cuántos años tenías?

—Treinta y seis.

Aura estaba hurgando en el cuenco de frutos secos, en busca de algún osito de gominola que hubiera sobrevivido a la rapiña de Mari Paz. La anécdota le quita las ganas. Retira la mano y se sacude los restos de azúcar en los vaqueros.

—Es un mar metafórico. Si me largo, tendría que dejarlo todo atrás.

—Yo me voy contigo —dice Mari Paz, siguiendo la broma.

—Entonces yo también —dice Sere, sorbiendo con fuerza los restos de su Malibú con piña con la pajita—. Cuando Romero salga del hospital, vendrá a buscarme. Y no será divertido. Pero, ¿de qué viviríamos?

—Habría que encontrar una ocupación digna para estas tres vulgares piratas —dice Mari Paz.

—Caballeros de fortuna, decía Long Jon Silver. O damas, en este caso.

—¿En qué serie decían eso al principio? De cuando éramos rapazas, ¿eh?

—No era caballeros de fortuna. Era soldados de fortuna.

—*Si usted tiene algún problema, y si los encuentra, quizás pueda contratarlos.*

Le asalta un recuerdo de su tierna infancia. Sábado por la tarde, merienda de sobaos con zumo. Y una sintonía en la televisión, imposible de olvidar.

Aura ladea el cuello, como si acabase de escuchar algo e intentase encontrar su origen.

Todo lo que va a suceder —los muertos, la riada de titulares en los periódicos, el cambio que dará un vuelco al país— comienza de la forma más prosaica, habíamos dicho.

No es nada extraño. Las mejores historias tienen inicios humildes.

Sobaos con zumo. Un bote de champú. Un sonido que nunca habías escuchado antes.

Aura sonríe cuando lo identifica. Acaba de aprender algo sobre la vida, algo muy importante.

Cuando una encuentra el lugar que le corresponde, oye un suave clic muy parecido al de las cajas fuertes al abrirse. No en la cabeza, sino en el alma. Puedes hacer oídos sordos, pero ¿qué necesidad hay de eso?

—Ya sé lo que haríamos. Lo mismo que hemos estado haciendo estas tres semanas. Pero con un buen propósito.

—¿Mejor propósito que forrarnos?

—Eso será un efecto secundario. Dime una cosa, Sere. ¿Qué sabes sobre falsificación de documentos?

—Pues te vas a reír. Una vez necesitaba entrar en...

Mari Paz pone la mano encima del brazo de Sere, interrumpiéndola. La anécdota le muere en la boca, y se va al cielo de las historias.

—*Vaiche boa. Estás falando en serio*, rubia?

—Muy en serio.

—Sacarías a las niñas del cole, dejarías el piso y te echarías al monte de verdad...

Aura asiente, en silencio.

—Te pondrán en busca y captura.

—Tardarán un par de días en eso. Es ventaja suficiente para perderme.

—Te acabarán cogiendo.

—Lo que dure, habrá durado. A lo mejor tengo suerte. Y cada día que gane es un día que no me pierdo de estar con ellas —dice, señalando hacia arriba.

—No será una vida tranquila —insiste la legionaria.

—Las niñas son duras. Además, ellas ya han elegido nombres nuevos, ¿te acuerdas? Les vendrá bien otro comienzo, después de lo que le pasó a su padre.

Mari Paz retira la mano, despacio, y Aura le repite a Sere la pregunta sobre sus conocimientos de falsificación.

—Tengo nociones.

—¿Cómo de difícil sería conseguirnos un DNI nuevo a cada una, números de la Seguridad Social... el paquete completo?

La ingeniera piensa durante unos instantes. Saca sus dados rojos, los arroja encima de la mesa. No parece gustarle lo que ve y vuelve a tirar. La segunda vez asiente, más satisfecha.

—Bastante difícil.

—Pero no imposible.

Sere se da un par de golpecitos en el labio inferior.

—La parte más sencilla será hacernos con el material restringido. Una impresora Zebramax, tintas OVI, compuesto bicomponente termofundido, un láser Tivart para los kinegramas... Después vendrá lo más complicado.

—¿Qué será?

—Lograr que salga bien en una foto de carnet. En todas parezco narcotraficante.

Mari Paz se rasca el mentón con escepticismo.

—Para comprar todo eso hará falta *moitos cartos* de Cristo.

—Tranquila, lo tengo todo pensado —dice Aura, sacando su libretita rosa y haciendo un par de anotaciones.

—Lo tiene todo pensado —remeda la legionaria.

—Mi tío Jacinto era también de los que pensaba mucho. Se sentaba durante horas a pensar. Siempre le decíamos que no era bueno para la salud, pero él aseguraba que lo compensaba haciendo mucho deporte.

—¿Qué perra te ha dado hoy con tu tío Jacinto? —se exaspera Mari Paz—. Estoy segura de que ni siquiera existe.

Sere se encoge de hombros, misteriosa.

—Tengo una familia muy extensa, chocho.

—¿Alguno fuera de tu cabeza?

Aura pone los ojos en blanco.

—Estáis locas.

Sere y Mari Paz la miran, se miran entre ellas y luego le devuelven su propio mantra:

—*No estamos locas, estamos hasta el coño.*

Aura acepta la retranca con una sonrisa.

—Vale, pero... ¿estáis conmigo?

Aguarda, expectante, la respuesta. Ésta se hace esperar, mientras las otras reflexionan sobre lo que les está proponiendo.

—Por resumir, rubia. Tu propuesta consiste en que desaparezcamos contigo, fabriquemos nuevas identidades y nos dediquemos a dar palos a las piñatas.

—A piñatas especialmente odiosas —puntualiza Aura.

—Como Ponzano, ¿verdad?

—Los hay mucho peores —dice, abstraída.

Le vienen unos cuantos nombres a la cabeza. Gente a la que —recuerda ahora con asco y vergüenza de sí misma— la Antigua Aura hacía la pelota a cambio de un poco de atención.

Bien, ahora seré yo quien les dedique la mía.

—¿Y lo que saquemos?

Ésa es una pregunta importante. Requiere una respuesta firme y pausada. Un compromiso férreo.

—Ahí fuera hay mucha gente a la que podríamos ayudar.

La legionaria tuerce un poco el morro.

—Descontando un pico —negocia—. Para nosotras y para los lejías. *Amiguiños sí, pero a vaquiña polo que vale.*

—Lo has entendido perfectamente.

Por toda respuesta, Mari Paz hace un gesto para que el camarero traiga más bebidas. Otros tres Malibús con piña se materializan sobre la mesa como por arte de magia.

—Mi piso es muy pequeño, y el parquet es de un color espantoso —dice Sere.

—¿Qué quieres decir con eso?

—Que yo también me apunto —dice, abriendo las manos, como si la aclaración fuera innecesaria.

Aura siente un vértigo extraño, una sensación de euforia y libertad que no había experimentado nunca antes.

Tanto esfuerzo intentando jugar la mano que me habían repartido, cuando lo único que tenía que hacer era romper la baraja, piensa.

—Acabaos la copa. Tendremos que subir y tener una nueva charla con las gemelas.

—Creo que ésta les va a gustar más que la anterior, rubia.

No hay duda de eso.

—Necesitaremos un nombre —dice Sere de pronto.

—¿Para qué? —dice la legionaria, meneando la cabeza—. Ya tenemos tres.

—Todos los grupos que molan tienen un nombre, chocho.

—No estamos en sexto de EGB.

—Pero un nombre da fuerza, categoría. Los Vengadores. El Atlético de Madrid. Los Sabandeños.

Mari Paz da un suspiro hastiado. Sólo en parte fingido. Pone un dedo bajo la nariz de Sere, recalcando cada punto y cada mayúscula de sus tres siguientes frases.

—Nada. De. Nombres.

—Sólo un poquito de creérselo —dice Aura.

Levanta la copa, con una sonrisa triste. Es el Malibú con piña el que ha fabricado la fantasía.

Lo sabe.

Lo sabe ella, y sus amigas —ahora ya puede llamarlas así— también lo saben.

Sabe que cuando vuelva a subir a casa, sólo se despedirá de las niñas, a las que no va a convertir en fugitivas por sus propios deseos egoístas.

Sabe que no hay una Hispaniola esperando en la bahía, aguardando para llevarlas a un horizonte infinito.

Pero qué hermosa fantasía, por poco que haya durado.

Y también sabe otra cosa.

Esto aún no ha terminado.

Levanta la copa, y sus dos amigas se unen al brindis.

—Y que todo arda.

Nota del autor

La última de las cinco ilustraciones que ha realizado el enorme Fran Ferriz para esta novela es una versión de la portada de *La isla del tesoro* que Aura Reyes y yo leímos en séptimo de EGB. Esa edición de Plaza Joven sigue provocándome un escalofrío cada vez que la abro. Me recuerda que el poder de la ficción es enorme. También el último reducto donde no siempre ganan los mismos. Donde aún podemos creer en la victoria de unos pocos virtuosos, inferiores en número pero no en astucia ni perseverancia.

La *Colombiana legionaria*, el himno que le canta el Chavea a Mari Paz cuando flaquea en el casino de Toulour, tiene una historia fascinante. La colombiana, cante flamenco del grupo de los denominados «cantes de ida y vuelta», es una creación de Pepe Marchena a finales de los años veinte. La primera grabación de una colombiana que he sido capaz de encontrar es un cante de la Niña de los Peines a su bandera (que, en 1932, tenía tres colores). Hay muchas versiones, con distintas letras, de la *Colombiana legionaria*, todas ellas emocionantes, por si quieres echarle un vistazo en YouTube.

Este libro pertenece al mismo universo —llamémoslo «Universo Reina Roja», a falta de un nombre mejor— en el que transcurren *El Paciente*, *Cicatriz*, *Reina Roja*, *Loba Negra* y *Rey Blanco*. En esta última encontrarás más detalles sobre la muerte de Jaume, el marido de Aura Reyes, y sobre cómo alguien muy especial salvó la vida de Aura, desencadenando los acontecimientos que acabas de leer. En *Loba Negra* conocerás más del pasado de la comisaria Romero.

Todos mis libros se pueden leer de forma independiente, y no es necesario que leas *Rey Blanco* si no lo has hecho (aunque es una novela muy divertida, y te la recomiendo mucho). Sin embargo, todas ellas juntas están contando una historia mucho mayor. El primer ciclo de esa historia fueron las cinco novelas que he citado arriba, cuya trama formaba una W. El porqué, ya te dejo averiguarlo a ti.

Con esta historia arranca un nuevo ciclo. Aquí había escrito un párrafo muy largo, dándote pistas sobre lo que va a suceder, pero al final me he arrepentido y lo he borrado.

Baste decir que lo que sigue a este libro es muy emocionante, y no puedo esperar a que lo leas.

Por último, hasta donde llega mi conocimiento, en ningún episodio de *El equipo A* se hizo nunca una bomba de ácido clorhídrico y papel de aluminio, aunque podría haber ocurrido. Son más ruidosas que peligrosas, así que no hay peligro de convertir en anarquista a un niño que lea este libro. Aun así, mantened a vuestros hijos alejados de los ácidos monopróticos, no vaya a ser que la líen parda.

Agradecimientos

Quiero dar las gracias.

A Antonia Kerrigan y todo su equipo: Hilde Gersen, Claudia Calva, Sofia Di Capita y las demás, sois las mejores.

A Tom Colchie y su esposa Elaine, que han estado al pie del cañón desde hace dieciocho años. Gracias de todo corazón.

A Sydney Borjas de Scenic Rights, por la sabiduría, por el esfuerzo, por el trampolín.

A Aurelio Cabra, por estar ahí cada día, con un físico demasiado parecido al mío.

A Carmen Romero, por sus cenas copiosas. A Juan Díaz, por los techos altos. A todo el equipo de comerciales de Penguin Random House, que se deja la piel y el aliento en la carretera. A Rita López, Jimena Díez e Irene Pérez.

Al departamento de Diseño de Penguin Random House,

y en especial a Anna Puig y Carme Alcoverro, que han vuelto a dar con la portada perfecta después de casi seis meses trabajando.

A Elena Recasens, editora técnica de este libro. Esta vez ha sido particularmente difícil, ya que la precisión de las escenas a una sola página le ha obligado a dejarse la piel aún más que nunca. Gracias de corazón.

A María José Rodríguez, Adriana Izquierdo, Chiti Rodríguez Donday y todo el equipazo de Prime Video, que nos ha puesto a los mandos de un precioso deportivo. ¿O debería decir un Audi A8?

A Amaya Muruzabal, por conducir el coche del párrafo anterior.

A Juanjo Ginés, poeta que vive en la Cueva de los Locos y se recrea en el Jardín del Turco, que siempre está ahí, por muchos años que pasen.

A Alberto Chicote e Inmaculada Núñez, porque os queremos mucho y por las mejores albóndigas que jamás se han cocinado en la historia de la humanidad, servidas en Omeraki.

A Dani Rovira, Mónica Carrillo, Alex O'Dogherty, Agustín Jiménez, Berta Collado, Ángel Martín, María Gómez, Manel Loureiro, Clara Lago, Raquel Martos, Roberto Leal, Carme Chaparro, Luis Piedrahíta, Miguel Lago, Goyo Jiménez y Berto Romero. Tenéis todos más talento, más gentileza y más compañerismo del que me merezco. Me enorgullezco de vuestra amistad.

A Arturo González-Campos, mi amigo, mi socio. Lo de que la idiotez es transversal es completamente suyo, y pertenece a su maravilloso libro *Enhorabuena por tu fracaso*.

A Rodrigo Cortés, que me invitó a unos baños en la playa de Salamanca. Como siempre, se pegó una paliza corrigiendo este libro. Si quieres devolverle el favor, ve *El amor en su lugar* o lee su magnífica *Los años extraordinarios*, novela donde a lo mejor encuentras una frase que Mari Paz le ha robado a un famoso astronauta.

A W. Glenn Duncan, te debo una.

A Javier Cansado, que nos va a sobrevivir a todos.

A Gorka Rojo, que se ha asegurado de que no meta la pata, una vez más.

A Manuel Soutiño y Eva Ramos. Os queremos con locura, ya lo sabéis.

A Víctor Reyes, que me dio el tema de *Touch of Evil* y me explicó qué demonios estaba pasando en él. Ojalá algún día escribas tú uno igual de bueno para la serie.

A Sére Skuld, por prestarme el alma. Su magnífico pódcast *Misterios y Cubatas* es de obligada escucha para mí desde hace años. Dale una oportunidad.

A mis hijos, Marco y Javi (los dos gallegos), que me han ayudado a pulir la extraña mezcolanza idiomática de Mari Paz. Su manera de hablar no pretende reflejar otra cosa que una personalidad extrema repleta de mis propias influencias diversas —mis admirados Tallón, Conde, Loureiro, Cunqueiro y tantos otros—, en ningún caso el idioma de Rosalía ni la forma de ser de todo un pueblo.

A Bárbara Montes. Mi esposa, mi amante, mi amiga. Sigo aprendiendo de ti cada día, sigo sorprendido cada día de que decidas seguir a mi lado. Pienso aprovechar tu insensatez todo lo que pueda. Te quiero.

Y a ti, que me lees. Por haber convertido mis obras en un

éxito en cuarenta países, gracias de corazón. Es un orgullo y un honor compartir mis historias contigo.

Un abrazo enorme y gracias de nuevo.

Juan

BIBLIOTECA
JUAN GÓMEZ-JURADO

JUAN
GÓMEZ-JURADO
ESPÍA
DE
DIOS

JUAN
GÓMEZ-JURADO
CONTRATO
CON
DIOS

JUAN
GÓMEZ-JURADO
EL
EMBLEMA
DEL
TRAIDOR

JUAN
GÓMEZ-JURADO
LA LEYENDA
DEL
LADRÓN

UNIVERSO
REINA ROJA

JUAN
GÓMEZ-JURADO

EL
PACI
ENTE

B

JUAN
GÓMEZ-JURADO

CICA
TRIZ

B

JUAN
GÓMEZ-JURADO

REINA
ROJA

B

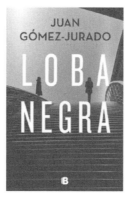

JUAN
GÓMEZ-JURADO

LOBA
NEGRA

B

JUAN
GÓMEZ-JURADO

REY
BLANCO

B